Un Anglais
sous les tropiques

Naguère le Kinjanja, petit État d'Afrique occidentale, faisait partie de l'Empire britannique. Devenu depuis indépendant, les intérêts de Sa Gracieuse Majesté y sont représentés par un corps diplomatique auquel appartient Morgan Leafy, qui occupe la modeste fonction de Premier Secrétaire du Haut-Commissariat adjoint à Nkongsamba.

La trentaine bedonnante, le cheveu rare et une peau irrémédiablement allergique au bronzage, Morgan Leafy s'ennuie ; entre la routine administrative, les soirées au club, les échanges de propos aigre-doux avec la femme de son supérieur, les ébats quotidiens avec sa maîtresse noire, le tout dans une chaleur moite insupportable, il est bien difficile de satisfaire une juste ambition.

Toujours maugréant et vitupérant, il accepte néanmoins toutes les tâches, même les plus saugrenues, avec l'espoir que, peut-être, on lui en saura enfin gré en haut lieu. Effectivement le destin, un jour, semble lui sourire : tandis qu'on lui confie une mission « diplomatique » délicate — soudoyer un politicien local pour le plus grand profit de la Grande-Bretagne —, il mène à vive allure une aventure sentimentalo-matrimoniale avec Priscilla, la fille du Haut-Commissaire. Qu'il réussisse dans cette double entreprise, et sa carrière est assurée.

Hélas, la situation, très vite, lui échappe, chacun de ses gestes déclenchant une série de catastrophes, absurdes, tragiques ou dérisoires, d'où il sortira épuisé, arroseur arrosé, manipulateur manipulé.

Avec ce premier roman, William Boyd se situe d'emblée dans la grande tradition des satiristes anglo-saxons. En prenant pour cadre un pays à peine imaginaire de cette Afrique noire secouée de turbulences, il a réussi une comédie de mœurs qui enchantera ses lecteurs.

William Boyd est né à Accra (Ghâna) en 1952. Il a fait ses études aux universités de Glasgow et de Nice, ainsi qu'à Oxford où il a également enseigné la littérature anglaise. Il est marié et vit à Londres. Outre ses romans, Un Anglais sous les tropiques,

Comme neige au soleil, la Croix et la Bannière, les Nouvelles Confessions, *qui l'ont consacré comme l'un des écrivains les plus doués de sa génération, il a publié un recueil de nouvelles,* On the Yankee Station *(à paraître au Seuil).*

William Boyd

Un Anglais
sous les tropiques

roman

TRADUIT DE L'ANGLAIS
PAR CHRISTIAN BESSE

Balland

TEXTE INTÉGRAL.

EN COUVERTURE : illustration Gilbert Raffin.

Titre original : *A good man in Africa.*
© William Boyd, 1981.

ISBN 2-02-009043-0.
(ISBN 1re publication 2-7158-0451-2.)

© Janvier 1984, Éditions Balland pour la traduction française.

Quelque part un étrange et malin lendemain se couche
Gros d'épreuve pour les hommes venus d'Europe et nul ne sait
qui sera le plus humilié, qui le plus riche et qui le mort.

W. H. AUDEN

Pour Suzanne

Première partie

1.

« Tu es vraiment un chic type ! dit Dalmire, acceptant avec effusion le gin que lui tendait Morgan Leafy. Ah ! ça oui ! »

Il offre sa camaraderie comme un cadeau, pensa Morgan. On dirait un chien, impatient qu'on lui lance un bâton pour courir derrière. Il remuerait la queue s'il en avait une.

Morgan sourit et leva son verre à son tour. Je te hais, salaud prétentieux, cria-t-il intérieurement. Espèce de merde !, sale petit con, tu as ruiné ma vie !

« Félicitations, dit-il seulement. C'est une fille fabuleuse. Veinard ! »

Dalmire se leva et s'approcha de la fenêtre qui donnait sur l'entrée principale du Haut-Commissariat adjoint. La chaleur vibrait au-dessus des voitures en stationnement et une même lumière grisâtre enveloppait le paysage. L'après-midi tirait à sa fin, la température oscillait autour des quarante degrés et, dans moins d'une semaine, ce serait Noël.

Morgan dégoûté observait l'autre qui tiraillait son fond de pantalon trempé de sueur. Oh ! Priscilla ! Priscilla ! Pourquoi lui ? Pourquoi Dalmire ? Pourquoi pas moi ?

« Alors, à quand le grand jour ? demanda-t-il, le visage empreint d'un intérêt poli.

— Pas pour tout de suite, répliqua Dalmire. Mama Fanshawe semble tenir à un mariage de printemps. Priss aussi. Moi, je veux bien. »

Il indiqua d'un geste la sombre masse des nuages au-dessus de ce tas de rouille tentaculaire : Nkongsamba, capitale de la Région centre-ouest du Kinjanja, Afrique occidentale :

« On est bon pour l'averse, on dirait. »

Morgan songea à remettre le gin dans son classeur, y renonça et s'en resservit trois doigts bien tassés. Il agita la bouteille verte vers Dalmire qui leva les bras avec une horreur feinte :

« Seigneur non, Morgan ! Impossible d'en avaler un autre. Vaut mieux attendre le coucher du soleil. »

Morgan hurla : « Kojo ! » Le secrétaire surgit du bureau voisin. Il était petit, net et pimpant : chemise blanche amidonnée, cravate, pantalon de flanelle bleue et les pieds à l'aise dans des chaussures noires. En présence de Kojo, Morgan se faisait toujours l'effet d'un lourdaud.

« Ah ! Kojo ! Du tonic ! Du tonic ! Encore un peu de tonic, dit-il, s'efforçant de se maîtriser.

— Ça vient, missié ! »

Kojo fit demi-tour.

« Attendez ! Qu'est-ce que vous avez là ? »

Kojo tenait à la main des guirlandes de papier :

« Décorations de Noël, missié. Pour votre bureau. J'ai pensé que peut-être, cette année... »

Morgan roula les yeux au ciel :

« Non ! hurla-t-il. Jamais ! Pas de ça ici ! » Un foutu joyeux Noël, se dit-il amer. Puis, conscient de l'air interloqué de Dalmire, il ajouta plus calmement :

« Toi pas apporter cette chose-là ici. Moi jamais aimer ça pour ici ! »

Kojo sourit, ignorant délibérément le petit-nègre. Morgan scruta les traits du petit homme sans y déceler la moindre trace de ressentiment ou de mépris. Il eut honte de sa goujaterie. Ce n'était pas la faute de Kojo si Dalmire et Priscilla s'étaient fiancés.

« Bien sûr que non, missié, dit poliment Kojo. On fera comme d'habitude. Le tonic arrive. »

Il sortit.

« Brave type ? s'enquit Dalmire, sourcils levés.

— Oui, en fait oui, dit Morgan comme surpris par l'idée. Enfin bougrement efficace quoi. »

Il souhaitait que Dalmire s'en aille. Il était trop déprimé par la nouvelle pour feindre plus longtemps la bonne humeur. Il se maudit en vain de ne pas s'être occupé un peu plus de Priscilla mais ces dernières semaines avaient été impossibles, parmi les pires d'une vie pourtant déjà très tendue, dans cette étouffante et frustrante chiotte de pays. N'y pense pas, se dit-il, ça n'arrangera rien, au contraire. Pense plutôt à Hazel — au nouvel appartement. Va au barbecue du Club, ce soir. N'importe quoi sauf ressasser les occasions perdues.

Il regarda Dalmire, son subordonné, monsieur le Deuxième Secrétaire. Maintenant qu'il y pensait, ce type lui avait toujours déplu. Depuis le jour de son arrivée. Cette assurance naturelle propre aux gens sortis d'Oxford et de Cambridge. La manière dont Fanshawe s'était immédiatement entiché de lui. Fanshawe était le haut-commissaire adjoint à Nkongsamba et Priscilla était sa fille.

« Content que vous ayez pu bavarder avec Morgan, Dickie, avait dit Fanshawe à Dalmire. Un vétéran de Nkongsamba, Morgan. Il est ici depuis, oh ! ça va faire bientôt trois ans, n'est-ce pas Morgan ? Presque partie des meubles, hein ? Ah ! Ah ! Mais c'est un brave type, Dickie. Le doigt sur le pouls du pays. Nous avons de grands projets, pas vrai, Morgan ? Hein ? »

Tout au long du discours, Morgan avait gardé un large sourire, la rage au crâne.

A présent il examinait Dalmire debout près de la fenêtre : chemise blanche, short blanc, longues chaussettes beiges et chaussures de marche marron, bien cirées. Encore une chose, décida Morgan, qu'il méprisait chez ce type : son accoutrement affecté de vieux colonial. Vastes shorts, chemises flottantes en cellular et la cravate de son collège, étroite et discrètement rayée. Morgan, lui, arborait des pantalons de flanelle clairs, à pattes d'éléphant, des chemises éclatantes et ces nouvelles cravates larges avec des nœuds à la Windsor, gros comme le poing, dont sa sœur lui avait assuré qu'elles étaient le dernier cri en Angleterre. Mais en présence de Fanshawe, Dalmire et Jones, le comptable du Haut-Commissariat, il se sentait aussi vulgaire et voyant qu'un commis voyageur. Même Jones s'était mis à porter des shorts depuis l'arrivée de Dalmire. Morgan détestait le spectacle de ces petits genoux gras passant chacun une tête de nouveau-né chauve et ridée entre l'ourlet du short et le haut des chaussettes.

Morgan reporta avec lassitude son attention sur Dalmire, qui était en train de raconter quelque chose tout en continuant de regarder rêveusement par la fenêtre :

« ... un coup de hasard, sans blague... Priscilla justement disait combien c'était extraordinaire que mon tout premier poste fût celui-ci. »

Morgan eut soudain envie de pleurer de frustration. Comment osait-il lui jeter le hasard à la figure ? Penser que c'était lui Morgan qui aurait pu être là à sa place, jeune fiancé, si seulement Hazel s'était gardée... si Priscilla n'avait pas... si Dalmire n'était pas venu... si Murray... Murray. Il arrêta brusquement la voiture folle au bord de l'abîme. Oui, Murray. Le hasard s'était surpassé.

Dalmire parlait toujours :

« Tu ne trouves pas, Morgan ? Étonnant, non, comment ces choses arrivent ?

— Très, dit Morgan, le regard vissé sur le portrait de

Sa Majesté par Annigoni. Absolument. Pas de doute. »

Il poussa un léger soupir, puis jeta un coup d'œil à Dalmire qui hochait la tête, confondu par la nature miraculeuse des événements. Qu'avait-il donc de si remarquable ce Dalmire ? se demanda Morgan. Des traits fins plutôt agréables, des cheveux châtains, épais, avec une raie tirée au cordeau, un corps mince et bien bâti. Le contraire de lui-même, il fallait bien le reconnaître, mais à part ça une fadeur sans reproche. Honnêtement, il devait admettre aussi que Dalmire s'était toujours montré amical et déférent : aucune raison évidente à la haine qu'il nourrissait maintenant en son sein.

Mais il savait qu'il haïssait Dalmire abstraitement, *sub specie aeternitatis* pour ainsi dire. Il le haïssait parce qu'il avait la vie trop facile et qu'au lieu de manifester, comme il l'aurait dû, une reconnaissance émerveillée et servile, il avait l'air de tenir cet état de choses pour aussi permanent et naturel que le mouvement des planètes. Il n'était même pas particulièrement intelligent. En vérifiant ses résultats scolaires et universitaires dans son dossier, Morgan avait été surpris de les découvrir pires que les siens. Et pourtant, pourtant *lui* était allé à Oxford alors que Morgan fréquentait un établissement de verre et de béton dans les Midlands. *Il* était déjà propriétaire d'une maison à Brighton — héritage d'une parente éloignée — alors que Morgan ne possédait en Angleterre que le demi-pavillon étriqué qu'occupait sa mère. Et il avait eu un poste à l'étranger dès la fin de son stage tandis que Morgan transpirait trois ans dans un bureau surchauffé près de Kingsway. Les parents de Dalmire vivaient dans le Gloucestershire, son père était lieutenant-colonel. Ceux de Morgan habitaient en banlieue, à Feltham, et son père avait été dans la limonade à Heathrow... Ainsi de suite. C'était trop injuste. Et maintenant Priscilla, par-dessus le marché. Il aurait voulu que Dalmire tombe sur un coup dur, cruel, inexplicable, quelque chose de choquant et d'arbitraire, simplement pour le rappeler à la réalité. Mais non, en une ultime insulte, un Dieu bourgeois, produit des écoles privées, avait permis à Priscilla de s'amouracher de Dalmire, fraîchement débarqué.

Un coup frappé à la porte interrompit le cours de ses pensées. Denzil Jones, le comptable, passa la tête dans l'entrebâillement.

« Excuse-moi, Morgan. Ah ! tu es là, Dickie. Je te vois au club ? Vers cinq heures ?

— Parfait, dit Dalmire. Tu crois que tu vas pouvoir tenir dix-huit trous, Denzil ? »

Jones éclata de rire :

« Si tu le peux, blanc-bec, je le peux aussi. Je te retrouve là-bas, OK ? Salut, Morgan. »

Jones disparut. Morgan se dit que de tous les accents qu'il détestait le gallois était le plus irritant. A l'exception peut-être de l'australien... encore que l'accent de Manchester...

« C'est un bon petit joueur de golf, Denzil », l'informa gracieusement Dalmire.

Morgan prit un air stupéfait :

« Lui ? Au golf ? Tu rigoles ! Avec une brioche pareille ? » Il en profita pour rentrer la sienne. « Ça m'étonne même qu'il puisse voir la balle ! »

Dalmire eut une moue de désapprobation polie :

« Il trompe son monde. Tu serais surpris. Sept de handicap. C'est tout ce que je peux faire pour le battre. A propos de golf, on m'a dit que tu jouais un peu. Pourquoi ne pas venir avec nous ?

— Non merci bien, dit Morgan. J'ai laissé tomber le golf. Ça foutait en l'air mon mental. » Il se rappela subitement quelque chose. « Dis-moi, tu vois quelquefois Murray sur le terrain ?

— Le docteur Murray ?

— C'est ça. L'Écossais. Le médecin de l'Université.

— Oui, quelquefois en semaine. Il ne joue pas mal pour un type plus très jeune. Je crois qu'il apprend à son fils en ce moment. Il était avec un môme ces temps-ci. Pourquoi ?

— Simple curiosité, dit Morgan. J'aurais aimé lui dire un mot. Je pourrais peut-être le coincer au club. »

Il avait l'air pensif.

« Mais alors, tu le connais bien ? s'enquit Dalmire.

— Professionnellement, c'est tout, répondit Morgan, évasif. J'ai eu à le voir pendant quelque temps il y a deux mois pour… Je ne me sentais pas très bien. Juste avant ton arrivée, en fait. »

Morgan rougit au souvenir des moments les plus pénibles de sa vie et il ajouta, avec une pointe de venin :

« A vrai dire je ne peux pas sentir ce type. Un sermonneur. Une espèce de calviniste. Aucune chaleur humaine. Je me demande pourquoi il est devenu médecin — autoritaire, brutal — accueillant comme une troupe de choc ! »

Dalmire parut surpris :

« C'est drôle. On m'avait dit qu'il était très aimé. Un peu austère peut-être — mais enfin je ne le connais pas du tout. On dit que c'est lui qui fait marcher les services de santé de l'Université. Il est ici depuis des siècles, non ?

— Je crois que oui. »

Morgan se sentit un peu ridicule : il n'avait pas eu l'intention d'attaquer aussi violemment mais tel était l'effet que Murray produisait sur lui. « Je suppose que ça n'a pas accroché entre nous. Conflit de personnalités. Nature de la maladie, etc. »

Il en resta là. Il ne voulait pas poursuivre le sujet Murray : la présence de cet homme dans sa vie lui semblait tout à fait fâcheuse et irritante au plus haut point. Dieu sait pourquoi, son chemin croisait constamment le sien. Quoi qu'il fît, il le trouvait toujours sur sa route. D'ailleurs à bien y penser maintenant, Murray, en un sens, lui avait coûté Priscilla : il était indirectement responsable des dernières nouvelles désastreuses que Dalmire, tout sourire, lui avait annoncées. De colère, il se raidit involontairement. Oui, il s'en souvenait, si Murray ne lui avait pas dit ce soir-là... Il se domina : il voyait la liste des propositions au conditionnel s'allonger jusqu'à demain matin. Futile exercice, se dit-il dans un soudain accès de bon sens. Murray, tout comme le jeune Dalmire, n'était qu'un bouc émissaire, un corrélatif à ses propres stupidités, à sa poursuite fervente de la connerie, à la banale pantalonnade en laquelle il s'appliquait avec tant de zèle à transformer sa vie : ci-gît Morgan LA PAGAILLE Leafy. Priez pour lui.

Il regarda ostensiblement sa montre puis interrompit la rêverie de Dalmire :

« Écoute, Richard — il ne se résolvait pas à l'appeler Dickie, même pas maintenant — j'ai un boulot terrible... »

Dalmire baissa la tête et tendit ses deux mains relevées comme pour supporter une étagère croulant sous le poids des livres :

« Je ne voudrais surtout pas, mon vieux, dit-il feignant de se prosterner. Non, non vas-y, continue à bûcher. »

Il gagna la porte en cinglant l'air d'un club de golf imaginaire. « Tu es sûr que tu n'as pas envie d'un petit parcours cet après-midi. A trois ? »

Morgan était terriblement agacé par l'entêtement que mettait Dalmire à illustrer ses remarques d'une gestuelle appropriée, comme un présentateur d'émissions télévisées pour les moins de cinq ans. Aussi, en guise de réponse, il secoua vigoureusement la tête et désigna d'un mouvement théâtral la montagne de paperasse sur le plateau du courrier. Dalmire leva le pouce en signe d'accord et sortit.

Morgan se rassit avec un soulagement accablé et considéra le ventilateur immobile au plafond. Il écoutait le ronron de son climatiseur. Comment, se dit-il avec un sourire tristement incrédule, une fille aussi sérieuse, raffinée, *adorable* que Priscilla pouvait-elle épouser cette nullité crasse, cet ignorant rejeton de la haute bourgeoisie anglaise ? Il se pinça le bout du nez, en proie à une perplexité déchirante. Elle savait que je l'aimais, *pourquoi* n'a-t-elle pas pu voir... Pour la troisième fois il reprit le contrôle de ses pensées. Inutile de se raconter des histoires : il savait très bien pourquoi.

Il se leva, fit le tour de son bureau et s'approcha de la fenêtre. Dalmire avait raison pour l'orage : un mur vaporeux d'épais nuages gris-pourpre menaçait à l'ouest. Il pleuvrait sans doute ce soir : il y avait toujours des orages au moment de Noël. Il promena son regard sur la capitale provinciale. Quel cul-de-sac, se dit-il comme chaque fois qu'il contemplait le paysage. La seule grande ville d'un petit État dans un pays de second ordre en Afrique occidentale : le poste diplomatique d'une vie ! On ne pouvait même pas dire que c'était une voie de garage, ricana-t-il. Il se sentit misérable : aujourd'hui, l'ironie ne lui était d'aucun secours. Parfois il était pris de panique ; il imaginait son dossier perdu à Whitehall, enfoui dans un classeur sans fond du ministère, et personne ne se rappelait même plus qu'il était ici. Ses cheveux s'en dressaient sur sa tête.

Telle Rome, Nkongsamba était bâtie sur sept collines mais là cessait toute ressemblance. Posée sur l'ondoyante forêt tropicale, elle évoquait, vue d'avion, une gargantuesque vomissure d'ivrogne sur une vaste pelouse oubliée par les tondeuses. Tous les immeubles étaient couverts de tôle ondulée plus ou moins mangée de rouille, et de la fenêtre du Haut-Commissariat adjoint — régnant sur une colline au-dessus de la ville — Morgan voyait les toits s'étirer devant lui en un échiquier de tons ocre, un océan de bile métallique, la vision paranoïaque d'un urbaniste fou.

A part un gratte-ciel au centre de la ville, une banque, les studios modernes de la télévision kinjanjaise et les grands magasins Kingsway, peu de bâtiments dépassaient trois étages et la plupart consistaient en maisons de boue aux murs croulants, agglutinées au hasard le long de rues étroites, défoncées et bordées de fossés purulents. Morgan aimait à se figurer la ville comme un immense bouillon de culture abandonné dans un placard humide par un laborantin distrait, et foisonnant sans contrôle dans des conditions idéales de multiplication.

Outre l'entassement suffocant des maisons et l'écœurante puanteur des ordures et autres matières en décomposition, ce qui frappait le plus Morgan dans Nkongsamba, c'était les palpitantes manifestations de la vie organique sous toutes ses formes. Des générations entières s'étalaient autour des cases comme les figurants d'un documentaire sur « Les Quatre saisons de l'Homme », depuis les grand-mères ratatinées aux seins flasques jusqu'aux chérubins aux ventres rebondis qui pissaient dans les caniveaux d'un air concentré. Poules, chèvres et chiens exploraient chaque tas d'ordures à la recherche du moindre déchet consommable, et le flot des passants, s'aventurant avec précaution entre le redoutable trafic des voitures et le bord croulant des fossés, ne tarissait jamais.

A la foule grouillante et colorée se mêlaient des mendiants lépreux, affreusement mutilés et aux moignons rongés qui titubaient, sautillaient, rampaient ou, dans les pires des cas, se propulsaient sur de petits chariots en bois. On y trouvait aussi d'agiles rabatteurs de parking escortant des vendeuses aux grosses fesses ; des gamins proposant stylos-billes, peignes, chiffons à poussière, oranges, porte-manteaux, lunettes de soleil et montres russes bon marché ; des vaches blanches à grosse bosse menées par de dignes Fulanis du Nord, au fin visage. On y voyait aussi parfois, venus en haillons poussiéreux des forêts voisines, des fous qui se frayaient un chemin hasardeux dans la cohue, l'air hagard. Un jour, à un carrefour très fréquenté, Morgan en avait rencontré un. Il avait un pagne sale et des cheveux teints en orange. Planté là, il ouvrait de grands yeux fixes sur la sargasse d'humanité qui défilait devant lui. De temps à autre, il lançait à tue-tête insultes et malédictions, tout en esquissant un pas de danse rituelle. Les gens riaient ou l'ignoraient — les fous sont bien tolérés en Afrique — le laissant baragouiner innocemment sur le trottoir. Pour une raison quelconque, Morgan avait brusquement éprouvé une puissante sympathie pour ce pauvre bougre et son terrible isolement — qu'il lui avait semblé comprendre et partager et, spontanément, en passant, il avait fourré dans la main calleuse un billet d'une livre. Un instant, le fou avait tourné vers lui son regard jaune avant d'enfourner le morceau de papier dans sa bouche baveuse et de le mâcher en salivant de plaisir.

Tandis qu'il contemplait la ville, Morgan pensait en rougissant à cet incident. Selon les jours, Nkongsamba lui remontait le moral ou bien le déprimait. Récemment — enfin, depuis les trois derniers mois — la ville le plongeait dans une misanthropie si violente, si profonde, qu'eût-il possédé une bombe atomique ou une fusée Polaris de trop, il en aurait fait sa cible avec joie. Foutu en l'air les sept collines en une seconde. Nettoyé le terrain. Rendu à la jungle vorace.

Un instant il imagina le champignon nuageux. Boum ! La retombée de la poussière et avec elle du lourd silence de l'éternité. Mais il devinait, au fond, la totale futilité d'un tel exercice. Cet endroit possédait trop de vie à l'état pur pour disparaître aussi facilement. Il en serait comme pour le cafard qu'il avait tenté d'occire l'autre soir chez lui. Plongé dans un bouquin porno, il avait soudain avisé du coin de l'œil un vrai monstre — cinq centimètres de long, brun et brillant comme un joujou mécanique, deux antennes frémissantes — qui se baladait sur le sol en béton de son salon. Il l'avait noyé sous des nuages de tue-mouches, assommé avec son livre, piétiné, sautant à pieds joints comme un pantin désarticulé sur la révoltante créature, mais rien à faire : un long filet baveux derrière lui, les antennes en berne et deux pattes en moins, l'animal avait néanmoins réussi à regagner l'abri de la plinthe.

Morgan tourna le dos au paysage et au bruit des avertisseurs étouffé par les fenêtres résolument closes. La pluie serait bien agréable, se dit-il. Elle ferait tomber la poussière et procurerait un peu de fraîcheur pour une heure ou deux. Il était important de garder son sang-froid, surtout en ce moment. Il se sentait bien dans son bureau avec son climatiseur au maximum mais, dehors, l'attendait son ennemi le soleil, prêt à reprendre le combat. Il avait décidé que son seuil, très bas, de résistance à la chaleur était responsable de son teint : pâle, laiteux et sous-tendu par une épaisse couche de graisse. Après bientôt trois ans d'Afrique, il n'avait pas encore réussi à acquérir un bronzage convenable. Seulement des taches de rousseur, encore et toujours : des millions et des milliards. Il tendit ses bras pour les examiner. De loin on aurait pu les croire bruns mais de près l'illusion s'évanouissait. C'était un vivant tableau pointilliste. Mais, si ses calculs étaient exacts, une année encore et ses taches se fondraient en une couche continue et alors il n'aurait plus besoin de se bronzer.

Une année encore ! Il ricana. Vu la tournure des événements ce serait un miracle s'il était encore là après Noël et les élections. La folle invraisemblance de cette affaire lui donnait le tournis chaque fois qu'il y pensait. Il n'y avait que le Kinjanja, se dit-il, et le Kinjanja seulement pour organiser des élections entre Noël et le jour de l'An. Et pas n'importe quelle élection. La consultation de fin d'année s'annonçait comme la plus importante jamais tenue dans la courte histoire de cette obscure contrée. Ces pensées le ramenèrent malgré lui à son travail et il s'éloigna de la fenêtre pour se remettre à son bureau, dont il fit le tour avec circonspection comme s'il avait recelé une bombe. Il s'assit précautionneusement et prit le dossier vert posé sur son sous-main. Il en lut l'en-tête familier : PNK, Parti National Kinjanjais. Il l'ouvrit et les traits encore plus familiers du représentant de la région centre-ouest, professeur et chef Sam Adekunlé, lui sautèrent au visage, souriant derrière les moustaches en guidons et les favoris en côtelettes. Morgan feuilleta les pages d'un doigt gourd et parcourut d'un œil distrait les évaluations, les graphiques, les courbes démographiques, les études de manifestes et les analyses confidentielles des tendances politiques du parti. C'était un travail solide, compétent complet, détaillé et présenté de manière professionnelle Et pondu entièrement par lui. Il tourna la dernière page et relut son memo final : de la kyrielle des partis politiques en lice pour les élections, le PNK et Adekunlé étaient les plus anglophiles et leur victoire assurerait la protection des investissements — larges et largement profitables — britanniques et en encouragerait le maintien et le développement dans les années à venir. Il se rappelait, sans plaisir désormais, combien Fanshawe avait été emballé par son rapport, combien le telex avait cliqueté et vibré entre Nkongsamba et la capitale sur la côte, entre Nkongsamba et Londres. « Formidable, Morgan, avait dit Fanshawe, continuez, continuez. »

Morgan maudit son efficacité, sa perspicacité, la sûreté de ses informations. La fatalité s'en était à nouveau mêlée. Pourquoi n'avait-il pas choisi le Parti Populaire du Kinjanja ou bien le Parti Progressiste Populaire Kinjanjais ou encore le Parti Unifié du Peuple Kinjanjais ? Parce qu'il était trop foutrement zélé, trop connement malin, voilà tout. Parce que pour une fois dans sa vie, il avait voulu produire du bon boulot, se faire une réputation, essayer de s'en sortir. Il referma brusquement le dossier avec un ricanement de colère impuissante. Et maintenant, s'accusa-t-il impitoyable, maintenant Adekunlé te tient par la peau des fesses, non ? Ficelé, la tête en bas et gigotant au bout de la ligne.

Chantage, selon les romans policiers qu'il avait lus, était un vilain mot mais il était surpris de le prononcer, en association avec son propre nom, sans trop d'agitation. Adekunlé le faisait chanter — cela au moins était clair — mais peut-être son calme relatif tenait-il à la nature bizarre de la tâche qui lui avait été assignée. Aussi déplaisante fût-elle, on ne pouvait pas la qualifier d'accablante ; en fait, depuis dix jours qu'elle lui avait été imposée il n'avait rien fait pour s'en décharger. Adekunlé aurait pu lui demander n'importe quoi : le contenu des dossiers de la Commission, la liste des Honneurs du Nouvel An, une décoration, l'accès à la valise diplomatique et Morgan aurait volontiers obtempéré tant il était anxieux de conserver son job. Mais Adekunlé n'avait présenté qu'une simple requête, simple en ce qui le concernait, lui, mais cauchemardesque pour Morgan : « Faites la connaissance du docteur Murray, avait dit Adekunlé. Devenez son ami. C'est tout. »

Morgan sentit son cerveau se mettre de lui-même au point mort ; une réaction d'auto-défense spontanée contre les dangers de la surcharge. Murray. Encore ce foutu type. Pourquoi, mais pourquoi Adekunlé souhaitait-il qu'il devînt l'ami de Murray ? Quel commun intérêt pouvait bien réunir deux hommes aussi différents que Murray et Adekunlé ? Morgan n'en avait pas la moindre idée.

Il secoua violemment la tête comme un nageur qui se débarrasse de l'eau dans ses oreilles. Il remit le dossier dans son classeur et le ferma à clé avec découragement. Adekunlé avait dû le considérer comme un don du ciel, conclut-il : un gros homme blanc s'offrant joyeusement pour le sacrifice... Arrivé à ce point il abaissa le rideau de fer, renforcé au titane, devant son imagination, une tactique qu'il avait perfectionnée; il refusa de penser à l'avenir et ordonna à son cerveau d'ignorer cette effrayante dimension. Il pouvait parvenir au même résultat de réclusion solitaire, une sorte de mise en quarantaine cérébrale, avec d'autres facultés récalcitrantes telles la mémoire ou la conscience qui à l'occasion se montraient choses irritantes, harcelantes. Si elles se tenaient mal, on les mettait au coin. Il ferma les yeux, s'enfonça dans son fauteuil, respira profondément à plusieurs reprises et se laissa envahir par le ronronnement du climatiseur. Il était sur le point de piquer un somme quand il entendit frapper à la porte et, à travers les cils d'un œil à moitié ouvert, vit entrer Kojo.

« Oh! zut! dit-il impatiemment. Oui, qu'y a-t-il? »

Insensible à l'hostilité du ton, Kojo s'approcha du bureau :

« Les lettres, missié. A signer. »

Marmonnant dans sa barbe, Morgan parcourut le courrier. Trois réponses négatives à des cartons pour des manifestations semi-officielles; des invitations destinées aux membres éminents de la colonie britannique pour le buffet-lunch donné le lendemain de Noël en l'honneur de la duchesse de Ripon en visite à Nkongsamba. Des attributions routinières de visa, sauf un refus pour un soi-disant pasteur de l'église Non Dénominationnelle de la Fraternité Méthodiste de Kinjanja. Et finalement une note destinée au British Council de la capitale et disant que, oui, on pourrait loger un jour ou deux un poète de passage lors de sa participation à un Festival Culturel Anglo-Kinjanjais à l'Université de Nkongsamba. Morgan relut le nom du poète : Greg Bilbow. Il n'en avait jamais entendu parler. Il signa rapidement les lettres, confiant en la frappe impeccable de Kojo. Continuons de faire flotter haut le drapeau, ricana-t-il. Assurons la survie de la démocratie dans le monde. Mais il mit un frein à ses sarcasmes. Dans un sens, c'était le côté ennuyeux, idiot et mesquin de son travail et le désir d'y échapper qui lui avaient fait attaquer le dossier du PNK avec autant d'élan patriotique — et regarde dans quel guêpier tu t'es fourré, se reprocha-t-il piteusement.

Il tendit les lettres à Kojo et regarda sa montre :

« Vous rentrez chez vous maintenant ? » demanda-t-il sur un ton qui se voulait intéressé.

Kojo sourit : « Oui, missié.

— Comment va votre femme ? Et le bébé ? Un garçon, non ?

— Elle va bien, missié. Mais... j'ai trois enfants, lui rappela Kojo gentiment.

— Ah ! oui, bien sûr ! Que je suis bête ! Tout le monde va bien, non ? »

Il se leva et accompagna Kojo jusqu'à la porte. La tête laineuse du petit homme arrivait sous l'aisselle de Morgan. Celui-ci jeta un coup d'œil dans le bureau de Kojo. Des festons de guirlandes, des masses de décorations bon marché.

« Vous aimez bien Noël, hein Kojo ? »

Kojo se mit à rire :

« Oh ! oui, missié. Beaucoup. La naissance de Notre-Seigneur Jésus. »

Morgan se rappela que Kojo était catholique. Il se souvint aussi de l'avoir vu, un dimanche qu'il descendait en ville, devant l'église avec sa famille : une toute petite femme avec un magnifique costume de dentelle et trois garçonnets minuscules identiquement vêtus de shorts rouges et d'une chemise éblouissante de blancheur.

Morgan examina son petit secrétaire avec une curiosité non dissimulée :

« Tout est OK, Kojo ? demanda-t-il. Je veux dire, pas de problème, pas de gros souci ?

— Pardon, missié ? » interrogea Kojo, tout à fait surpris.

Pas vraiment certain de ce qu'il essayait de lui faire dire, Morgan insista :

« Vous êtes heureux, non ? Tout baigne dans l'huile, rien sur le cœur ? »

Kojo se raccrocha au mot heureux. Il éclata d'un grand rire essoufflé et contagieux d'asthmatique :

« Oh ! oui, je suis un homme très heureux. »

Kojo regagna son bureau les épaules secouées par l'hilarité. Il me croit sans doute fou, conclut Morgan. Un diagnostic plutôt raisonnable en la circonstance, il fallait en convenir.

Il reprit son poste à la fenêtre et observa l'avenue en essayant de ne pas penser à Priscilla et à Dalmire. Il aperçut cet imbécile de Peter, le chauffeur homicide de la Commission en train d'astiquer la longue Austin Princesse noire de Fanshawe. Il vit Jones sortir et se diriger vers sa Volkswagen en compagnie de la toujours joviale Mrs. Bryce, épouse d'un géologue de l'Université et secrétaire de Fanshawe. Deux autres femmes d'expatriés travaillaient à mi-temps au secrétariat et à l'administration de la Commission mais Mrs. Bryce était la seule « régulière ». Elle était grande et maigre ; ses mollets étaient couverts de furieuses piqûres de moustiques de la taille d'une pièce de cinq francs. Bibendum Jones trottait à ses côtés. Ils s'arrêtèrent un moment pour bavarder avec animation près de la mobylette de Mrs. Bryce. Sans doute, pensa aigrement Morgan, elle est en train de raconter à Jones qu'elle est la plus heureuse des femmes de Nkongsamba, qu'elle ne se plaint jamais et que la vie est vraiment épatante si on la prend du bon côté.

Devant l'empressement de Jones, Morgan se demanda vaguement s'ils étaient amants. Partout ailleurs qu'en Afrique équatoriale, l'idée aurait soulevé des rires incrédules mais Morgan avait connu des accouplements plus étranges. Malgré un vague sentiment de gêne, il tenta d'imaginer Jones et Mrs. Bryce faisant la bête à deux dos mais l'incompatibilité de leurs physiques respectifs eut raison de ses efforts. Il se détourna de la fenêtre en se demandant pourquoi il finissait toujours par penser au sexe. Était-ce normal ? En allait-il de même pour les autres ? Il en était déprimé.

Si Mrs. Bryce rentrait chez elle, raisonna-t-il, essayant de secouer sa mélancolie, c'est que Fanshawe avait dû fermer boutique et il avait bien l'intention d'en faire autant. Il prenait la légère veste tropicale pendue à la porte de son bureau quand résonna la sonnerie de l'interphone. Il décrocha :

« Leafy, aboya-t-il, agressif, dans le récepteur.

— Ah ! Morgan, dit à l'autre bout une voix féminine à l'accent snob et cultivé. C'est Chloé. »

Il fallut deux secondes désespérées à Morgan, convaincu de ne pas connaître de Chloé, avant d'établir soudain le rapport avec la personne qui était la femme de Fanshawe. Mrs. Chloé Fanshawe, épouse du haut-commissaire adjoint à Nkongsamba. Morgan devait son trou de mémoire au fait qu'il ne pensait jamais à la dame sous le nom de Chloé et très rarement sous celui de Mrs. Fanshawe. Les vocables les plus aimables employés d'ordinaire étaient la Grande Garce ou bien la Vieille Poufiasse. Le problème était qu'ils se haïssaient. Rien de précis à l'origine du conflit : ni hostilité ouverte ni violente confrontation. Simplement une conclusion à laquelle tous deux paraissaient avoir abouti très naturellement et sans surprise, comme si cette animosité avait eu pour cause un accident génétique tout à fait particulier. Morgan voyait parfois un signe de maturité dans cette manière raisonnable qu'ils avaient tous deux de reconnaître ainsi les faits, tacitement et sans histoire. La coexistence n'en était que plus simple. Par exemple il avait instantanément compris que cet échange significatif de prénoms voulait dire en pratique qu'elle entendait obtenir quelque chose de lui. Il fut immédiatement sur ses gardes :

« Allô ! Ah ! oui, Chloé, dit-il, essayant le prénom sur sa langue.

— Vous n'êtes pas occupé, Morgan ? »

Question en apparence, la phrase faisait office de constat : aucune réponse n'était requise.

« Voulez-vous venir prendre un sherry ? Dans cinq minutes ? A tout de suite. »

Elle raccrocha. Morgan réfléchit. Songeant qu'il s'agissait peut-être de Priscilla, le fruit unique des entrailles Fanshawe, il fut saisi d'une inhabituelle euphorie qui tout aussitôt mourut : il n'y avait pas vingt minutes, Dalmire pavoisait dans son bureau. Rien n'avait pu changer si vite.

Tout en se demandant ce qu'on lui voulait, Morgan défroissa sa veste, traversa le bureau de Kojo et descendit : le brusque passage de la fraîcheur climatisée à la chaleur humide du jour finissant lui donna le même choc qu'à l'accoutumée. Ses yeux se mirent à larmoyer, il prit soudain conscience du contact du tissu sur sa peau et du frottement désagréable de ses cuisses épaisses sous son aine moite. Le temps qu'il atteigne le bas des escaliers et qu'il ait traversé le vestibule jusqu'à la porte d'entrée, tout le bénéfice de son après-midi de confortable fraîcheur avait disparu. Le soleil était bas sur Nkongsamba, rendant d'un noir menaçant les nuages orageux, et son éclat le frappa en plein visage. Il brillait rouge et large à travers le brouillard de poussière du harmattan — un mistral chaud et sec venu du Sahara qui, chaque année à cette époque, soufflait sur l'Afrique de l'Ouest, réduisait l'humidité de quelques degrés négligeables, remplissait l'air et chaque crevasse d'une fine poudre sablonneuse, et faisait gondoler puis éclater le bois et le plastique avec la force d'un champ magnétique.

Morgan prit l'allée de gravier qui menait de la Commission à la Résidence officielle des Fanshawe, à quelque cent mètres de là, dans la vaste propriété. Le harmattan avait décoloré chaque touffe d'herbe en un brun uniforme sur lequel les massifs d'hibiscus et les halliers de bougainvillées se détachaient, tels des oasis dans le désert. A gauche, derrière une rangée irrégulière de nimes, se trouvait le quartier des domestiques, deux blocs de béton sans étages se faisant face de chaque côté d'une cour de latérite. Autour des vérandas noircies par la fumée, Morgan pouvait voir les éventaires multicolores de fruits et de légumes des marchands ambulants et entendre le chant des femmes battant le linge au lavoir, à l'extrémité du quartier, les pleurs des enfants et le caquetage des poulets déplumés.

Officiellement, il n'y avait que six logements pour le personnel domestique de la Commission mais les annexes avaient fleuri, des huttes de feuillage avaient été édifiées, cousins, jardiniers d'occasion, parents de passage avaient fait leur apparition et, au dernier recensement, on avait dénombré quarante-trois habitants. Fanshawe avait chargé Morgan d'évincer les résidents illégaux, se plaignant que le bruit était devenu intolérable et que le tas d'ordures, derrière les bâtiments, s'étalait maintenant jusqu'à la route principale, mais Morgan n'avait encore rien fait à ce propos et il semblait fort douteux qu'il s'en occupât jamais.

Il traversa directement la pelouse jusqu'au perron de la maison des Fanshawe. Il chercha du regard la petite Fiat de Priscilla et son cœur fit un bond en apercevant l'arrière de la voiture dépasser du garage à droite de la maison. Elle était donc là, se dit-il, à moins que Dalmire ne l'ait emmenée jouer au golf. Troublé, il ajusta le nœud de sa cravate.

La résidence du haut-commissaire adjoint à Nkongsamba était une imposante bâtisse de deux étages. Une entrée à portique surmontait des marches qui menaient à une longue galerie bordée de portes-fenêtres. A l'intérieur, de vastes pièces de réception hautes de plafond ; à l'arrière, la maison avait vue sur un des quartiers les plus chics de Nkongsamba, au sud-est de la ville. Au moment de sombrer dans les nuages orageux à l'ouest, le soleil jouait de ses derniers rayons sur la façade blanchie à la chaux.

Morgan s'apprêtait à grimper les marches quand Fanshawe se pencha sur la balustrade de la véranda. Il portait une tunique chinoise d'un bleu voyant avec un col officier semé d'idéogrammes pourpres.

« 'Soir Morgan, dit-il vivement. Que puis-je pour vous ? »

Il ne savait manifestement rien du coup de téléphone de sa femme. C'était mauvais signe. L'appréhension saisit Morgan.

« Chloé... Mrs. Fanshawe m'a demandé de passer.

— Vraiment, dit Fanshawe, apparemment incapable de comprendre une telle aberration de la part de sa femme. Bon, eh bien alors, entrez. »

Morgan monta les marches. Fanshawe était debout à côté d'un arrosoir de plastique rouge.

« J'arrose les plantes », fit-il pour dire quelque chose, en désignant du menton plusieurs pots de grossière faïence noire débordant d'une luxuriante verdure. De sa main tendue, il indiqua la porte ouverte. Morgan entra et s'assit.

Il avait du mal à définir ou même à identifier ses sentiments à l'égard de Fanshawe. Ils oscillaient entre trois pôles : du mépris agacé à l'indifférence totale en passant par l'irritation lancinante, tels ces jouets pour jeunes cadres dynamiques où une boule suspendue à un fil oscille entre trois aimants. C'était un homme d'aspect ascétique avec des cheveux gris clairsemés bien lissés en arrière. Sa petite moustache, méticuleusement dessinée en une ligne horizontale parfaitement équidistante de son nez et de sa lèvre supérieure, tenait si peu compte du reste du visage qu'elle lui donnait l'air d'être sur le point de sourire même lorsqu'il restait parfaitement guindé. Morgan, en conséquence, n'arrivait vraiment pas à le prendre au sérieux.

Fanshawe était un spécialiste de l'Extrême-Orient : il avait fait carrière dans des consulats et des ambassades d'endroits aussi exotiques que Sumatra, Hong Kong, Saigon et Singapour. Nkongsamba était son dernier poste avant la retraite et il le ressentait comme une injure. Il avait encore presque deux ans à tirer et la perspective de les faire comme haut-commissaire adjoint dans un bled aussi perdu et insignifiant était difficile à avaler pour son orgueil professionnel. Il nourrissait le rêve secret d'un dernier poste spectaculaire, d'un point final brillant à une carrière peu inspirée. Ce désir provoquait chez lui des crises de zèle apostolique dans sa manière d'administrer la Commission de Nkongsamba : tel un condamné à mort qui se comporte en prisonnier modèle dans l'espoir d'une grâce de dernière minute. Il était également très déprimé par l'obligation de vivre en Afrique, surtout dans un pays comparativement aussi peu civilisé que le Kinjanja. « Choc culturel, répétait-il souvent à Morgan à propos de son arrivée sur le continent noir. Un coup de poing entre les deux yeux. Je ne pense pas que Chloé s'en remette jamais. » Les deux Fanshawe étaient enclins à des explosions lyriques quant à la grâce et à la dignité de l'Orient. Ils épiloguaient avec extase sur les siècles, les éons de culture et de développement discipliné qu'avait connus l'Orient.

« Bien plus civilisés que nous, mon vieux, commençait la litanie de Fanshawe, quant à l'Africain, eh bien, que dire… » Ici intervenait un sourire entendu et un sourcil en point d'interrogation. « Beau, élégant, l'Oriental. L'harmonie, voyez-vous, tout est là. Le Yin et le Yang, c'est bien ça chérie ? Le Yin et le Yang, criait-il à travers la foule d'un cocktail et sans le moindre embarras à sa femme très gênée. Fanshawe s'était forcé à croire à ce fatras, Morgan l'avait finalement compris et, comme tous les fanatiques, il était incapable d'admettre la validité d'un autre point de vue. Morgan avait donc renoncé à lui faire commenter la grâce et l'harmonie de Gengis Khan, de la prison de

Changi et de Pearl Harbour. Mais si Fanshawe avait de réelles convictions, Morgan savait que chez sa femme ce n'était qu'affectation.

Ainsi la décoration de la résidence tenait à la fois du temple bouddhiste de fortune et du restaurant chinois. On y trouvait des paravents de bois sculpté, des lanternes de papier, des meubles incroyablement bas, de sévères arrangements floraux en bois d'épaves, des peintures sur soie et un immense gong en bronze suspendu à une perche, elle-même soutenue par deux personnages grandeur nature en bois doré. En rentrant un soir avec Priscilla (il lui semblait qu'il y avait des années, juste au début de leur « fréquentation »), Morgan enhardi par l'amour et l'alcool, s'était saisi du battant et, mimant un grand mouvement languide, avait frappé le gong en s'écriant d'une voix de basse profonde : « J. Arthur Rank présente. » Il avait fait un bide : les expressions choquées, sévères de la famille dont le silence contrait le dénonçait implicitement comme hérétique, les instants de confusion intense tandis qu'il essayait maladroitement de replacer le battant sur le petit crochet... Il frissonna, se rappelant l'incident, à la vue du gong brillant de tous ses cuivres, et il se demanda ce que la vieille peau pouvait bien lui vouloir.

« J'imagine que Chloé va descendre tout de suite », dit Fanshawe comme s'il avait lu ses pensées, et au même instant sa femme apparut en haut des escaliers. Avant de rencontrer cette Chloé-là, Morgan pensait que les propriétaires de ce prénom étaient automatiquement soit de brillantes névrosées, filles de vieux professeurs d'Oxford, ou bien des débutantes idiotes et piaillantes. Mrs. Fanshawe n'était ni l'une ni l'autre et Morgan, pour la cataloguer, avait été contraint de réviser considérablement ses catégories Chloé. Elle était grande, pâle et bien en chair, une femme « pas mal » mais empâtée, avec des cheveux courts teints en noir, dégageant résolument le visage et cimentés par une laque impitoyable : même sous

31

le vent le plus violent Morgan n'avait jamais vu un seul cheveu se détacher de cette masse pétrifiée. Elle avait la poitrine d'une chanteuse d'opéra : d'une seule pièce, fortement ficelée et baleinée, et surplombant le reste du corps, qui s'amenuisait jusqu'à deux pieds étonnamment menus et élégants : trop petits, avait toujours pensé Morgan, pour assurer l'équilibre de ce buste impressionnant. Son maintien confirmait cette conclusion : pieds légèrement écartés, cuisses serrées, tête rejetée en arrière comme si elle craignait de tomber en avant. Elle s'aventurait rarement au soleil, préservant ainsi une pâleur de memsahib du Raj, entretenue par de généreuses applications de son poudrier qu'elle sortait souvent, en public. Son autre accessoire favori était un bâton de rouge écarlate qui ne faisait que souligner la minceur de ses lèvres.

« Ah ! vous voilà enfin, Morgan », dit-elle, comme si c'était elle qui eût attendu. Elle traversa majestueusement la pièce avant d'aller s'asseoir avec précaution dans un fauteuil à ras du sol. « Du sherry, Arthur », lança-t-elle à Fanshawe qu offrit à chacun un pâle Amontillado.

« Eh bien », soupira Mrs. Fanshawe en levant son verre. Elle ajouta quelque chose qui aux oreilles de Morgan sonna comme Nakana-hishana. « Un toast siamois, expliqua-t-elle avec condescendance.

— Hum, Nakahish... Hum ! à la bonne vôtre », répliqua Morgan, qui avala sans enthousiasme une gorgée tiédasse de son écœurant sherry. Il sentit la transpiration lui couler le long du corps. Personne ne boit de sherry en Afrique, ragea-t-il intérieurement, et certainement pas à cette heure-ci quand tout ce que votre organisme réclame est un grand verre cliquetant de glace et plein d'une boisson à réveiller un mort. Morgan lorgna les genoux pâles de Mrs. Fanshawe tandis qu'elle tirait sur l'ourlet de sa robe de soie thaïlandaise. Personne, il en était très conscient, n'avait encore prononcé le nom de Priscilla, aussi prit-il résolument le taureau par les cornes :

« Merveilleuses nouvelles au sujet de Priscilla et, euh, je suis très heureux, dit-il faiblement, levant son verre poisseux en l'honneur du couple, pour la deuxième fois ce jour-là.

— Ah ! vous êtes au courant, s'enthousiasma Mrs. Fanshawe. Je suis si contente. Dickie vous a dit ? Nous sommes enchantés, n'est-ce pas Arthur ? Il a un si bel avenir... Dickie je veux dire. »

Tout ceci fut débité précipitamment et suivi d'un silence gêné : l'allusion avait été saisie et digérée.

« Priscilla descend dans une minute, continua Mrs. Fanshawe, sa peau pâle refusant de rougir. Elle sera ravie de vous voir. »

Le sherry déprimait Morgan et ce mensonge aggrava la mélancolie qui commençait à l'envahir, aussi inévitable que la nuit.

Il fixait d'un air morose les dragons des carpettes tandis que les Fanshawe lui donnaient force détails sur l'heureux sort de Dickie et de Priscilla et les hautes relations des futurs beaux-parents :

« ... Étonnant mais la famille de Dickie est liée à la duchesse de Ripon. Que pensez-vous de cette coïncidence ? »

Morgan releva brusquement la tête. La requête allait bientôt suivre. Il avait une oreille infaillible pour déceler les sujets ramenés de force sur le tapis.

« C'est justement de cela que je voulais vous parler, Morgan », dit-elle comme il s'y attendait. Elle passa les mains sous ses fesses pour défroisser sa robe :

« As-tu une cigarette, Arthur ? » demanda-t-elle à son mari.

Fanshawe lui tendit un coffret en bois de rose incrusté d'un paysage de nacre, par Hokusaï. Elle prit une cigarette qu'elle vissa dans son fume-cigarette. Morgan refusa du geste la boîte qui lui était offerte :

« J'ai renoncé, dit-il. Faut pas me tenter. Tss, tss. »

Quel besoin avait-il de jouer ainsi les crétins, se demanda-t-il, tandis que Mrs. Fanshawe lui souriait, dents serrées. Elle alluma sa cigarette. Je sais pourquoi elle utilise un fume-cigarette, se dit Morgan. Elle aime mordre. Les rides s'effacèrent momentanément sur la gorge de Mrs. Fanshawe lorsqu'elle rejeta la tête en arrière pour souffler la fumée vers le ventilateur qui tournait au plafond.

« Oui, dit-elle, comme si elle répondait à une question, la duchesse passera la nuit ici, après son arrivée dans le courant de la journée de Noël. Elle a très gracieusement accepté de présider le goûter d'enfants, au club, l'après-midi. »

Elle en resta là, laissant flotter les mots dans l'air. Oh ! non, pensa misérablement Morgan : les jeux, elle veut que j'organise les jeux. Il se composa un masque de fermeté. Il refuserait. Ils pouvaient toujours insister ; *il n'allait pas* passer Noël à discipliner des hordes de petits braillards.

Mrs. Fanshawe tapota la cendre de sa cigarette.

« La duchesse, reprit-elle, l'air dégagé, fera un petit cadeau à chacun des enfants d'expatriés et — elle tourna vers Morgan un sourire rayonnant — c'est là que nous comptions sur vous. »

Morgan n'y était plus.

« Excusez-moi, mais je ne vous suis pas très bien...

— L'esprit de Noël et tout ça », interrompit Fanshawe.

Morgan ne comprenait pas davantage mais il sentit l'appréhension lui creuser l'estomac.

« Exactement, triompha Mrs. Fanshawe comme si tout était clair et entendu. Nous avons pensé, n'est-ce pas Arthur, que puisque nous étions les hôtes de la duchesse, il convenait qu'un membre important de la Commission soit associé à son geste si généreux. »

Morgan s'affola :

« Vous voulez dire que vous aimeriez que je distribue les cadeaux ?

— Précisément, dit Mrs. Fanshawe. Nous voudrions que vous fassiez le Père Noël. »

Morgan se sentit bouillir de rage et d'indignation. Il s'accrocha aux bras de son fauteuil, s'efforçant de contrôler sa voix :

« Entendons-nous bien, dit-il très lentement. Vous voulez que je m'habille en Père Noël ? »

Sa lèvre supérieure tremblait de fureur devant l'effronterie de la proposition. Pour qui, nom de Dieu, le prenaient-ils ? Un bouffon ?

« Que se passe-t-il, Morgan ? demanda une voix dans l'escalier. Tu vas faire le Père Noël ? »

C'était Priscilla. Elle portait un pantalon blanc à pattes d'éléphant et un tee-shirt bleu ciel. Morgan se leva d'un bond, le cœur battant. Priscilla. Ces seins.

Il reprit à temps son sang-froid.

« Eh bien..., dit-il, en détachant les deux syllabes pour souligner d'autant mieux son refus réticent.

— Mais c'est merveilleux ! s'exclama Priscilla se penchant sur un bras du canapé. Tu vas faire un super Santa Claus ! Comme c'est astucieux de ta part, Maman ! »

Morgan se sentit de plus en plus perdu. Comment pouvait-on à ce point se méprendre sur le ton de sa voix ? Mais en même temps il était content. Content qu'elle fût contente.

« Je ne sais pas, poursuivit Morgan, hésitant, je pensais que Dalmire... que Dickie pourrait... »

Un rire en cascade accueillit cette demi-suggestion :

« Oh ! Morgan ! Ne sois pas si bête, s'exclama Priscilla, Dickie est bien trop mince. Oh ! là, là ! » Puis, feignant la confusion, l'index sur sa lèvre inférieure : « Oh ! mon Dieu ! Pardon Morgan ! »

Tout le monde sourit, même lui. Il se haïssait.

« Allez, vas-y, dit Priscilla, renversée en arrière, pointant ses seins vers lui. Tu seras fantastique ! »

A ce moment-là il aurait fait n'importe quoi pour elle.

« Très bien, dit-il, parfaitement conscient qu'il regretterait sa décision tout le restant de sa vie. D'accord.

— Brave garçon ! dit Fanshawe, s'approchant avec la carafe de sherry, je vous remets ça, non ? »

Priscilla sortit en même temps que Morgan. Elle allait au Club rejoindre Dalmire après sa partie de golf. Morgan l'accompagna jusqu'à sa voiture. Son cafard s'accentuait et il sentait venir une lancinante migraine.

« A propos, dit-il, je voulais te dire : félicitations. C'est un gentil garçon, euh, Dickie. Le veinard », ajouta-t-il avec ce qu'il espérait faire passer pour une moue désabusée.

Priscilla promena un œil rêveur sur le bâtiment de la Commission. Son regard fit le tour des nuages orageux derrière lesquels le soleil avait maintenant sombré, ourlant d'un orange flamboyant les falaises pourpres :

« Merci, Morgan », dit-elle. Puis : « Regarde ! » Elle lui agita sa main sous le nez : « Tu aimes ? »

Morgan prit délicatement le doigt tendu et examina le diamant :

« Joli ! dit-il et avec un accent yankee, il ajouta : Un sacré caillou.

— Il lui vient de sa grand-mère, dit Priscilla. Il l'a fait venir par la valise diplomatique quand il a décidé de demander ma main. C'est pas mignon ?

— Hum... oui vraiment », approuva Morgan qui pensait : faux jeton d'enfant de pute !

Priscilla reprit son doigt et frotta la pierre contre son sein gauche. Morgan sentit sa langue lui bloquer le larynx. Elle semblait avoir tout oublié de ce qui s'était passé entre eux, l'avoir complètement effacé de sa mémoire, comme de la buée sur une vitre, totalement gommé, même cette nuit-là. Il s'étrangla : cette nuit-là... La nuit où elle lui avait défait sa braguette... peut-être valait-il mieux oublier aussi... Il scruta le visage rond et plein, les épais cheveux noirs coupés à la garçonne, la frange qui paraissait reposer sur les cils. C'était presque une de ces jolies filles bon chic bon genre du style province, mais quelque chose lui interdisait ce modeste standard : son nez. Il était long, mince et relevé comme un tremplin de ski. L'observateur le plus partial, l'amoureux le plus entiché était contraint de reconnaître que ce trait dominant l'emportait en fin de compte sur les puissants attraits d'un corps fabuleux. Morgan se rappelait un après-midi de bronzage avec elle ; il n'avait pu empêcher son regard de remonter les jambes minces, les cuisses bien dessinées puis de survoler les seins incroyables avant d'atterrir, fasciné, sur ce nez étonnant. Elle avait un teint sans défaut, des lèvres — contrairement à sa mère — généreuses et douces, des cheveux brillants et souples. Mais...

Morgan, naturellement, s'était toujours foutu et continuait de se foutre du tiers comme du quart de ce nez mais il lui fallait bien admettre objectivement, au nom de l'esthétique pure, qu'il s'agissait là d'un éminent promontoire. Peut-être, après dix années de petits déjeuners, aurait-il fini par lui taper sur les nerfs, pensa-t-il aigrement, mais c'était une maigre consolation.

Ils demeurèrent ainsi un moment, debout l'un près de l'autre, en silence : Morgan surveillait une fourmi, qui négociait sportivement l'interminable chaîne montagneuse du gravier de l'allée. Priscilla tendait sa bague au soleil pour attraper de fugitifs rayons.

« On dirait qu'il va y avoir une vraie tornade », remarqua-t-elle.

Morgan n'y tint plus :

« Priss, dit-il avec ferveur. A propos de cette nuit, de nous... »

Elle lui fit un sourire d'innocente candeur :

« Ne parlons plus de cela, s'il te plaît, Morgan. C'est terminé maintenant. » Elle se tut, puis : « Dickie doit m'attendre au Club. Je te dépose quelque part ? »

Elle ouvrit la portière de sa voiture et y monta. Morgan s'accroupit à hauteur de la vitre et prit un air concentré :

« Je sais que ça ne marchait pas très bien ces temps-ci, Priss, mais je peux t'expliquer. J'ai de bonnes raisons pour tout, crois-moi. Je pense que nous devrions en parler. »

Ça sonnait bien. Mûr, réfléchi, pas hystérique.

Priscilla tripotait la clé du démarreur. Elle le gratifia d'un sourire du genre cause-toujours-tu m'intéresses.

« Tu viens au barbecue ? demanda-t-elle gaiement.

— Quoi ?

— Ce soir, au Club. »

Inutile de continuer.

« Oui, je crois que oui.

— Je te vois là-bas, alors », dit-elle.

Elle démarra, sortit du garage en marche arrière puis s'engagea dans l'avenue. Morgan la regarda partir. Comment pouvait-elle le traiter de la sorte ?

« Garce ! jeta-t-il à voix basse derrière la voiture. Sale petite garce égoïste et sans cœur ! »

2.

Morgan reprit tristement le chemin de la Commission. Il consulta sa montre : cinq heures et demie. Il avait dit à Hazel qu'il serait à l'appartement avant cinq heures. Déjà il sentait la fumée des braseros qui venait du quartier des domestiques : c'était l'heure du dîner, les bureaux seraient fermés. Il gagna le parking où ne restait plus que sa voiture, sa Peugeot 404 couleur crème, la « Pijote » comme on disait ici. Il l'avait achetée cet été pendant que tout le monde était en congé. Hazel avait suggéré une Peugeot, elles avaient beaucoup de prestige au Kinjanja. Dis-moi ta voiture et je te dirai qui tu es. La Mercedes venait en tête de liste : on ne pouvait « arriver » qu'en Mercedes. C'était l'apanage des chefs d'État, des membres importants du gouvernement, des militaires de haut grade, des hommes d'affaires de haut vol et des chefs de tribu. Suivait la Peugeot pour les professions libérales : avocats, hauts fonctionnaires, médecins, titulaires de chaires à l'Université. Elle conférait la respectabilité. La Citroën, au troisième rang, était pour les jeunes ambitieux, les cadres dynamiques, les professeurs-assistants et les arrivistes de tous bords. Morgan se moquait ostensiblement de ces marques extérieures de standing et justifiait son achat d'une Peugeot par de solides arguments mécaniques, mais il était néanmoins ravi des regards qu'elle lui valait et vaguement flatté des évidentes spéculations dont il était l'objet quand il descendait de voiture : pas assez important pour une Mercedes mais un homme de qualité tout de même. Dommage pour Hazel qu'il ne la promenât que la nuit : aucun de ses amis ne l'avait vue dedans.

Il se dirigea vers l'entrée principale, salua le veilleur de nuit et tourna à gauche sur la longue route droite qui menait en ville. La Commission était située à l'écart de la l'artère principale entre Nkongsamba et le campus de l'Université, à trois kilomètres, en pente douce, de la ville. La Commission dominait une série de petites collines qui surplombaient le nord-est de Nkongsamba. Deux kilomètres plus haut sur la route, se trouvait le campus où vivait et travaillait une importante fraction de la population britannique expatriée.

Morgan songea à rentrer chez lui prendre une douche mais il abandonna l'idée. Sa maison se trouvait dans un quartier résidentiel prosaïquement baptisé « La Nouvelle Réserve » (il avait parfois le sentiment d'être un Peau-Rouge quand il donnait son adresse) et situé à vingt minutes de la Commission sur l'autoroute nord à la sortie de Nkongsamba. Il avait dit à Moïse et Vendredi, ses domestiques, de l'attendre mais il pourrait toujours les appeler du Club. Ça les empêcherait de roupiller, ces enfants de pute, pensa-t-il méchamment.

La route était bordée de flamboyants prêts à exploser en radieuses fleurs écarlates. La pluie, si elle tombait ce soir, les ferait toutes éclore. Il dépassa la scierie où habitait Muller, le directeur, qui était aussi le chargé d'affaires de l'Allemagne de l'Ouest. Un agronome français employé dans une ferme expérimentale voisine s'occupait des intérêts de ses quelques concitoyens de province. A eux deux, ils constituaient, avec la Commission, l'ensemble du Corps Diplomatique de Nkongsamba. Toutes les grandes ambassades et consulats étaient concentrés dans la capitale, sur la côte, à quatre heures de voiture sur une route meurtrière.

Il approchait des faubourgs. Les bas-côtés de la route s'élargissaient, chauves et poussiéreux : les éventaires vides et les tables boiteuses des marchands ambulants bordaient le chemin. Il dépassa une pompe à essence Agip, une fabrique de chaussures, un parc automobile et se retrouva soudain dans la cité, affairée, pleine de vie, débordant de gens et de voitures reprenant le laborieux trajet du retour. A l'entrée de la ville, quelques maisons un peu plus importantes, de béton et de fer forgé, s'isolaient dans leurs jardins bordés de murs bas. Des odeurs douceâtres pénétraient dans la voiture par la vitre ouverte.

Il freina à l'entrée des rues étroites pour rejoindre la lente et bruyante procession qui, dix-huit heures sur vingt-quatre, paralysait Nkongsamba. Il laissa pendre son bras hors de la vitre et se mit à réfléchir pêle-mêle à sa journée à tous les problèmes qui l'accablaient. Il se demanda si l'affaire Priscilla-Dalmire l'affectait vraiment autant que ça et ne put se donner une réponse claire : trop d'orgueil masculin froissé lui obscurcissait le jugement. Il dépassa les cases grouillantes, un peu en dessous du niveau de la route, les boutiques inondées de néon des coiffeurs, les réclames de limonades, les inévitables panneaux Coca-Cola, les garages à ciel ouvert, les magasins de meubles, les tailleurs qui pédalaient furieusement sur leurs cliquetantes machines à coudre. Il aperçut la façade illuminée de l'hôtel de l'Exécutif et son cœur se serra comme chaque fois, depuis deux mois, que lui revenait en mémoire le souvenir de son premier entretien confidentiel avec Adekunlé à l'intérieur de ces murs. Des panneaux publicitaires scintillaient autour de la porte, réfléchissant les lumières qui commençaient à s'allumer tandis que la nuit s'installait sur la ville. Il entendit les hurlements rauques de soul music émanant du patio-dancing. « Ce soir, proclamait un tableau noir appuyé sur le mur à l'entrée, les Rythmes de la Jungle Africaine : Josy Gboye et son orchestre de distingués Dandys ! ! ! ! Amateurs ! Soyez là ! » Morgan se demanda si Josy Gboye avait dirigé l'orchestre ce fameux soir. Abandonnant la route principale il tourna et négocia en cahotant les nids-de-poule d'une ruelle à pente raide qui passait devant le Sheila Cinéma où l'on projetait *Dis-moi qui tuer* avec Michèle Morgan et Paul Hubschmid et *Neela Akash* un « torride et formidable film hindou ». Il dépassa le cinéma et arrêta la Peugeot dans la cour d'une pharmacie. Il refila quelques sous au gardien et s'engagea dans la rue, ignorant les gosses qui couraient et criaient en chantant derrière lui « Oyibo ! Oyibo ! » c'est-à-dire « Homme blanc », ce que tous les enfants du Kinjanja faisaient presque automatiquement. Cela ne le gênait pas : c'était tout simplement le rappel persistant de sa qualité d'étranger dans ce pays. Il se débarrassa de son escorte et deux minutes de marche rapide l'amenèrent près d'une série de boutiques assez récentes, un opticien, un bazar libanais et un magasin de chaussures au-dessus desquels se trouvaient trois appartements. Hazel vivait, aux frais de Morgan, au-dessus du bazar.

Il examina rapidement les alentours avant de grimper quatre à quatre l'escalier, au flanc de l'immeuble, jusqu'au couloir du premier étage. Il sortit sa clé et ouvrit la porte. L'odeur de cigarette fut la première chose qu'il remarqua et sa mauvaise humeur tourna à la colère car il avait expressément défendu à Hazel de fumer depuis qu'il y avait renoncé lui-même. La pièce était sombre, les volets clos. Il tâtonna pour trouver l'interrupteur qu'il abaissa. Sans succès.

« Jamais pas d'élect'icité pou' ici », dit une voix.

Morgan sursauta, alarmé et le cœur battant.

« Qui est là, nom de Dieu ? » demanda-t-il furieux, écarquillant les yeux en direction de la voix avant que, s'accoutumant peu à peu à l'obscurité, il finisse par distinguer une silhouette assise près de la table.

« Et où est Hazel, bonté divine ? » continua-t-il sur le même ton outragé, traversant d'un pas furieux la pièce pour aller ouvrir les volets.

Il se retourna. Le visiteur inattendu était un jeune Noir dégingandé, vêtu d'une chemise jaune ouverte jusqu'à la taille et d'un pantalon gris scandaleusement serré. Il fumait de surcroît une cigarette et arborait des lunettes de soleil. Il leva une main brun clair en direction de Morgan.

« Comment va ? dit-il. Je suis Sonny.

— Ah ! oui », dit Morgan, toujours furieux. Il ouvrit la porte de la chambre : les vêtements bon marché d'Hazel gisaient n'importe où. Il entendit un bruit d'eau en provenance de la salle de bains.

« C'est moi ! » hurla-t-il avant de refermer la porte.

Sonny s'était levé. Très grand, très mince, il contemplait la rue d'un air boudeur, tandis que des volutes de fumée s'échappaient de sa cigarette. Morgan nota qu'il portait des souliers marron à bouts très pointus.

« Ravi de vous rencontrer, dit Sonny d'une voix traînante dont les tonalités américaines irritèrent l'oreille de Morgan. Chouette appartement que vous avez trouvé pour Hazel. »

Morgan ne fit pas de commentaires. Hazel aurait à s'expliquer. Sonny jeta un coup d'œil au cadran de sa montre, tournée à l'intérieur du poignet.

« Oh oh ! dit-il, abandonnant son affectation, six heures passées. Je dois m'en aller. »

Il bondit vers la porte :

« Merci pour la bière, dit-il. Salut ! » et il se glissa dehors.

Morgan remarqua deux bouteilles de bière Star sur la table. Il se précipita à la cuisine et tira d'un coup brusque la porte du frigidaire. Il restait une bouteille. Il se calma un peu. Si cette salope avait donné toute sa bière à Sonny, il l'aurait étranglée. Son visage s'assombrit. De toute façon, que foutait ce grand escogriffe dans son appartement ? A se taper sa bière pendant qu'Hazel se bichonnait. Il se versa un verre de la bouteille restante en marmonnant des menaces et retourna à la porte de la chambre :

« Grouille-toi », cria-t-il.

Il s'assit sur le canapé en skaï et allongea les jambes. Il avala une longue gorgée de bière dont le froid lui fit mal aux tempes. Il examina la pièce d'un œil de propriétaire. Ça lui avait coûté un paquet, mais il le fallait pour sortir Hazel des hôtels sordides dans lesquels elle avait jusqu'alors vécu. Il la voulait à l'écart des bars et des clubs, dans un endroit où il était sûr de la trouver quand il le désirait. On pouvait faire confiance à Selim, le boutiquier libanais à qui il louait l'appartement, pour garder par-devers lui le peu qu'il savait ou devinait.

Petit, l'appartement était grossièrement fini selon les normes habituelles de la maçonnerie et de l'équipement ménager au Kinjanja. Murs de béton nu, interrupteurs mal encastrés et grésillants, prises de courant à hauteur d'homme, portes de traviole, encadrements de fenêtre au potentiel de coinçage très sophistiqué, plinthes en porte à faux et tout à l'avenant, mais enfin c'était une sorte de chez-soi. Hazel avait mis un tapis de paille mauve sur le sol en terrazzo, et c'était là son unique contribution au décor. A part le canapé sur lequel Morgan était assis, Selim n'avait fourni qu'une table de formica aux pieds d'aluminium boiteux et deux chaises en toile et tubes d'acier, de celles qu'on trouve normalement empilées contre les murs des salles de réunion publiques. A un bout de la grande pièce, la kitchenette encombrée contenait un évier, un fourneau à gaz et un réfrigérateur. Le seul objet que Morgan avait offert à son nid d'amour était un grand ventilateur à pied qui, habituellement posé dans la chambre, tournait doucement de droite à gauche en soufflant sur le lit un courant régulier d'air frais. Soudain, la lumière revint, le frigidaire trembla et se remit à ronronner gentiment.

Hazel entra dans la pièce, une serviette rose élimée drapée autour du corps et nouée sous le bras. Elle ne portait pas sa perruque et le casque laineux de ses cheveux brillait de gouttelettes d'eau. C'était une très jolie fille avec un visage brun clair et un menton pointu. Ses lèvres étaient épaisses, son nez petit et large et seuls ses yeux juraient avec le caractère négroïde classique de ses traits. Étroits, fendus en amande, ils lui donnaient un regard étrange, incertain et soupçonneux. Elle était petite, les seins et les hanches lourds, les mollets minces. Ses orteils étaient boudinés et déformés par les chaussures à la mode dans lesquelles elle comprimait ses larges pieds. Pour satisfaire à une sophistication de mauvais goût, elle avait réduit ses sourcils à deux minuscules points d'interrogation. Dans ses moments les moins charitables, Morgan l'accusait d'être légère et honteusement vénale — elle était mère de deux bâtards qui vivaient avec sa famille dans son village natal et qu'elle mentionnait rarement. Elle préférait parler de vêtements et de standing, ses deux centres d'intérêt dans la vie, et Morgan se rendait parfaitement compte qu'un amant de race blanche et cet appartement représentaient un saut de plusieurs degrés sur cette échelle incertaine.

Il l'avait rencontrée lors d'une réception à l'Université ; elle lui avait raconté qu'elle avait été institutrice, carrière qu'il la soupçonnait d'avoir abandonné pour la prostitution occasionnelle, bien qu'il reconnût que le terme, ici, n'était pas vraiment déshonorant, ainsi qu'en témoignait son insouciance à l'égard de ses deux bâtards. Mais malgré cette cynique lucidité, Hazel lui était nécessaire, maintenant plus que jamais, comme soutien d'un amour-propre chancelant et source sûre de relations sexuelles sans complications. C'était du moins ce qu'il cherchait en la traitant de manière à la fois égoïste et autoritaire. Mais le résultat demeurait incertain : les satisfactions escomptées ne s'étaient pas matérialisées et il soupçonnait de plus en plus, ces temps-ci, que les choses, en réalité, suivaient un plan subtil mis au point par Hazel et que c'était lui l'exploité, et non pas elle ; soupçon que la présence inexpliquée de gens comme Sonny ne faisait que renforcer.

Il remarqua qu'elle tenait à la main une cigarette intacte :

« Puis-je avoir du feu ? » lui demanda-t-elle comme à un étranger.

Morgan soupira intérieurement. Il fallait arrêter ça tout de suite. Il se leva :

« Écoute, je te l'ai déjà dit, interdit de fumer. »

La cigarette se vissa entre les lèvres.

« Tu n'es pas venu depuis trois jours, dit-elle boudeuse. Qu'est-ce que je dois faire ? Et en plus tu fiches dehors mon invité, ajouta-t-elle sur un ton accusateur.

— Je ne lui ai rien dit, il est parti, c'est tout », dit Morgan. Et puis, se demandant pourquoi il se sentait obligé de se défendre, il éclata : « De toute façon, je m'en fous complètement. Quand je ne fume plus tu fais pareil et tu ne poses pas de question. Quel effet tu crois que ça me fait de t'embrasser ? »

Elle eut une moue coquette.

« Et puis d'ailleurs, qui était ton invité ? Ce Sonny-je-ne-sais-qui ? »

Elle posa la cigarette sur la table et renoua la serviette :

« C'était mon frère », dit-elle, catégorique.

Morgan sentit son indignation s'évanouir. Il essaya de détourner ses yeux des larges seins comprimés sous la serviette et d'ignorer ses démangeaisons dans l'aine : il fallait d'abord en finir avec cette histoire.

« Je croyais t'avoir entendue dire que tu n'avais pas de frère ?

— Oui, par ma mère. Mais lui, il est du même père et d'une autre mère. »

Elle le regardait, aucunement troublée. Morgan évalua la vraisemblance de l'histoire : pas moyen de lutter avec elle dans les circonstances présentes.

« Bon, ça va, dit-il à regret, mais je ne veux pas qu'il remette les pieds ici, compris ? »

Morgan jeta le préservatif dans la corbeille à papier de métal sous le lavabo. Il continuait à prendre des précautions. Murray lui avait dit d'user « d'un étui chaque fois ». Typique de la part de Murray d'appeler ça un « étui ». Il avait encore cet accent écossais dans les oreilles. Typique aussi, se dit-il, amer, cette influence exercée par Murray sur les moments les plus intimes de sa vie. Il secoua la tête, incrédule et résigné : étrange la façon dont c'était arrivé. En outre, il n'était toujours pas très satisfait des explications d'Hazel quant à la présence de Sonny et il n'avait pas envie de prendre le moindre risque. Il s'attendait toujours à ce qu'Hazel fasse des histoires à propos du préservatif et de ses implications — d'autant plus qu'il la forçait à prendre la pilule depuis deux mois — mais elle n'avait fait ni geste ni commentaire tandis qu'il encapuchonnait laborieusement son érection languissante. Le ventilateur, poussé au maximum, avait balayé le lit d'un courant d'air frais qui avait asséché la sueur sur ses fesses et son dos.

Puis, découvrant qu'il avait encore dans la bouche le goût du sherry Fanshawe, il avait expédié une Hazel récalcitrante lui acheter de la bière.

« Si tu n'en avais pas donné à ce petit salopard de Sonny, tu n'aurais pas besoin d'aller en chercher, tu vois ? » l'avait-il engueulée avec satisfaction.

Pendant son absence, il avait décidé de prendre un bain. Cet acte simple comportait autant d'incertitudes que d'embûches. Il ouvrit l'eau froide et, pendant une bonne minute, n'entendit qu'un sifflement étouffé, puis le robi-

net eut un sursaut et produisit deux hoquets métalliques :
un mince filet se mit à couler avec hésitation et remplit le
fond de la baignoire de cinq centimètres d'eau avant de se
réduire à un ridicule goutte à goutte. Morgan y allongea
avec précaution son corps en sueur, le souffle coupé par
l'effet de l'immersion sur ses parties intimes. Il se savonna
de son mieux et se rinça en s'ébrouant. Hazel lui apporta
sa bière et il barbota dix minutes encore, tout en sirotant
directement à la bouteille. Une douce torpeur alcoolique
commença à voiler ses désagréables souvenirs. Il ouvrit de
nouveau à fond le robinet, constata que la pression avait
augmenté, et se lava les cheveux.

En sortant de son bain, il trouva Hazel assise en petite
tenue en train de se faire les ongles. Morgan termina sa
bouteille. Vivre en Afrique offrait deux agréments, se dit-
il gaiement, et deux seulement : la bière et le cul. Le cul et
la bière. Il ne savait pas très bien dans quel ordre les placer
— peu lui importait en fait — mais c'étaient les seules
choses dans sa vie qui ne le décevaient pas constamment.
Parfois, oui, mais pas de la manière cruelle et arbitraire
avec laquelle le reste du monde s'employait à le piéger et à
le frustrer. C'était ce qu'il y avait de plus fiable dans cet
affreux pays et — se dit-il avec suffisance, tout à coup en
pleine forme et plutôt content de lui — il s'en payait
certainement pas mal des deux.

Il se sécha sans se presser. Hazel avait mis en marche
son transistor et une « soul music » basse et monotone
émanait du haut-parleur grésillant. Morgan songea à
imposer silence mais, décidant d'être indulgent, il s'abs-
tint. Hazel, elle non plus, ne le décevait pas, pensa-t-il
aimablement — enfin, presque pas, à sa manière à elle, un
peu bizarre. Il lui en était reconnaissant.

Debout au garde-à-vous, la tête penchée et en se
démanchant un peu le cou, Morgan pouvait tout juste
apercevoir le bout de son pénis sous les rondeurs de sa
brioche. Bière et cul, se dit-il. Quand il ne le verrait plus

du tout, il se mettrait au régime. Il continua à se passer la serviette sur le corps mais sans résultat : il n'était pas vraiment mouillé mais toujours moite. Il gagna la chambre sur la pointe des pieds et se mit devant le ventilateur. Il s'empara d'une grande boîte de talc sur la coiffeuse encombrée d'Hazel et se poudra généreusement le dessous des bras et l'aine. Une fois ses poils devenus d'un blanc spectral, il remit son caleçon — un large short bleu pâle. Encore une recommandation de Murray. Toujours ce type, râla Morgan, mais il devait bien admettre que ce n'était pas idiot et que c'était confortable. Les petits slips étroits, serre-couilles, ne convenaient pas au climat humide du Kinjanja : on se devait d'aérer ces recoins sombres et suintants.

Il aperçut le reflet de son torse dans le miroir de la coiffeuse. La graisse retombait en bourrelet sur la ceinture de son slip. Les deux coussinets résolument accrochés à son dos dans la région des reins — comme des parasites tenaces — l'affligeaient particulièrement. Il devenait trop gros : quatre-vingt-dix-huit kilos à la dernière pesée. Ce souvenir lui fit faire la grimace. Il avait toujours été du genre épanoui — « fortement charpenté » disait sa mère, avec tact, de l'adolescent bien en chair —, quoique « costaud » fût l'image qu'il aimait avoir de lui-même à présent. De taille moyenne, un mètre soixante-quinze ou seize, il avait toujours fait un peu trapu mais, en bientôt trois ans de Nkongsamba, il avait pris presque douze kilos et sa silhouette paraissait s'épaissir de semaine en semaine.

Il se pencha par-dessus l'épaule d'Hazel et s'examina le visage dans la glace. Il se tripota la mâchoire. Merde, se dit-il, un peu inquiet, l'os est à un bon centimètre en dessous de la surface. Il étira son cou d'une épaule à l'autre tout en louchant sur son profil. Il avait un visage large qui, à son avis, supportait assez bien un supplément de chair. Il se sourit — son grand sourire toutes dents dehors. Il se trouvait un vague air de Marlon Brando. Hazel leva les

yeux de sa peinture, crut le sourire pour elle et lui sourit en
retour.

Il se redressa, gonfla les pectoraux, rentra le ventre et les
fesses. Il ne paraissait pas ses trente-quatre ans, décida-
t-il. Enfin, si on exceptait les cheveux. Ses cheveux, c'était
le drame de sa vie : fins, frisotés, d'un châtain roux clair,
ils se faisaient rares. Ses tempes gagnaient un peu plus de
terrain chaque mois. Mais au sommet de son crâne, en
revanche, se maintenait une touffe en pointe, un promontoire hirsute dans l'océan d'un front toujours plus vaste. Si
cette putain de calvitie ne cessait pas bientôt, se dit-il, il
finirait par ressembler à un Huron ou bien à un de ces
marines américains déments, présentement lâchés sur les
habitants du Sud-Est asiatique, qui se rasaient le crâne en
ne laissant qu'une petite bande poilue au centre. Tendrement, de ses dix doigts, il arrangea ses cheveux sur son
front. C'était vraiment trop triste.

Rhabillé, il reporta son attention sur Hazel. Elle passait
un temps fou à se préparer — et ce n'était pas pour lui. Il
examina la chambre dont le côté minable lui mit le moral
sur une pente désormais familière : le lit de métal et son
mince matelas de mousse, les meubles de pacotille locale,
la lumière crue du plafond avec sa couronne bourdonnante
d'insectes et puis les fringues tapageuses d'Hazel jonchant
n'importe comment, telles des algues la plage, les quatre
coins de la pièce.

« Tu ne pourrais pas mettre un peu d'ordre dans cette
foutue piaule ? dit-il plaintivement. Et d'ailleurs où vas-tu
ce soir ? »

Hazel s'introduisait de haute lutte dans une étroite mini-
robe de coton rose et vacillait sur les immenses talons de
ses souliers vernis.

« Je ne peux pas rester ici toute la nuit, dit-elle, somme
toute raisonnable. Je vais à l'Exécutif. Josy Gboye y passe
en vedette. »

Morgan ricana :

« Ah ! ouais ? Et je suppose que tu y vas seule ? »

Hazel ajusta sa perruque, une masse bouffante de cheveux noirs très lisses coiffés en arrière, copiée sur la coiffure d'une chanteuse pop anglaise :

« Bien sûr que non, dit-elle simplement. J'y vais avec mon frère. »

Elle accrocha ses boucles d'oreilles en or. Morgan se dit qu'elle avait vraiment l'air d'une pute, atroce mais sexy et terriblement aguichante. Il se rendit compte qu'il était jaloux ; il aurait bien aimé aller à l'Exécutif avec elle mais l'endroit était devenu le quartier général officieux des partisans d'Adekunlé et il n'aurait pas été sage de s'y montrer, à moins d'une semaine des élections. D'ailleurs Adekunlé était bien la dernière personne au monde qu'il souhaitait rencontrer en ce moment. Le barbecue au club serait plus sûr : sûr et barbant.

Hazel intercepta son regard furieux et vint vers lui. Elle lui passa ses bras autour de la taille :

« Je voudrais sortir avec toi », dit-elle, se frottant le nez sur sa poitrine. Les cheveux de nylon de la perruque chatouillèrent le nez de Morgan, lui donnant l'envie d'éternuer. « Mais si tu ne veux pas, qu'est-ce que je peux faire ? »

Confronté à cette logique, il décida de se montrer intraitable :

« D'accord, dit-il. D'accord. Mais reviens ici avant 10 h 30. Je crois que je repasserai un peu plus tard. »

C'était tout à fait improbable mais il préférait laisser planer le doute. Il se pencha et posa ses lèvres sur son cou. Elle sentait « Amby », une lotion éclaircissante dont usaient la plupart des filles au Kinjanja — le talc et un peu la sueur fraîche. Il se sentit soudain très excité. Il ne cessait de s'étonner de la rapidité de ses érections — et de leur débandade — en Afrique. Il se pressa contre Hazel qui recula en riant, ses yeux en amande effilés encore par la gaieté. Elle avait un rire haut perché et contagieux :

« Cet homme-là, dit-elle en petit-nègre, cet homme-là, lui y en a jamais satisfait, ah ! ah ! » Elle battit des mains, hilare et ravie.

Sans trop savoir pourquoi, Morgan se surprit à sourire timidement, tout en rougissant comme un écolier jusqu'à la racine des cheveux.

3.

Morgan rangea sa Peugeot au parking du Club. Il sortit et lança un regard distrait vers les bâtiments, par-dessus les toits chauds des voitures. La nuit était noire, les nuages orageux obscurcissaient les étoiles. Une brise fraîchissante soufflait de l'ouest et Morgan sentit cette odeur moite de la terre quand elle s'apprête à recevoir la pluie.

Le Club était situé au nord de la ville dans un des quartiers de banlieue les plus convenables, à côté d'un champ de course-terrain de polo, et du seul cinéma nkongsambais fréquenté par les Européens. Le Club en soi était une vaste bâtisse avec de multiples ajouts pratiqués au cours des cinquante dernières années et dont l'architecture composite illustrait toute une variété de styles coloniaux. Il s'enorgueillissait d'une demi-douzaine de courts de tennis en dur, d'une piscine de bonne taille et d'un parcours de golf de dix-huit trous. A l'intérieur, deux bars, une salle de billard, une sorte de pièce de réception qui faisait aussi discothèque et un large hall, meublé de fauteuils branlants et mal rembourrés qu'on évacuait les jours de fête pour danser, tirer une tombola ou faire du théâtre d'amateur, et qui en cas de crise, devenait centre de ralliement pour expatriés anxieux.

C'était un bâtiment d'aspect miteux, toujours à court d'une couche de peinture mais, faute de choix, un endroit populaire, et Morgan, quand il cessait de détester ce reposoir des pires valeurs de l'arrogante bourgeoisie coloniale et britannique, se surprenait souvent à en savourer l'atmosphère : les larges auvents et leur ombre généreuse sur les longues vérandas, les ventilateurs qui tournaient au plafond et faisaient bruire le papier bible du *Times,* les boys en uniforme blanc à boutons dorés qui claquaient leurs pieds nus sur le parquet mal joint en apportant jusqu'à votre fauteuil les longues bouteilles vertes de bière glacée.

Mais le Club, pour Morgan, n'était pas toujours enveloppé de ces brumes nostalgiques : il y avait aussi les piliers de bar, les emmerdeurs, les feignants et les coureurs. Cocufiants et cocufiés se côtoyaient autour des tables de billard, les épouses désœuvrées jouaient au bridge, au tennis ou se doraient à la piscine, abandonnant les enfants aux nurses, les corvées ménagères aux domestiques et les maris à leurs bureaux où ils gagnaient à longueur de journée de confortables salaires. Elles papotaient et médisaient, rêvaient à des amours illégitimes, parfois s'y adonnaient, et la dangereuse langueur que sécrétaient ces journées chaudes et sans nuages avait placé pas mal de bombes à retardement au sein de ces petites cellules familiales modèles.

Morgan changeait donc d'avis de temps à autre au sujet du Club. Il y avait recruté quelques partenaires de lit — l'épouse au visage en arête de couteau d'un ingénieur civil avec cinq enfants, la volumineuse compagne à poigne et à moustache du représentant italien de la Fiat à Nkongsamba — et il en éprouvait une juste gratitude. Il aimait bien la piscine aussi, quand elle était débarrassée des bonnes femmes et de leurs moufflets braillards ; il profitait avec plaisir des courts de tennis et du terrain de golf lorsque l'envie lui en prenait. Ce qu'il prisait moins, c'était l'ennui qu'avaient fini par engendrer trois ans de fréquentation continuelle : les vieux célibataires assommants, les couples imbibés de soleil et de gin avec leurs éternelles invitations à dîner et leurs conversations sans intérêt. Sa qualité de premier secrétaire à la Commission lui conférait une certaine importance sociale et n'importe quel individu, pour peu qu'il espérât vaguement décrocher un OBE ou un MBE[1] lui collait aux fesses sans vergogne, et le noyait sous une avalanche de cocktails et de dîners pour lui raconter, avec un remarquable manque de subtilité, ses longues années au service du Kinjanja, et ses sacrifices à la cause de l'Angleterre. Au bout de trois ans de ce régime, Morgan commençait à se dire qu'il méritait, *lui,* une récompense pour les heures de sa jeunesse sacrifiées à écouter les politiques en chambre et les racistes affligeants.

Il existait un autre club de l'Université dont il était membre honoraire et qu'il fréquentait parfois. Plus neuf et plus petit, avec des courts de tennis mais pas de golf. Ses habitués étaient d'un niveau intellectuel relativement plus élevé. Ces deux endroits, avec le cinéma et les dîners en ville, représentaient l'éventail complet des exutoires sociaux dont disposaient les expatriés de Nkongsamba. Pas étonnant, se dit Morgan en se frayant, au milieu des voitures, un chemin vers la façade illuminée du club, aux accents cacophoniques de la musique pop, pas étonnant qu'on soit une telle bande de paumés.

Il pénétra sous le porche à colonnes. Un large tableau d'affichage était couvert de règlements du club, de minutes des réunions des comités et d'annonces de prochaines manifestations. Son œil blasé survola rapidement le menu des réjouissances : « Gala de Noël, lut-il, en présence de Sa Grâce la duchesse de Ripon. » Il frémit et se demanda ce qu'il lui avait pris d'accepter de faire le Père Noël. A côté était affiché le GRAND TOURNOI DE GOLF DU 26 DÉCEMBRE *tous sont les bienvenus, des prix pour tout le*

---

1. Décorations britanniques. (N.d.T.)

monde, inscrivez-vous. Il fit demi-tour, écœuré. Dehors, près de la porte d'entrée, se trouvait un kiosque à journaux qui distribuait les quotidiens et les magazines européens. Enfouis sous des exemplaires décolorés de *Newsweek, Marie-Claire* et *Bunte*, Morgan savait qu'il dénicherait quelques revues pornos américaines. Discrètement, il en feuilletait justement une intitulée *40 ET PLUS* — ce n'était pas une publication pour gérontophiles, le chiffre faisant référence non à l'âge des modèles mais à leur développement mammaire — quand il entendit des pas sur le ciment, derrière lui. Saisissant un exemplaire du *Reader's Digest* il jeta un regard furtif et vit approcher le docteur Murray accompagné d'un adolescent.

Morgan sentit se télescoper en lui des émotions contradictoires : la haine, l'admiration forcée, la peur et l'embarras. Il fit de son mieux pour jouer la nonchalance :

« Salut, docteur, dit-il, affichant une innocente jovialité et indiquant d'une pichenette la source vague de la musique pop, on danse ce soir ? »

Murray le regarda comme s'il le jugeait un peu fou mais répondit poliment :

« Non, pas moi. Je ne fais que déposer mon fils. »

Il présenta Morgan : « Voici Mr. Leafy, de la Commission. »

Le garçon devait avoir dans les quatorze ans ; il était grand et mince avec une longue mèche sur le front. Il ressemblait beaucoup à son père. Il salua tout aussi poliment mais Morgan crut déceler du soupçon dans son regard, comme si quelque part, dans des circonstances fâcheuses, ils s'étaient déjà rencontrés.

Murray avait environ cinquante ans et lui aussi était grand et mince. Il portait un large pantalon de flanelle sombre et une chemise empesée blanche, à manches courtes : en fait, Morgan ne l'avait jamais vu habillé autrement. Il avait un visage tanné par le soleil, creusé de

rides profondes autour des yeux et des cheveux grisonnants courts et frisés. Son nez était un peu petit pour sa
figure et son regard bleu, parfois traversé d'un éclair
d'humour, était le plus souvent implacable et pénétrant.
Morgan connaissait bien ce regard-là.

« Vas-y, dit Murray à son fils. Et téléphone quand tu
voudras rentrer.

— OK, Papa », dit le garçon, l'air un peu nerveux,
avant de pénétrer à l'intérieur.

Murray se retourna pour partir.

« En vacances ? » demanda Morgan, anxieux de poursuivre la conversation. Il se rappelait avec une réelle
angoisse les ordres d'Adekunlé.

Murray s'arrêta :

« Oui, toute la famille est réunie maintenant. Mon fils
est arrivé il y a une semaine à peu près.

— Ah ! Ah !, dit Morgan, la tête soudain creuse comme
une caverne, oui, je vois, ça doit être chouette de l'avoir
avec vous ici », ajouta-t-il niaisement.

Le regard de Murray avait repris son acuité :

« Tout va bien ? demanda-t-il, pas de rechute ? Tout
fonctionne normalement ? »

Morgan se sentit rougir :

« Oh ! oui, dit-il très vite. Au poil. Absolument. » Puis
après une seconde : « Écoutez, dit-il, avec une bonhomie
stupide, que diriez-vous d'une partie de golf ? On devrait
bien jouer un de ces jours. »

Pourquoi Murray faisait-il ainsi ressortir son côté trou-
du-cul, se demanda-t-il, atterré par son manque de
subtilité.

La surprise se peignit un instant sur les traits de
Murray.

« Eh bien... oui, d'accord. Je ne vous savais pas golfeur,
Mr. Leafy.

— Morgan, je vous en prie. »

Murray ne releva pas l'invitation.

« Oui, je suis très amateur, mentit Morgan. Curieux que nous ne nous soyons pas rencontrés sur le terrain. Quand êtes-vous libre ? »

Murray haussa les épaules :

« Quand vous voudrez. Écoutez, il faut que je file, mes filles m'attendent dans la voiture. Nous allons au cinéma, expliqua-t-il. *Les Dix Commandements*.

— Parfait », dit Morgan, un grand soulagement dans la voix. Enfin un succès à rapporter à Adekunlé. « Disons jeudi après-midi ? Quatre heures ?

— Bien. Rendez-vous au premier trou. »

Murray lui souhaita bonne nuit et se dirigea vers le parking. Morgan le regarda partir : il se sentait soudain les genoux faibles, épuisé par l'effort. Espèce de salaud, pensa-t-il, si tu savais ce que tu m'en fais baver.

Encore secoué il rentra dans le club plein d'animation et — se dit-il avec une hargne de rabat-joie — suintant Noël partout où se posait le regard. Les guirlandes, les boules de verre, les cloches en papier accordéon lui rappelèrent, une fois de plus, son absurde promesse d'incarner l'âme de la fête et il fulmina intérieurement contre les Fanshawe mère et fille. Dehors, dans les jardins, les projecteurs éclairaient le barbecue. Les boys en veste blanche s'étaient groupés autour de trois rôtissoires larges comme des baignoires : des bidons à pétrole, coupés à la verticale, remplis de charbons ardents et couverts de grillage, sur lesquels grésillaient des centaines de brochettes.

Morgan aperçut Lee Wan, un biochimiste malais de l'Université, qui distribuait du punch à la louche. Ce petit homme amical et plein d'entrain organisait des jeux et des réunions d'enfants, mais c'était aussi un vrai chenapan et, sous sa tutelle, environ deux mois après son arrivée, Morgan avait fait le tour des bordels de Nkongsamba.

Il songea à rejoindre la file d'attente pour les brochettes mais il avait perdu l'appétit et commençait à regretter d'être venu : l'agitation et l'atmosphère de fête étaient de trop pour son humeur présente.

Son œil accrocha une affiche : une flèche indiquait : DISCO DES JEUNES. PAR ICI. Morgan soupira, de nostalgie et d'exaspération. Pour les vacances de Noël, la population expatriée de Nkongsamba augmentait notablement avec l'arrivée des garçons et filles en pension en Angleterre et en Europe. Pendant tout un mois, la piscine et les courts de tennis étaient mobilisés par ces jeunes hédonistes. Allongés en groupe au bord du bassin, tels des phoques au soleil, ils buvaient et fumaient, cabriolaient et flirtaient dans l'eau, s'embrassant à l'occasion avec un impudique abandon. Un soir, tard, Morgan était allé faire un tour dans la discothèque du Club réservée à la jeunesse — quelques-unes des filles étaient belles à couper le souffle — et il avait trouvé la salle plongée dans l'obscurité. Trois couples, en position de copulation verticale, oscillaient sur la piste tandis que d'autres, diversement emmêlés, occupaient les fauteuils sur la périphérie. Jamais, jamais, de toute sa vie, Morgan n'avait assisté à une soirée pareille — encore moins à cet âge — et cette injustice flagrante l'avait fait trembler d'une inexprimable envie.

Quelques-uns se baladaient à présent dans le Club, en jeans et tee-shirts, blaguant et riant. Morgan aperçut le fils Murray qui mangeait une brochette, seul et apparemment sans copain. Il lui fit signe mais le garçon ne réagit pas. Petit con, pensa Morgan, prenant la direction du bar. Il avait salement besoin d'un verre.

Le moindre prétexte suffisait à faire sortir en masse la communauté expatriée de Nkongsamba, et le super-barbecue de Noël n'avait pas fait exception. Morgan répondit aux sourires et aux saluts tout en se faufilant à travers la foule agglutinée autour du bar. Le bruit des conversations était intense et les gens semblaient pris de fièvre. Il n'y avait que quelques Kinjanjais dans la cohue, en majorité européenne. Le club pratiquait l'intégration absolue, mais dans l'ensemble, ses membres de race noire paraissaient l'éviter. Ils avaient mieux où aller, pensa Morgan qui se demanda ce qui se passait à l'hôtel de l'Exécutif. Il regarda sa montre : neuf heures à peine. Il donnerait un coup de fil à Hazel pour s'assurer qu'elle obéissait à son couvre-feu de dix heures et demie. Il se souvint alors qu'il n'y avait pas de téléphone dans l'appartement : rien ne pouvait empêcher Hazel de rester dehors toute la nuit sans qu'il le sût. Il sentit une violente fureur monter en lui : calme-toi, se dit-il, calme-toi. Qu'un politicien sans scrupule le fasse chanter, que la fille qu'il voulait épouser se fiance à son subordonné, que sa maîtresse soit en train de fricoter Dieu sait quoi avec son « frère », il n'y avait pas là de quoi s'énerver n'est-ce pas ? Allons, se répéta-t-il avec un mépris cinglant, sois raisonnable, ça pourrait être pire, non ?

Il commanda un double whisky et réclama le téléphone qu'on lui amena au bout du bar ; il s'y faufila tout en avalant une gorgée et fit son propre numéro.

« Allô ? » C'était Vendredi, son boy. Il venait du Dahomey et parlait français. Son anglais était plein de fantaisie.

« Vendredi, dit Morgan, c'est le maître ici.

— Le maît', lui pas ici de la journée. Lui pas jamais encore venu. »

Morgan tourna le dos à la foule, une fureur incontrôlée explosa dans sa tête et ses yeux se fermèrent sous ses paupières crispées.

« Écoute, espèce de crétin de connard, *c'est moi*[1], cracha-t-il dans l'appareil, *c'est moi ton maître*[1].

— Ah ! s'exclama Vendredi désolé, oh ! maître, *désolé*[1]. » Il continua avec un flot d'excuses.

---

1. En français dans le texte.

« Ça va, ça va, gueula Morgan. Je rentrerai à dix heures. Dis à Moïse que je veux une omelette. Oui, à mon retour. Une omelette au fromage. » Ça leur fera les pieds, se dit-il avec une satisfaction méchante.

« Excusez, Maître, je peux partir ? Mon frère il...

— Foutre non ! » hurla Morgan en raccrochant violemment. A sa surprise, il sentit ses mains trembler. Qu'ils m'attendent, pensa-t-il sombrement, ils vont regarder ma télé, bouffer mes provisions et picoler mes bouteilles — c'était un boulot à plein temps que de se venger du monde. Fallait pas mollir.

Il entendit son nom et leva la tête. Il reconnut avec consternation les visages souriants de Dalmire et de Jones, qui lui faisaient signe à l'autre bout du bar. « Par ici, Leafy ! » lui criait Jones. Ça sonnait comme « Perichi Lifaaye ». Dieu, pensa-t-il, cet accent gallois n'est pas possible. Il se poussa jusqu'à eux, l'air renfrogné. Dalmire et Jones étaient un peu soûls. Encore en tenue de golf, ils n'avaient pas, à l'évidence, cessé de boire depuis la fin de leur partie. Morgan leur trouva l'air de deux écoliers échappés à la promenade et planqués dans un pub.

« Salut mon vieux Morgan », dit Dalmire jovial en posant la main sur l'épaule de Morgan. Ses traits habituellement lisses un peu bouffis par l'alcool, il articulait mal : « Qu'est-ce que tu prends ?

— Un autre whisky s'il te plaît », fit Morgan, essayant de dominer la froideur de sa voix. Il vida son verre et le posa sur le comptoir : « Un double si ça ne te fait rien.

— Avec joie, chef ! affirma Dalmire.

— Merde alors ! commenta Jones admiratif, en secouant sa tête brune et rondouillarde, tu as une sacrée descente, toi ! »

Il ricana stupidement. Morgan remarqua qu'il avait de la mousse sur la lèvre supérieure. Dalmire donna une grande claque dans le dos de Morgan.

« Un brave type, ce Morgan ! » dit-il, la voix pâteuse.

Morgan aurait préféré qu'il n'emploie pas cette expression de club de rugby. « Un sacré brave type, poursuivit Dalmire avec défi. M'a fourgué du gin à trois heures et demie cet après-midi. Ce salaud le garde dans son classeur. » Sur quoi Jones explosa de rire. Morgan rougit. Jones prit un air souriant de conspirateur :

« Une petite célébration clandestine hein ? Grande nouvelle, Dickie et Priss, qu'est-ce que tu en dis, Morgan ? Merveilleux. »

Il passa son bras autour des épaules de Morgan :

« Mais vaut mieux pas que tu te fasses choper par Arthur », lui souffla-t-il dans l'oreille.

Morgan était sur le point de décrire de façon imagée ce qu'il ferait avec la susdite bouteille audit Fanshawe au cas où celui-ci s'aviserait de le réprimander, quand il se rendit compte que le haut commissaire adjoint était le futur beau-père de Dalmire. Il se tint donc coi et se contenta de sourire d'un air entendu et de se tapoter une narine avec l'index. Ce qui eut le don de déclencher une autre crise d'hilarité chez ses compagnons.

« Bon Dieu, t'es quand même un drôle de malin, hennit Jones. Une autre tournée ! Garçon, appela-t-il, remettez-nous ça. »

Morgan les dévisagea avec ressentiment : Dalmire, vingt-cinq ans, enfiévré par l'alcool comme un adolescent, Jones et sa grosse figure luisante aux bajoues mal rasées, marié à une femme maladivement pâle avec deux moutards maladivement pâles... Ça donnait à penser, se dit-il, on n'envoyait vraiment que les fonds de tiroir ici. Mais il réalisa alors qu'il s'incluait dans la condamnation générale, ce qui le déprima profondément, avant que son orgueil ne lui souffle qu'il était différent des autres, spécial, l'exception qui confirmait la règle. L'évidence de cette assertion ne lui parut pas aussi convaincante qu'il s'y attendait, aussi changea-t-il de sujet.

« Où est Priscilla ? demanda-t-il à Dalmire. Je croyais qu'elle venait te retrouver ici.

— Elle est avec Géraldine et les gosses. »

Géraldine était l'épouse de Jones.

« Elles sont allées chercher des kebabs. Tu dînes ici ? interrogea Dalmire. Pourquoi ne te joins-tu pas à nous ? »

Jones vint à la rescousse. Ils paraissaient tous deux sincères. L'idée vint à Morgan, comme à plusieurs reprises déjà, quand il se trouvait ainsi confronté à des invitations impromptues, qu'ils l'aimaient bien, en fait, qu'ils aimaient sa compagnie, qu'ils le trouvaient drôle et surprenant. Il était toujours un peu étonné dans ces cas-là, un sentiment d'humble reconnaissance surgissant spontanément en lui. Mais il était mécontent de sa gratitude à l'égard de gens comme Dalmire et Jones ; c'était dans un certain sens dégradant, aussi se faisait-il un devoir d'étouffer ce genre d'émotions.

« Ah ! non, merci..., dit-il, se tapotant de nouveau la narine, et endossant le rôle de séducteur, de fêtard, de débauché dont ils l'avaient affublé. Faut que je file bientôt. J'ai un rencard. »

Ceci provoqua une cascade de rires gras, un échange de bourrades et des cris étouffés du style « Hor ! Wor ! Horr ! » Morgan se demanda pourquoi il se comportait ainsi. Sa méditation fut interrompue par l'arrivée de Priscilla et de Géraldine. Géraldine Jones portait un... sac était le seul mot approprié, de couleur verte, avachi, qui tombait droit de ses maigres épaules et découvrait la partie supérieure de son buste en planche à repasser. Elle avait de grands yeux de lémure dans un petit visage et de courts cheveux marronnasses.

« Salut tout le monde ! dit-elle avec un entrain forcé. Salut Morgan, ravie de te voir. Pourquoi tous ces rires ? »

Morgan comprit instantanément le genre de réponse

que Jones allait faire et il vit avec une horreur croissante les gros traits du petit Gallois prendre une expression vulgaire, tandis qu'il se penchait en avant d'un air entendu et lâchait de sa voix haut perchée : « Ce coureur de Morgan a un rendez-vous romantique. »

Le brouillard rouge d'une rage virulente lui obscurcit la vue. Ah ! arracher les yeux de Jones, lui réduire la tête en bouillie, enfoncer des tas d'instruments pointus dans ses divers orifices ! Au lieu de quoi, par un effort surhumain, il réussit à tordre ses lèvres en un sourire livide, tout à fait conscient de l'imperceptible raidissement de Priscilla à ses côtés. Le cœur dans les chaussettes, il en éprouva une mince consolation : comment et avec qui il passait ses soirées ne lui était donc pas tout à fait indifférent. Néanmoins elle se déplaça pour se rapprocher de Dalmire, dont le regard commençait à se troubler sérieusement et qui lui octroya un petit baiser tendre sur le front. Il lui passa aussi le bras autour de la taille et lui tapota la croupe. Elle gratifia Morgan d'un regard direct où il crut déceler du triomphe. Avant qu'elle ne puisse ouvrir la bouche Morgan lança la première phrase anodine qui lui passa par la tête :

« J'ai rencontré le fils de Murray ce soir. Le portrait craché de son père. » Il allongea le cou comme pour le chercher dans la salle. Bien entendu tout le monde fit de même.

« Je suis sûr de l'avoir vu au barbecue, remarqua Géraldine. Un garçon silencieux, solitaire. Dommage.

— Fantastique médecin, ce Murray, affirma Jones avec importance. Je ne sais pas ce qu'on aurait fait sans lui ni ce qui serait arrivé à Gareth et à Bronwyn. C'est dur ce pays pour nos deux petits. »

Chacun prit un air sérieux pour méditer le propos.

« Il pourrait être un peu plus aimable, je trouve », commenta Morgan, enfonçant d'un rien le couteau.

Géraldine parut étonnée :

« Oh ! non, vous croyez ? Je l'ai trouvé tellement gentil et serviable.

— Ça dépend de quoi on souffre, je suppose, intervint Priscilla. Il y a tellement de névrosés ici. Je crois que Murray les renifle à un kilomètre. »

On approuva en chœur. Morgan n'aimait pas du tout le ton de cette phrase. Que savait Priscilla exactement ? se demanda-t-il mal à l'aise.

Un des enfants Jones surgit en courant. C'était Bronwyn, la petite fille, un ballon rouge à la main :

« Papa, Papa, regarde ce que j'ai gagné », piailla-t-elle.

Jones la souleva de terre et, dans un grand geste d'amour paternel très imbibé, l'embrassa dans le cou en disant :

« Qui est une petite fille mimine maline, hein ? Qui est la mimine fifille maline à son papa ? Brrr... » et ainsi de suite jusqu'à ce que, prise de panique, la gamine se mette à hurler pour qu'on la repose par terre. Après quoi tout le monde, excepté Morgan, se pencha sur elle pour admirer le ballon rouge, sa rare et exotique beauté, et l'intelligence digne d'un prix Nobel dont avait témoigné Bronwyn en l'acquérant. Au cours de la scène Morgan vit la main de Dalmire glisser de la hanche de Priscilla pour envelopper et peloter la fesse. Le monstre aux yeux verts de l'envie serra ses tentacules autour du cœur de Morgan. Son règne fut de courte durée, interrompu tout net par l'arrivée d'un boy porteur d'un petit mot. Bronwyn avait été rejointe par son frère Gareth, également accroché à un ballon, jaune cette fois, et tout aussi avide de louanges et d'acclamations, de sorte que Morgan eut tout le temps, sans être dérangé, d'accepter la note, de remercier le boy, prendre l'air étonné et lire : « Je suis dans le petit bar. Pourquoi ne pas venir m'y rejoindre. Sam Adekunlé. »

Morgan crut qu'il allait vomir : il se sentit même chanceler. Il fourra la note dans sa poche et réfléchit furieusement. Sa profonde concentration finit par affecter les autres qui s'arrêtèrent pour le regarder, intrigués.

« Tout va bien ? demanda Priscilla.

— Pas de mauvaises nouvelles ? non ? ricana nerveusement Jones. C'est la fille qui t'a posé un lapin ? »

Morgan se força à sourire : « Mais non ! » Il tentait de gagner du temps : « Pire que ça. » Il lança le premier mensonge vaguement plausible qui lui vint à l'esprit : « Il semble qu'un poète du British Council que nous devions héberger ait disparu. Bougre d'artiste, typique ! »

Il laissa les choses dans le vague. « Enfin, bon, le devoir m'appelle. »

Ils compatirent puis reprirent leur conversation. Morgan assécha son fond de whisky avec un frisson et contourna le groupe pour aller déposer le verre sur le bar. Il sentit la main de Priscilla sur son bras :

« Tout va vraiment bien, n'est-ce pas Morgan ? »

Elle avait un ton soucieux et il en fut ému. Il jeta un coup d'œil à Dalmire qui bavardait avec Jones et reporta son regard sur Priscilla, détaillant, comme pour la première fois, la frange lustrée, le nez absurde, les seins fabuleux. L'amour embrasa son cœur comme le feu une nappe de napalm : un amour stupide, un amour irrationnel d'ivrogne sans beaucoup de rapport avec l'Amour avec un grand A. Si seulement je pouvais me la faire avant qu'elle n'épouse Dalmire, pensa-t-il, eh bien, alors, tout paraîtrait plus juste, plus équitable et plus décent. La main de Priscilla était toujours posée sur son bras. Morgan mit la sienne dessus :

« Tout va bien, Priss », dit-il doucement, noble dans la défaite et s'efforçant de lui faire comprendre qu'elle commettait une énorme erreur mais, ah ! ainsi va la vie : ... « dans ces circonstances », ajouta-t-il avec une ironie désabusée.

Il ôta sa main pour dégager la bague de fiançailles. Priscilla la retira brusquement — comme si son bras avait soudain pris feu — et la fourra dans la poche de ses jeans. Elle baissa la tête, confuse.

Morgan se pencha vers elle :

« N'écoute surtout pas les âneries de Denzil à propos de mes rendez-vous, murmura-t-il, c'est son sens gallois de l'humour. »

Il lui tapota l'épaule pour la rassurer puis, élevant la voix :

« Salut tout le monde ! lança-t-il. A bientôt ! »

Il s'éloigna à grandes enjambées, exultant momentanément devant ce superbe retournement de situation, jusqu'à ce qu'il se rappelle où il se rendait. Il ralentit et jeta un regard d'envie au petit cercle qu'il venait de quitter. Une terrible sensation d'isolement s'abattit sur lui. Adekunlé l'attendait.

4.

On avait baptisé petit bar la pièce du club qui donnait sur le dix-huitième trou... En temps normal il était envahi par des joueurs en sueur qui y ingurgitaient des litres de panaché mais à cette heure de la nuit, il était désert. Un boy endormi était affalé sur le bar ; Morgan se demanda où se trouvait Adekunlé, lui sachant gré de se montrer si discret.

Il entendit son nom lancé de la véranda. Il sortit et aperçut la silhouette massive d'Adekunlé à l'autre extrémité : le bout de sa cigarette rougeoyait dans l'obscurité.

« Ah ! monsieur Leafy, répéta Adekunlé venant à sa rencontre, la main tendue. Je crois que nous aurons de la pluie ce soir. »

Morgan lui serra la main et approuva nerveusement. Adekunlé était un homme corpulent avec de grosses pommettes saillantes et d'épaisses bajoues. Remarquable personnage dont le visage moustachu s'étalait sur tous les panneaux d'affichage de la Région Centre-Ouest, il avait l'air ce soir encore plus imposant que d'habitude car il était en costume traditionnel : une tunique crème rebrodée qui lui arrivait aux genoux, avec de prodigieuses manches kimono ramenées dans le dos, un pyjama de même couleur resserré aux chevilles et, sur sa tête, un tarbouche en velours noir tissé d'or, enfoncé de guingois à la mode kinjanjaise. La splendeur et l'évidente richesse de la tenue combinée à son imposante stature lui donnaient l'allure d'un potentat, d'un Henry VIII africain.

« Pardonnez-moi cet accoutrement », dit-il.

Il avait une voix profonde, cultivée, avec un accent anglais presque parfait, à peine teinté d'inflexions américaines ramassées lors de son passage à la Harvard Business School.

« Je ne vous attendais pas si tôt, s'aventura Morgan d'une voix qui sonna à la fois bizarrement rauque et d'au moins deux registres trop haute. Vous avez fait bon voyage ? »

Adekunlé eut un large sourire :

« Excellent, merci. Très fructueux. Un Londres très froid et très envahi. » Il marqua une pause et quand il reprit, toute trace de cordialité avait disparu de sa voix :

« Je tenais à vous voir... d'urgence. Aussi imaginez ma joie de vous découvrir ici. Je suis porteur de mauvaises nouvelles, je le crains. »

Il lança une bouffée de fumée dans la nuit :

« Ainsi que je le redoutais nous avons un problème. Un problème avec le docteur Murray.

— Je suis content... » Morgan s'éclaircit la gorge. « Je veux dire je suis content que vous vous soyez montré aussi discret. Mes collègues sont là.

— C'est la moindre des choses, dit Adekunlé fort urbain. Je comprends parfaitement votre situation.

— Écoutez, croassa Morgan, ça ne vous ferait rien que j'aille me chercher un autre verre. » Il hésita, pas très sûr de pouvoir formuler le reste : « Avant d'entendre votre problème. »

Il rentra dans le bar, secoua le garçon pour le réveiller et se fit donner un autre whisky. Il en avala une longue gorgée et rejoignit Adekunlé sur la véranda. Adekunlé alluma une autre cigarette et demanda de sa voix calme et sonore :

« A propos de Murray, comment progresse votre amitié avec lui ? Tout se passe comme prévu ? »

Morgan ravala sa salive ; il était content de rapporter au moins une manière de succès.

« Ça va très bien, dit-il faiblement. Ainsi que vous l'aviez suggéré, j'ai essayé de me lier avec lui, ce qui est... un peu difficile car il n'est pas très sociable. Néanmoins je dois jouer au golf avec lui cette semaine.

— Au golf, dit Adekunlé en réfléchissant. Excellent. Vous et Murray tout seuls ?

— Oui, enfin je pense que oui.

— Bien, ne changez rien.

— Pardonnez-moi mais ça ne vous ferait rien que je vous pose une question : de quoi s'agit-il ? Je crains de ne rien y comprendre. Pourquoi est-il si important pour moi de cultiver l'amitié de Murray ? Qu'attendez-vous de moi ? »

Adekunlé regarda Morgan d'un air narquois :

« Je pense que je peux vous le révéler maintenant, dit-il. Ce n'est pas déraisonnable. » Il marqua une pause puis lâcha très vite comme si c'était la chose la plus naturelle du monde : « Je tiens à ce que vous soyez en bons termes avec le docteur Murray parce que je veux que vous lui graissiez la patte. »

Morgan n'était pas convaincu d'avoir très bien entendu :

« Quoi ! dit-il en s'étranglant. Murray ? Lui graisser la patte ? Vous rigolez ?

— Non, mon ami, je ne rigole pas », dit Adekunlé, sur un ton qui ne laissait en effet aucun doute à ce sujet.

Il se sentit soudain nauséeux : une vision cauchemardesque de l'avenir se forma dans son cerveau en compote : des événements sans liens dans le passé prirent tout à coup leur place dans une affreuse machination, remarques et attitudes ambiguës devinrent dangereusement explicables. Non sans effort, il réussit à parler :

« Vous voulez que je soudoie Murray, dit-il. Pour quoi faire ? »

Adekunlé le prit par le bras et l'emmena jusqu'au bout de la véranda. Les lumières du bar les éclairaient faiblement. Au-delà, dans la nuit, les fairways s'enfuyaient en direction de la forêt.

« Laissez-moi m'expliquer, dit Adekunlé, d'un ton pondéré. Il existe un projet de construction à l'Université, ici, à Nkongsamba, auquel je porte un grand intérêt — pas simplement à cause de mes, euh, relations professionnelles avec l'Université, mais pour d'autres raisons aussi. Voyez-vous, continua-t-il, l'Université se développe et on veut construire un nouveau foyer de cinq cents chambres ainsi qu'une cafétéria. Le terrain sur lequel on voudrait édifier le foyer m'appartient. Je m'attendais à vendre ce terrain depuis plusieurs mois mais il y a eu des difficultés. » Il leva la main pour empêcher Morgan de l'interrompre. « Il existe aussi un Comité Universitaire, appelé le Comité des Bâtiments, Travaux et Sites. Il est chargé d'enquêter et d'évaluer la viabilité de tout nouveau projet de construction du point de vue de l'hygiène, du social et de l'environnement, et de présenter ses conclusions au Conseil de l'Université. Il s'agit d'un important comité, en fait il a droit de veto sur tous les projets de construction et son président…

— … Est le docteur Alex Murray, hoqueta Morgan en avalant de travers.

— Précisément, le félicita Adekunlé. Vous commencez à piger comme on dit. » Il tripotait la broderie de sa tunique. « J'ai pris conscience du problème il y a quelque temps, grâce à certains de mes contacts. Mais, hier, à mon retour de Londres, mes sources ont confirmé mes pires craintes. Le docteur Murray », Adekunlé prononça le nom avec une trace de mécontentement, Morgan le comprenait parfaitement, « le docteur Murray a l'intention de présenter un rapport négatif sur le site proposé. S'il le fait, le

terrain ne sera pas acheté donc pas vendu. » Adekunlé
sourit d'un air sardonique. « Je l'avais redouté. Il me
fallait être prêt et c'est pourquoi j'ai... décidé de... ah !
comment dire ? de recourir à vos services dans cette
délicate affaire de persuasion.

— Vous voulez que je...

— Je veux que vous persuadiez le docteur Murray de
changer d'opinion.

— Oh ! mon Dieu, dit faiblement Morgan, soudain en
proie à une attaque de lucidité aiguë. Je ne suis pas
certain...

— Je vous en prie, dit Adekunlé, suave, pressant le
bras de Morgan. Ne parlons pas de défaite.

— Mais quel est le problème ? demanda Morgan.
Pourquoi refuse-t-il ? »

D'une pichenette Adekunlé fit valser son mégot dans la
nuit.

« Il fallait s'attendre à certaines objections : la proximité
du village d'Ordo, le cours de la rivière, mais il n'y avait
pas là d'obstacle majeur qui ne pût être surmonté. On peut
persuader des villageois de se réinstaller ailleurs, on peut
modifier le cours d'une rivière. » Il soupira avec exaspération. « Malheureusement pour nous tous, le docteur
Murray est très méticuleux. Un homme très méticuleux. »
Il prit un paquet dans la poche de sa tunique. « Peut-être
savez-vous, continua-t-il en allumant une cigarette, que
ma famille et moi nous sommes des chefs tribaux dans
cette partie du monde. En fait nous possédons beaucoup
de terrains autour de Nkongsamba. Mais hélas, les frais
d'une vie politique sont considérables et c'est ainsi qu'il y a
deux ans j'ai été contraint de vendre une partie des terres
de ma famille. Des terres en bordure du site proposé
aujourd'hui pour le nouveau foyer. » Adekunlé sourit
vaguement. « J'étais Président de la Chambre de Com-
merce de Nkongsamba à cette époque-là et c'était donc
disons... commode pour moi de les vendre au Conseil

Municipal de Nkongsamba qui en est propriétaire maintenant. »

Morgan fronça les sourcils. Il se demandait si dans sa
naïveté il n'était pas en train de passer à côté de l'évidence.
Il n'arrivait toujours pas à saisir comment tout cela
s'articulait. Peut-être les lourds euphémismes d'Adekunlé
constituaient-ils un code qu'il aurait dû déchiffrer sur-le-
champ.

« Murray sait-il que vous êtes propriétaire du terrain ?
demanda-t-il.

— Non, dit Adekunlé. Non, non, j'en suis sûr. Aucune
de ces transactions ne se fait sous mon nom, ajouta-t-il
avec condescendance, comme réprimant son impatience
devant la lenteur d'esprit de Morgan. Je ne pense pas,
continua-t-il, que l'Université de Nkongsamba débourse-
rait des centaines de milliers de livres sterling pour les voir
aller dans les poches de son professeur d'Économie et de
Gestion des Affaires. Non, poursuivit-il, le problème se
situe au niveau du Conseil Municipal. Le terrain que j'ai
vendu il y a deux ans est aujourd'hui la nouvelle décharge
Municipale de Nkongsamba.

— Oh ! dit Morgan, comprenant tout à coup. Je vois.

— On a commencé à y déverser les ordures voici six
mois. A présent le tas n'est pas très grand, plutôt
insignifiant et encore loin du site envisagé pour le foyer.
Mais d'ici un an ou deux, il se verra beaucoup, en fait si on
continue à cette allure, les ordures grimperont contre les
murs des bâtiments. Mais si, d'ici là, dit-il la mine
faussement navrée, la construction est commencée, il sera
trop tard pour trouver un nouveau site. »

Morgan ne manqua pas d'être impressionné par un tel
souci de la santé des étudiants.

« Personne, dit Adekunlé avec emphase, personne ne
pouvait savoir cela maintenant. A moins qu'il n'ait
consulté les registres du cadastre.

— Et Murray a consulté les... bien sûr.

— Vous y êtes, mon ami. Un homme très méticuleux, je vous l'ai dit.

— Mais ne pouvez-vous pas faire transférer le dépotoir, ou quelque chose dans ce genre ? » avança Morgan sans espoir.

Adekunlé eut un rire méprisant pour cette suggestion impraticable :

« Et où allez-vous mettre des milliers de tonnes d'ordures pourries ? D'ailleurs, ajouta-t-il, depuis que je fais de la politique, j'ai été obligé d'abandonner mes positions les plus influentes au sein du Conseil pour l'amour de, comment dire ? la " probité ". »

Le mot parut lui laisser un goût amer dans la bouche.

« Je suis désolé, mon ami, mais il n'y a pas moyen de faire autrement. Et de toute façon il est vital que ce marché se conclue maintenant. Je ne peux pas me permettre d'attendre. »

Il ouvrit les mains :

« Les frais des élections. Et lorsque — je veux dire si nous gagnons, j'aurai besoin de réserves substantielles. Non, Murray doit modifier son rapport. Sans Murray, il n'y aurait pas de problème : le terrain aurait déjà été vendu. »

Il regarda Morgan :

« Vous êtes un Blanc, un représentant du Service Diplomatique de Sa Majesté la Reine et un ami de Murray. Je compte sur vous pour le faire changer d'avis. »

Morgan leva les yeux au ciel d'un air désolé. Il ressentait le poids d'invisibles nuages noirs au-dessus de sa tête comme une menace personnelle, une ultime rebuffade vengeresse d'un Dieu méprisant et bougon. L'impossibilité de la tâche herculéenne que lui avait fixée Adekunlé lui donnait envie d'éclater d'un rire hystérique, l'audace prodigieuse de la suggestion l'aurait fait pleurer de désespoir impuissant. L'homme ne savait donc rien de Murray ?

Ne devinait-il pas, sous les traits sévères, la rectitude morale d'un moderne John Knox ?

« Si vous connaissiez le docteur Murray aussi bien que moi, commença-t-il doucement, vous comprendriez l'impossibilité...

— Je vous en prie, l'interrompit Adekunlé. Je connais Murray. C'est un homme, Mr. Leafy, un homme comme vous et moi. Ce n'est pas un Dieu ni une sorte de personnage héroïque comme, je crois, vous vous le figurez. »

Adekunlé l'admonestait du doigt.

« N'oubliez jamais cela, l'avertit-il, dans aucune tractation et quel que soit votre interlocuteur. Le docteur Murray n'est qu'un homme qui travaille dur, il a trois enfants et les écoles en Angleterre coûtent cher. » Il sourit : « Vous ne pensiez pas que j'allais m'en remettre seulement à votre rhétorique. Vous pouvez lui offrir dix mille livres sterling, dit-il brutalement. N'importe quelle banque, Suisse, Jersey, Guatemala, n'importe où. »

Morgan ne pipa mot. Il songeait aux dix mille livres.

« Chacun a son prix, comme dit le proverbe, je pense que dix mille livres suffiront pour un homme aussi pauvre que le docteur Murray. »

Morgan était renversé par la munificence du pot-de-vin. Même Murray... D'abominables éventualités et de sordides scénarios se mirent à faire la sarabande dans la tête de Morgan comme mouches sur viande avariée. Et d'abord l'exquise ironie d'avoir à pervertir ce pharisien austère. Être là, et regarder la corruption se répandre en lui comme une souillure. Les grosses lèvres d'Adekunlé s'ouvrirent en un demi-sourire tandis qu'il regardait Morgan réfléchir.

« Vous avez peut-être raison, admit Morgan. Vous avez peut-être même tout à fait raison.

— Nous n'avons pas beaucoup de temps, l'avertit Adekunlé. Ceci doit être réglé avant les élections et, en tout cas, avant la prochaine réunion du Comité des

Bâtiments, Travaux et Sites, qui doit avoir lieu au début de l'année prochaine. » Il consulta sa montre : « Ah ! dit-il, je dois m'en aller. Je partirai par-derrière. »

Il traversa la véranda. Arrivé au haut des marches qui menaient au terrain de golf, il s'arrêta et se retourna vers Morgan :

« Je n'aime pas avoir à vous rappeler, Mr. Leafy, vos — disons — obligations envers moi, dit-il. Pas plus que l'éventualité de déplaisantes conséquences. Mais vous pourrez naturellement — lorsque cette affaire sera réglée — compter sur ma discrétion absolue et, ajouta-t-il avec un sourire et peaufinant son ultime circonlocution, dirons-nous, mon soutien continu dans l'exercice de vos fonctions pour la durée de votre séjour dans mon pays. »

Il fit demi-tour et se fondit dans la nuit.

5.

Les premières grosses gouttes s'écrasaient sur son pare-
brise lorsque Morgan arriva chez lui. Il mit la Peugeot au
garage et sortit. Il vit la poussière grisâtre de l'allée se
transformer sous ses yeux en boue noire tandis que, dans
les ténèbres là-haut, les nuages gonflés d'eau s'abîmaient
en un torrent déchaîné. Il mesura la force de l'averse qui
dégringolait, sonore, sur le toit de tôle ondulée du garage,
noyant le bruit du vent qui cinglait les buissons et les
arbres du jardin.

La lumière brillait au-dessus de la porte d'entrée mais la
maison ne donnait pas d'autre signe de vie. Où diable
étaient donc Vendredi et Moïse ? se demanda-t-il, furieux.
Il n'y avait que trente mètres entre le garage et la porte
mais, avec cette pluie, il serait trempé en deux secondes.

« PARAPLUIE ! » hurla-t-il en direction de la maison,
avec l'espoir que sa voix dominerait le grondement du
déluge. Un éclair éblouissant répondit, moqueur, à son
cri, suivi un instant plus tard d'un coup de tonnerre
fracassant. Morgan se contint pour ne pas montrer le
poing au ciel obscur tandis qu'il courait en s'éclaboussant
vers la maison, franchissait d'un saut le ruisseau qui
bouillonnait déjà devant sa porte et se jetait, haletant, sous
la véranda.

Sa maison était un bungalow long et bas, au milieu d'un

jardin généreux planté de bosquets de frangipaniers et d'avocatiers, que surplombaient d'immenses pins parasols. Une moitié seulement de la maison — les deux chambres et son bureau — était protégée des moustiques. Le reste — un large salon, une salle à manger, la cuisine et l'office — donnait sur la traditionnelle véranda où il posait à présent des pieds dégoulinants. Le déluge grondait sur le toit et cascadait des auvents en un immense rideau liquide, transformant les gouttières de gravier qui cernaient la maison en des torrents tumultueux qui débordaient sur le gazon dévasté de la pelouse avant d'aller se jeter dans une mare au bout du jardin, près de la haie de poinsettias. A la lueur continue des éclairs, Morgan distinguait nettement le mini-lac grandissant et sa surface cloutée de lourdes gouttes de pluie.

Il reprit lentement son souffle, un peu inquiet qu'un sprint de trente mètres lui eût autant coupé la respiration, ôta ses chaussures trempées et entra dans la cuisine à la recherche de ses domestiques. Il y trouva Vendredi endormi, la tête dans ses bras appuyés sur la table de bois blanc, au centre de la pièce. Sans allumer ni faire de bruit, il passa devant lui pour aller regarder, par la porte ouverte, dans le jardin de derrière. Près des marches de la cuisine, dehors, il y avait une autre table et, comme il l'avait prévu, Moïse, son vieux cuisinier, était assis dessus, bien abrité de l'avalanche par les auvents qui se prolongeaient sur deux bons mètres. Ses longues jambes repliées sous lui, Moïse regardait fixement le rideau de pluie. Il tirait à petites bouffées sur sa pipe nauséabonde avec, à ses côtés, une gourde sale et un verre rempli de vin de palme d'un vert nuageux. Des tirs nourris de tonnerre quadrillèrent le ciel et sous les éclairs le paysage s'anima à nouveau de manière irréelle. Le déluge avait transformé la surface du jardin en une marée lente et sirupeuse — l'eau débordait, s'arrêtait, s'avançait encore, des mares se faisaient et se défaisaient, feuilles et herbes emportées un peu plus loin puis abandonnées. Et la pluie continuait à tomber. Une sacrée tornade, pensa Morgan.

Moïse rota doucement, se retourna pour remplir son verre et aperçut Morgan debout, les mains sur les hanches. Il jeta sa pipe et sauta sur ses pieds.

« Ah ah ! la pluie, missié. Moi pas avoir entendu vous rien du tout, missié » et, grimpant tête baissée les escaliers, il passa devant Morgan, alluma la lumière de la cuisine, et secoua Vendredi qui, aussitôt réveillé, entama une longue explication sur son état d'extrême fatigue.

« Ferme-la, Vendredi, dit Morgan. Une omelette au fromage, Moïse, s'il te plaît. Et toi, Vendredi, mets en marche mon climatiseur et apporte-moi une bière. » Il entra dans le salon, alluma et mit en route le ventilateur du plafond, ravi d'avoir pris ses domestiques en faute.

Il en était à la moitié de sa bouteille de bière quand Vendredi lui apporta son omelette et la plaça devant lui sur une petite table.

« Ça va, maît' ? demanda-t-il gaiement.

— Non ça ne va pas, dit Morgan. Il me faut une putain de fourchette et un putain de couteau, non ? »

Il hurla derrière Vendredi déjà reparti en courant vers la cuisine : « Du sel et du poivre aussi ! »

Vendredi était un petit gars très costaud d'une vingtaine d'années, qui était arrivé de sa colonie à la recherche d'un emploi. Morgan s'était senti très dans le vent, très cosmopolite en l'engageant : « L'équivalent d'une soubrette française au Kinjanja », s'était-il spirituellement vanté — mais le petit homme, totalement stupide, n'avait jamais réussi à se débrouiller en anglais, et Moïse, le cuisinier de Morgan, le détestait cordialement. Moïse en revanche, était long, mince et vraiment très vieux. Personne ne savait exactement son âge — pas même lui — mais il avait un visage grisâtre tout ridé et beaucoup de spirales blanches dans les cheveux : il avait donc probablement plus de soixante ans. C'était un vieux renard qui

volait Morgan en artiste et refusait de laisser les exigences
du travail interférer indûment avec les agréments de la vie.
Il savait faire des omelettes, des rissoles de poisson, une
sorte de ragoût, du curry de poulet, de la tarte à la
rhubarbe et de la soupe anglaise, un point c'est tout.
Chaque jour le vendeur de vin de palme frappait à la porte
de la cuisine et Moïse achetait une pinte ou deux du
puissant breuvage. Il coupait lui-même son tabac qu'il se
procurait en bandes humides et noires comme de la vieille
couenne, et qu'il fumait dans une pipe à petit fourneau,
chaque fois qu'il s'asseyait pour boire un verre de son épais
vin de palme. Ce qu'il savait cuisiner, il le cuisinait bien
cependant et Morgan avait découvert qu'il se lassait moins
qu'il eût pu le penser de ce régime, agrémenté de temps à
autre par des invitations à dîner ; lorsque l'envie lui en
prenait ou que la perspective des rissoles de poisson
perdait de sa séduction, il allait se nourrir dans un des
clubs, en ville ou à l'Université, ou bien encore dans
un des restaurants libanais ou syriens dont les cuisines
étaient censées se conformer à des règles minimales
d'hygiène.

Après avoir terminé son omelette, Morgan alla sur sa
véranda scruter les ténèbres. La pluie semblait diminuer,
les éclairs et le tonnerre se déplacer vers l'est. Il entendait
le coassement des grenouilles et des crapauds monter de
l'obscurité.

Il décida d'aller se coucher. Il savait ce qui se passait
après la pluie : des ailes poussaient à chaque insecte qui se
mettait à voler comme un fou. Il ordonna à Moïse et
Vendredi de fermer et de rentrer chez eux. Il tira derrière
lui le loquet de la porte du couloir, entendit le grondement
des portes vitrées du salon qu'on fermait et rentra dans sa
chambre.

Il prit une douche rapide et s'essuya. Assis sur le bord
de la baignoire, il songeait à Murray. Comment aborder

l'homme ? Comment amener l'histoire du pot-de-vin ?
Comment Murray allait-il réagir ? Il se sentit soudain
atterré à l'idée que lui, un officiel du Service Diplomatique
du Gouvernement de Sa Majesté, en était à comploter avec
désinvolture d'une manière aussi abjecte et criminelle, et
qu'un destin pourri le mettait dans des circonstances aussi
déplorablement ignobles. En guise de consolation il
repensa à la partie de jambes en l'air qu'il s'était payée avec
Hazel plus tôt dans la soirée. Cela réussit à le distraire une
minute ou deux mais lentement, inévitablement une sorte
de délectation morose s'insinua en lui comme souvent à ces
moments-là. La maison était silencieuse à l'exception du
ronron réconfortant du climatiseur ; la pluie semblait avoir
cessé, seuls les auvents dégoulinaient encore dans les
rigoles de gravier. Il crut entendre les criquets entonner un
chœur de brr-brr, brr-brr, pour dire au monde combien ils
avaient froid.

Ses pensées se tournèrent — comme il convenait à un
mélancolique exilé — vers sa famille et son pays natal. Il
songea à sa mère, à Feltham, gentille veuve aimant à rire
qui, elle y avait fait allusion dans sa dernière lettre, finirait
bien par épouser Reg, son bon ami depuis de longues
années. Reg était marchand de journaux et bon type.
Morgan le connaissait depuis toujours. Très chauve, il
faisait aussi partie de ces optimistes qui croient qu'une
mèche humide traversant en bissectrice, d'une oreille à
l'autre, un crâne reluisant peut effectivement faire illusion. Reg était très bien, se dit Morgan avec chaleur, il
était affable, aimait boire un coup et s'entendait bien avec
sa mère. Il en allait de même avec Jill et Tony, sa sœur et
son beau-frère. Oui, ils étaient tous gentils, ils s'enten-
daient tous très bien, chaque fois qu'il rentrait en congé
chez lui.

Mais il fut soudain saisi d'un accès de colère. Ils étaient
tous si bougrement *ordinaires*, décida-t-il impitoyable,

quelconques au point de vous flanquer le cafard, tellement
inodores et sans saveur. Il pensa à son père — un
personnage vague et énigmatique pour lui maintenant —
mort quand Morgan avait quinze ans. Foudroyé par
une crise cardiaque en aidant à l'installation d'une nouvelle machine à laver la vaisselle dans une cafétéria de
l'aéroport d'Heathrow. Morgan contemplait parfois les
visages souriants de ses parents dans l'album familial et se
demandait comment il avait pu, lui, devenir ce qu'il était :
égoïste, gros et misanthrope.

Il se leva tristement, les fesses meurtries par le dur
rebord de la baignoire. Lugubre, il regagna sa chambre et
se jeta sur le lit. Tout allait mal. Il ferma les yeux,
repensant à sa journée : désastreuse, en somme. D'abord
les fiançailles de Priscilla, puis l'histoire du Père Noël, et
les « mauvaises nouvelles » d'Adekunlé. Tout ce qui lui
restait à faire maintenant c'était de soudoyer Murray : il
n'en ratait pas une. Il se retourna d'un seul coup et se
fourra la tête sous un oreiller. Bon Dieu, se dit-il, quelle
embrouille, quel foutu merdier ! Murray y compris. Dans
un sens tout se ramenait à Murray. L'homme était entré
dans sa vie avec le tact et la délicatesse d'une armée
d'invasion. Voici trois mois il le connaissait à peine, savait
tout juste à quoi il ressemblait et aujourd'hui il fallait lui
faire accepter un pot-de-vin pour aider un politicien
machiavélique à se payer une campagne électorale tru-
quée. Pendant un pénible moment il se sentit prêt à
pleurer d'écœurantes, d'amères larmes de dépit ; mais
soudain, il se redressa, remit les oreillers en place à coups
de poing et attrapa un bouquin. Il jeta un coup d'œil au
titre : *L'enfer est pour demain !* clamait la couverture en
grosses lettres rouges. Dégoûté d'avance, il lança le livre
contre le mur.

Il éteignit la lampe de chevet et s'allongea pour essayer
de dormir. Il fit le bilan difficile, confus de sa journée. Y

avait-il la moindre chose dont il pût être un peu fier ?
Qu'avait-il fait de bon ? De réfléchi, de généreux ou de
désintéressé ? Avait-il accompli un acte quelconque qui
n'eût pas pour seul but d'améliorer le bien-être matériel,
physique et moral de Mr. Morgan Leafy ? Eh bien... non.
Il devait en convenir : un non absolu, sans restriction
aucune. En y resongeant, il confessait à regret qu'il avait
été grossier, boudeur, brutal, égoïste, déplaisant, hypocrite, lâche, prétentieux, fasciste, etc., etc. Une journée à
peu près normale. Mais..., se dit-il. Oui, mais. Était-il
tellement différent des autres dans ce pays de merde, dans
ce vaste monde grouillant ? Là encore, pour autant qu'il le
sût, pour autant qu'il pût se fier à son expérience, non.
Non était la seule réponse honnête. Comme d'habitude,
cette brutale analyse ne lui apporta pas beaucoup de
réconfort. Troublé et malheureux, il se retourna, ferma les
yeux et appela le sommeil.

6

Le téléphone sonnait. A cette heure de la nuit la sonnerie stridente vous glaçait la cervelle. En prenant le récepteur il jeta un coup d'œil à son réveil. Minuit vingt. Il n'avait pas dû dormir plus de dix minutes.

« Allô, ici Leafy, marmonna-t-il dans l'appareil.

— Allô, Morgan ? Désolé de vous déranger à cette heure. C'est Arthur Fanshawe. »

La voix était tendue mais pleine de sollicitude.

« Arthur ? dit Morgan, quelque chose qui cloche ?

— Oui, dit Fanshawe, tout de go. Une emmerde, en fait. Pouvez-vous venir ?

— Quoi ? Maintenant ? » Morgan laissa transpirer dans sa voix plus de protestation qu'il n'était sage.

« Oui si ça ne vous fait rien. »

Le ton s'était fait sec, offensé.

Morgan s'assit, tout voûté, sur le bord de son lit. Il se frotta les yeux :

« Écoutez, pouvez-vous me dire de quoi il retourne ? Je veux dire... êtes-vous sûr que je... ? »

Le vibrant silence de Fanshawe à l'autre bout du fil était éloquent :

« Je serai là dans un quart d'heure.

— R'voir. »

Morgan raccrocha. Stupide cinglé de merde, pensa-t-il, furieux, que se passe-t-il ? Autant qu'il s'en souvienne, il n'était pas de permanence. C'était le tour de Dalmire ce soir. Avait-on troublé le sommeil réparateur du beau Dickie ?

Grommelant ses doutes, Morgan remit les vêtements qu'il avait portés dans la journée et s'aspergea d'eau le visage. Dehors, la pluie avait cessé : la nuit humide et noire était ivre de bruits et de chuchotements. Les crapauds rotaient, les criquets craquetaient, les chauves-souris piaillaient et faisaient du rase-motte. En traversant la véranda, il vit des escadrons de papillons et de fourmis volantes s'écraser autour de la lumière du porche. Il fit crisser sous ses chaussures des masses agonisantes d'insectes épuisés qui avaient déployé leurs ailes, juste au commencement de la pluie, avant de décoller pour un bref et joyeux vol, séduits par la lueur de l'ampoule brûlante. Il pataugea dans la boue du jardin pour gagner le garage. Là-haut, le ciel s'était éclairci et la familière voûte des étoiles s'était allumée. On voyait toujours plus d'étoiles en Afrique qu'en Europe, se dit-il.

La route menant à la Commission était calme : quelques taxis ramenant des couche-tard et un énorme camion à remorque, surchargé de sacs d'arachides, dévalant à grand fracas et sans la moindre prudence la route du sud... Il s'aperçut avec mécontentement que le parking de la Résidence était vide. Il était clair qu'on n'avait pas dérangé Dalmire. Si le problème présentait une telle urgence, se dit-il avec humeur, où étaient donc les autres membres de l'état-major ? Les bâtiments, plongés dans le noir, semblaient tout aussi déserts.

Morgan gara sa voiture et prit rapidement par le jardin sombre en direction de la Résidence qu'il découvrit, en approchant, illuminée comme un paquebot sur deux étages. Il devina que le problème était d'ordre familial et leva les yeux au ciel. Ici non plus, aucune voiture dans l'allée. Morgan escalada les marches et frappa à la porte-fenêtre du salon. Il aperçut à travers les vitres Mrs. Fanshawe et Priscilla assises sur un des canapés. Priscilla avait son bras autour des larges épaules de sa mère. Le gai toc-toc de Morgan les fit sursauter toutes les deux et Priscilla, bondissant sur ses pieds, se précipita pour ouvrir la porte :

« Ah ! Morgan, dit-elle avec du soulagement dans la voix. Je suis si contente que tu sois venu. »

La sincérité du ton le surprit tellement qu'il faillit ne pas remarquer la svelte beauté, les cheveux ébouriffés et l'étroitesse du kimono qu'elle portait et dont l'ourlet lui arrivait à mi-cuisses.

« Hello, Morgan ! » C'était Mrs. Fanshawe. Morgan remarqua qu'elle avait les yeux rouges. Avait-elle pleuré ? se demanda-t-il, n'ayant jamais décelé sur son visage la moindre trace d'une émotion tendre.

« C'est si affreux », gémit-elle, toujours effondrée sur son canapé, un mouchoir roulé en boule dans la main, son large corps assez bien camouflé par un immense peignoir de chenille bleu pâle.

« Un verre ? demanda Priscilla.

— Eh bien... » Morgan tourna les talons pour examiner les bouteilles sur la commode d'acajou brillant, en se frottant les mains comme pour se les réchauffer.

« Le café va être prêt, geignit Mrs. Fanshawe.

— Du café m'ira très bien, dit-il, un large sourire plaqué sur le visage. Avec du lait et trois sucres, s'il vous plaît. »

Il détailla les jambes de Priscilla tandis qu'elle sortait du salon pour aller à la cuisine.

« Où est Arthur ? interrogea-t-il, conscient de l'absence de son supérieur. Il ne lui est rien arrivé, non ? ajouta-t-il, se rendant compte trop tard de la désinvolture de son ton.

« — Bien sûr que non », rétorqua sèchement Mrs. Fanshawe, agacée.

Retour à la normale, se dit Morgan. Elle reprend ses esprits.

« Non, continua Mrs. Fanshawe, il est dehors — elle désigna la nuit — pour voir ce qu'il peut faire. »

Le mystère commençait à porter sur les nerfs de Morgan. Pourquoi, nom d'un chien, l'avait-on tiré de son lit ?

« Hum, que s'est-il passé exactement ?

— Innocence, dit tristement Mrs. Fanshawe.

— Innocence ? »

Morgan était franchement perplexe. S'agissait-il d'un obscur sarcasme à propos de son incapacité à deviner la nature du problème ?

« Ma bonne, dit-elle, ma bonne Innocence. Elle est morte. »

« Oh ! C'est tout ? lui lança-t-il silencieusement. Qu'est-ce que je fous ici, moi, alors ? »

Il s'apprêtait à poursuivre avec vigueur son enquête quand il aperçut Fanshawe qui grimpait les marches.

« Morgan, dit Fanshawe d'un ton las. Content que vous soyez ici. »

Il avait un air très étrange, se dit Morgan. Il portait une robe de chambre chinoise verte à grands ramages orange du genre fleurs de lotus. Un pyjama de pilou rayé contrastait bizarrement avec cette opulence. Le visage de Fanshawe était pâle et ses cheveux habituellement bien lissés rebiquaient en petites touffes frisées.

« Un foutu problème que nous avons là, avoua-t-il en secouant la tête d'un air chagrin. J'ai pensé que vous étiez le type capable de le résoudre. » Il regarda Morgan en face : « Il m'est impossible de rien comprendre à ces Africains, dit-il accablé comme un criminel qui avoue son crime. Ça n'a ni queue ni tête, je n'arrive pas à saisir comment fonctionne le cerveau kinjanjais. De l'hébreu, pour moi. Ah ! si on était en Orient... » Il en resta là de son commentaire allusif.

Morgan se demanda pourquoi Fanshawe pensait qu'il était « le type » capable de résoudre ces mystères insondables. Entre-temps Mrs. Fanshawe s'était levée et renouait la ceinture de sa robe de chambre, soulignant ainsi crûment l'ampleur de ses vastes formes sous l'enveloppe de chenille tricotée. Morgan nota les deux prodigieuses bosses qui marquaient sa poitrine et le curieux roulis qui les ballottait bord sur bord tandis qu'elle faisait route vers son mari :

« Viens Arthur, ordonna-t-elle. Laisse faire Morgan. Il connaît ces gens mieux que nous.

— Minute, interrompit Morgan avant que Fanshawe ne soit mené au lit. Je crains de n'avoir toujours pas compris. Innocence est morte, d'accord, mais je ne vois pas ce que je peux y faire.

— Pardon. » Fanshawe se passa la main sur le front d'un air absent. « Pardon de ne pas vous avoir expliqué. Tout cela m'a flanqué un coup. Innocence est dans le quartier des domestiques. Elle a été frappée par la foudre pendant la tornade. Tuée sur le coup, je pense. J'ai appelé la police, un agent vient d'arriver mais il semble qu'il y ait un affreux problème mystique, une affaire comment dit-on ? de gri-gri. Un méli-mélo de magie quoi, impossible de comprendre ce qu'ils racontent. J'ai pensé que vous seriez l'homme de la situation. » Il fit une pause. « Je ne peux pas vous en dire davantage, hélas. A vous de voir si vous vous y retrouvez. Tâchez de me débrouiller tout ça cette nuit. »

Les Fanshawe se dirigèrent vers l'escalier :

« Je crois, dit Fanshawe avec lassitude, que ça concerne

le transport du corps, je ne sais trop. En tout cas, Morgan,
faites de votre mieux et à demain matin. »

Morgan leur souhaita bonne nuit et les Fanshawe
montèrent se coucher. Il était sur le point de se servir le
verre dont il mourait d'envie lorsque Priscilla revint avec
une tasse de café à son intention. Il la prit et leurs doigts se
joignirent brièvement. Il se demanda ce qu'elle portait
sous son peignoir. A sa surprise, elle lui enfonça l'index
dans l'estomac :

« C'est bien ce que je pensais, dit-elle. Trois sucres, rien
d'étonnant. Autant boire du sirop. »

Elle n'avait pas l'air bouleversée outre-mesure par la
mort d'Innocence, se dit Morgan ; plutôt familière, même.
Etait-ce bon signe ?

« A propos, dit Priscilla, tu as retrouvé ton poète ?

— Mon poète ? » Morgan n'y était plus. Puis il se
rappela son alibi plus tôt dans la soirée. « Ah ! ce poète.

— Il y en a d'autres dans le coin ?

— Non, non. Eh, ah... on n'a pas encore trouvé celui-
ci. »

Il pensa brusquement qu'il devrait profiter de ce qu'ils
étaient seuls.

« Écoute, Priscilla, puis-je... ?

— Ne t'en fais pas, dit-elle gaiement, je suis sûre qu'il
va arriver.

— Quoi ? Oh ! oui... mais je... » Trop tard. Elle était
déjà dans les escaliers.

« Je ne te verrai probablement pas demain matin, dit-
elle. N'est-ce pas affreux l'histoire d'Innocence ? 'Soir. »

Un éclair de jambes bronzées, elle avait disparu. Cette
famille, se dit Morgan pas content, me traite fort mal. On
me prend vraiment pour une bille. D'abord je suis le Père
Noël et maintenant un foutu croque-mort.

Il versa un coup de fine dans son café, remua et but d'un
trait. Bon, se dit-il, allons voir de quoi il retourne.

Le quartier des domestiques consistait en deux constructions de boue séchée qui se faisaient face de chaque côté d'une cour de latérite traversée en son milieu par un caniveau cimenté. A un bout du terrain se trouvait un tuyau d'alimentation d'eau et un lavoir, un large bassin de béton sous un toit de tôle ondulée supporté par d'épais piliers de bois. A côté, un grand fromager. Autour des deux bâtisses s'étaient multipliées les annexes, cabanes, éventaires de marchands ambulants et abris faits de bouts de bois, de cartons d'emballage et de branches de palmier. Entre la route principale et le bloc le plus éloigné, avait crû et prospéré, au cours des ans, un respectable tas d'ordures sur lequel trônaient maintenant deux carcasses de voitures et qui servait de principale source de ravitaillement aux divers chiens, chats et chèvres en liberté.

En approchant, Morgan perçut les bruits d'une sourde agitation : des conversations excitées et une mélopée de femmes en pleurs. Un peu nerveux, il songea pour la première fois à ce qui l'attendait. Après tout il allait rencontrer la mort, ce qui ne lui était jamais arrivé. La mort d'Innocence. L'improbable symbole ne le fit pas sourire. Il fit le tour du bâtiment le plus proche et entrevit vaguement un groupe d'une trentaine de personnes réunies à l'autre extrémité, près du fromager. Il traversa, en enjambant soigneusement l'égout. Il sentit un petit pincement d'appréhension. Quelques femmes étaient assises avec leurs enfants autour des lanternes, sur les étroites galeries qui couraient le long des blocs. Une silhouette se détacha du groupe près de l'arbre et vint vers lui. Il se rendit très vite compte qu'il s'agissait d'un policier en uniforme kaki impeccablement amidonné, chemise, short et longues chaussettes. Les bottes noires étincelaient à la lueur des étoiles. Il avait une lampe électrique à la main et un long bâton accroché à la ceinture.

« Bonsoir, sergent, dit Morgan, l'image de l'autorité

tranquille. Je suis Mr. Leafy, de la Commission. Que se passe-t-il exactement ?

— Ah ! la femme est morte, missié. La foudre y en a tué elle en un coup. »

Il se retourna et alluma sa torche. La foule n'était pas agglutinée autour du corps, ainsi que Morgan l'avait d'abord pensé, mais se tenait prudemment à une dizaine de mètres, dans un silence consterné. Le faisceau de la lampe éclaira la masse sombre du corps d'Innocence, ce qui provoqua des exclamations étouffées chez les badauds. Innocence avait été terrassée dans l'espace compris entre un des bâtiments et le soubassement en béton du lavoir.

La gorge de Morgan se serra.

« Je suppose qu'il faudrait regarder de plus près », dit-il.

Il ne savait pas pourquoi il supposait cela mais c'était tout ce à quoi il pouvait penser en fait d'initiative.

« Permettez ? »

Il prit la torche des mains du policier et s'approcha du corps. Un léger mouvement s'opéra au sein de la foule qui parut retenir collectivement son souffle. Morgan réalisa, non sans panique, que c'était — Innocence — le premier cadavre auquel il était confronté et il ne savait pas très bien ce qu'il allait voir ni comment il allait réagir.

Mais avant qu'il ne soit plus près, quelqu'un sortit en courant de la foule et vint le tirer par la manche. Morgan se retourna et reconnut Isaac, un des huissiers et homme à tout faire de la Commission. Un type solennel avec une moustache en brosse à dents à la Hitler.

« Mr. Leafy, missié, dit-il, moi vous en prier, missié, ne la tôchez pas, vous jamais pas tôcher elle. »

Sa voix était sérieuse. Morgan le regarda, surpris.

« Ne t'en fais pas Isaac, je n'ai aucune intention de la toucher.

— Soyez prudent, missié, je vous prie. » Les yeux

d'Isaac soulignaient son propos : « Ceci y en a être meurtre de Shango. Vous jamais pas tôcher le corps.

— Pardon ? dit Morgan, détournant soigneusement le rayon de sa torche du corps inerte d'Innocence. Un meurtre de Shango ? Mais qui est Shango ? »

Isaac montra du doigt le ciel. Morgan leva la tête vers les étoiles.

« Shango, c'est Dieu, dit Isaac pieusement. Shango, c'est Dieu pour la foudre. » Il illustra ses paroles d'un large geste saccadé du bras. « Shango lui avoir tué cette femme. Vous pas pouvoir tôcher elle. Personne y en a pouvoir tôcher. »

Oh ! bon dieu de saloperie de merde, se dit Morgan, amer, pas étonnant que ce salaud de traître de Fanshawe ait pris la tangente. Nom de Dieu de pute !

« OK Isaac, dit-il avec résignation. Je ne toucherai pas mais il faut que je regarde. »

Il s'avança à un mètre du corps, à peu près, et s'accroupit sur ses talons. Il serra les dents et fit jouer le rayon de la torche sur le visage d'Innocence. Il se souvenait très bien d'elle, une grosse femme enjouée qui venait toujours aider pour les réceptions des Fanshawe. A présent, elle reposait, morte, sur le flanc, le buste tordu de telle façon que son visage semblait contempler sans comprendre le ciel d'où avait jailli la fatale colonne de feu. Non loin gisait un seau de fer galvanisé et, tout autour, des tas de vêtements tortillés. Morgan imagina ce qui avait dû se passer : elle était en train de laver lorsque la tornade avait éclaté, elle avait jeté le linge dans un seau, mis le seau sur sa tête ou son épaule et couru en se dandinant sur la courte distance séparant le lavoir de l'abri de la véranda. Mais elle n'était jamais arrivée. Morgan se demanda si la foudre faisait un bruit chuintant, s'il y avait un craquement, de la fumée...

Il demeura très calme, un peu tendu seulement lorsque

le rayon toucha le visage d'Innocence. Les yeux et la bouche étaient grands ouverts, figés en plein cri. Sur l'épaule gauche et le long du côté droit du visage, il y avait une curieuse écorchure ou bien la marque d'une brûlure, une zébrure saignante sur la peau chocolat. Le reste du corps paraissait intact, solide malgré sa position incommode. Les vêtements étaient imbibés d'eau — une pauvre blouse de nylon à manches courtes, un boubou drapé en jupe — trempés par l'averse. La main droite était étendue le long du sol humide, paume retournée, les doigts légèrement crispés.

Pauvre Innocence, pensa-t-il, quelle manière de s'en aller. Il se releva et retourna près d'Isaac qu'avait rejoint le policier. Morgan rendit la torche à ce dernier.

« Écoute, Isaac, dit-il. Il faut la transporter. » Il se sentait les genoux un peu faibles. « On ne peut pas la laisser là, nom d'une pipe. Où est sa maison ? »

Isaac indiqua une porte au milieu du bâtiment.

« A-t-elle de la famille ? demanda Morgan.

— Une fille, Maria », répondit Isaac.

Morgan s'en souvenait aussi, une jeune fille mince qui travaillait également chez les Fanshawe. Elle n'avait que quatorze ou quinze ans. Il soupira :

« Bon, dit-il, veux-tu avec Ézéchiel — il parlait du concierge de la Commission — m'aider à la transporter chez elle pour attendre l'arrivée des pompes funèbres ? Ézéchiel ? » lança-t-il vers la foule et Ézéchiel s'approcha, un gros homme ventru aux jambes arquées. Il se joignit à eux, très réticent.

« Sergent, suggéra Morgan, vous la prenez par les bras avec moi, vous, Isaac et Ézéchiel, vous prenez les jambes. OK ? Allons-y. »

Personne ne bougea. Un bref échange très animé en dialecte local suivit. Puis Isaac prit la parole :

« On ne peut pas la tôcher, missié. S'il vous plaît, je

vous prie encore. Si vous la tôcher avant, vous avoir des ennuis. Vous apporter tout le monde wahallah. Vous y en a pas mourir bien », conclut-il solennellement.

Ézéchiel approuva, morose : « Plein de wahallah, m'sieu, pour tout le monde ! »

Le policier prit Morgan à part :

« Excusez, missié. Ces gens-là ils croient pour Shango. Ils croient si eux transporter cette femme-là, eux ils vont mourir d'un seul coup aussi. » Le sergent sourit avec condescendance : « Ils pensent Shango lui en colère contre eux. Il faut qu'ils font un grand gri-gri ici. D'abord venir prêtre sorcier. »

Wahallah, gri-gri, sorcier, Dieu de la foudre... Morgan restait là debout, respirant la nuit chaude et humide, dont il écoutait les bruits, les yeux fixés sur le corps de la morte, et se demandant s'il n'était pas en train de faire un affreux rêve. Il se massa les tempes des deux mains :

« Sergent, dit-il, sur un ton de conspirateur, vous allez m'aider à la transporter — l'ôter d'ici en tout cas. A nous deux on devrait y arriver.

— Ah ! » Le sergent ouvrit les mains. « Je ne peux pas. Si je transporte le corps avant qu'ils fassent le gri-gri, ils vont croire que je mets Shango en colère. Ils vont pas aimer. » Il leva les épaules en guise d'excuse : « Je dois partir. Je vais faire mon rapport. »

Il salua, fit demi-tour et s'en alla. Morgan sentit une vague de panique s'emparer de lui. Il réfléchit. La foule n'avait pas l'air de vouloir se disperser et restait groupée sous le fromager, comme pour attendre l'arrivée d'une personnalité, hantée par la manifestation de courroux dont Shango les avait frappés. Morgan rappela Isaac :

« Isaac, dit-il gentiment, c'est contraire à la loi de laisser ainsi un corps en plein air. Je dois appeler les pompes funèbres. Est-ce que vous les laisserez emmener le corps ?

— Ils ne le feront pas, dit tranquillement Isaac.

— Pardon ?

— Quand ils voient que Shango lui frapper cette femme, eux jamais la soulever. »

Morgan sourit :

« Eh bien, dit-il, on va être obligé de prendre ce risque. »

Une heure plus tard, Morgan était assis, effondré, sur le bord cimenté du lavoir. Innocence était toujours étendue à deux mètres de lui. Il avait téléphoné à la police : elle avait déclaré que, puisque aucun crime n'avait été commis, l'affaire n'était pas de son ressort. Il avait alors appelé une entreprise de pompes funèbres de Nkongsamba : ils avaient promis d'être là dans l'heure.

Ils venaient de repartir. Isaac et Ézéchiel leur avaient parlé et les deux croque-morts, aussi lugubrement vêtus que leurs collègues européens, avaient absolument refusé de bouger le corps avant l'accomplissement des rites fétichistes. Ils s'étaient même fâchés un moment, accusant Morgan de vouloir les tromper, en les incitant à offenser Shango.

A l'est, le sommet des arbres se découpait sur une déchirure jaune citron. Il était quatre heures moins dix du matin. Innocence devait commencer à se raidir maintenant, se dit Morgan avec un haut-le-cœur — les yeux et la bouche ouverts pour l'éternité, le corps tordu pour toujours. Il avait fait appel en vain au christianisme des domestiques — ils étaient tous chrétiens, on n'était pas ici dans un bastion du paganisme — mais leurs références calmes et courtoises au protocole tribal : le recours obligatoire au prêtre fétichiste, les divers rites nécessaires, le sacrifice indispensable d'une chèvre, n'avaient fait que confirmer ce que Morgan avait toujours soupçonné, à savoir qu'ils pouvaient se débarrasser de leur christianisme comme de leur pantalon. Il se leva et alla examiner

Innocence. Sa mort ne lui faisait plus aucun effet à présent. Le fait d'être là, penché sur un cadavre, quelqu'un qu'il avait connu, ne provoquait en lui aucune émotion. Ce n'était plus une personne, c'était un objet — une chose — effectivement réifiée grâce à ce coup de foudre : une chose qui, de surcroît, était en train de se transformer en un sacré problème.

Morgan était très las ; il se caressa la mâchoire et sentit la rugosité des poils. Il faisait encore sombre mais, à travers les cimes, il apercevait l'angle de la maison des Fanshawe. Il se représenta la famille, père, mère et fille dormant profondément dans leur lit, pendant que lui arpentait ce sinistre quartier comme un diable réclamant un corps qui lui serait dû. Il en était malade, il les détestait, tous, ces jean-foutre, leur puante affectation bourgeoise, leur fausse chinoiserie, leur mentalité étriquée... Il sentit le rouge lui monter au visage. Inutile, se dit-il, pas la peine de s'énerver contre les Fanshawe maintenant, calme-toi, calme-toi. Il avança vers le fromager. Il ne restait plus là qu'une douzaine de personnes : elles poursuivaient leur veille, assises sur les hautes racines entremêlées qui jaillissaient du tronc comme de monstrueuses varices.

« Isaac ? » dit Morgan avec espoir.

Une longue silhouette se déplia :

« Je suis Joseph, m'sieur. Joseph le balayeur. Isaac y en a allé dormir. »

Homme sage, se dit Morgan : « OK, Joseph, dit-il fermement — il avait l'impression de s'adresser à un gang de prophètes de l'Ancien Testament — toi y en a connais ce fétiche-là. »

Joseph fit signe que oui. Il était très noir, le crâne rasé, presque Nubien d'apparence. Sous cet éclairage crépusculaire on l'aurait dit à deux dimensions, comme une image découpée dans le paysage.

« Oui, m'sieur, dit-il. Moi y en a connais.

— Bien, dit Morgan, maintenant un ton ferme et

méthodique, très bien. Va chercher le type des gris-gris et on fera le fétiche.

— S'il vous plaît, missié, moi y en a pas pouvoir, dit Joseph simplement. La famille de cette morte, elle y en a devoir faire ça. »

Oh ! quelle chiotte ! jura Morgan au désespoir, il y a toujours autre chose !

« Bon, va chercher Maria », dit-il.

Peut-être après tout y avait-il un moyen d'en finir avec cette farce sinistre. Maria fut bientôt là, en larmes, les yeux gonflés et soutenue par deux femmes. Elle avait dans les mains un chapelet auquel elle s'accrochait. Ç'aurait pu être foutrement drôle si ça n'avait pas été aussi tragique.

« Maria, commença-t-il avec douceur, conscient de sa fatigue extrême, de ses nerfs à vif et des tonnes de frustration accumulées en lui, Maria, tu le sais, avant que qui que ce soit puisse... transporter ta mère, nous devons faire venir un prêtre fétichiste. »

Elle fit un petit signe d'assentiment.

« Eh bien, dit-il, il paraît que tu es la seule à pouvoir le faire. Il faut que tu fasses venir le prêtre. »

Maria laissa alors échapper un hurlement de désespoir et s'effondra dans les bras des deux femmes. Morgan recula, alarmé :

« Joseph, appela-t-il. Va voir ce qui se passe. »

Joseph revint promptement avec les informations requises :

« Elle pleure, missié, parce qu'elle dit qu'elle n'a pas d'argent.

— De l'argent ? s'étonna Morgan. Pourquoi veut-elle de l'argent ?

— Pour payer le prêtre, dit Joseph.

— Eh bien, nom d'un chien, je vais lui prêter quelques sous, offrit Morgan, impatient, en fouillant dans ses poches. De combien a-t-elle besoin ? »

Joseph procéda à des calculs mentaux.

« Il lui faut quarante livres. Ah! non. Après, il faut qu'elle achète une chèvre et de la bière. » Il haussa les épaules : « Je pense cinquante livres. Ou peut-être bien soixante. Mais il y a encore les funérailles aussi. Pour mort Shango, il faut funérailles spéciales. Elle pleure parce qu'elle a quinze livres seulement environ. »

Face à ce dernier contretemps, le cœur de Morgan lui manqua. Quinze livres, selon les normes du Kinjanja, représentaient un salaire mensuel normal. Il fit demi-tour et se mit à arpenter la cour comme un fou essayant d'extraire une solution de son cerveau épuisé. L'air se chargeait maintenant d'une pâle grisaille d'aurore. Il ne lui restait plus beaucoup de temps. Fanshawe s'attendait à des résultats après cette nuit de labeur alors qu'en fait les choses n'avaient pas avancé d'un pouce : il aurait pu tout aussi bien ignorer la convocation de Fanshawe pour ce à quoi il avait servi. Mais ce n'était pas seulement ce que Fanshawe dirait qui l'inquiétait : il y avait aussi le problème beaucoup plus grave des effets du soleil africain sur le corps d'Innocence... Il se serait arraché les cheveux ! Ce dont il avait besoin c'était d'une organisation qui ne fût pas truffée de branleurs adorateurs de Shango mais composée de gens normaux, ordinaires, capables d'un boulot efficace, qui ramasseraient Innocence et la fourreraient quelque part à la morgue jusqu'à ce qu'on puisse arranger l'enterrement. Il en avait ras le bol des sensibilités païennes, décida-t-il, le moment était venu de foncer énergiquement.

Tandis qu'il réfléchissait aux options et méthodes à sa disposition, la réponse lui vint à l'esprit, lentement mais inéluctablement, comme, avec un peu de temps, le titre oublié d'une chanson connue. Une organisation efficace, indifférente au culte de Shango : il n'y en avait qu'une dans Nkongsamba et ses environs qui répondît à cette description et convînt à une tâche aussi délicate. Une

seule. Murray. Murray et son Service de Santé Universitaire. Murray avec son personnel loyal, compétent et son
éblouissante ambulance blanche. Ils viendraient ramasser
Innocence et l'emporter avant que qui que ce soit n'ait eu
le temps de s'exciter.

L'évidence du choix ne dissipa pas cependant tous ses
doutes ni l'ironie d'une situation qui le contraignait
d'appeler à l'aide pour le sortir du pétrin l'homme qu'il se
proposait de soudoyer. Tout en regagnant à grandes
enjambées sur l'herbe glissante de rosée la résidence
Fanshawe, il s'efforça de se convaincre qu'il faisait la seule
chose possible et de réduire au silence la sonnette d'alarme
qui lui résonnait en permanence dans la tête. Si on ne
pouvait pas appeler un médecin pour un mort, argua-t-il,
alors pour qui ? Et d'ailleurs Murray n'était pas qu'un
médecin, il était *son* médecin. De plus c'était un Blanc et
les Blancs en Afrique aidaient les autres Blancs en
détresse. Après tout, merde, Murray était quasiment un
ami, ne devaient-ils pas jouer au golf ensemble le jeudi
suivant ? Il ressentit soudain un chaleureux élan d'amitié
envers le docteur, élan qu'il entretint soigneusement.
Murray était un homme ferme et rigide mais il avait ceci de
remarquable : avec lui on savait toujours où l'on était.
Oui, malgré ses attitudes entêtées, c'était un honnête
homme. Morgan bannit de son esprit toute idée troublante
de pot-de-vin tandis que, emporté par un élan de camaraderie et de sympathie, persuadé que cet horrible état
de choses serait bientôt du passé, il grimpait quatre à
quatre les marches et pénétrait sans bruit dans le salon
des Fanshawe. Il feuilleta l'annuaire pour trouver le
numéro du standard de l'Université, qu'il forma sur le
cadran.

« Allô, dit-il. La maison du docteur Murray, s'il vous
plaît. »

Il entendit les bruits des fiches de raccordement. Ça
sonnait. Ça sonnait toujours. Il était sur le point de

demander au standard de vérifier le numéro quand il entendit qu'on décrochait :

« Oui ! »

La voix venimeuse et bourrue inquiéta Morgan.

« Euh... Docteur Murray ? hasarda-t-il avec hésitation.

— Oui.

— Ah ! bon. Ici Morgan... Morgan Leafy. De la Commission. J'ai un problème ici et je...

— Médical ? »

Le sévère accent écossais n'avait rien perdu de son hostilité bien que Morgan eût décliné son identité. Il en fut un peu surpris et s'efforça d'étouffer les doutes qui soudain s'emparaient de lui. Trop tard, il fallait poursuivre :

« Eh bien oui. Vous ne pensez pas que je vous téléphonerais si je...

— Avez-vous appelé la Clinique de l'Université ? »

Il y avait comme une fatigue résignée dans la voix de Murray tandis qu'il l'interrompait pour la seconde fois. Morgan se sentit un idiot, un crétin.

« Eh bien, non. Mais il s'agit d'une urgence.

— La clinique est parfaitement équipée pour traiter les urgences, dit patiemment Murray. Mon personnel prend alors la décision de m'appeler ou non. Ce qui me permet de jouir de temps à autre d'une pleine nuit de sommeil. Demandez le numéro au standard. Bonne nuit.

— Un instant », dit Murray, que commençait à irriter un traitement aussi cavalier : l'homme était médecin nom de dieu ! ! « Si vous me laissiez vous expliquer... j'ai une morte sur les bras et je... j'ai besoin de votre aide. »

Morgan aurait juré avoir entendu les imprécations de Murray, à l'arrière-plan.

« Vous avez dit morte ?

— Oui.

— Il ne s'agit pas de Mrs. ou de Miss Fanshawe, je présume ?

— Bon Dieu, non ! dit Morgan surpris. Il s'agit en fait d'une domestique de la Commission. Pourquoi me demandez-vous ça ?

— Parce que Mrs. Fanshawe et sa fille sont les seules femmes de la Commission autorisées à utiliser le Service de Santé de l'Université. Il nous est interdit de traiter les gens qui ne sont pas membres du personnel officiel. Il nous est expressément défendu d'exercer en dehors des limites de l'Université sauf pour les membres britanniques du Haut-Commissariat adjoint. L'infirmière de garde à la Clinique aurait pu vous dire cela, Mr. Leafy. Et maintenant peut-être me permettrez-vous de dormir un peu ! »

L'accent écossais de Murray imprégna ces derniers mots d'une réelle brutalité. Morgan sentit ses nerfs à vif faire des étincelles.

« Nom d'un chien, s'exclama-t-il, je me tape de vos règlements. Je vous demande de nous aider à sortir du pétrin. Cette femme a été tuée par la foudre, elle est bel et bien morte mais personne ne veut y toucher à cause d'un putain de méli-mélo à propos d'un certain dieu Shango. » Morgan reprit son souffle, la perspective d'un nouveau contretemps était trop horrible. Il voyait sa dernière option s'effondrer à cause de la ridicule intransigeance de Murray. Il sentait le désespoir l'envahir : « C'est un affreux problème. J'ai besoin de vous pour faire enlever le corps. Personne d'autre ne le fera !

— Nom de Dieu ! protesta Murray. Petit a, il est cinq heures du matin, petit b, comme je vous l'ai déjà dit, il m'est impossible de faire quoi que ce soit pour quelqu'un qui n'est pas membre de l'Université et, petit c, je ne gère pas mon dispensaire à coups de faveurs personnelles. Vous êtes en train de me demander de violer les statuts de l'Université de Nkongsamba et de trahir les assurances officielles données aux Services de Santé de la Ville de

Nkongsamba, sous le prétexte d'une prétendue amitié entre nous. Non, Mr. Leafy, c'est *votre* problème, rien à faire pour qu'il devienne le mien. Contactez les autorités ad hoc, elles sont là pour ça. Et maintenant ayez la bonté de me foutre la paix ! »

Morgan, durant cette tirade, se mit à trembler sur sa chaise. Les énormes tensions des dernières vingt-quatre heures le dépassaient finalement et, sans réfléchir une seconde aux conséquences, il éclata :

« Et qu'est-ce que vous faites de votre foutu serment d'Hippocrate, hein ? Vous êtes un foutu médecin, non, espèce de prêchi-prêcha d'enfant de pute d'Écossais... »

Murray raccrocha violemment. Morgan continua de marmonner des imprécations racistes puis se tut peu à peu. La tête de bois, l'obstiné, le cabochard... Il rejeta la tête en arrière, découvrant ses dents serrées sur un cri silencieux de colère rentrée, de frustration et de haine à l'adresse de tout l'Univers.

Il tituba jusqu'au buffet des Fanshawe et se versa la moitié d'un verre de gin puis il sortit sur la véranda et but une gorgée. Il frissonna, ses yeux se remplirent de larmes. Nimbé de la lumière rose du matin, le paysage des faubourgs sud de Nkongsamba tremblait et se brouillait. Morgan posa son verre en le heurtant au parapet de béton. Il secoua furieusement la tête : une colère folle, démentielle, lui tournait là-dedans comme un dingue dans un cabanon. Le salaud — il exhalait dans l'aube sa rancœur bilieuse — l'abominable pourriture d'enfant de salaud... Il poursuivit en laissant libre cours à son imagination. Au moins cela le soulageait un peu. Il sentit les systèmes surchargés répondre peu à peu aux douces manipulations des contrôles. Il se vivait comme un pilote habile préparant un avion endommagé à un atterrissage forcé. Mais tandis que sa fureur s'apaisait et que la raison reprenait ses droits sur la passion, une fois de plus, les conséquences de son accès de rage lui apparurent et lui flanquèrent un choc : oh ! non, se dit-il, le souffle coupé, oh ! non ! le golf ! C'était cuit maintenant. Fini, irrattrapable. Et Adekunlé ? Il s'imagina sa colère et frissonna. Comment pourrait-il soudoyer Murray désormais ? Et Fanshawe ? Le cadavre était toujours là. Que ferait Fanshawe s'il trouvait Innocence rôtissant au soleil du matin ?

Il jeta le reste de son gin sur une plate-bande. Il se sentait malade, épuisé, sale : il lui semblait qu'un esprit malin s'était amusé à lui ouvrir les yeux de force pour y vider des petites fioles de sable fin. Il avait tout loupé, tout mal jugé, tout mal calculé. Même score sur tout le parcours, pas question de changer de modèle ! se dit-il, cynique. Il en était convaincu : cette fois, il était dans la merde jusqu'au cou. Cinq mètres dedans. Et pas le moindre rayon de lumière à travers l'épaisse mélasse. Les ténèbres, rien que les ténèbres.

Le jour neuf et frais éclata sur Nkongsamba avec son habituelle démonstration de saisissante beauté. Sur le ciel bleu pâle, des filets de fumée montaient, presque immobiles, de milliers de braseros. Le vert des arbres jouait avec l'or de l'aimable soleil de l'aube comme une mariée découvrant son trousseau. Des franges de brume refusaient jalousement d'abandonner le lit des criques et des ruisseaux et enlaçaient les collines les plus hautes. L'Afrique dans toute sa glorieuse séduction.

Mais Morgan savait qu'à moins de deux cents mètres de là gisait Innocence. Les pupilles sèches et opaques. La langue rose et retournée dans la bouche grande ouverte, le corps patrouillé de mites et insectes à la recherche d'humidité, le sang figé, les muscles et les membres rigides.

Il contemplait sans les voir les progrès du jour nouveau-né, indifférent à ses splendeurs. Murray *aurait pu* l'aider, s'il avait voulu ; il lui aurait suffi d'un rien d'altruisme, d'un brin de sympathie. Mais il n'en avait rien à foutre, cela du moins était clair, il se souciait bien davantage de són règlement et d'observer la loi au pied de la lettre. Morgan ferma à demi les yeux et vit les contours du paysage se brouiller et disparaître. Il était seul, comme toujours. Il sut alors qu'il ne désirait rien de plus au monde que de corrompre Murray, ternir sa brillante image, souiller son impeccable réputation. Plus qu'il ne désirait se débarrasser d'Innocence, plus qu'il ne désirait épouser Priscilla, plus qu'il ne désirait coucher avec d'innombrables beautés. Un désir dont la violence le rendait pantelant. Il fallait en finir avec la conception que cet homme avait de lui-même : il était grand temps, et lui, Morgan Leafy, allait s'en occuper, surtout maintenant après le coup que Murray lui avait porté : un coup si brutal, presque autant que celui dont Shango avait frappé Innocence.

C'était la faute de Murray, se dit-il, calme et résolu. Tout était la faute de Murray.

Deuxième partie

1.

Morgan se rappelait très bien sa première rencontre avec le docteur Murray, qu'il ne connaissait alors que de vue. Murray ne venait jamais aux cocktails de la Commission bien que son nom y fût souvent mentionné puisque la plupart des Britanniques de l'Université — ou leurs enfants — avaient été malades une fois ou l'autre et avaient, par conséquent, fait appel à ses services. Morgan n'en avait entendu dire que du bien : les trois dispensaires de l'Université fonctionnaient plus efficacement que jamais, les chiens enragés avaient été éliminés du campus grâce à des programmes d'immatriculation et de vaccination qu'il avait introduits ; tout le monde était content. Murray était tenu — malgré un côté un peu guindé — pour un médecin dont le diagnostic était invariablement juste et les remèdes efficaces. Morgan n'avait pas prêté grande attention à ces potins mondains. Il n'était intéressé ni par le docteur ni par ses dispensaires, il s'était toujours fort bien porté depuis son arrivée au Kinjanja, à part la classique colique ou les inévitables piqûres de moustique, et il n'avait jamais eu à utiliser le Service de Santé de l'Université, auquel les membres de race blanche du personnel de la Commission étaient officiellement rattachés.

Un matin, peu de temps après le début de sa liaison avec Hazel, Morgan discutait avec Lee Wan, au bar du Club

Universitaire, l'épineux problème d'une efficace contraception en Afrique. Lee Wan était perché sur un tabouret, son gros ventre, tanné comme du vieux parchemin, largement visible à travers les échancrures de sa chemise vert olive, trop étroite.

« Écoute, mon petit, dit-il, faisant tourner de son doigt brun les cubes de glace de son pink gin, il faut que tu mettes cette poupée à la pilule à toute pompe. Laisse tomber tes chaussons de caoutchouc, tes capotes anglaises, à moins qu'un de tes copains puisse t'en ramener de là-bas. »

Lee Wan, naturalisé britannique, assaisonnait son langage d'une mixture d'argot démodé et de ce qu'il considérait comme des expressions anglaises authentiques. Il s'était appliqué à perdre toute trace d'accent malais :

« N'utilise pas les cochonneries locales, pour l'amour de Dieu, poursuivit-il, baissant le ton en l'honneur de deux dames assises près du bar. C'est comme tirer un coup avec un gant troué. »

Sa comparaison le fit hennir de rire et il donna une claque sur le bras de Morgan :

« Une saloperie de gant en peau de mouton ! »

Il s'étouffa et s'essuya les yeux :

« Mon Dieu, haleta-t-il hilare, doux Jésus !... Simeon, lança-t-il au barman, amène deux autres gins par ici. »

Morgan avait souri à la plaisanterie de Lee Wan mais point trop. Le rubicond Malais lui paraissait parfois le plus vil et le plus répugnant personnage qu'il eût jamais rencontré, et il éprouvait un certain remords à goûter sa compagnie. N'aimant pas beaucoup le tour qu'avait pris la conversation, il tourna son regard vers la piscine lumineuse, hors de l'ombre fraîche du bar du rez-de-chaussée. L'eau jaillissait d'une fontaine cuboïde moderne et deux minuscules bambins jouaient en piaillant sur le pourtour de béton. Leur mère, à côté, profitait d'une apparition du soleil pour parfaire son bronzage.

On était à la mi-septembre. La plupart des expatriés de Nkongsamba avaient passé leurs vacances en Europe et revenaient les uns après les autres, reprendre leur travail après l'interruption de l'été, qui correspondait aussi, au Kinjanja, à la saison des pluies. Morgan avait pris son dernier congé en mars et, Fanshawe et Jones étant tous deux en Angleterre, il s'était retrouvé seul à la Commission durant les deux derniers mois. Le temps lui avait pesé : pas beaucoup de travail, l'averse-bain-de-vapeur quotidienne et les clubs saisis de torpeur. Il avait été plutôt content de renouer connaissance avec Lee Wan et s'était vite retrouvé embarqué dans des virées nocturnes à travers les bars de Nkongsamba, de redoutables beuveries dans le bungalow de Lee Wan sur le campus, et, le dimanche, des curry lunches à s'en faire éclater la panse. Une période de débauche, déplaisante à la réflexion, et qui l'avait à plusieurs reprises plongé dans le remords. Mais enfin, s'était-il dit, cela lui avait permis de survivre à la saison des pluies, la pire de l'année au Kinjanja, et de rencontrer Hazel.

Morgan consulta sa montre. Venant de la capitale, les Fanshawe étaient attendus après le déjeuner sur le petit aéroport de Nkongsamba et il devait aller les chercher avec la voiture officielle de la Commission. Une lettre de Fanshawe l'avait averti de la venue de leur fille qui devait passer quelque temps avec eux. Morgan se demanda vaguement à quoi ressemblait la fille d'Arthur et de Chloé Fanshawe. Jones était rentré une semaine auparavant de ses vacances à Swansea ou Aberystwyth ou autre port de mer gallois ; les pluies avaient cessé, la vie, pensa-t-il, allait peut-être se mettre à tourner plus rond et à se montrer un peu plus tolérable.

Morgan prit un troisième gin des mains de Siméon et rajouta du tonic. Il décida que ce serait son dernier : il ne fallait pas arriver à l'aéroport empestant l'alcool. Il s'appuya sur le bar pour profiter à loisir du reflet du soleil sur la piscine et du jaillissement de l'eau agréablement apaisante. Ce n'était pas une vie tellement déplaisante, se dit-il, en sirotant sa boisson fraîche. Le temps était beau, il jouissait d'un certain statut social, d'un salaire raisonnable et d'une petite amie noire avec des seins fabuleux. Ce qui le ramena au sujet de la conversation.

« Ça va bien pour toi, fit-il remarquer à Lee Wan, mais il m'est difficile de commander une caisse de " Durex Poids plume " par la valise diplomatique. »

Lee Wan s'étouffa dans son gin et se tapa les cuisses de joie. Morgan sourit : ce n'était pas un mauvais bougre, ce vieux Lee, pensa-t-il, révisant ses moins charitables conclusions de l'instant précédent. Un vrai caractère colonial, un gars valant son pesant d'or, un brave type à fréquenter.

« D'ailleurs, dit Morgan, comment se procurer ces pilules ?

— Envoie-la chez un médecin, conseilla Lee Wan.

— Hem... mais combien ça va me coûter ? objecta-t-il. On ne peut pas les avoir chez un pharmacien ? »

Lee Wan trouva aussi cette réaction marrante :

« Bon Dieu, espèce de maquereau cossard, dit-il admiratif à Morgan, tu baises comme un dingue et tu ne veux pas dépenser un radis. Dis donc, vieux ! »

Il réfléchit un moment et suggéra :

« Tu pourrais essayer Murray. Peut-être qu'il t'en donnera. Toutes les nanas blanches, ici, sont à la pilule et au librium. Ha ! ha ! ricana-t-il, c'est ça l'Afrique pour vous hein ? La baise sans problèmes et les tranquillisants. Comment on appelle ça ? Le paradis de la pilule retard ou je ne sais quoi ! Tu parles ! Je n'ai jamais vu un tas de gens plus névrosés et tristes de ma vie !

— Tu crois que Murray pourrait m'en refiler ? Je veux dire, tu le connais bien ? C'est ce genre de type ?

— Oh oui ! dit Lee Wan avec effusion. Mon vieil ami Alex Murray ? Dis-lui que tu es un copain à moi.

— Possible que je fasse ça, dit Morgan. Je m'arrêterai à son dispensaire en allant à l'aéroport. Tiens, ajouta-t-il en trinquant avec Lee Wan, avale. J'ai juste le temps d'un autre verre avant le déjeuner. Simeon, par ici deux gins. Fissa, fissa ! »

Morgan suivit les indications de Lee Wan pour arriver en voiture, à travers le campus, jusqu'au dispensaire de Murray. L'Université Fédérale de Nkongsamba, la plus importante du pays, était située sur un vaste terrain bien aménagé, totalement autonome, comprenant des maisons pour les cadres supérieurs et un village pour les employés et domestiques. Plus de vingt mille personnes au total y vivaient. Morgan gagna sans difficulté le centre administratif par les jolies avenues bordées d'arbres. De chaque côté, des jardins florissants et de vastes bungalows. Le poids du soleil de midi paraissait écraser les toits d'amiante claire en enfonçant peu à peu les murs dans le sol dur. Morgan avait déjeuné au restaurant du club : un poulet rôti plutôt filandreux et une demi-bouteille de vin qui, venant par-dessus les gins, lui avait donné un vague mais lancinant mal de crâne.

Il passa devant la nouvelle et superbe librairie de l'Université. Un ouvrier finissait de peindre un graffiti qui proclamait : VOTEZ KNP. Ah ! oui, se dit Morgan en souriant : les élections. On allait se marrer. Au-delà de la librairie, se trouvaient les bâtiments administratifs, le grand foyer, le théâtre, la salle du Conseil et une vaste piazza dominée par une tour d'horloge. Entre cet ensemble et l'entrée principale à un kilomètre de là s'étendait une large route à quatre voies. Une impressionnante démonstration d'architecture paysagiste, baptisée les Champs-Élysées par le personnel expatrié. Morgan tourna pour prendre une avenue étroite menant au dispensaire, deux bungalows réunis en un seul bâtiment. Derrière, une infirmerie de deux étages comprenait deux sections avec une douzaine de lits au total. Les cas graves étaient expédiés dans la capitale où existait un grand hôpital financé par les Américains.

Le parking était bourré de voitures. Trois Africaines, avec des enfants malades, étaient assises à l'ombre de la véranda. Morgan passa, mal à l'aise, devant les petits visages ravagés et entra dans la salle d'attente principale. Sur le mur, une notice bien en vue détaillait les heures de consultation réservées aux étudiants (7 h-10 h), aux assistants (10 h-12 h) et aux cadres supérieurs (12 h-2 h). Morgan vérifia sa montre : deux heures moins cinq. Il était juste à temps mais il ne pouvait pas se permettre de traîner : les Fanshawe étaient censés arriver à trois heures moins le quart. Divers membres du personnel d'encadrement occupaient les rangées de chaises en plastique et Morgan sourit à deux visages connus. L'endroit était propre et fonctionnel et l'habituelle odeur de désinfectant imprégnait l'atmosphère. Dans le mur du fond s'encastrait un guichet au-dessus duquel était indiqué « Réception ». Derrière la vitre se tenait un petit employé tiré à quatre épingles. Morgan s'approcha du guichet : on se serait cru dans une gare ou une banque.

« Bonjour, missié », dit l'employé.

Morgan s'appuya sur l'étroit comptoir :

« Je voudrais voir le docteur Murray, s'il vous plaît, dit-il, le plus tôt possible. »

Il jeta un coup d'œil à sa montre pour indiquer que le temps pressait.

« Le docteur Obayemi et le docteur Rathmanatathan assurent la permanence aujourd'hui. Asseyez-vous, je vous prie. On vous appellera. »

Morgan n'était pas accoutumé à ce genre de traitement égalitaire mais il s'était souvent heurté à cette suffisance de rond-de-cuir et il savait comment procéder :

« Le docteur Murray n'est vraiment pas là ? demanda-t-il poliment.

— Si, missié, dit l'employé. Mais il prend pas de consultation. »

Morgan fit un sourire glacial :

« Voulez-vous lui dire que Mr. Leafy du Haut-Commissariat adjoint est ici. Mr. Leafy. De la Commission. Oui. Allez. Dites-lui. »

Morgan mit les mains dans les poches de son pantalon. Ces petits mecs, se dit-il, il faut savoir les manipuler.

L'employé fut de retour dans les deux minutes :

« Le docteur Murray va venir, dit-il d'un ton maussade. Prenez un siège, s'il vous plaît. »

Morgan se permit un éclair de triomphe puis il alla s'asseoir. Plusieurs portes et un couloir s'ouvraient sur la salle d'attente, le sol était en terrazo, il n'y avait ni tableaux ni affiches sur les murs, seulement une pendule et pas le moindre magazine. Sous la chaleur de l'après-midi la pièce était étouffante et sentait le renfermé.

Cinq minutes plus tard, Murray apparut dans le corridor. Morgan se leva mais Murray ne lui fit pas signe de venir comme il s'y attendait. Au contraire il entra lui-même dans la salle. Morgan le reconnut vaguement : cinquante ans environ, grand, mince, il portait un pantalon de flanelle légère, gris, une chemise blanche et une cravate bleue. Il avait des cheveux châtains grisonnants, courts et ondulés et des taches de rousseur sur un visage tanné par le grand air. Il tendit la main. Morgan la serra. Fraîche, sèche et nette. Morgan eut conscience de sa propre paume moite et de ses ongles trop longs.

Murray se présenta :

« Je suis Alex Murray », dit-il. Il avait un regard direct et inquisiteur : « Je ne crois pas que nous nous soyons déjà rencontrés.

— Morgan Leafy, dit Morgan. Je suis Premier Secrétaire à la Commission.

— Que puis-je pour vous, Mr. Leafy ? »

Murray avait un notable accent écossais, impossible à localiser. Morgan fit un pas vers lui :

« En vérité, j'aimerais vous voir à propos de quelque chose », dit-il un peu déconfit d'avoir à s'expliquer en pleine salle d'attente. Il sentit l'attention de l'assistance se tourner vers lui.

« Oh ! dit Murray. Un problème de santé. Je croyais qu'il s'agissait d'une affaire de la Commission — étant donné la manière dont vous vous êtes fait annoncer par mon secrétaire.

— Non, admit Morgan. Il s'agit d'une affaire personnelle. »

Murray regarda la pendule qui marquait deux heures passées. Morgan interpréta le coup d'œil et dit :

« J'étais ici avant deux heures.

— Qu'avez-vous contre mes confrères ?

— Je vous demande pardon ?

— Je dois conclure que vous avez une objection à consulter les deux médecins qui sont de permanence aujourd'hui. Je ne le suis pas, moi », fit-il remarquer en insistant.

Il poussait un peu, se dit Morgan qui commençait à en avoir marre de cet interrogatoire. A qui Murray pensait-il avoir affaire ? A un étudiant lanceur de pavés ? Il était temps de lui montrer :

« Je suis à la Commission depuis plus de deux ans maintenant, dit-il avec un sourire plein d'assurance. Comme nous n'avions pas eu encore le plaisir de nous rencontrer et que ceci était ma première visite au dispensaire j'ai pensé pouvoir joindre les affaires... aux affaires, si vous voyez ce que je veux dire ? »

Il marqua un temps d'arrêt pour permettre à son ton gentiment autoritaire de faire impression. « Je n'ai absolument aucune objection contre le docteur Obayemi ou le docteur Rathna... math, je ne sais comment il s'appelle...

— *Elle* s'appelle Rathmanatathan.

— Bon, soit. Mais ils ne sont pas britanniques et vous l'êtes. Et comme je ne vous ai jamais vu à nos petites réunions ou cérémonies de la Commission, j'ai cru que ce serait, voyez-vous, plus gentil. »

Ça devrait suffire, se dit-il, vexé d'avoir à inventer un prétexte en public. Murray ne s'excusa aucunement :

« Venez par ici », dit-il seulement, et il précéda Morgan dans le corridor jusqu'à sa salle de consultation. Une grande pièce sobre dépouillée d'ornements, contenant un bureau, deux chaises, un lit d'examen et un paravent. La partie basse des fenêtres était peinte en blanc. Par le haut, Morgan apercevait la branche d'un arbre et l'angle de l'infirmerie. Un climatiseur était encastré dans le mur : la fraîcheur était délicieuse. Ils s'assirent tous deux.

« Merveilleuses machines, dit Morgan aimablement. Elles ont sauvé l'Européen en Afrique, ah, ah ! »

Il eut un petit rire. Après leur échange guindé et un rien glaçant à l'extérieur et avec à l'esprit la véritable raison de sa présence ici, il était anxieux d'établir des rapports plus amènes.

Mais Murray n'avait visiblement pas l'intention de se noyer dans les préliminaires. Il alla droit au but :

« Quel est exactement le problème ? » demanda-t-il.

Morgan fut surpris par la question :

« Eh bien, dit-il un peu gêné, c'est Lee Wan qui a suggéré de venir vous voir. Au sujet de mes petites difficultés. » Son sourire était de ceux qui signalent à l'interlocuteur qu'il est sur le point d'entendre une confidence intime un peu sotte mais si facile à comprendre entre hommes du monde.

« Oui, dit Murray, sèchement. Continuez.

— Oh ! D'accord. J'ai, euh, cette petite amie, voyez-vous.

— Elle est enceinte ? »

Ça n'allait pas du tout, se dit Morgan, ça n'aurait pas dû

prendre cette tournure. Murray avait clos à demi les yeux comme pour éviter un brillant éclat de lumière.

« Seigneur non ! » Morgan tenta à nouveau un rire qui sonna faux, presque vicieux à ses oreilles. « Non, non. C'est ce que j'aimerais éviter. Voyez-vous, j'espérais que vous pourriez prescrire la pilule pour elle, le contraceptif... Lee Wan a suggéré que vous... que c'était peut-être possible. »

Consterné, Morgan sentit ses oreilles se teinter de rose. Murray se pencha en avant. Ses yeux étaient froids :

« Mr. Leafy, avant d'aller plus loin, soyons bien clairs sur deux points, dit-il simplement. Un, Mr. Lee Wan ne dirige pas ce dispensaire et il ne faut donc pas se fier à sa connaissance des services que nous offrons.

— De grâce, protesta Morgan, je n'essayais pas de suggérer...

— Deux, continua Murray, ne tenant pas compte de l'interruption, si votre petite amie est un membre de l'Université envoyez-la aux heures affichées et nous verrons ce que nous pourrons faire. Sinon, je suis désolé, elle devra aller ailleurs.

— Eh bien non, dit Morgan en s'excusant, c'est une jeune... euh, fille que j'ai rencontrée — en ville... J'ai simplement pensé... »

Il se sentait complètement idiot.

Murray se renfonça sur sa chaise et pointa un crayon bille en direction de Morgan.

« Mr. Leafy, dit-il sur un ton plus raisonnable, vous ne pouvez honnêtement pas vous attendre à ce que je procure des contraceptifs oraux à toutes les petites amies de mes patients. » Il sourit : « Toutes les putains de Nkongsamba feraient la queue à ma porte. »

Il se leva. L'entretien était terminé. Morgan repoussa sa chaise tandis que Murray faisait le tour de son bureau.

« Emmenez-la voir un médecin en ville. Ça ne devrait pas vous coûter trop cher. »

Il posa sa main sur la poignée de la porte :

« Puis-je vous donner un petit conseil, Mr. Leafy ? dit-il. Je suis en Afrique depuis plus de vingt ans maintenant et j'ai vu des tas de jeunes gens tout à fait pareils à vous, profitant de certaines libertés qu'offre la vie ici... » Il s'arrêta, comme hésitant à continuer : « Je serai franc. Si vous avez des relations sexuelles régulières avec une fille de la ville, ce serait une bonne idée que d'user d'un étui. C'est une sorte de barrière contre les infections et cela peut éviter pas mal d'ennuis et d'embarras. »

Morgan se sentit outragé : c'était comme se faire sermonner par votre maître d'école sur les périls de la masturbation. Il essaya de donner à sa voix le ton le plus glacial :

« Je ne pense pas que cela soit nécessaire. Cette jeune fille ne vit pas dans un bordel, vous savez, elle est parfaitement respectable.

— Bien », dit Murray. Il semblait tout à fait indifférent : « C'est simplement une remarque que je fais automatiquement. Un petit conseil, c'est tout. »

Bon, pensa Morgan méchamment, tu peux te foutre ton conseil dans ton cul serré d'Écossais. Il n'arrivait pas à y croire. Les Britanniques ne parlaient pas de cette manière aux gens de la Commission. Ils se montraient respectueux, déférents. Il n'avait jamais été aussi humilié, traité avec un tel mépris, aussi...

Il écrasa les vitesses et démarra en faisant voler le gravier sous les pneus arrière. Incroyable, se dit-il en traversant en trombe le portail de l'Université, Murray avait cru tout bonnement qu'il baisait une pute quelconque, décidé qu'elle était noire et que, cela allait sans dire, elle avait une quelconque vérole. Le fait qu'il eût raison sur deux points au moins n'avait foutrement aucune importance. Il eut un sourire cynique : Lee Wan n'avait aucun discernement.

Il fulminait encore en arrivant à l'aéroport de Nkongsamba. Il aperçut Peter, le chauffeur de la Commis-

sion, debout devant la resplendissante Austin Princess
noire officielle. Morgan rangea sa voiture et le rejoignit.
La chaleur était intense et Morgan sentait le soleil lui
brûler le crâne à travers sa chevelure clairsemée. La brume
qui montait de l'aire de stationnement devant l'aéroport
donnait l'illusion que le tarmac était en feu et sur le point
d'exploser. La lumière éclatait en paillettes flamboyantes
sur le chrome des pare-chocs et les vitres des voitures du
parking, aveuglant le regard. Le drapeau kinjanjais pendait mollement le long de sa hampe, à côté de la tour de
contrôle. Morgan prit ses lunettes de soleil dans sa poche
et les chaussa. Tout se calma : les couleurs se firent moins
délavées, les pare-brise se rayèrent de paillettes argentées
comme la peau d'un maquereau.

« L'avion est à l'heure, Peter ? » demanda-t-il au chauffeur.

Peter salua :

« Dix minutes de retard, missié, dit-il souriant, en
exhibant les prodigieuses lacunes de sa denture.

— Oh merde ! » dit Morgan, furieux.

Il inspecta la voiture dont les ailes polies réfléchissaient
son corps, tantôt l'écrasant en accordéon, tantôt l'étirant
comme une boîte en marche. Il passa un doigt à l'intérieur
de son col de chemise trempé de sueur et rajusta sa
cravate.

Il traversa le parking et pénétra dans le terminal, une
structure moderne, préfabriquée. Il faisait à peine plus
frais à l'intérieur. Une famille africaine était assise à une
table devant un petit bar de rafraîchissements... Un soldat
somnolait près de la porte des arrivées. Dehors, sur le
tarmac, stationnait un vieux Dakota peint aux couleurs de
la Kinjanja Airways, le berceau d'un moteur emmailloté
d'une bâche. A l'ombre du fuselage deux mécaniciens
dormaient sur des nattes.

Morgan espérait que tout un chacun était réveillé dans la
tour de contrôle. Il alla au bar, à côté duquel se trouvait un

tourniquet de magazines écornés. Il choisit un *Life* vieux de deux mois et le feuilleta. Des G.I. couverts de boue et l'air terrifié, au Vietnam, d'effarantes photos de la Terre prises d'une fusée spatiale, un grand reportage sur le « Château-Bel-Air » d'une vedette de cinéma. La vie.

La famille assise à la table était vêtue de ses atours de fête. Le mari portait une robe jaune et pourpre, la jeune femme, le visage poudré de clair, était en dentelle argent, un énorme foulard noué en hauteur sur la tête, les deux enfants en pyjama écarlate. Ils attendaient probablement un parent important. Les petits garçons buvaient bruyamment des limonades. Ce qui parut une bonne idée à Morgan, d'autant plus qu'une publicité séduisante promettait : COCA-COLA GLACÉ.

Morgan examina le bar. Une fille à l'air boudeur dans une vieille robe trop étroite était assise sur une caisse de bière.

« Je voudrais un Coke, s'il vous plaît », dit Morgan.

Elle se leva et se dirigea vers le rafraîchisseur à bouteilles. L'épuisement régnait en maître ici, se dit Morgan en essuyant une goutte de sueur sur son front. Il savait que sa chemise bleu pâle, propre du matin, avait maintenant deux taches bleu foncé grandes comme des soucoupes sous les aisselles et peut-être quelques zébrures sur son épine dorsale. Il aurait dû en mettre une blanche, râla-t-il, de quoi aurait-il l'air en accueillant la fille des Fanshawe avec la dégaine de « celui-qui-n'emploie-pas-de-déodorant » dans une pub de cinéma. Il lui faudrait carrément garder les bras collés le long du corps.

La fille derrière le bar fouillait paresseusement dans la glacière. Elle avait des fesses puissamment musclées qui faisaient remonter sa robe trop serrée sur le haut de sa croupe. Elle choisit une bouteille et la posa sur le comptoir. Ses yeux étaient pâles de fatigue et d'ennui. Elle allait faire sauter la capsule quand Morgan s'aperçut qu'il s'agissait d'un Fanta Orange :

« Arrêtez, dit-il. Attendez. Moi demande Coca Cola. » Il retombait naturellement dans le petit-nègre, adoptant inconsciemment l'accent épais et nasillard.

« Pas de Coke », dit la fille. Elle déboucha la bouteille, prit une paille et la laissa tomber dedans.

« Un shilling », exigea-t-elle.

Morgan tâta la bouteille : tiède.

« Pourquoi lui pas froid ? demanda-t-il.

— Machine y en a cassée, dit-elle, retournant s'asseoir avec son shilling en traînant les pieds.

— OK, dit-il. Toi y en a donner Seven Up à la place. »

De la limonade tiède serait plus supportable que de l'orangeade sucrée chaude. A peine plus.

La fille le regarda avec l'air de lui dire : te fatigue pas, mon pote :

« Y a que du Fanta », énonça-t-elle catégorique.

Foutrement typique, pensa Morgan en avalant une gorgée hésitante du liquide tiède et poisseux, foutrement typique. Son mal au crâne empirait.

L'avion des Fanshawe — un Fokker Friendship — eut en fait quarante-cinq minutes de retard. Morgan le regarda virer en piquant de l'aile au-dessus de Nkongsamba, le soleil jouant sur le fuselage, et se redresser pour prendre la piste d'atterrissage. Il appela Peter dans le hall d'arrivée pour aider à porter les bagages. L'avion atterrit puis roula jusqu'à l'aire de parking et s'immobilisa près du Dakota. Les mécaniciens endormis ne bougèrent pas. On fit rouler un escalier, on amena un chariot bruyant pour ramasser les bagages. Les Fanshawe apparurent les premiers : madame dans une robe rose froissée et un turban assorti, monsieur l'air d'étouffer dans un costume marron. Mais c'est la fille qui retint l'attention de Morgan. Elle était beaucoup plus séduisante qu'on ne pouvait le supposer connaissant ses parents : vingt-cinq ans environ, calcula-t-il, une robe blanche courte imprimée de dés rouges, le visage protégé par un chapeau de paille avec un très large rebord mou.

Informé par Morgan de l'arrivée du haut-commissaire adjoint, le militaire endormi sauta sur ses pieds pour saluer lorsque Fanshawe franchit la porte.

« Morgan ! dit Fanshawe. Content de vous voir. Vous attendez depuis longtemps ?

— Pas du tout, pas du tout, mentit Morgan, anxieux de plaire. Vous avez passé de bonnes vacances ? » demanda-t-il à Mrs. Fanshawe qui avait l'air fatigué et en nage. Morgan remarqua qu'elle boitait, ses pieds, enflés par le vol, boudinés dans des chaussures à talons hauts. Elle réussit à produire un faible sourire d'assentiment.

« Priscilla chérie, dit-elle à sa fille, qui prélevait un nécessaire de toilette rouge sur la pile des bagages entassés dans le hall, viens que je te présente Mr. Leafy. »

Priscilla vint à leur rencontre et ôta son ridicule chapeau. Morgan vit d'abord des jambes fermes, aux mollets peut-être un peu trop musclés, un corps mince et des seins incroyablement pointus — à moins que ce ne fût le soutien-gorge — dressés sous la cotonnade. Il scruta le visage sous la frange et vit les sourcils épilés, arrogants, et les yeux indolents d'enfant gâtée. Il vit aussi le malheureux nez en forme de tremplin de ski. Mais il écarta tout cela, il s'en moquait, il était en train de penser, exultant, transporté de joie : elle est pour moi, elle est plus que je n'aurais pu espérer, au-delà de mes rêves les plus fous, elle est celle que j'attendais.

« Oh ! là là ! dit-elle, quelle chaleur ! »

L'accent était irritant de snobisme. Morgan se demanda si elle faisait allusion aux taches de transpiration croissantes sous ses aisselles. Il se demanda aussi avec panique — et sans oser regarder — si les cercles humides s'étaient rejoints sous sa cravate, en s'étalant sur sa poitrine.

« Priscilla, dit la mère, mettant fin aux spéculations de Morgan, voici Mr. Leafy, notre Premier Secrétaire.

— Comment allez-vous Mr. Leafy ? dit-elle en lui serrant la main.

— Morgan, je vous en prie. » Il lui fit son sourire le plus séduisant.

Les dames s'engouffrèrent bientôt dans la fournaise de la voiture en stationnement. Des glapissements d'inconfort signalèrent le contact des fesses et des cuisses avec le cuir brûlant des sièges.

« Seigneur ! Qu'il fait chaud ! s'exclama Fanshawe tandis qu'il supervisait avec Leafy le transfert des bagages dans le coffre ; nous n'avons eu que gel et brouillard pendant notre dernière semaine de vacances.

— Ça devait être sublime », risqua Morgan, envieux.

Fanshawe se frotta les mains, examinant d'un air méditatif le parking de l'aéroport :

« Des mois très intéressants en perspective, Morgan. Très. Des masses de choses à discuter, ajouta-t-il avec enthousiasme.

— Ah ! oui ? » dit Morgan. Il ne voyait vraiment pas à quoi Fanshawe faisait allusion.

« Les élections, continua l'autre avec élan. A Noël. Oh ! oui, oui. Très important. » Il se tut puis reprit : « J'ai reçu des instructions, bien sûr. Officieusement, remarquez, mais clairement, à propos de notre plan d'action. » Ses yeux étaient brillants d'excitation : « C'est une occasion en or ! »

Toujours déconcerté, Morgan leva les sourcils :

« Vraiment ?

— Oh ! oui ! Un extraordinaire coup de pot. Pour nous, c'est-à-dire. » Il eut un petit rire rêveur : « On va même nous envoyer un nouvel expat[1] pour s'occuper de la routine et nous laisser les mains libres. Il devrait arriver ici dans les quinze jours.

— *Nos* mains ? »

Avant que Fanshawe n'ait pu expliciter sa mystérieuse

---

1. Expatrié. (N.d.T.)

ferveur, sa femme passa un visage écarlate et en nage par la vitre arrière :

« Arthur, s'exclama-t-elle furieuse, on est en train de rôtir là-dedans !

— Je vous vois demain, jeta Fanshawe par-dessus son épaule, avec un air de conspirateur, en grimpant dans la voiture. Nous avons aussi une visite royale, enfin semi-royale. A Noël. Tout va se passer à ce moment-là. »

Au moment où la voiture démarrait, Morgan crut voir la jeune fille lui faire un signe. A tout hasard, il en fit un aussi.

2.

Fanshawe convoqua Morgan le lendemain dans son bureau pour lui expliquer l'affaire en détail. Des gens qu'il avait vus au Foreign Office lors de son congé s'étaient, semblait-il, montrés préoccupés par les prochaines élections au Kinjanja. A certains signes, il paraissait évident que les réserves de pétrole, récemment découvertes dans le pays, étaient beaucoup plus riches qu'on ne l'imaginait au début et, en conséquence, la question de savoir qui gagnerait les élections avait pris bien plus d'importance dans le cadre instable de la politique ouest-africaine. On avait procédé à quelques sondages préliminaires auprès des principaux partis du pays, dont l'un était apparu comme potentiellement plus pro-britannique que les autres. Ce parti avait aussi une chance raisonnable de battre l'impopulaire gouvernement en place, et les quatre commissaires adjoints avaient donc reçu l'ordre du Foreign Office d'étudier prudemment les bases régionales du parti, de découvrir ses intentions véritables et ses alliances, et d'évaluer jusqu'à quel point l'Angleterre pourrait en faire un allié, qui garantirait, maintiendrait ou même encouragerait ses intérêts. Fanshawe récita tout ceci très vite comme l'évangile officiel. Mais ensuite son agitation devint nettement plus visible.

« Le parti en question, dit-il, c'est, comme vous l'avez probablement deviné, le Parti National Kinjanjais. »

Morgan n'avait pas deviné : il avait fait un grand effort pour en apprendre aussi peu que possible sur les futures élections. Mais il approuva néanmoins d'un air entendu.

« Quoi qu'il en soit, continua Fanshawe, son chef en titre est un vieil émir du Nord — une personnalité religieuse et tribale mais très respectée et qui compte de loyaux partisans mais plus importants en ce qui nous concerne sont ses deux jeunes Turcs, si je puis dire. »

Morgan s'efforça de se composer un masque d'intérêt passionné, ce qui consista à froncer profondément les sourcils et à saisir sa lèvre inférieure entre ses dents.

« Oui, continua Fanshawe, l'un est un avocat — Gunlayo ou je ne sais qui — basé dans la capitale et qui est leur cerveau légal, l'expert constitutionnel, mais l'autre, celui qui a la responsabilité de la politique étrangère et des affaires internationales, c'est... devinez qui ? »

Morgan n'en avait pas la moindre idée. Il fit « oh » et « mmm... » deux ou trois fois, se gratta la tête, et finit par confesser que, là, Fanshawe l'avait coincé.

« Eh bien, dit Fanshawe triomphant, préparez-vous... Sam Adekunlé ! annonça-t-il, notre Sam Adekunlé à nous, professeur d'Économie Politique et de Gestion des Affaires à l'Université de Nkongsamba. »

Morgan se demanda pourquoi tout ceci était d'une telle importance mais il ne douta point que Fanshawe finirait par l'éclairer.

« Un merveilleux coup de pot, insista Fanshawe. Nous sommes là, cloués à des kilomètres à l'intérieur du pays, sur une voie de garage, et voilà qu'on se retrouve avec ce gros bonnet de la politique juste à notre porte.

— Oui, dit lentement Morgan. Une chance extraordinaire. » Il se renfonça dans son siège, se frotta pensivement le menton, hocha plusieurs fois la tête et répéta le mot : extraordinaire !

« Vous comprenez ce que cela signifie », insista Fanshawe qui avait quitté son bureau pour aller près de la fenêtre. Les mains nouées dans le dos, il se balançait sur la pointe des pieds.

« Notre analyse et notre évaluation de la situation vont être d'une importance primordiale. »

Il fit une soudaine volte-face vers Morgan qui sursauta, alarmé par ce mouvement inattendu.

« Nous sommes dans la meilleure des positions pour découvrir le PNK, sa philosophie, ses ambitions. Ce que nous dirons au Foreign Office aura beaucoup de poids. Beaucoup de poids, répéta-t-il. La position d'Adekunlé dans le parti en fait — du point de vue de la Grande-Bretagne — l'homme le plus intéressant du PNK. Et — sa voix suintait la béatitude — l'homme est juste là sous notre nez. »

Le cerveau de Morgan fonctionnait mal ce matin, il n'arrivait tout bonnement pas à se concentrer :

« Tout ceci est épatant pour vous Arthur, dit-il distraitement. Qu'allez-vous faire exactement ?

— Moi, rien, dit Fanshawe, oh non ! »

Morgan sourit :

« Pardon ? dit-il aimablement.

— Moi, rien, dit Fanshawe. Vous.

— *Moi ?* » Morgan se réveilla brusquement.

« Naturellement. Je ne peux pas me mettre moi à enquêter sur les partis politiques kinjanjais ni à les encourager, non ? »

Morgan se demanda ce qu'il entendait par « encourager ».

« Je suppose que non, dit-il la voix lourde d'inquiétude. Mais je ne vois pas ce que je peux faire. Je veux dire, j'ai déjà énormément de boulot et...

— Pourquoi pensez-vous qu'on nous envoie un nouveau collaborateur ? interrompit Fanshawe. Pour vous soulager de la routine quotidienne, vous laisser les mains libres, vous permettre de vraiment vous mettre au travail. » Il regarda Morgan comme en transe : « C'est de cela qu'il s'agit, Morgan, de vrai travail. De vraie diplomatie. Pas de ces ronds de jambes perpétuels, ni de ces idioties administratives. Non, là, vous pouvez réellement faire quelque chose de positif, quelque chose de créatif. Pour votre pays. »

Saisi d'un profond et douloureux embarras tout au long de cette tirade, Morgan avait baissé la tête, les poings aux tempes. Au nom de quoi cette vieille chèvre continuait-elle de déblatérer ? « Pour votre pays », quelque chose de créatif pour son pays : il aurait préféré n'importe quel cocktail-partie.

« Excusez-moi, Arthur, dit-il. Mais que voulez-vous dire exactement par " encourager " ?

— J'y viens, dit Fanshawe. Selon moi, votre *mission* — un trémolo souligna le mot — est d'essayer de faire personnellement connaissance avec Adekunlé. De le fréquenter socialement. De découvrir tout ce que vous pourrez à son sujet. Pas les foutaises habituelles dont ils remplissent leurs manifestes mais — comment dit-on — la " realpolitik ". Enfin vous savez bien, quoi. » Il paraissait frustré par le manque d'enthousiasme de Morgan. « Les réalités, les faits brutaux qu'on pourra communiquer en haut lieu. Je veux que vous consigniez tout cela dans un rapport, tout ce que vous pourrez recueillir sur Adekunlé et le PNK. A partir de là, je m'en chargerai. J'opérerai la liaison avec le Haut-Commissariat dans la capitale, j'en communiquerai l'essentiel à Whitehall, au Ministère. »

Ah oui, pensa Morgan. Je n'aime pas beaucoup ça. Fanshawe parut le sentir et contre-attaqua en hâte :

« Naturellement, je peux vous le dire en confidence, Morgan, un travail de première bourre là-dessus pourrait, eh bien, ne pas faire de mal à nos... euh... carrières. Soyons francs : nous sommes bien d'accord que Nkongsamba n'est pas un poste majeur, pas exactement le

sommet de nos ambitions. Je ne pense pas aller trop loin
en disant que tous deux nous n'aurions aucune objection à
déménager dans un endroit un peu plus glorieux. Quand
on songe à Washington, Paris, Tokyo, Caracas,
Nkongsamba ne paraît pas... enfin, vous voyez ce que je
veux dire. »

Il tripota le nœud de sa cravate, caressa la brosse de sa
moustache et fronça les sourcils. Morgan demeurait perplexe : jamais encore il n'avait entendu Fanshawe se livrer
de la sorte, aussi intimement :

« Nous nous connaissons depuis un bon moment maintenant, poursuivit-il, et je ne pense pas trahir un secret de
famille en vous disant que Chloé et moi avons toujours
espéré que les dernières années de ma carrière diplomatique se termineraient dans un endroit, eh bien... *pas* à
Nkongsamba. Je suis sûr qu'il en est de même pour vous.
Vous êtes un jeune homme... capable — il faut songer à
votre avenir. »

La subtile flatterie sonna agréablement aux oreilles de
Morgan et un instant il eut pitié de Fanshawe, raté
vieillissant avec ses rêves irréalisés, mais cela ne l'empêcha
pas de se rendre compte que le plus gros du travail allait lui
incomber.

« Que voulez-vous précisément que je fasse ? demanda-
t-il avec hésitation, anxieux de détourner la conversation
de ces délicates et embarrassantes confidences.

— Essayez de rencontrer Adekunlé, pour commencer.
C'est un type très civilisé, des goûts modernes, une épouse
anglaise, des enfants en pension en Grande-Bretagne,
enfin ce genre-là. Ça ne devrait pas être trop difficile pour
vous que de vous introduire dans son cercle de l'Université. Vous connaissez des gens là-bas, non ? Ça doit être
possible. Après quoi vous lui ferez gentiment comprendre
que nous sommes de son côté.

— Je ne suis pas sûr, dit Morgan. Je sais qui est

Adekunlé mais je ne le rencontre jamais. Il semble s'en tenir aux siens pour ainsi dire. »

A sa surprise il sentit son intérêt s'éveiller à mesure qu'il examinait les options possibles :

« Écoutez, annonça-t-il, l'enthousiasme perçant dans sa voix, au prochain grand raout qu'on organise ici, invitons tous les politiciens locaux. Cela me permettra de me ménager des entrées.

— Une idée de première classe, applaudit Fanshawe, évidemment ravi. On va trouver un prétexte pour une fiesta. L'anniversaire du duc d'York par exemple. » Sa propre facétie le fit glousser. « Oui. Tenez-moi au courant n'est-ce pas ? Le moindre mouvement.

— Naturellement, dit Morgan.

— Bien, dit Fanshawe. Excellent. On va pouvoir travailler ça ensemble, Morgan. On aura bientôt du solide à leur montrer. »

Morgan eut brusquement une idée :

« Et cette visite royale dont vous m'avez parlé ? C'est pour bientôt ? Elle pourrait nous servir d'alibi.

— Non. » Fanshawe parut tout déconfit. « C'est pour Noël. Et pas vraiment un membre de la famille royale d'ailleurs : c'est la duchesse de Ripon, troisième cousine issue deux fois de germain de la Reine. Elle représentera Sa Majesté aux fêtes du Dixième Anniversaire de l'Indépendance, la veille du Jour de l'An. Elle fait un rapide tour du pays — elle passera deux jours avec nous — avant de terminer par la capitale pour les grandes célébrations.

— Et les élections, ajouta Morgan.

— Oui, dit Fanshawe en réfléchissant. Écoutez, je vais faire organiser une sauterie quelconque par Chloé. Elle aime bien ce genre de choses. Priscilla pourra lui donner un coup de main. » Il caressa pensivement sa petite moustache. « A ce propos, puis-je vous demander un petit service ?

— Allez-y », dit Morgan aimablement. Il était tout à

fait disposé à rendre service de près ou de loin à Priscilla Fanshawe.

« Chloé me tuerait si elle savait que je vous ai raconté cela, dit Fanshawe avec tristesse. Mais il vaut mieux que vous soyez parfaitement au courant. » Il reprit, après un instant de silence : « Priscilla vient de traverser un sale moment, voyez-vous. Elle était fiancée à un jeune type dans l'Armée — les fusiliers marins — elle le connaissait depuis des années, elle l'avait rencontré quand nous étions à Kuala Lumpur. Eh bien cet été, le voilà qui repart soudain en Malaisie, rompt les fiançailles, donne sa démission et épouse une Chinoise. Il vit là-bas maintenant, il travaille pour son beau-père. » Le visage de Fanshawe reflétait une incrédulité tragique. « Je n'arrive pas à comprendre. Quel consternant gâchis ! Un garçon bien élevé pourtant, bonne famille et tout. Inexplicable ! »

Morgan se tut. Depuis qu'il couchait avec Hazel, le croisement des races était devenu un délicat sujet.

« Je me demandais, dit Fanshawe en s'éclaircissant la voix, si vous pourriez passer la voir de temps en temps à la maison. Peut-être lui montrer la ville, lui remonter un peu le moral, si vous pouvez, car évidemment elle est au trente-sixième dessous depuis que tout s'est détraqué. Je vous en serais très reconnaissant.

— Je vous en prie, dit Morgan. Je serai ravi. Tout le plaisir sera pour moi. »

3.

Morgan essaya de projeter sa langue dans la bouche de Priscilla Fanshawe mais son bout frétillant ne rencontra que la barrière d'émail des dents. Il se contenta donc, résigné, d'un autre long baiser en surface de style Hollywood, jusqu'à ce que ses lèvres, à force d'être pincées, commencent à lui faire mal. Il laissa sa main glisser du bras jusqu'à la hanche de Priscilla mais il sentit que celle-ci se raidissait. Il ne laissa donc traîner sa main que quelques secondes avant de la ramener obligeamment à la zone non érogène du bras. Il ne s'était pas livré à des avances aussi discrètes et inoffensives, à un pelotage tactique aussi timide, depuis l'aube de son adolescence mais ces souvenirs nostalgiques étaient en train de perdre leur qualité proustienne et il commençait à en avoir plus qu'assez de ces petits jeux.

Ils étaient assis sur les sièges avant de la Peugeot garée dans un coin sombre du parking de l'hôtel Ambassadeur, l'hôtel le plus sélect et le plus chic de Nkongsamba. Fièrement dressé sur une colline à trois kilomètres au nord de la ville, c'était un bâtiment moderne de six étages avec un restaurant international, une piscine et un casino. La nourriture du restaurant était atroce, le service honteusement négligé et l'eau de la piscine verte de mousse bien qu'elle fût tellement chlorée que les émanations de gaz étaient pratiquement visibles à la surface. Son casino, en revanche, était le seul endroit de Nkongsamba où la médiocrité gluante n'était pas le mot de passe et où un zeste de sophistication avait fait une timide entrée. Il était géré par un aventurier syrien qui avait importé de Beyrouth deux grosses filles pour jouer les croupiers, et ne comptait presque exclusivement dans sa clientèle que des congénères Moyen-Orientaux. Morgan et Priscilla venaient de passer, dans son intérieur sombrement somptueux, une heure étourdissante aux tables de roulette et de baccarat, et Morgan avait consciencieusement perdu vingt-trois livres d'affilée avant que la prudence ne lui souffle que Priscilla risquait de ne pas être impressionnée par une infaillible capacité à miser sur les mauvais numéros.

La soirée — la seconde qu'il eût passée en compagnie de Priscilla — se révélait dispendieuse. Ils avaient commencé par le restaurant du club de l'Université où Morgan avait commandé le vin le plus cher, un Piesporter doux très parfumé et, de là, ils étaient allés prendre un verre au bar de l'hôtel Ambassadeur, où ils avaient plaisanté sur la curieuse pertinence du nom du lieu. Priscilla lui ayant raconté qu'elle n'avait jamais mis les pieds dans un casino, Morgan s'était offert à lui en faire visiter un.

Son plan prévoyait que la soirée se terminerait ainsi. En sortant de l'hôtel et en regagnant d'un pas nonchalant le parking il avait cherché la main de Priscilla. La main avait été accordée, les doigts s'étaient noués, ils s'étaient tournés l'un vers l'autre et s'étaient souri.

Ils s'étaient assis dans la voiture, toujours sans parler, contemplant la vue de Nkongsamba scintillante de lumières avant d'en commenter, en chuchotant, la magnificence. Une « ambiance » s'était créée, avec la piquante sensation de leurs corps tièdes proches l'un de l'autre dans l'intimité de l'obscurité sans témoin. Priscilla avait passé ses deux mains dans ses cheveux et ses seins s'étaient dressés, pointus sous le satin crème de la blouse qu'elle portait.

« Quelle merveilleuse soirée ! » avait-elle soupiré.

Le bras gauche appuyé sur le dossier du siège, Morgan s'était penché sur elle en murmurant :

« Priscilla... »

Elle avait tourné sa tête vers la sienne et ils s'étaient embrassés exactement comme ils savaient qu'ils le feraient.

Et ils en étaient toujours là.

Morgan posa de nouveau sa bouche sur celle de Priscilla, gentiment d'abord, tendrement, délicatement — elle avait de jolies lèvres douces. Puis il commença à respirer rapidement par le nez — inspirez, expirez, inspirez, expirez — avec une feinte passion, secouant la tête énergiquement comme si leurs lèvres avaient été solidement collées et qu'il essayait en vain de les séparer. Priscilla répondit de manière plus calme mais semblable, les yeux fermés, les épaules se soulevant alternativement. Ainsi encouragé Morgan fit glisser sa main du bras au sein gauche. Priscilla ouvrit immédiatement les yeux et se redressa en s'accrochant au tableau de bord :

« Morgan, je vous en prie », dit-elle avec reproche.

Il faillit éclater d'un rire bruyant devant cette démonstration de retenue effarouchée. Et voilà, se dit-il avec dédain, alors qu'il avait une maîtresse noire, très portée sur la chose et tout à fait docile, à sa disposition dans un hôtel de la ville, il s'infligeait cette course d'obstacles. Patience, pensa-t-il...

« Pardon, Priscilla, dit-il, et s'en tenant vaillamment à la formule consacrée, je n'aurais pas dû, mais enfin c'est vous qui êtes à blâmer... » Il toucha son visage comme pour souligner sa beauté tout en lui souriant d'un air désespéré.

Elle lui rendit son sourire et baissa les yeux. Il mit le moteur de la voiture en marche :

« Il vaut mieux que je vous ramène. »

Durant leur retour silencieux, il se demanda pourquoi il se donnait tant de mal et quelles que fussent les raisons qu'il invoqua — ennui, défi masculin, sexualité et ainsi de suite — il sut instinctivement qu'en fait c'était parce qu'il avait toute sa vie voulu — il cherchait le mot — sortir, être lié, associé avec, désiré par et même marié à une fille comme Priscilla Fanshawe. Il n'avait jamais rencontré quelqu'un comme elle jusqu'à présent et par conséquent une chaste et fatigante étreinte de dix minutes et la sensation, durant une milli-seconde, d'un sein incroyablement ferme sous sa paume représentaient un triomphe considérable à l'échelle de sa vie déshéritée, un grand pas en avant dans son pauvre univers. Et bien qu'il fût un peu honteux de l'admettre, il savait que, s'il pouvait maintenir les choses en l'état et travailler peu à peu à les améliorer, il s'ensuivrait des gains immenses pour son amour-propre et son prestige personnel. Peut-être même un bond géant sur l'échelle sociale, laissant loin derrière lui son indigne passé, qu'il aurait renié.

La violence de son désir pour Priscilla et ce qu'elle représentait à ses yeux le surprenait plutôt quand il considérait objectivement certains aspects de son physique et de son caractère, à vrai dire peu engageants : sa voix, son nez et ce qu'ils semblaient personnifier : un manque total de curiosité à l'égard d'un monde autre que le sien, un côté aimable mais superficiel dans tous ses rapports personnels ; toujours agréable et charmante comme si jamais une pensée mauvaise ou blessante ne traversait sa petite tête creuse — ou, si cela arrivait, c'était sous le couvert d'une allusion chuchotée ou mimée. Paradoxalement, car c'était là des attitudes qu'il affectait par ailleurs de haïr et de mépriser, il découvrit qu'il annexait ces maniérismes d'écervelée avec l'assurance d'un transfuge. Tout était devenu « super » ou « affreux », les demi-teintes n'étaient plus de mise. Les gens étaient soit

« gentils » soit « vraiment gentils » ou « terriblement gentils » à moins qu'ils ne conspirent ouvertement contre vous. Il était admis que le sens de l'effort et la gentillesse générale abondaient parmi les gens bien, et avec du cran, du courage et le sens de l'amitié on pouvait se débarrasser de toutes sortes de petits problèmes cracra.

En conséquence de quoi Morgan avait déplacé son lieu de naissance à Kingston, plus proche de la Tamise, s'était octroyé une bourse d'études pour une école privée de bonne réputation, avait promu son père au poste de directeur du personnel et gratifié sa mère d'une rente. Il s'était aussi surpris, à son grand étonnement, à dire « Ouais » au lieu de « Oui ».

Ils dépassèrent la scierie et Morgan lança un coup d'œil à Priscilla :

« On y est presque », dit-il. Mais comme ils approchaient du portail de la Commission, « Stop ! » cria soudain Priscilla et Morgan, obéissant, se rangea sur le bas-côté de la route.

« Je n'ai pas envie de rentrer tout de suite, dit Priscilla en se tournant vers lui. Il est tôt, ne peut-on pas aller quelque part ailleurs ? »

Morgan réfléchit rapidement :

« On pourrait aller chez moi... prendre une tasse de café, ajouta-t-il promptement. Ce n'est pas loin et ce sera facile de vous ramener avant qu'il soit trop tard. »

Sa voix avait pris un ton aimablement altruiste. Il se sentait si noble, si honnête. Si hypocrite.

Priscilla posa sa main sur celle de Morgan qui tenait le volant :

« Ce serait merveilleux », dit-elle.

Morgan et Priscilla étaient assis côte à côte sur le canapé. Ils regardaient à la télé un film dans lequel un homme avec une vieille valise et une cigarette vissée au coin de la bouche résolvait des problèmes que n'arrivaient pas à débrouiller la CIA et le M. 15 réunis. A la fin, le héros ôtait sa cigarette pour embrasser la ravissante fille d'un diplomate américain. Dans sa présente bonne humeur, Morgan interpréta la chose comme un heureux présage. Priscilla s'était débarrassée de ses sandales et avait replié ses jambes sous elle. Elle s'était penchée vers Morgan et avait niché sa tête dans l'angle formé par son cou et son épaule.

« Encore du café ? demanda-t-il. Un autre cognac ? »

Moïse et Vendredi étaient de congé pour la soirée.

« Oh ! là là ! non ! gloussa Priscilla. Je ferais pipi toute la nuit. »

Comme si cette légère inconvenance était un signal, Morgan tourna la tête pour l'embrasser. Elle s'était suffisamment détendue durant la dernière demi-heure pour qu'il tentât une petite exploration linguale et un intermittent palpage de sein. Il embrassa son cou qui était moite avec un vague goût de sel. Il remarqua que sa jupe noire s'était plaisamment relevée sur ses cuisses.

« Morgan, dit-elle d'une petite voix, sais-tu pourquoi je suis venue ici à Nkongsamba ?

— Pas la moindre idée », mentit-il, en lui mordillant l'oreille et en faisant sauter un bouton de sa blouse. Il glissa la main sous le satin et s'avança centimètre par centimètre, le long de sa poitrine, jusqu'à ce qu'il rencontre la pente abrupte du sein et l'armature de dentelle du soutien-gorge. Il eut beau essayer mais, faute de pouvoir se servir de son autre main comme levier, il ne réussit pas à glisser ses doigts dessous.

« Je voulais simplement te dire merci », dit-elle.

Morgan retira sa main et la regarda avec étonnement :

« Mais pourquoi donc ? » demanda-t-il.

Elle lui posa un baiser sur la joue :

« Pour n'avoir pas fichu le camp en colère parce que je n'étais pas... détendue.

— Ne sois pas sotte, la sermonna-t-il.

136

— C'est simplement que je ne suis pas très sûre de moi... Je suis un peu coincée comme on dit maintenant, je crois. »

Elle prit la main de Morgan et l'examina minutieusement comme un objet rare et mystérieux. « C'est la raison pour laquelle je suis venue ici.

— Oh ! dit Morgan d'un ton soigneusement neutre.

— Tu comprends, j'étais presque fiancée à ce type, Charles, mais voilà, on a eu une engueulade terrible. Tout cela était très sérieux, j'avais pratiquement emménagé chez lui. »

Morgan mit mentalement l'information en réserve.

« Quand, soudain, j'ai compris qu'il n'était pas l'homme qu'il me fallait. Juste comme ça, un jour, sans raison particulière, je me suis rendu compte que ça ne collait pas du tout. Sans espoir. » Elle s'arrêta puis reprit : « Charles était adorable mais pas fait pour moi, si tu vois ce que je veux dire. » Elle quêta son approbation : « On ne peut pas, on ne devrait pas laisser se prolonger les choses dans ce genre de circonstances. Il vaut mieux rompre.

— Oh ! oui, tu as raison, approuva Morgan. Absolument. Ouais. » Il avait l'air sérieux, intensément compatissant.

Elle se nicha contre lui :

« C'était affreux. Des cris et des larmes. Il était terriblement bouleversé. Mais je savais que je devais le faire. »

Morgan lui lissa les cheveux.

« Voilà pourquoi je suis un peu, tu sais, raide et méfiante. Emotionnellement couverte de bleus, dit Maman. Tu comprends ? »

Morgan hocha la tête :

« Chat échaudé...

— Exactement, confirma-t-elle. Exactement. »

Elle lui pressa la main avec gratitude. Morgan déposa un baiser sur le bout relevé de son nez :

« Il vaut mieux que je te ramène », dit-il.

Ils s'offrirent une étreinte finale — la plus passionnée de la soirée — dans la sombre allée menant chez les Fanshawe. En rentrant chez lui, Morgan ne cessait de se féliciter, attribuant la douleur lancinante qu'il ressentait dans l'aine à une érection réprimée toute la soirée. Plus tard, couché sur le dos dans son lit, il se remémora paresseusement le vif souvenir des jambes lisses et fermes de Priscilla et essaya d'imaginer ses seins en liberté, tout en relâchant doucement sa frustration sur une liasse de papier hygiénique. Mais le plaisir qui le parcourut jusqu'au bout des doigts de pieds fit place à une légère quoiqu'inconfortable sensation de brûlure au bout de son pénis. Un examen subséquent confirma qu'il y avait là une petite irritation qui fut efficacement soulagée par une application de crème Nivea. Il supposa qu'elle avait été provoquée par le frottement de son sexe en érection contre la fermeture éclair de son pantalon ou la couture de son slip, prix peu élevé, se dit-il, pour une soirée de séduction aussi bien conçue et exécutée.

Avant de s'endormir, il repensa au mensonge de Priscilla. Il ironisa un peu sur les illusions derrière lesquelles s'abritent les gens, en se mentant désespérément, avant de se rendre compte qu'il était lui-même mal placé pour se moquer d'eux. La version de Priscilla lui donnait l'initiative de sa rupture avec Charles : elle s'offrait le beau rôle d'un être mûr et raisonnable, exigeant avant tout des rapports enrichissants et lui laissant entendre du même coup qu'elle n'était plus vierge. Morgan sourit. Un de ses dons, se dit-il, était son aptitude à déchiffrer les êtres, à les évaluer, à découvrir ce qu'ils étaient réellement derrière leur façade : un talent inestimable.

Poursuivant sa réflexion, il en vint à penser que, peut-être, ce cadeau que représentait Priscilla signifiait que sa chance avait tourné. Les années sinistres comme petit employé dans les bureaux surchauffés de l'administration civile au sud de l'Angleterre, les désastreuses interviews et les échecs répétés à l'examen du Foreign Office jusqu'au succès de justesse, le stage humiliant, le snobisme, l'attitude distante de ses collègues, l'interminable attente sur une voie de garage de Whitehall, le poste de dernière catégorie à Nkongsamba où il avait déjà langui dix-huit mois de plus qu'il n'aurait dû, peut-être, oui peut-être tout ceci avait-il été prémédité, organisé afin de lui permettre de rencontrer Priscilla. Le Sort, le Destin, le Grand D — il offrit une prière de remerciement juste au cas où — qui sait ? Pour la première fois de sa vie il était l'homme qu'il fallait, dans l'endroit où il le fallait, à l'heure où il le fallait. Il sentit son cœur se gonfler de bonheur, son corps baigner de langueur : il sentit ses muscles se tendre et se bander, il étendit les bras, les doigts écarquillés, à travers le lit. Il savait ce que c'était, il était content de lui et, mieux encore, il était en train de tomber amoureux de Priscilla.

4.

Placés stratégiquement sur les fenêtres du premier étage, de puissants projecteurs baignaient d'une lueur jaune la pelouse de la Commission. Une centaine de personnes, ou davantage, noirs et blancs, étaient massés autour des tables du buffet et des deux bars. Sur la gauche, des rangées de sièges s'alignaient devant un écran de cinéma. Invisible derrière les spots, Morgan surveillait la foule depuis une des fenêtres. Incapable de repérer Adekunlé en bas, il était monté pour avoir une meilleure vue. Il reconnut pas mal de visages parmi la crème de la société de Nkongsamba attirée ce soir par la perspective de boire et de manger gratis et résignée, à cause de cet appât, à subir la projection privée d'un film de plus sur la Famille Royale. Un coup de génie de Fanshawe, il fallait bien le reconnaître. Ce film, annoncé comme un « portrait intime » et envoyé récemment à toutes les Ambassades et Haut-Commissariats britanniques à travers le monde, était l'un des éléments d'une large campagne publicitaire diplomatique. Il ne devait pas atteindre Nkongsamba avant de longs mois mais une judicieuse pression exercée par Fanshawe l'avait fait obtenir prématurément de la capitale. Une séance avait été organisée et des invitations officielles expédiées en toute hâte. Ce serait le prétexte pour les expatriés britanniques d'une explosion d'admiration chauvine, et les images habituelles de splendides châteaux, d'objets historiques, d'Altesses Royales épanouies et d'interminables et impeccables parades seraient, pour les non-britanniques présents, un délicat mais puissant rappel de tout ce qui leur manquait précisément, donc de ce qui faisait d'eux de simples et vulgaires mortels. Normalement ce genre d'occasion avait sur Morgan le même effet que les mariages : débordants d'insincérité, d'hypocrisie et d'abominables démonstrations de bonne humeur qui le faisaient toujours suer d'embarras.

Mais ce soir il en allait différemment. A sa propre surprise, il avait attendu cette soirée avec une certaine impatience et maintenant, lorgnant à ses pieds toutes ces têtes, blondes, brunes et chauves, poivre et sel, laineuses, ou à turbans gigantesques, il ressentait une indéniable excitation. Il s'agissait là d'un coup monté, se rappela-t-il : il était en train de travailler, oui, sous le manteau, en agent secret pour son gouvernement. Un job modeste soit, une simple collecte d'information sur un parti politique d'un pays étranger, non des plus importants ; mais de telles tâches, se disait-il, formaient la base de l'espionnage, le ferme fondement d'actions diplomatiques globales, le contexte ignoré de ces initiatives ministérielles qui faisaient la une des journaux.

Morgan était contraint d'admettre que l'enthousiasme de Fanshawe pour leur projet avait été contagieux. Il s'était conduit comme un écolier qui joue à l'espion : il avait consacré au dossier un tiroir de classeur dont lui seul et Morgan avaient la clé. Il avait même été jusqu'à affubler l'opération d'un nom de code : il l'avait baptisée « PINACLE » d'après les initiales — PNK — du parti d'Adekunlé. « Il faudrait faire une réunion Pinacle », disait-il confidentiellement à Morgan en le rencontrant dans un couloir, ou bien : « C'est du matériel pour le dossier Pinacle » ou encore : « Des progrès sur Pinacle ? »

Au début, Morgan avait trouvé tout cela plutôt affligeant, mais il s'en était allègrement rendu complice puisqu'il retirait de toute façon des bénéfices de cette nouvelle alliance avec le père de Priscilla :

« Tu sais, lui avait dit celle-ci au cours d'une de leurs dernières sorties, tu as terriblement impressionné Papa récemment — il chante tes louanges jour et nuit. Qu'est-ce que vous mijotez tous les deux ?

— Pas grand-chose, vraiment, avait-il répondu, modeste. Du boulot de routine, c'est tout. »

Plus tôt dans la soirée, Morgan vantait l'excellence du punch à la grosse épouse d'un entrepreneur de travaux publics quand Fanshawe avait surgi à ses côtés pour lui marmonner dans l'oreille : « Pinacle est arrivé ! » avant de s'éloigner théâtralement à pas de loup, tel un courtisan venu informer un prince d'un complot contre sa vie.

En examinant à présent la troupe des loyaux sujets, Morgan aperçut Adekunlé debout à côté du bar, avec une femme qu'il supposa l'épouse du politicien. Adekunlé arborait le costume national et tenait à la main une canne d'ébène sculpté. Sa femme avait un air malheureux et incongru dans une blouse vague à décolleté bateau, une jupe drapée et un épais foulard noué en turban sur la tête. Morgan remarqua la manière dont les gens venaient faire leur cour à Adekunlé comme s'il eût été l'hôte. Il reconnut aussi deux autres leaders politiques qui se tenaient le plus à l'écart possible l'un de l'autre : Femi Robinson, un petit marxiste en colère qui était le représentant du Parti Populaire du Kinjanja, et Chef Mabegun, gouverneur de la Province Centre-Ouest et président de la branche locale du Parti Unifié du Peuple Kinjanjais, actuellement au pouvoir. Un mécontentement populaire général à l'égard de ses dirigeants trop bien nourris et de la période de vaches maigres dont le Kinjanja avait souffert sous leur règne avait fini par provoquer des élections générales anticipées. Mabegun avait l'air, pensa Morgan, de se présenter de nouveau sur la liste pots-de-vin et pattes graissées. C'était un homme gros et gras dont la confortable obésité semblait sous-entendre que le pouvoir lui avait été si bénéfique que voter en sa faveur pouvait procurer les mêmes avantages à chacun.

Mais Robinson et Mabegun, Morgan le reconnaissait, étaient du menu fretin comparés à Adekunlé. Les principaux dirigeants du PPK et du PUPK résidaient dans la capitale : les représentants de la Province Centre-Ouest n'étaient que des sommités relatives avec peu ou pas d'influence hors leur territoire. Adekunlé appartenait à une catégorie toute différente. C'était un professeur respecté qui avait pris la parole lors de la dernière réunion de l'Organisation de l'Unité Africaine. Morgan avait déjà appris qu'Adekunlé passait plus de temps dans les avions à se rendre à diverses conférences du Tiers-Monde ou à des sessions spéciales des Nations unies qu'à donner des cours ou à administrer la faculté dont il était le doyen. Le bruit courait aussi, Morgan se l'était fait confirmer, qu'il pourrait être le prochain vice-chancelier de l'Université.

Tandis qu'il observait la foule, Morgan vit Fanshawe et sa femme s'approcher d'Adekunlé qui leur fit un large et cordial sourire. Il vit Fanshawe rire d'un air gêné à une remarque d'Adekunlé et jeter un coup d'œil par-dessus son épaule en direction des fenêtres du premier étage. Morgan se rejeta vivement derrière le mur bien qu'il fût pratiquement certain d'être invisible. Typique de Fanshawe, enragea-t-il, l'homme n'était évidemment pas taillé pour les missions secrètes s'il révélait aussi étourdiment la position de ses hommes. Il était grand temps pour lui, Morgan, d'aller arranger tout ça.

En descendant lentement les escaliers pour rejoindre Adekunlé, il sentit son pouls s'accélérer et sa poitrine se nouer. Il sortit par la porte de service et gagna les pelouses noires de monde. Le temps de se frayer un chemin à travers la foule, il avait les paumes moites et la bouche sèche. Adekunlé était un homme imposant. Il ne cessait de grossir ainsi que paraissaient inévitablement le faire tous les Kinjanjais « arrivés » — comme si la chose allait de pair avec le pouvoir et le succès — et il exsudait une confiance en soi aussi inébranlable qu'un champ magnétique. Il parlait sévèrement, et à voix basse, à sa femme qui affichait une mine boudeuse sous son turban et fumait nerveusement une cigarette en contemplant l'herbe piétinée. A l'approche de Morgan ils relevèrent la tête tous deux et lui adressèrent un brusque sourire, fruit d'une longue pratique d'insincérité.

« Professeur Adekunlé, dit Morgan, comment allez-vous ? Je suis Morgan Leafy, Premier Secrétaire ici, à la Commission. Je crois que nous nous sommes déjà rencontrés. »

Ce n'était pas vrai : ils s'étaient simplement trouvés dans la même pièce mais c'était son introduction favorite, un truc qui semait souvent la confusion dans l'esprit des gens tentant de se rappeler les circonstances de la rencontre. Aucun effet sur Adekunlé qui sourit sous sa large moustache :

« Vraiment, je ne m'en souviens pas, j'en ai peur, mais comment allez-vous tout de même ? Voici ma femme, Célia.

— Hello », dit Célia sur un ton réservé.

Elle gardait ses yeux fixés sur Morgan, qui se sentit un peu déconcerté comme chaque fois qu'on le regardait en face, mais plus particulièrement sous ce regard-ci : sans doute remuait-il en lui des tonnes de culpabilité. Il se tourna vers Adekunlé :

« Très aimable à vous de nous avoir invités, dit celui-ci avant que Morgan puisse ouvrir la bouche, et sur un ton de sarcasme à peine déguisé. Je vois que mes distingués rivaux sont également présents. »

Morgan sourit :

« Au nom de l'équilibre, dit-il en plaisantant. A ce propos...

« — Et pour voir un film sur votre merveilleuse Famille Royale, poursuivit Adekunlé imperturbable. Plein de délicatesse. Très exaltant.

— Eh bien, dit Morgan sur le ton de la confidence, entre vous et moi, le premier prétexte venu pour une petite sauterie, et si vous voyez ce que je veux dire.

— Des arrière-pensées. Je comprends maintenant. Vous êtes des gens retors, vous les diplomates. »

Il fit signe à un garçon qui passait avec un plateau de boissons et prit un jus d'orange. Morgan était affligé par l'accent hostile et sarcastique qui teintait encore la voix d'Adekunlé. Il décida d'être direct :

« Comment va la campagne électorale ? demanda-t-il, aussi innocemment qu'il le put. Bien, j'espère ? »

Adekunlé affecta la surprise :

« Ma campagne ? Pourquoi diable les Britanniques s'intéresseraient-ils à ma campagne ? Pourquoi ne demandez-vous pas à mes opposants, Mr. Leafy ? Je suis sûr qu'ils peuvent en juger les effets mieux que moi.

— Allons, Professeur, ne jouons pas les naïfs ! dit Morgan d'un air entendu. Je crois qu'il est de notoriété publique que le gouvernement britannique est naturellement très intéressé par l'issue des élections.

— *Très* intéressé ? »

Morgan jeta un coup d'œil autour de lui et prit à nouveau conscience du regard intense de Célia Adekunlé :

« Eh bien oui, je crois qu'on peut le dire.

— Intéressé jusqu'à quel point ?

— Une minute, Professeur, dit Morgan en hâte, réalisant que la conversation allait plus loin et plus vite qu'il ne l'avait prévu. Il nous est difficile de discuter de ces choses ici. »

Il lui adressa un sourire contraint.

« Je ne vois pas pourquoi, insista Adekunlé, obstiné. Si vous invitez les représentants des trois partis à une soirée telle que celle-ci, vous devez bien vous attendre à ce que la politique montre le bout de l'oreille, comme dit le proverbe. N'est-ce pas Célia ? »

Morgan ne put deviner s'il s'agissait d'une plaisanterie ou d'un propos sérieux.

« Elle se montre partout, dit Célia Adekunlé sèchement. Pourquoi faire une exception dans ce cas ? »

Morgan s'aperçut, alarmé, que Femi Robinson s'approchait d'eux.

« Le Commissaire Fanshawe a paru très intéressé lui aussi par ma campagne, poursuivit Adekunlé.

— Ah oui ? » dit Morgan avec autant d'indifférence qu'il en put feindre, tout en se disant que Fanshawe était un vieux con touche-à-tout. Il avait probablement mis Adekunlé en boule.

« Il vient de rentrer de congé, expliqua Morgan. Il se met probablement au courant.

— Vous ne l'avez donc pas mis vous-même ? »

Morgan sentait son nœud papillon se resserrer autour de son cou. Rien ne marchait comme prévu. Adekunlé se montrait super-agressif :

« Je crois que nous devrions changer de sujet de conversation, dit-il en regardant Célia Adekunlé avec un air engageant et un large sourire.

— J'ai l'impression que le film va commencer », dit-elle.

Morgan se retourna pour découvrir avec stupéfaction Fanshawe battant des mains et guidant les gens vers les rangées de sièges. Quel vieux con ! jura intérieurement Morgan. Fanshawe était censé attendre son signal : ne voyait-il pas qu'il était encore en conversation avec Adekunlé ?

Pendant ce temps Adekunlé avait déposé son jus d'orange intact sur le bar le plus proche :

« Enfin, dit-il en se frottant les mains, voici le beurre sur la tartine, comme on dit. Enchanté de vous avoir rencontré, Mr. Leafy. »

Il se dirigea vers les sièges, accompagné de sa femme. Morgan allait le suivre lorsqu'il se sentit tiré par la manche : il se retourna et vit Femi Robinson, le marxiste, dont le visage, semé de poils pubiens en guise de barbe, lui arrivait à l'épaule.

« Mr. Leafy ? dit-il, puis-je vous dire un mot ?

— Quoi ? » Il se demanda comment Robinson connaissait son nom. Il regarda derrière lui et vit qu'Adekunlé allait s'asseoir.

« Non ! » dit-il avec plus de violence qu'il n'en avait l'intention, en arrachant sa manche aux doigts crochus de Robinson. Il courut après Adekunlé :

« Professeur ! appela-t-il désespérément.

— Ah ! Mr. Leafy, encore vous. Toujours présent, où qu'on aille, non ?

— Je crois que ce serait une bonne chose si nous avions une conversation, dit Morgan à voix basse.

— Ah oui ? » fit Adekunlé, sceptique. Il se tourna vers sa femme : « Ça ira très bien ici, Célia. » Il revint à Morgan : « Une conversation, Mr. Leafy ? Que pourrions-nous donc avoir à discuter ? »

Il s'assit à côté de sa femme. Son siège était à l'extrémité d'une rangée, juste sur l'allée centrale. Morgan se rendit compte que la plupart des gens étaient maintenant assis.

« Eh bien, dit-il, nous pourrions parler intérêt, équilibre euh enfin de ce genre de choses. »

Adekunlé sourit, ses favoris en côtelette soulevés par ses pommettes saillantes :

« Non, Mr. Leafy, dit-il finalement. Je ne pense vraiment pas que ce soit là des sujets de conversation séduisants. Et d'ailleurs je crois que vous êtes devant le projecteur. »

Morgan se retourna. Jones qui supervisait la projection lui fit impatiemment signe de s'écarter. Fanshawe l'appela en lui montrant une chaise vide au premier rang entre Mrs. Fanshawe et Chef Magebun. Priscilla était trois places plus loin avec les enfants Jones. Il entendit alors soudain un vrombrissement et une lumière aveuglante le frappa de profil, projetant les détails de sa silhouette sur l'écran avec sa tête ronde et ses cheveux rares. Il y eut quelques sifflets joyeux et des cris : « baisse la tête ! ». Il se recroquevilla et remonta l'allée centrale en direction du projecteur. Il n'allait pour rien au monde s'asseoir pendant une heure et dix minutes aux côtés de Mrs. Fanshawe. Il se sentait frustré et furieux du tour qu'avait pris son entretien avec Adekunlé et son humeur ne fut pas améliorée par Jones qui siffla en passant : « Tu as fini de jouer au con, Morgan ?

— Ta gueule, espèce d'enflé gallois », jura Morgan dans sa barbe tout en feignant de ne pas l'avoir entendu. Il resta debout un moment derrière le dernier rang de chaises, regardant le générique se dérouler sur fond d'un immense écusson aux armes royales. Quel désastre, se dit-il songeant à sa conversation avec Adekunlé. Et quel cynique salaud de l'avoir fait marcher comme ça. Il avait honte de son ineptie, de son incapacité à même arranger une autre rencontre. Avait-il été trop subtil, se demanda-t-il, ou bien était-ce le contraire ? Il secoua la tête, découragé. Autant pour la diplomatie secrète, se dit-il, acerbe. Tous les invités avaient dû le voir courir derrière Adekunlé comme un vendeur collant et décidé à placer son boniment. Il grinça les dents de honte et d'embarras.

Il prit peu à peu conscience de présences, à ses côtés, dans l'obscurité. Sans bruit, les domestiques de la Commission s'étaient rassemblés et, fascinés, la bouche ouverte, leurs visages macabrement éclairés par les reflets de lumière, ils regardaient le film. Morgan reporta son attention sur l'écran. La Famille Royale se livrait aux joies d'un pique-nique, dans un décor écossais stéréotypé. On arborait des kilts, des tweeds ou des pulls de laine épais. Au second plan, un lac et, plus loin encore, des collines vert clair et des forêts de sapins. C'était un jour nuageux avec de petits morceaux de bleu intense entre les nuages chassés par un vent vif qui gonflait les kilts et faisait voler les cheveux sur les faces royales. Les jeunes princes gambadaient avec le naturel des enfants mais les plus vieux étaient terriblement conscients de la présence des cameramen et leur conversation — sotto voce — était insipide. Parfois fusait une remarque vaguement humoristique : « Trois saucisses ! Espèce de goinfre ! » sur quoi l'audience hurlait de rire.

Morgan regarda autour de lui. Les étoiles brillaient, les grillons chantaient, l'air était chaud et humide et les tenues de soirée des invités endimanchés paraissaient lourdes et inconfortables. Des myriades d'insectes tourbillonnaient dans le rayon du projecteur, renvoyant leurs ombres minuscules sur le paysage. Parfois une chauve-souris tombait en piqué sur cette danse d'insectes, solide masse sombre qui balayait les pique-niqueurs. L'incongruité de cette scène bizarre, surréaliste, était telle que Morgan sentit qu'elle devait avoir une signification spéciale pour lui mais il ne put rien y déchiffrer que cette incongruité même. De plus, pour lui, ce genre de juxtaposition était très dérangeant : il sentait presque la fraîcheur de l'air d'Écosse, la brise pure et vivifiante, et cette vision soudaine d'une Angleterre idyllique lui fichait le cafard en lui rappelant douloureusement l'endroit où il se trouvait à présent.

Lorsque l'action se transporta au Château de Windsor, Morgan fit demi-tour, sachant que Feltham était juste à côté. Accablé par l'échec et la déconvenue il repartit avec des pieds de plomb vers le bâtiment de la Commission. Il s'arrêta au bar en passant pour se servir un large whisky puis monta au premier étage. Sur le palier se trouvait une petite salle de bains équipée d'une baignoire, d'un lavabo et de W.C. car on avait aménagé, près des bureaux, un appartement pour les invités de marque. Morgan pissa puis s'assit, morose, sur le bord de la baignoire. Il revissa le robinet d'une vieille pomme de douche qui gouttait. L'esprit ailleurs, il tripota distraitement le rideau de plastique décoré d'un motif de poissons volants, bulles et algues. Un rideau assorti ornait la fenêtre. Morgan le tira et examina la pelouse. L'écran s'embrasait de reflets chatoyants comme un joyau dans la nuit très bleue. La foule fascinée des domestiques s'était grossie des familles venues silencieusement des habitations voisines. Il vit le dessin rouge et bleu d'une parade et entendit le lointain accompagnement métallique de la musique militaire. Il vida son verre et le reposa. La scène lui donnait envie de pleurer sans qu'il sût pourquoi.

Il s'aspergea le visage et rajusta sa cravate. Il s'arrêta un instant sur le palier en se demandant comment il allait décrire à Fanshawe les événements de la soirée puis redescendit lentement les escaliers.

Il atteignait la dernière marche quand une voix de femme dit :

« Oh ! Hello ! »

Il sursauta inquiet, s'étant cru absolument seul. Il regarda autour de lui et aperçut Mrs. Adekunlé debout dans l'ombre du vaste hall d'entrée, son turban défait à la main.

« Hello, répliqua-t-il. Vous n'avez pas pu supporter le film, vous non plus ?

— Ça me donne le mal du pays », dit-elle en sortant de l'ombre.

Il vit qu'elle avait des cheveux blondasses, peu épais et mous, et un bronzage prononcé qu'il n'avait pas remarqué dehors.

Elle montra son foulard :

« Il était en train de se défaire. Et j'avais envie d'aller au petit coin. »

Elle ouvrit un sac — visiblement coûteux — et sortit un paquet de cigarettes :

« Vous fumez ? proposa-t-elle.

— Non merci, dit Morgan. J'ai cessé.

— Mmm, fit Célia Adekunlé, avec admiration tout en allumant sa cigarette. Où est-ce ?

— Pardon ?

— Le petit coin.

— Oh ! Officiellement au bout de ce corridor. Mais pourquoi ne montez-vous pas au premier ? Il y en a un privé là-haut, un peu plus luxueux, deuxième porte à gauche sur le palier.

— Oh ! quel honneur ! Merci. »

Elle se dirigea vers l'escalier.

« Il vaut mieux que je vous prévienne, dit-il. Je ne sais pas pourquoi, il ferme seulement de l'extérieur. Il faut vous racler la gorge très fort toutes les cinq secondes ou bien siffloter un petit air si vous ne voulez pas être dérangée.

— Merci ! dit-elle en riant. Mais je crois que tout le monde est bien trop captivé là-bas. »

Morgan regarda sa montre :

« Encore vingt minutes. Je crois que je vais me dispenser de la suite.

— Ce n'est pas très patriotique de votre part.

— De la vôtre non plus, après tout.

— Ah ! mais je ne suis plus britannique, je suis kinjanjaise, dit-elle avec un petit sourire pas gai.

— Oh ! je vois, Alors je suis seul coupable.

— Que faites-vous exactement ? demanda-t-elle. Ici, à la Commission ? »

Elle avait l'air si intéressée qu'il le lui expliqua :

« C'est plutôt de la routine dans un patelin comme celui-ci. Simplement une présence requise en cas de problème. Mais je m'occupe surtout de l'Immigration : examiner les demandes de visas, les délivrer, tenir les dossiers à jour, ce genre de choses. Incroyable le nombre de gens, même dans un endroit comme Nkongsamba, qui veulent se rendre en Angleterre. Ça fait beaucoup de paperasse. Pas une vie très palpitante, à part des soirées comme celle-ci. »

Il fit un geste en direction de la pelouse mais elle ignora le ton ironique.

« Je vois, dit-elle. Ainsi c'est vous qui décidez qui part ?

— C'est à peu près ça.

— Bien, fit-elle gaiement. Je vais aller pratiquer mes talents de siffleur. » Elle prit l'escalier : « Deuxième porte à gauche ?

— C'est ça ! lança-t-il. Je monterai la garde ici, si vous voulez.

— Mon Dieu ! Que de privilèges ! »

Morgan l'entendit traverser le palier, puis ouvrir et refermer la porte. Elle semblait gentille, se dit-il, et il se demanda ce que c'était pour elle qu'être mariée à Adekunlé. Il fit les cent pas dans le hall tout en essayant de ne pas l'imaginer en train de faire pipi mais découvrant, vaguement dégoûté de lui-même, qu'il ne pouvait s'en empêcher. Il fut content d'entendre le bruit de la chasse d'eau.

Elle redescendit peu après, en rajustant un bout de son turban reconstitué.

« Très joli, dit-il. Le costume. »

Il la trouvait ridicule là-dedans.

« Bien aimable à vous de le remarquer, répliqua-t-elle sèchement et visiblement sans le croire. Sam m'oblige à le porter dans ces soirées officielles depuis qu'il s'occupe de politique, bien que je me sente toujours un peu à côté de la plaque dans tout ça. Je trouve qu'il faut avoir la peau noire pour ce style-là. Moi j'ai l'air chétif et fadasse.

— Je trouve ça joli, insista-t-il, pas très convaincant.

— Vous êtes très aimable », dit-elle avec une nuance de cynisme qui rappelait celui de son époux.

Au même instant, des applaudissements bruyants et prolongés leur parvinrent du jardin :

« On dirait que vous avez raté la fin, dit-il.

— Oui, il vaut mieux que j'aille retrouver Sam. »

Elle avait l'air d'avoir un peu perdu de son assurance :

« Ecoutez, dit-elle tout à coup, vous tenez vraiment à lui parler ? »

Morgan se troubla :

« Eh bien... Oui, en fait. Je pense que je préférerais... pas officiellement, vous comprenez. » Il sourit un peu penaud : « Il n'avait pas l'air très chaud.

— Il n'était pas chez lui. Il est toujours plus... difficile dans ce cas-là. Voilà pourquoi vous devriez venir à son anniversaire.

— Son anniversaire ?

— Oui, la semaine prochaine. Vendredi, à l'Hôtel de l'Exécutif. » Elle prononça le nom avec soin, consciente de sa prétention. « Vous connaissez ? »

Morgan fit signe que oui.

« C'est sur la route d'ici en allant en ville.

— Bien, dit-elle. Je vous enverrai un carton. Vous serez mon invité.

— Vous êtes sûre que ça ne le contrariera pas ? demanda Morgan. Je veux dire, je n'aurai pas l'air d'un intrus ou de je ne sais quoi ? Dois-je apporter un cadeau ? »

Elle éclata de rire :

« Non, non. Il y aura près de trois cents personnes. Mais ne vous en faites pas. Je lui dirai que vous êtes là. Écoutez, il faut que je m'en aille. »

Morgan ressentit un mélange de soulagement et de reconnaissance :

« C'est incroyablement aimable à vous, Mrs. Adekunlé. Je suis vraiment votre débiteur. Vraiment.

— Pas du tout, dit-elle. A vendredi. »

5

Les membres de la Commission saluèrent de la main la
dernière voiture en partance. Morgan était debout sur les
marches à côté de Jones et de Fanshawe ; derrière eux,
rassemblés comme pour une photo, se trouvaient
Mrs. Fanshawe, Priscilla, Mrs. Jones, les enfants et un
autre couple d'expatriés que Morgan ne reconnut pas. Il
jeta un coup d'œil à sa montre : dix heures passées. Il
devait aller chercher Hazel à onze heures.

« Gros succès, affirma Jones, son accent gallois sonnant
plus fort que jamais aux oreilles de Morgan. Merveilleux
film, j'ai trouvé, merveilleux. Tellement... tellement
relax, non ? Comme on les imagine, voyez-vous, tels qu'ils
doivent être réellement derrière la façade... Pareil. »

Fanshawe grommela une approbation distraite. Morgan
se tut, il pensait à Hazel maintenant que Célia Adekunlé
avait résolu son problème le plus pressant. Jones s'éloigna
à la recherche de commentaires plus enthousiastes.

« Comment ça s'est passé pour vous ? demanda immédiatement Fanshawe, tirant brutalement Morgan de sa
rêverie érotique. J'ai essayé de le sonder un peu moi-
même. Pas commode le gars, je trouve, dit-il avec
rancune. Étonnamment... comment dire, sophistiqué. Un
monsieur très sûr de lui. » Il fit une pause. « Alors,
comment ça s'est passé ? »

Morgan examina ses ongles :

« Oh ! pas mal », dit-il modestement, tirant le maximum d'effet de son coup de veine, « il m'a invité à une soirée qu'il donne vendredi prochain — son anniversaire en fait. »

Le visage de Fanshawe s'illumina de surprise ravie.

« Mais c'est absolument formidable, Morgan. Formidable. Énorme progrès ! Et où se donne la soirée ?

— A l'Hôtel de l'Exécutif, en ville.

— Splendide ! Dans l'antre du lion, hein ? Comment a-t-il réagi à vos avances ?

— C'est un type méfiant, dit Morgan, évasif. Je me suis contenté de le sonder, à dire vrai. Il paraît... approchable en tout cas.

— Ça marche bien, dit Fanshawe. Du bon boulot, ça valait la peine d'organiser tout cela. » Il regarda autour de lui : « Vous connaissez les Wagner ? demanda-t-il en désignant le couple inconnu de Morgan. Il est au Consulat américain dans la capitale. Venez que je vous présente. On rentre tous à la maison prendre un verre.

— Oh ! vous m'excuserez, si ça ne vous fait rien, Arthur. La journée a été longue.

— Bon, bon. Comme vous voudrez. »

Ils rejoignirent le groupe rassemblé autour de la porte d'entrée et Morgan fut présenté aux Wagner — le W ne se prononçait pas comme un V. Errol et Nancy Wagner avaient, semblait-il, énormément aimé le film.

Mrs. Fanshawe se tourna vers Morgan au moment où il ouvrait la bouche pour s'adresser à Priscilla et lui sourit — mais simplement du bout des lèvres. Ses yeux demeuraient soupçonneux et inquisiteurs.

« Vous vous joindrez bien à nous pour un verre, Morgan ? demanda-t-elle sans beaucoup de conviction.

— Non, je crains que...

— Dommage. Tant pis. »

Elle revint aux autres :

« Allons, venez tout le monde, on y va Géraldine ? Les
enfants vont bien ? »

Le groupe s'éloigna, laissant Morgan seul avec Priscilla.
Elle avait déjà un commencement de bronzage qui faisait
ressortir sa robe droite sans manches blanche et verte et ses
sandales blanches. Sentant qu'elle était un peu mécontente
d'avoir été négligée, Morgan entama des excuses :

« Je suis désolé, Priscilla, dit-il, mais il s'agissait de faire
officieusement la cour à un dignitaire local.

— Eh bien ça n'a pas été très drôle pour moi ! »

Il lorgna le reste du groupe déjà invisible dans l'obscurité et posa un baiser fraternel sur la joue de Priscilla :

« Pas très marrant pour moi non plus, dit-il avec
reproche. J'aurais préféré être avec toi. »

Elle avait l'air très désirable ce soir, pensa-t-il, si
seulement elle se débarrassait de cette expression boudeuse et frustrée.

« Mais pourquoi ne viens-tu pas avec nous maintenant ?
Franchement, Morgie, je ne t'ai pas vu de la journée ! »

Il sentit chaque muscle, chaque tendon, chaque fibre de
son être se contracter sous l'effet du révoltant diminutif
dont elle l'affublait depuis peu. Avait-il de loin ou de près
la tête d'un Morgie ? se demanda-t-il avec l'envie de vomir.
Où diable avait-elle été chercher ça ? Personne ne l'avait
jamais appelé ainsi. Il fit un effort pour se maîtriser et
essaya d'inventer une bonne excuse : il réfléchit un
moment.

« Écoute, dit-il, tu aimerais aller à la pêche, la semaine
prochaine ? Toute la journée. Avec un pique-nique et tout
le bataclan, improvisa-t-il en hâte, remerciant silencieusement la Famille Royale de son inspiration.

— A la pêche ?

— Oui. C'est très amusant. J'y ai déjà été une ou deux
fois. Un endroit à cent kilomètres d'ici. Olokomeji, ça
s'appelle.

— Bon, d'accord. » Elle réfléchit : « Ça paraît tentant.

— Épatant, s'exclama Morgan, grandement soulagé.
Ne t'en fais pas. J'arrange tout. »

Il posa les mains sur ses épaules :

« A demain peut-être. Je suis vraiment crevé. Pardon »,
s'excusa-t-il encore.

Il l'embrassa sur les lèvres, laissant les siennes s'attarder
un peu, mais il sentit que rien de plus passionné ne
s'ensuivrait. Il en tira la conclusion que, selon les règles du
jeu qui était le leur, sa conduite avait été moins que
satisfaisante ce soir — encore que la perspective de la
partie de pêche l'eût un peu radoucie — et qu'il aurait à
subir sa punition comme un homme.

6.

La route d'Olokomeji, à travers l'épaisse forêt tropicale, était tranquille. Ils étaient partis tôt, vers sept heures du matin, car la rivière était à deux heures et demie de voiture de Nkongsamba. De temps en temps ils passaient devant la poignée de cases en boue séchée et d'éventaires en bordure de la route qui marquait un village. Les regards fascinés qu'attiraient Morgan et Priscilla en disaient long sur la curiosité dont bénéficiaient encore les blancs dès qu'on quittait les artères et les villes principales. Morgan avait fait préparer par Moïse un pique-nique de poulet froid et de sandwiches. Il avait aussi rempli un sac isolant de bouteilles de bière glacée. Ils s'arrêtèrent dans l'un des plus gros villages pour acheter des fruits : un ananas, des oranges et des bananes. Priscilla se déclara enchantée par la nature primitive de l'environnement, mais son manque d'entrain semblait la contredire tandis qu'elle regardait sans réagir les gosses tout nus, les femmes qui pilaient le manioc dans les écuelles de bois et les vieilles mamas à la poitrine flasque qui débitaient habilement la canne à sucre. Priscilla portait une robe à pois rouges fermée sur le devant par de gros boutons blancs. Ses lunettes dissimulaient des cernes sombres sous ses yeux.

A l'approche du grand pont sur la rivière, point de repère du coin de pêche, Morgan redoubla d'attention pour ne pas manquer le tournant du chemin isolé qui les emmènerait au fond de la gorge. Il ne le vit qu'au dernier moment et dut revenir en arrière. C'était une piste de latérite qui descendait en pente douce, au flanc de la colline très boisée, jusqu'à une petite clairière. Il arrêta là la voiture et descendit. Les grands arbres au tronc clair s'élançaient vers le ciel, cachant le soleil. Oiseaux et insectes faisaient un surprenant raffut. Un sentier bien tracé menait aux lieux de pêche.

« Aaah-ouah-ouah-ouah ! se mit à hurler Morgan en se frappant la poitrine puis ajoutant d'une voix profonde : Moi, Jane ! »

Ça n'était pas follement drôle, chaque taillis provoquant la même démonstration mais, comme prévu, cela fit glousser Priscilla :

« Tu es un gros bêta », dit-elle.

Ça va mieux, pensa-t-il, elle avait besoin de se remonter un peu, elle ne s'était probablement pas levée aussi tôt depuis des années. Ils déchargèrent le matériel de pique-nique et les cannes à pêche et descendirent vers la rivière. A leur droite, à deux cents mètres en amont, à demi cachées par un coude de la rivière, s'élevaient les grandes arches du pont. Le cours d'eau était large d'une cinquantaine de mètres et de couleur café au lait. A dix ou quinze mètres de l'endroit où ils se trouvaient, affleuraient quelques roches derrière lesquelles, dans des trous profonds, se cachaient les perches du Niger. La rive opposée remontait en une sorte de falaise assez raide dont les éboulis et les cavernes abritaient des colonies de babouins. Le plus grand calme régnait : un ciel bleu délavé et une eau paresseuse au point d'en paraître immobile.

« Spectaculaire, hein ?, commenta Morgan, sur un ton satisfait de propriétaire. Un véritable décor d'*Au Cœur de la Nuit*, tu ne trouves pas ?

— Qu'est-ce que c'est que ça ?

— *Au Cœur de...* Rien. Aucune importance.

— Tu es sûr qu'on peut nager là-dedans ? demanda Priscilla. Ça a l'air sale.

— Bien sûr, dit Morgan en la prenant par les épaules et lui posant un baiser sur la joue. Je veux dire, bien sûr qu'on peut y nager. Allez, donne-moi un coup de main pour étaler ce tapis. »

Ils étendirent la toile sur l'étroite bande de sable gris sale de la berge. Morgan ouvrit une bouteille de bière, la porta à ses lèvres et en but une longue gorgée :

« Bon ! dit-il. Aux maillots de bain ! »

Il avait décidé que cette étape servirait d'indicateur au déroulement du reste de la journée, tout en marquant le degré d'intimité qu'avaient atteint ses rapports avec Priscilla. Dans le cas de sa précédente partenaire à cet endroit même — le Rubens moustachu épouse du vendeur de Fiat — le côté primitif du décor l'avait inspirée au point qu'elle s'était débarrassée de tous ses vêtements : elle et Morgan avaient folâtré, pêché et baisé comme les deux grassouillets survivants d'un holocauste nucléaire. Mais, en dépit de leur noble sauvagerie spontanée, il avait eu le sentiment que leurs corps mous trop bichonnés, leur peau tendre, leur Gancia frappé et leurs gobelets en papier en faisaient des anachronismes criants au sein de ce paysage agreste et primitif.

Il ne s'attendait pas à une telle métamorphose de la part de Priscilla, mais il avait néanmoins espéré qu'ils n'auraient pas à observer les traditionnelles conventions de la modestie pour enfiler leurs maillots. Aussi fut-il considérablement déçu lorsque Priscilla déboutonna sa robe et s'en débarrassa pour révéler un costume de bain déjà en place : un ensemble bleu marine montant jusqu'au cou, avec, se dessinant sous le nylon autour du buste, une armature compliquée de baleines en plastique : un maillot de type championne de natation de pensionnat.

Un peu déconcerté et perdant soudain sa ferveur naturiste de l'instant précédent, Morgan se drapa une serviette autour de la taille et, non sans difficultés, ôta son slip puis enfila son caleçon de bain, une paire d'amples boxer-shorts à dessins psychédéliques, importés des États-Unis et dont il avait fait l'emplette aux Grands Magasins Kingsway locaux. Ils couvraient complètement ses cuisses et, avait-il raisonné, les étonnantes volutes de couleurs distrairaient l'attention de ses bourrelets de graisse.

« Bonté divine ! » ne sut que dire Priscilla quand il ôta la serviette d'un geste théâtral. Elle n'avait pas l'air d'humeur folâtre : il se mit donc à monter puis à amorcer les lignes avec des vers gros comme le doigt, extraits par Vendredi le matin même du tas de fumier du jardin. Un magma pourpre et des caillots de matière purulente recouvrirent bientôt ses doigts tandis qu'il nouait et embrochait les vers sur de larges hameçons. Priscilla détourna la tête : ça lui donnait mal au cœur, dit-elle. Elle était décidément mal lunée aujourd'hui. Ils barbotèrent jusqu'à la barrière rocheuse : l'eau était presque à la température d'un bain et le lit de la rivière vomissait de la boue. Priscilla étala sa serviette sur un large rocher plat et Morgan repartit en pataugeant chercher la bière. Cela fait, il lança la ligne de Priscilla à l'eau et la coinça entre deux cailloux près de sa tête.

« Tu es là pour pêcher, lui reprocha-t-il, moqueur, pas pour te bronzer. Tu peux prendre des bains de soleil n'importe quand au club !

— Oh ! ne sois pas casse-pieds, dit-elle, étendue à plat sur le dos, les yeux clos, les bras le long du corps, les paumes retournées. C'est si bon ! »

Morgan esquissa quelques pas de danse rageurs sur son rocher, et lui fit les cornes tout en formulant de silencieuses imprécations : elle n'était pas censée se conduire ainsi. Mais enfin, il y avait tout le temps, on n'était qu'à la moitié de la matinée. Olokoméji avait toujours un effet calmant sur lui. Le soleil tapait dur, une voiture vrombissait sur le pont, le flotteur de sa ligne se promenait tranquillement à la surface de l'eau. Il avala une énorme gorgée de bière, à s'étouffer : le liquide amer et glacé dégoulina le long de son gosier et le contentement s'infiltra dans ses veines en même temps que l'alcool.

Deux heures plus tard, la rivière et ses berges voguaient dans un brouillard éthylique. Morgan s'était coiffé d'un vieux chapeau de brousse et avait drapé une chemise sur ses épaules pour se protéger de la chaleur, plus intense à mesure que le soleil montait. Il avait relancé sa ligne à plusieurs reprises mais le ver d'origine était toujours sur l'hameçon. Il allait suggérer le déjeuner et une sieste quand Priscilla s'exclama, sans ouvrir les yeux :

« Qu'est-ce que c'est que ce raffut ? C'est toi Morgan ? »

Il se pencha et vit la canne de Priscilla sauter et trembler de rage spasmodique, la fibre de verre fouetter et se tordre comme soudain animée. Il se précipita :

« Merde ! Nom d'un chien ! Tu as un poisson ! » cria-t-il, saisissant la canne qui se cabra et résista tandis qu'il remontait vigoureusement la ligne. Priscilla, à côté de lui, regardait fascinée.

« Merde... c'est... c'est un très... un gros », grogna-t-il étonné. Il n'avait jamais attrapé un poisson à Olokoméji.

Le poisson fut bientôt ramené dans les hauts fonds autour des rochers. Morgan fourra la ligne dans les mains de Priscilla et se jeta à l'eau. Prenant plusieurs tours de la ligne autour de sa main, il souleva le poisson frétillant : une perche du Niger qui faisait bien dans les trois kilos, une solide masse gris sombre avec une tête carrée. Morgan la hissa sur la partie plate de la roche où l'animal se mit à frapper de grands coups de queue la surface chaude. Son unique œil visible les fixait d'un air hostile.

« Tu ne devrais pas le tuer ? suggéra Priscilla. Tu ne peux le laisser rôtir et, enfin, crever comme ça. »

Morgan en convint. Le seul ennui était qu'il n'avait jamais attrapé un poisson de ce gabarit — deux pieds de long et fort lourd — et n'avait jamais réfléchi à la meilleure méthode d'en abréger le martyre. Il se demanda vaguement si les pêcheurs à succès transportaient à cet effet des revolvers ou des assommoirs électroniques.

Il pressa sa paume sur la chose gluante et, de sa main libre, arracha l'hameçon de la bouche. Cette nouvelle souffrance provoqua un renouvellement des efforts de l'animal qui recommença à se débattre dans tous les sens sur le rocher.

« Ne le laisse pas retomber à l'eau », piailla Priscilla.

Morgan attrapa la perche des deux mains mais la corpulence de l'animal était telle que ses doigts ne pouvaient pas se rejoindre : c'était comme tenir un morceau de chair musclée détaché d'une cuisse encore palpitante de vie. Les poissons qu'il avait pêchés dans le passé ne lui avaient pas posé de problèmes : la queue entre l'index et le pouce, et la tête lancée contre une pierre voisine. Il se dit qu'il essaierait une variante de cette méthode et, serrant toujours le poisson épuisé, il s'agenouilla près d'une saillie de la roche.

« Vite ! hurla Priscilla. Arrête le martyre de cette pauvre bête ! »

Plus vite dit que fait, espèce de connasse, jura Morgan in petto en essayant de frapper la tête de l'animal contre la pierre. Dans un effort suprême, le poisson se tordit, échappa aux mains de Morgan avec un saut périlleux et tomba du bord de la roche sur un banc de sable qui séparait deux formations rocheuses.

Jurant horriblement, Morgan sauta à sa poursuite et saisit pour la dernière fois le poisson agonisant :

« Tiens, enfant de pute, ricana-t-il les dents serrées, prends ça ! » et il lança la partie supérieure de l'animal contre la paroi du rocher. Une, deux, trois fois. Des bouts de chair et du sang éclaboussèrent ses avant-bras et très vite le poisson devint inerte et mou.

« Tu ne l'as pas abîmé, non ? » demanda Priscilla d'une voix tremblante.

Morgan leva les yeux : elle était debout au bord du rocher au-dessus de lui. Il retourna le poisson : un œil de poupée pendouillait de la pulpe à quoi il avait réduit la tête. Des écailles argentées scintillaient sur la roche.

« Non, dit-il. Ça ira. »

Il se releva, du sable humide collé aux jambes et les doigts couverts de sang de poisson dégoulinant en minces filets le long des bras. Il sauta avec l'agilité dont il était capable sur la surface plate du rocher :

« Tiens ! dit-il, la voix rauque et la poitrine haletante après l'effort, ton poisson ! »

Morgan et Priscilla déjeunèrent dans un silence contraint. Elle paraissait subjuguée tandis qu'il mordait à pleines dents, avec un appétit sauvage, dans une cuisse de poulet. L'esprit de Morgan galopait en exultant. Merde ! se dit-il, jamais D. H. Lawrence n'aurait pu inventer ou mettre plus habilement en scène cet épisode : la violence, le sang, le mâle agressif, la femelle admirative — l'air lui-même vibrait d'animalité pure. D'ailleurs, pensa Morgan tout à coup, si D. H. L. avait un tant soit peu raison, Priscilla devait désormais tomber comme un fruit mûr.

Elle s'étendit sur sa serviette :

« Ouille ! » cria-t-elle presque immédiatement.

Elle se rassit et tordit le cou pour regarder sous elle. Morgan aperçut une grosse fourmi noire tituber, assommée, sur le tissu éponge :

« Voilà ton coupable », dit-il et il regarda Priscilla écraser la fourmi sous le talon de sa sandale. Génial ! pensa-t-il, nous avons tous les deux commis un meurtre !

« Zut ! ça m'a fait mal », se plaignit-elle en lui montrant son dos. Il vit une morsure, une rougeur de la taille d'une pièce de monnaie juste à gauche, en haut de la colonne vertébrale. Il y posa ses lèvres et suça tendrement l'enflure :

« Voilà », dit-il et il la prit dans ses bras. Ils s'embrassèrent et il la recoucha sur la serviette. Il se pencha sur son coude pour la contempler. Il écarta tendrement sa frange de ses doigts et l'embrassa de nouveau avec une consciencieuse démonstration d'abandon passionné. Après quelques minutes Morgan s'arrêta et reprit sa position d'appui sur son coude. Il entreprit de faire glisser la bretelle du maillot de Priscilla le long de l'épaule.

« Tu sais, dit-il avec ce qu'il estima le ton juste d'un reproche à un enfant, je suis en train de m'attacher dangereusement à toi. »

Priscilla demeurait étendue, les lèvres légèrement écartées. Peut-être avait-elle bu trop de bière, conjectura Morgan, d'où sa passivité. Elle lui passa la main dans les cheveux. Il aurait préféré qu'elle s'abstînt.

« Pourquoi dangereusement ? » demanda-t-elle taquine.

Morgan fit glisser l'autre bretelle aussi bas qu'il le put et se baissa pour embrasser l'omoplate :

« Parce que, dit-il la regardant avec gravité et rassemblant tout son courage, je crois que je suis en train de tomber amoureux de toi.

— Oh ! Morgan ! » soupira-t-elle en lui passant les bras autour du cou pour se redresser et pouvoir l'embrasser. Il en profita pour agripper le dos du maillot de bain et le tirer vers le bas. Il sentit la fraîcheur d'un sein contre sa poitrine. Il la recoucha sur la serviette. Un petit téton rose pâle se montra au-dessus du nylon bleu marine. Il dégagea le second avec soin et fit glisser les bras de Priscilla sous les bretelles comme s'il déshabillait un enfant. Ses seins coniques étaient incroyablement fermes, jeunes, dressés tout droits sur sa poitrine. Un défi aux lois de la gravité. Morgan les embrassa avec révérence : ils étaient froids et pailletés de minuscules grains de sable. Priscilla ne bougeait plus, un regard d'incertitude sur le visage et les épaules recroquevillées comme si elle n'était plus très sûre de savoir comment elle s'était retrouvée dans cette position.

Morgan s'agenouilla près d'elle :

« Tu es très belle », dit-il avec l'accent d'admiration approprié. Il dénoua les cordons de son caleçon de bain, se mit debout et passa les pouces sous sa ceinture : « Très belle », répéta-t-il, faisant glisser le maillot tout en notant que Priscilla n'avait pas bougé. Il avait son caleçon à mi-fesses quand Priscilla s'écria soudain :

« Morgan, pour l'amour du ciel, que fais-tu ? »

Il remonta son maillot et se laissa retomber près d'elle. Il lui embrassa le visage et le cou. Quel idiot de se tromper de séquence !

« Pardon, mon amour », dit-il glissant la main sous son maillot à elle, à présent en tire-bouchon autour de sa taille. Elle releva les genoux en un geste de protection :

« Non, Morgan, non je t'en prie.

— Mais, pourquoi, ma chérie ? Je t'aime, je te l'ai dit. » Il essaya de ne pas prendre un ton geignard. Priscilla s'assit et releva son maillot sur ses seins. Morgan la fixait, totalement incrédule. Elle lui sourit tristement et appuya son front contre le sien. Elle lui embrassa le nez :

« Je sais que tu m'aimes, Morgan, dit-elle avec une assurance qu'il trouva irritante. Mais je ne peux pas. Pas aujourd'hui. Tu ~~~ ~ouvais pas dev~~~~, ~ ~ ? Je suis indisposée. »

Ils rentrèrent à Nkongsamba beaucoup plus tôt que prévu. Avant d'arriver à la Commission, Priscilla lui demanda de s'arrêter sur le bord de la route. Elle prit sa main dans les siennes :

« J'ai passé une journée délicieuse, dit-elle. Tu as été si gentil. Je suis désolée...

— Mais non c'est moi qui suis désolé », l'interrompit-il. Il était sincère. « Stupide de ma part. Incroyablement. »

Ils en restèrent là et se turent. Morgan se sentait vaguement nauséeux comme s'il avait avalé un énorme thé avec des gâteaux à la crème ou bien cinq barres de chocolat.

« Mor ? » dit-elle.

Mords quoi ? se demanda-t-il, jusqu'à ce qu'il réalise avec une nouvelle attaque de nausée que son nom avait été encore réduit.

« Oui ?

— Tu étais... tu étais sincère dans ce que tu m'as dit ?

— A quel sujet ?

— Au mien... ce que tu ressentais. »

Il se pencha pour l'embrasser :

« Bien sûr », dit-il très vite.

Elle se serra un instant très fort contre lui :

« Oh ! tu vas me manquer, dit-elle avec ferveur.

— Te manquer ? demanda-t-il. Mais où diable... mais où vas-tu ?

— Je ne t'ai pas dit ? J'avais l'intention de le faire. Maman et moi allons chez les Wagner pendant quelques jours. » Elle lui serra le bras : « Mais je reviendrai vite. »

Elle l'embrassa sur la joue et ouvrit la portière :

« Ce n'est pas la peine que tu rentres. »

Elle sortit, referma la portière et lui jeta, du bout des doigts, un baiser par la vitre ouverte :

« A dans quelques jours ! »

Morgan saisit sur la banquette arrière un paquet enveloppé de papier journal trempé :

« Tiens ! dit-il — il s'efforça d'effacer toute amertume de sa voix — n'oublie pas ton poisson ! »

Il fit demi-tour et repartit directement en ville, à l'hôtel où vivait présentement Hazel. Il appuya cinq bonnes minutes sur son avertisseur avant que le propriétaire n'émerge pour découvrir la raison de ce boucan.

« Hazel ? s'enquit Morgan. J'attends Hazel. »

Le propriétaire écarta les bras :

« Désolé, missié, dit-il compatissant. Elle pas là. Elle pas rentrer la nuit dernière. »

C'est alors que Morgan décida qu'il lui fallait trouver un appartement pour Hazel.

7.

L'invitation de Célia Adekunlé arriva comme promis et Morgan et Fanshawe discutèrent en détail de la soirée à venir. Afin d'attirer Adekunlé hors d'une neutralité qui paraissait solidement établie, Morgan avait insisté pour disposer d'autres appâts que la bienveillance de la Grande-Bretagne.

« Ce n'est vraiment pas suffisant de lui dire que nous souhaitons sa victoire, répéta-t-il le vendredi matin avant la réception. Il nous faut autre chose pour établir une alliance ferme.

— C'est vrai, dit Fanshawe, mais nous ne voulons pas que l'homme prenne notre appui comme allant de soi.

— Non, acquiesça Morgan prudent.

— Mais bien plutôt qu'il nous soit reconnaissant de ce soutien précoce. Qu'il se sente endetté à notre égard.

— Oui… enfin je ne suis pas si sûr. »

Ce n'était pas la première fois que Morgan se demandait si Fanshawe et lui étaient sur la même longueur d'ondes.

« J'ai eu la capitale au bout du fil ce matin, dit Fanshawe. Ils sont très contents de la tournure des événements. Très contents. Le PNK apparaît de plus en plus comme le favori des élections et ils veulent que nous allions de l'avant. Ils voudraient faire venir Adekunlé à Londres.

— À Londres ?

— Oui, un peu avant les élections. Mais seulement lorsque nous serons sûrs de son attitude.

— Je ne sais pas si nous... commença Morgan, dubitatif.

— Ne dites pas de sottises ! » Fanshawe balaya d'un geste toutes ses réserves. « Tenez, attendez : offrez-lui cela comme une sorte de récompense : par exemple un ticket d'avion de première classe et deux ou trois nuits au Claridge. Ça devrait le mettre au pas », dit-il plein de confiance.

Morgan se demanda s'il parlait du même Adekunlé. La diplomatie de Fanshawe appartenait à un autre âge, les tickets d'avion et les séjours à l'hôtel devenus la version modernisée des perles de pacotille et des couvertures.

Le visage de Morgan reflétait son scepticisme.

« Allons courage ! dit Fanshawe. Nous accordons pratiquement une reconnaissance officielle au PNK avant même qu'il n'ait obtenu un vote. Il ne peut pas refuser cela. En fait, mon vieux, il devrait venir vous manger dans la main ! »

On s'était donc ainsi mis d'accord. En témoignage de sa bonne volonté — après que son attitude pro-britannique aurait été confirmée — Adekunlé prendrait l'avion pour Londres aux frais de la Reine. Morgan n'était pas très satisfait de cette manœuvre qui lui semblait un peu trop simpliste et, ce soir-là, en se rendant en ville, il était dans un état de considérable nervosité. Fanshawe s'attendait à des merveilles mais Morgan, pour sa part, se disait qu'Adekunlé pourrait tout aussi bien le virer comme un intrus.

L'Hôtel de l'Exécutif était un bloc d'immeubles en béton de quatre étages, en forme de L, construit derrière un haut mur, en retrait de la route.

A l'extérieur, des quantités de voitures étaient garées le long des trottoirs, et Morgan fut contraint de remonter la rue sur plusieurs centaines de mètres avant de trouver une place. A sa surprise, le parc de l'hôtel était presque désert. Seuls quelques jeunes oisifs traînaient autour des guéridons de fer mais, venant de derrière les bâtiments, il entendit des bruits de musique syncopée et un brouhaha de conversations. Dans le hall il montra son invitation à une fille assise à une table, qui lui désigna un couloir obscur. Il l'emprunta et sortit sur une grande cour en L, fermée par une sorte de galerie surélevée. Il se trouvait à l'angle du L : à sa gauche, un orchestre et devant, une piste de danse en ciment. Tout autour, des tables et des chaises avaient été disposées et, en face de l'orchestre, sur la galerie, on avait installé un long bar en bambou. Outre les éclairages sur les murs de l'hôtel, des guirlandes d'ampoules multicolores couraient autour du patio.

C'était bourré de monde. Morgan aperçut quelques visages pâles mais la plupart des invités étaient des Noirs vêtus du costume national aux couleurs vibrantes. Il se fraya timidement un chemin jusqu'au bar. Au-dessus de l'orchestre s'étalait une large banderole avec « JOYEUX ANNIVERSAIRE SAM » et une autre qui proclamait en dessous : « ACTION AUJOURD'HUI : VOTEZ PNK. VOTEZ SAM ADEKUNLÉ. » Il eut beau chercher, Morgan ne vit pas signe de l'homme en question ni de son épouse. Multipliée par les projecteurs, la chaleur était intense et le bruit au-delà du tolérable. L'orchestre claironnait de la musique stridente propre à stopper toute conversation mais pourtant les bavardages continuaient bon train sur un ton encore plus aigu. Morgan commanda une bière et son argent fut refusé d'un geste large. Boisson gratuite pour tout ce populo ! se dit-il impressionné : Adekunlé était bien généreux. Il sirota sa bière et examina la foule. Il repéra quelques faces familières : le maire de Nkongsamba d'abord, Ola Dunyodi — l'auteur dramatique le plus célèbre du Kinjanja — ensuite, et divers collègues d'Adekunlé à l'Université. La scène rappelait tout à fait celle d'une campagne électorale américaine, pensa Morgan, jusques et y compris les putes : un certain nombre de filles, nippées à la dernière mode européenne, énormes perruques laquées et bijoux coûteux, rôdaient autour du bar. Probablement importées de la capitale, se dit Morgan : elles avaient l'air trop à la page pour venir de Nkongsamba.

Quelqu'un lui toucha le coude : c'était Georg Muller, le propriétaire de la scierie et le Chargé d'Affaires d'Allemagne de l'Ouest. Il avait dans les cinquante ans, un visage ridé, usé. Il avait parfois l'air malade aussi, mais ce soir simplement fatigué. Il avait des dents tachées de jaune et un bouc clairsemé de poils filandreux qui évoquaient irrésistiblement pour Morgan des racines de poireaux. Il portait une chemise blanche pas repassée et un pantalon moutarde quasiment assorti à son sourire.

« J'aime votre costume, Morgan », dit-il. Il avait une voix teutonne, rauque et traînante, comme s'il se remettait à peine d'une laryngite. « Tenue d'affaires ?

— Non, dit Morgan, embarrassé de se sentir trop endimanché à côté de la tenue plus que décontractée de Muller. Je vais quelque part. Je ne fais que passer ici.

— Je ne savais pas que vous étiez un ami de Sam, dit Muller.

— Je l'ai rencontré une ou deux fois... Célia m'a invité.

— Aah ! la charmante Célia... » Muller agita son verre en direction du patio : « Une belle réception. Vous avez vu les putains ? On dit qu'Adekunlé en a fait venir de Lagos et d'Abidjan. Il va impressionner pas mal de gens ce soir. Enfin, je lui souhaite bonne chance.

— Est-ce la ligne politique officielle de la RFA ? » Muller se mit à rire :

« Le vainqueur ne fera pas beaucoup de différence pour nous. Non je parle en tant qu'homme d'affaires. Sam m'achète pas mal de bois et s'il gagne — eh bien vous savez aussi bien que moi comment tout ça se passe — les affaires y gagneront. »

Morgan était intrigué :

« Du bois ? pour un professeur d'Économie ?

— Enfin, mon vieux ! dit Muller ; il possède la plus grande entreprise de construction du Centre-Ouest : Ussman Danda S.A. Mais où étiez-vous donc ces dernières années, Morgan ? »

Morgan rougit : il n'y avait rien à ce sujet dans le dossier Pinacle. Il connaissait le nom, il avait même vu des pubs à la télévision.

« C'est de notoriété publique ? demanda-t-il.

— Un certain nombre de gens savent, répliqua Muller en se caressant la barbe et en haussant les épaules. Ce n'est pas un très grand secret. J'aurais cru que vous l'aviez entendu dire. »

Morgan changea de sujet :

« Les putes sont gratuites ? Comme la bière ?

— Pourquoi n'y allez-vous pas voir ?

— Non, merci. »

Sur la piste quelques invités balançaient un popotin proéminent selon la tradition des rythmes africains que l'orchestre scandait en transpirant vaillamment. Morgan jeta un coup d'œil sur Muller. Sa femme était morte depuis longtemps et on racontait qu'il couchait avec la fille, âgée de treize ans, de son cuisinier. Mais Muller ne trahissait jamais rien et Morgan soupçonnait que l'histoire — comme la plupart des ragots perfides qui circulaient à Nkongsamba — avait pris sa source dans les propos vengeurs et avinés de quelque soirée tardive. Muller avait l'air trop ascétique pour la bagatelle, décida Morgan : un vieil opiomane aux couilles ratatinées. Il trouva plutôt dégoûtant de spéculer sur l'état des organes génitaux de Muller et il changea donc le cours de ses pensées.

Peu après il y eut un remue-ménage près de la porte, un passage s'ouvrit à travers la foule et Adekunlé fit son apparition, flanqué d'un garde du praesidium qui brandissait un bâton au-dessus de sa tête. L'orchestre s'interrompit en plein élan et un grand cri s'éleva de la foule des invités : « PNK ! PNK ! » tandis qu'éclatait un tonnerre d'applaudissements.

Ce soir, plus que jamais, Adekunlé ressemblait à un Henry VIII africain. Sa considérable corpulence était encore amplifiée par les plis volumineux de son costume, blanc, gansé et rebrodé de fils d'or. Il se déplaçait lentement parmi ses invités, serrant les mains, saluant d'un geste et souriant largement. Des gens s'inclinaient, d'autres s'agenouillaient, plongeaient par terre et balayaient le sol de la main droite :

« Naturellement, chuchota Morgan à l'oreille de Muller, c'est un chef, non ?

— Un des plus grands, répliqua Muller. Son père possédait pratiquement tout Nkongsamba avant que les Anglais ne s'en emparent.

— S'en emparent ?

— Oh ! oui. Vente forcée, quelque temps avant la guerre. Je crois qu'ils lui ont donné deux cents livres pour le tout. » Il s'interrompit, regardant d'un œil amusé Morgan digérer l'information. « Tenez, ajouta-t-il, voici Célia. »

Morgan leva la tête et vit Célia Adekunlé parmi les autres membres de la suite. Elle portait un riche costume rouge et bleu, son visage encore aminci par l'énorme turban drapé. Elle souriait d'un air gêné, tendu, tout en recevant et en rendant leurs saluts à la foule des fidèles du parti. Morgan se sentit brusquement navré pour elle.

Enfin Adekunlé regagna le centre de la piste où l'on avait installé un petit dais. Il y monta et leva la main pour faire taire les applaudissements :

« Mes amis, — sa voix résonnait puissante — mes amis, merci, merci ! Je ne vous dirai que quelques mots ce soir comme dit le proverbe : " Mieux fai' discours avant que bière y en a toute bue ! " »

La phrase en patois local déclencha des hurlements de rire et des trépignements ravis. Morgan et Muller en profitèrent pour se retirer au bar où, par-dessus la tête des spectateurs, des bribes du discours d'Adekunlé continuèrent de leur arriver ; beaucoup de rhétorique ronflante truffée de grossières calomnies. Un moment, Morgan entrevit le politicien, le visage déformé par l'emphase, qui brandissait sa canne et haussait ses larges épaules tandis qu'il vilipendait la politique d'un adversaire. Morgan savait bien que, dans l'intérêt du projet Pinacle, il aurait dû mieux écouter mais la démagogie avait le don de couper net les relais de son cerveau. Alors que montaient, crescendo, les acclamations passionnées, Morgan chuchota à l'oreille de Muller :

« C'est un tout autre homme sur un podium, n'est-ce pas ?

— C'est ce qu'ils veulent. Ils pensent que si un type ne peut pas faire entendre sa voix, c'est que son argumentation est faible. »

Morgan prit soudain conscience de son manque total d'expérience.

« Depuis combien de temps êtes-vous ici, Georg ?

— Au Kinjanja ? 1948. Mais avant cela j'étais au Cameroun.

— Croyez-vous qu'Adekunlé va gagner ? demanda Morgan d'un air aussi dégagé que possible.

— Il gagnera ici, dans le Centre-Ouest. Et je pense que le PNK l'emportera en général. C'est-à-dire, si l'armée le veut bien. »

Morgan hocha sagement la tête. Que diable l'armée venait faire là-dedans ? s'interrogea-t-il, confondu.

« Je ne vois pas de militaires ce soir. Et vous ? » dit-il à tout hasard, essayant de gagner du temps.

Muller examina la foule :

« Vous avez raison. Bien observé. Même pas en civil. Naturellement les politiciens sont très impopulaires auprès de l'armée en ce moment. »

Morgan se sentit vaguement excité par son heureuse remarque encore que perplexe quant à ses implications. Mais enfin il avait ramassé quelques tuyaux ce soir. Il pourrait maintenant dire à Fanshawe : « Savez-vous qu'il n'y avait pas un militaire à la réception d'Adekunlé ? Très intéressant à mon sens. » Et Fanshawe, sans la moindre idée de quoi il retournait, serait tout de même très impressionné. Ajoutant à sa chance, Morgan se rappela une manchette dans un journal local à propos de récentes promotions dans l'armée :

« Il y a eu des remaniements intéressants dans les casernes », dit-il à Muller du coin de la bouche.

Muller hocha la tête :

« Orimi-Peters est musulman, vous savez.

— Exact, dit Morgan. Très intéressant. »

Le nuage opaque de son ignorance semblait grossir à vue d'œil. Il décida de se taire avant que Muller ne s'aperçoive de sa totale incompétence. Il eut brusquement honte : le Kinjanja demeurait un mystère pour lui, il s'en rendait compte, il ne savait pratiquement rien de la manière dont les esprits y fonctionnaient, rien des rapports entre la superstructure des institutions imposées par le colonialisme et les fondations tribales traditionnelles ; il ignorait tout des pressions ethniques, raciales et religieuses qui influençaient subrepticement les événements. Il eut tout à coup envie de filer, saisi d'un ressentiment absurde à l'égard de Muller, l'assurance de son savoir et la sérénité de son expérience. Voilà peut-être ce qu'on gagnait à coucher avec les enfants de ses domestiques, nota-t-il méchamment, avant de se sentir encore plus honteux de sa mesquinerie. A ce moment précis une longue salve d'applaudissements signala la fin du discours d'Adekunlé.

« Vous prenez un autre verre ? » demanda Morgan à Muller, comme pour se racheter de ses pensées minables.

« Non merci, dit Muller. Un seul par soirée. Ordre du médecin.

— Pas le docteur Murray, j'espère, dit Morgan avec mépris.

— Alex Murray ? demanda Muller. J'aurais bien voulu mais il faut faire partie de l'Université pour qu'il vous soigne.

— Au moins il ne manque pas de suite dans les idées, ricana Morgan.

— Oui, dit Muller, sans comprendre. C'est un homme qui a beaucoup de suite dans les idées. »

Muller partit peu après et Morgan bavarda un instant avec des gens de l'Université qu'il connaissait, tout en se demandant comment il allait bien pouvoir approcher Adekunlé pour lui faire ses propositions. Il s'employa un bon moment à se remonter le moral, dangereusement abattu depuis son arrivée à l'hôtel. Il se faisait l'impression d'un serf moyenâgeux essayant de présenter une requête à un seigneur féodal ou à un évêque obèse, ou d'un de ces personnages secondaires, dans les pièces romaines de Shakespeare, qui importunent les premiers rôles avec d'absurdes chicanes à propos de testaments ou de propriétés. La stature et le prestige d'Adekunlé s'imposaient maintenant à lui avec d'autant plus de force qu'il avait constaté l'adulation massive et le respect que lui témoignait cette foule de dignitaires. Il ressentait en même temps l'irréalisme, la stupidité et la maladresse de la mission de Fanshawe : Fanshawe et lui étaient deux enfants attardés : ils continuaient à faire joujou tandis que le monde tournait sans eux.

« Courage ! dit Célia Adekunlé en venant vers lui. Pourquoi êtes-vous si triste ? C'est une fête, vous savez !

— Pardon, dit-il, sinistre. Je suis préoccupé.

— Vraiment ? dit-elle. Puis-je faire quelque chose ? »

Morgan rit plus brutalement qu'il ne l'aurait voulu :
« J'en doute », dit-il. Puis se reprenant : « Pardon.
Merci pour votre offre mais ce n'est pas très important...
Je dois dire que c'est un splendide — euh — ensemble que
vous avez là. »

Le tissu en était lourd, les couleurs vives et elle portait
des masses d'or autour du cou et des poignets.

« Merci, dit-elle sans enthousiasme. Je ne porte pas ces
trucs tout le temps, vous savez, je ne voudrais pas que
vous pensiez que je suis devenue complètement indi-
gène. »

Le surprenant accent qu'elle mit sur le dernier mot les
plongea tous les deux dans l'embarras. Morgan regarda
ailleurs.

« Quelle cohue, dit-il. Pensez-vous que j'aie une chance
de parler à votre époux ? Ou bien est-ce un vain espoir ?

— Vous êtes très anxieux de voir Sam, n'est-ce pas ?
dit-elle pensivement en allumant une cigarette. Je lui ai dit
que vous veniez. Il vous attend.

— Oh ! dit Morgan avec gratitude. C'est vraiment
gentil à vous.

— C'est OK, dit Célia Adekunlé, l'observant à travers
un nuage de fumée. Attendez seulement que la réception
officielle soit terminée.

— Très bien, dit Morgan. Laissez-moi aller vous
chercher à boire, entre-temps. »

Il lui renouvela son verre et bavarda avec elle un
moment. Il lui demanda où Adekunlé et elle s'étaient
rencontrés :

« A Sheffield, figurez-vous, dit-elle. Sam préparait sa
licence. J'étais la secrétaire de son professeur. Sam a eu
des problèmes, un jour, avec sa bourse d'études et je l'ai
pas mal vu au bureau, durant un trimestre, pour signer des
formulaires et écrire des lettres. » Elle s'interrompit puis
reprit : « Il était différent des autres étudiants. Beaucoup
plus âgé naturellement, très ambitieux et dégourdi, bien

qu'il ait été un peu perdu au début dans Sheffield. Ce n'était pas drôle d'être un étudiant noir dans ce temps-là.' Nous sommes sortis ensemble quelquefois... on a eu droit à pas mal de regards de travers.

— Quand vous êtes-vous mariés ? poursuivit Morgan, intéressé.

— Sam est parti pour Harvard faire son doctorat. Il est revenu subitement l'année suivante et m'a demandé de l'épouser, ce que j'ai fait. » Elle haussa les épaules : « Nous avons passé deux ans aux États-Unis. Mon premier fils y est né. Puis nous sommes venus ici. »

Morgan sourit gauchement. L'histoire avait été racontée sur un ton curieusement inexpressif. Il ne savait pas trop quoi en conclure :

« Ainsi, vous êtes secrétaire de profession, dit-il à tout hasard.

— Non, j'ai débuté comme infirmière. Mais je n'ai pas pu continuer. Ma mère était sage-femme et on m'avait poussée dans la profession. Mais ce n'est pas un travail que l'on fait comme ça... Il faut être quelqu'un de spécial. Moi, ça me déprimait. Tout le temps des gens malades. Des mourants. » Elle laissa échapper un rire cristallin : « J'aurais dû être sage-femme. Mettre les gens sur la piste de départ au lieu de les rencontrer en fin de parcours.

— Alors vous êtes devenue secrétaire ? » Morgan sentait que son questionnaire n'était certainement pas très inspiré mais elle semblait heureuse de parler d'elle :

« J'attendais, pas très décidée. Cela m'a paru un bon bouche-trou et puis j'ai découvert que ça me plaisait beaucoup, surtout de travailler dans une Université. Des gens intelligents autour de soi, tout cela. Mon patron était très bien aussi.

— Le professeur de Sam ? » Morgan soupçonna qu'il y avait eu une autre histoire là-dessous.

« Oui. C'était un homme bon. Il... Et puis » — elle eut un geste faussement dramatique — « Sam Adekunlé est entré dans ma vie, à la recherche d'une signature sur un formulaire de bourse d'étude. »

Morgan comprenait tout : la secrétaire frustrée qui s'ennuie, Adekunlé, noir, viril. Le fils d'un chef, les allusions aussi sans doute à une grande richesse et aux vastes possessions tribales. Le sentiment d'échec aiguisant l'esprit de rébellion : sortir avec un Noir, montrer que vous êtes libre, que vous rejetez les conventions de votre milieu...

« Je sais ce que vous pensez, dit-elle. Mais je peux vous affirmer que ça ne s'est pas passé comme vous l'imaginez. »

Morgan protesta avec véhémence.

« Aucune importance, dit-elle. Je sais ce qu'on dit ici des femmes blanches mariées aux Kinjanjais et c'est probablement exact. Mais avec Sam, ce n'était pas ainsi. Il était quelqu'un de très différent à cette époque-là. »

Morgan se sentit rougir :

« Écoutez, dit-il, je ne pensais rien du tout, pour l'amour du ciel !

— Je vous crois, sourit-elle. Du calme ! C'est simplement que je n'ai pas parlé de Sam et moi depuis des siècles. Et je sais ce que racontent les *expats*, j'ai suffisamment été la cible de méchants ragots.

— Je vous en prie. Ne me classez pas dans les expats typiques. Tout, mais pas ça.

— Pardon, dit-elle. Mais je suis devenue assez adroite à reconnaître ce " regard " chez les gens. » Elle pointa en plaisantant deux doigts vers les yeux de Morgan : « J'ai cru le voir ici. »

Elle jeta un coup d'œil par-dessus son épaule :

« Eh bien ! fit-elle, je crois que Sam est libre. »

Adekunlé emmena Morgan dans un coin de la cour. Il marmonna quelque chose à l'un de ses assistants :

« Ne vous en faites pas, dit-il à Morgan, nous ne serons pas dérangés. »

Morgan regarda autour de lui :

« N'y a-t-il pas un endroit moins... en vue ? »

Le rire d'Adekunlé résonna bruyamment :

« Mon cher ami, nous attirerions beaucoup plus l'attention si on me voyait quitter ma propre soirée d'anniversaire en votre compagnie ! »

Morgan se rendit compte qu'il avait raison.

« J'ai trouvé votre discours très intéressant, dit-il.

— Ah oui ? fit Adekunlé sceptique. Et comment le Haut-Commissariat adjoint évalue-t-il les chances du PNK ?

— Bonnes. » Morgan prononça le mot comme s'il avait été le fruit d'une longue délibération. « Si l'armée vous laisse faire. »

Adekunlé le regarda soudain avec intérêt. Morgan fut ravi de l'effet de sa remarque, lancée à tout hasard.

« Que voulez-vous dire par là ? demanda Adekunlé avec plus d'intérêt encore.

— Je ne pense pas que nous ayons besoin d'entrer dans les détails, n'est-ce pas ?

— Comme vous voudrez, dit Adekunlé. Nous garderons cette poire pour la soif, comme dit le proverbe. Quoi qu'il en soit, Mr. Leafy, je crois que vous vouliez me parler. »

Morgan respira un grand coup :

« Je suis ici — officieusement — pour vous transmettre le, comment dirais-je, l'aspect moins officiel de, hum, l'intérêt de la Grande-Bretagne dans les destinées du PNK. »

Adekunlé réfléchit :

« Je vois, dit-il. Mais ce n'est pas à moi que vous devriez

vous adresser. Je ne suis, comme disent nos amis français, qu'un *fonctionnaire*[1].

— Certes. Mais très important. Sans aucun doute, en tout cas, dans le domaine des Affaires Étrangères.

— Une simple supposition, Mr. Leafy. Je ne sais même pas si je serai membre de l'Assemblée Nationale. »

Morgan sourit patiemment :

« Là, vous tenez un argument. Mais, après tout, la diplomatie ne va souvent guère plus loin que la supposition. Et à partir de celle-ci en particulier, nous... nous serions intéressés par des consultations préliminaires avec le — euh — ministre putatif des Affaires Étrangères. »

Morgan était assez content de la manière dont il s'était exprimé et de ses franches ambiguïtés.

« Consultations ? questionna Adekunlé.

— A Londres, dit Morgan.

— Je vois. A Londres.

— Oui », dit Morgan, réprimant son impatience ; ces délicates circonlocutions commençaient à lui porter sur les nerfs. « Nous serions heureux d'organiser votre voyage et votre séjour — en première classe, cela va de soi.

— Au Claridge, je présume, dit Adekunlé avec un large sourire.

— Eh bien, justement, oui. » Morgan était surpris.

Adekunlé éclata d'un grand rire :

« Bonté divine ! dit-il. Vous êtes vraiment étonnants, vous autres Britanniques. Vous en êtes encore à penser qu'il suffit, pour avoir un homme politique africain à votre botte, de lui offrir un ticket d'avion en première classe et la demi-pension au Claridge. » Il hennissait de rire. Des gens se retournèrent et se mirent à rire aussi.

« Merci, dit enfin Adekunlé. Merci de votre offre. Je verrai si je peux la faire cadrer avec mon itinéraire.

---

1. En français dans le texte.

« — Itinéraire ? répéta Morgan très surpris. Vous voulez dire... ?

— Oui, mon cher émissaire du Haut-Commissariat adjoint de Grande-Bretagne. Vous êtes, comme dit le proverbe, un oiseau trop tardif pour attraper ce ver. Après Washington, Paris, Bonn et Rome, je verrai si je peux passer par Londres. Merci encore, Mr. Leafy, dit-il toujours souriant. Pas surprenant que l'Empire se soit effondré, non ? »

Il coupa court et s'éloigna pour s'entretenir avec ses invités. Morgan demanda un whisky soda au barman. Le rouge avait quitté son front mais il se sentait les oreilles encore brûlantes. Ce vieil abruti de Fanshawe, ricana-t-il ; la honte, la disgrâce et l'humiliation étaient les seuls résultats de cette mission de négociation secrète, prodigieusement mal conçue et dont il était en grande partie responsable. Il entendit le rire d'Adekunlé au-dessus du brouhaha des conversations et il l'imagina régalant ses amis avec les détails de leur entretien.

Le barman posa son verre.

« Et la glace ? demanda Morgan sèchement.

— Glace y en a fini », répondit le barman tout aussi désagréablement en lui tournant le dos.

Foutu grossier enfant de pute nègre, enragea intérieurement Morgan, ce foutu pays était décidé à...

« Ça va ? » demanda une voix derrière lui. C'était Célia Adekunlé.

« Oh ! bien ! dit Morgan glacial. A propos, pensez-vous que vous pourriez demander à cet insolent de-je-préfère-ne-pas-dire-quoi de trouver de la glace pour mon whisky ? »

Morgan était allongé sur le lit dans la chambre d'hôtel d'Hazel. Il entendait le vrombissement aigu d'un moustique mais s'en fichait. Il arracha le drap de son corps moite : la sueur luisait dans chaque ride et chaque repli. Les néons de la façade de l'hôtel sordide filtraient à travers les volets, la musique grêle venant du bar luttait avec le bruit des klaxons et des moteurs au-dehors. Il écarquilla les yeux pour regarder le cadran lumineux de sa montre : minuit vingt. Hazel dormait silencieusement à ses côtés sur le lit douteux. Il se sentit des démangeaisons sur tout le corps. Il avait besoin de pisser. Il avait besoin d'un bain. En fait il se sentait horriblement mal : il avait beaucoup trop bu, il transpirait, il était mal et la vigueur de ses rapports avec Hazel lui avait collé une douleur lancinante dans le pénis. Les détails des événements déplaisants de la soirée lui revenaient en foule. Il laissa échapper un soupir de regret : il s'était montré d'une grossièreté impardonnable avec Célia Adekunlé. Informé que le bar, pris de court par la demande, n'avait plus de glace, il avait déclaré à voix haute que c'était exactement ce à quoi on pouvait s'attendre au Kinjanja et qu'on pouvait y voir une mineure mais pertinente illustration de tout ce qui allait mal dans le pays. Il avait alors lancé un bonsoir sec et avait plaqué la réception avec une moue de dédain. Il revoyait encore l'expression de surprise peinée sur le visage de Célia lorsqu'il était passé devant elle. Il serra les poings sous les draps et grommela dans sa barbe. Ce n'était pas la faute de Célia s'il avait été complètement ridiculisé. Elle avait simplement essayé d'être utile et amicale... Il s'enfonça les jointures des doigts dans les orbites, agonisant de remords futiles.

Il était venu tout droit à l'hôtel d'Hazel. A sa grande surprise elle était là. Il l'avait engueulée pour la saleté de la chambre et l'avait expédiée en bas chercher une bouteille de whisky dont il ne restait que la moitié. Il se leva silencieusement, s'étira. La pièce était chaude et fétide. Se servant de ses mains comme de pales, il s'éventa les couilles. Son pénis était brûlant et douloureux après ses deux accouplements violents avec Hazel. Sa tentative de se venger sur elle de ses blessures d'amour-propre n'avait pas, comme toujours, donné de résultats satisfaisants. Elle avait réagi à sa brutalité sans plainte ni ressentiment, patiemment et, autant qu'il pouvait en juger, sans la moindre rancune, s'endormant d'un sommeil profond et serein dès qu'il avait éteint la lumière.

Il enfila son pantalon et sa chemise. Il se proposait d'atteindre la salle de bains, qui se trouvait dans le couloir. Il entrebâilla d'un fil la porte et scruta les environs : personne à l'horizon. Il traversa le corridor à pas de loup et pénétra dans la salle de bains. Saisi à la gorge par la puanteur, il alluma la lumière. Deux gheckos regagnèrent en filant leurs crevasses dans le plafond et un grand moustique en perte de vitesse piqua sur le bord de la cuvette avant de retomber, ailes battantes, sur le sol.

Il souleva le couvercle de la chasse d'eau et, comme prévu, la trouva vide. Il titilla le flotteur entre le pouce et l'index mais l'eau se refusa à venir. Jurant, il défit sa braguette et visa dans la direction générale de la cuvette fangeuse. C'était trop dégueulasse, se dit-il. Pourquoi devrait-il supporter ces horreurs et cet endroit minable. Il lui fallait installer Hazel dans un appartement. Quelque chose devait se passer dans sa vie : quelque chose de révolutionnaire et de définitif, ça ne pouvait pas continuer ainsi, non vraiment pas. Ceci le fit penser tendrement à Priscilla, emblème d'un lendemain chantant, tel un martyr qui évoquerait l'image de la Vierge tandis que les flammes lui lécheraient les genoux. Là, se dit-il, là résidaient tous ses espoirs, et il relâcha le contrôle faiblissant de son sphincter sur sa vessie surmenée.

La brûlure sulfureuse fit monter à ses lèvres un hurlement aigu et il sauta en l'air de surprise et de douleur : le jet d'urine balaya le siège des W.C. et les environs immédiats. La souffrance initiale s'éteignit assez vite et dès qu'il le put, il s'appuya, pris de faiblesse, contre le mur. Un examen attentif ne révéla rien d'autre qu'une inflammation post-coïtale et une rougeur un peu vive —

un instant il avait pensé à la morsure vengeresse d'un insecte dérangé dans la cuvette. Il se rajusta et mit l'incident sur le compte de l'effet combiné du caoutchouc du préservatif, de la chaleur et d'une friction prolongée sur ce qui était — il fallait bien en convenir — un organe plutôt sensible.

8.

Morgan avait oublié son diagnostic le lendemain matin tandis qu'assis sur sa véranda il était aux prises avec une gueule de bois plutôt pénible. En fait, quelque chose dans la chambre d'Hazel l'avait mordu, un peu plus tard, sauvagement, le long de la cuisse droite ; il se grattait, à présent, tout en fixant d'un œil trouble le *Daily Graphic* une des meilleures gazettes du Kinjanja, dont la manchette proclamait : « Enquête exigée sur la corruption au PUPK ». Il n'était pas clair à cette distance si le PUPK exigeait l'enquête ou bien s'il en était l'objet mais le mal au crâne de Morgan ne lui permettait pas de déchiffrer les petits caractères d'imprimerie.

Il termina son œuf à la coque et cria à Vendredi de lui rapporter un jus d'orange. Il serra la ceinture de sa robe de chambre. Il n'avait aucune envie d'aller travailler. Vendredi lui avait dit que Fanshawe avait téléphoné trois fois la veille au soir entre neuf heures et dix heures et demie : il devait attendre le rapport de Morgan, sur les marches de la Commission.

Il but son jus, adressa un « merde » à l'applique au-dessus de la table de la véranda, se leva et gagna sa chambre. Vendredi avait disposé sur le lit une chemise repassée, un pantalon et des chaussettes. Morgan s'aperçut qu'il avait oublié de lui sortir un slip propre. Il regarda dans le tiroir où il les rangeait mais il n'y trouva que ceux qu'il ne mettait plus parce que le caoutchouc de la ceinture avait rendu l'âme et qu'ils ne convenaient désormais qu'à d'infortunées créatures d'un mètre cinquante de tour de taille. Il fronça les sourcils, incapable, à cette étape de la journée, de résoudre ce mystère. Pour autant qu'il s'en souvînt, il était le propriétaire de trois slips en état de fonctionnement. Vendredi les lavait tous les jours. Il s'était changé deux fois hier mais il aurait dû quand même avoir au moins un slip propre à se mettre ce matin.

Dans un coin de la chambre, se trouvait un panier d'osier dans lequel il jetait tous les vêtements à laver. Il en souleva le couvercle : trois slips sales gisaient au fond, roulés en boule, comme une nichée de rongeurs écorchés vifs par un furet.

« Vendredi ! » hurla Morgan à travers la véranda.

Propulsé par la violence de l'appel, Vendredi arriva tout essoufflé :

« Les slips ! jeta Morgan accusateur à son petit serviteur tremblant. Pas de putains de slips, pourquoi toi y en a jamais lavé lui ? »

Vendredi baissa la tête :

« *Je ne peux pas le faire*[1], dit-il timidement. Moi pas aimer laver ça. »

Morgan en ramassa un et le tendit à bout de bras. Vendredi fit un pas en arrière, l'alarme peinte sur son visage.

« Ce n'est foutrement pas marrant ! gueula Morgan furieux. Grâce à ta foutue délicatesse il faut que j'aille au boulot avec des culottes sales. Bonne plaisanterie hein ? Tu les laves depuis deux ans, alors pourquoi t'arrêtes-tu ? »

Vendredi montra le slip du doigt :

« *C'est dégueulasse*[1]. Moi pas aimer cette chose dedans.

---

1. En français dans le texte.

Moi jamais avoir à laver cette chose comme ça. »

Morgan demeura perplexe. De quoi parlait-il ? Des traces de goudron ? De taches de sueur ? Il prit le slip offensant et le tira des deux mains par la ceinture. Qu'est-ce que ce connard avait à lui reprocher maintenant ? se demanda-t-il en y regardant de plus près.

Assis dans sa voiture sur le parking du dispensaire de l'Université, Morgan se répétait de rester calme. Son cœur paraissait sur le point de regagner sa niche tiède dans sa poitrine. Il expira longuement. Le choc avait été affreux — cette abominable substance. Titubant en arrière, les yeux exorbités d'horreur, il en avait laissé tombé son slip de ses doigts tremblants. Il portait à présent un de ses caleçons sans élastique, retenu par une épingle de sûreté. Il tendit les mains : elles tremblaient encore légèrement mais ça irait. Il sortit de la voiture et marcha nerveusement jusqu'au dispensaire. Il remarqua avec surprise une longue file d'étudiants devant la salle d'attente. A l'intérieur, pas une chaise libre. Il alla jusqu'au comptoir de la réception. Le même petit employé était assis derrière la vitre. Morgan s'appuya contre le mur.

« Docteur Murray, ici ? » demanda-t-il, épuisé, comme un homme qui n'aurait pas fermé l'œil de la nuit. Il se rappela sa promesse solennelle de ne jamais venir revoir Murray. Ce genre d'impétueuse déclaration était une chose quand on se portait bien mais en était une autre quand d'horribles sécrétions vous suintaient du corps.

« Oui, m'sieu, dit l'employé. Excusez-moi, m'sieu, mais vous êtes cadre supérieur ?

— Quoi ?... Oui, je suppose que oui. Dites simplement au docteur Murray que c'est Mr. Leafy. Et que j'ai besoin de le voir de toute urgence.

— Je suis désolé, m'sieu. Le dispensaire pour les cadres supérieurs ouvre à midi. Si vous pouvez revenir...

— Bon Dieu ! dit Morgan furieux et désespéré. Mais

qu'est-ce qui se passe ici ? Je ne suis pas une voiture ou je ne sais trop quoi, je ne peux pas être malade au moment qui vous convient. Allez, ouste ! — il fit un geste comme pour pousser l'employé — allez dire au docteur Murray que c'est une urgence. Je suis Mr. Leafy, de la Commission, compris ? Maintenant, allez. »

L'employé protesta :

« Le docteur vous demandera de revenir.

— Mêlez-vous de ce qui vous regarde, siffla Morgan. Laissez-moi m'occuper de ça. Allez simplement lui dire. »

L'employé quitta sa place de mauvaise grâce. Morgan fit les cent pas comme un fou, les mains dans les poches, s'efforçant d'ignorer les regards furibonds et les murmures hostiles des étudiants qui s'indignaient de le voir passer devant avec ce culot. L'employé revint bientôt et lui chuchota d'aller attendre à la pharmacie. Morgan sortit, tourna à l'angle de l'immeuble et entra dans une petite annexe tapissée de bouteilles où un aimable chimiste lui désigna un rang de chaises en bois le long de la véranda. Deux Africaines étaient déjà assises là, dont l'une donnait le sein à un enfant et auprès de laquelle il prit place en détournant pudiquement le regard. A quoi, nom de Dieu, Murray jouait-il ? se demanda-t-il, se sentant fiévreux et inconfortable. Pour qui le prenait-il, à le faire attendre ainsi dehors comme un nécessiteux ? Un petit garçon en chemise surgit de derrière l'autre femme et se planta devant lui, contemplant ce gros homme blanc avec une curiosité non dissimulée. Il était affligé d'un rhume dégoulinant et la morve lui faisait sur la lèvre une scintillante moustache. Sous l'ourlet de sa chemise un ventre ballonné dépassait d'au moins cinq centimètres. Morgan, gêné, détourna les yeux. Le nourrisson rota bruyamment au sein de sa mère. Le pénis fin et noir du petit garçon pointait vers les chaussures cirées de Morgan. Les réalités vous traquaient sans pitié en Afrique, pensa

Morgan. Juste à l'instant où il aurait eu besoin d'un peu de paix, les voilà qui se bousculaient autour de lui.

Vingt suantes minutes plus tard, Murray apparut. Il avait l'air compétent et frais dans sa tenue habituelle, complétée cette fois d'un stéthoscope autour du cou. Morgan se leva et alla à sa rencontre sur la véranda.

« Ah ! docteur Murray, dit-il, je suis si heureux...

— Ma consultation pour les cadres supérieurs n'ouvre que dans une heure, Mr. Leafy. » Le ton était ferme et sévère.

« Je le sais, dit Morgan impatiemment, mais c'est important. » Il s'interrompit et décida qu'il valait mieux adopter un ton plus amène. « J'ai considéré que c'était une urgence.

— Je vous donne cinq minutes, dit Murray. J'ai là-bas soixante étudiants qui ont attendu plus longtemps que vous. »

Morgan le suivit dans la salle de consultation. Ce type était impossible, quasiment cinglé. Il avait l'air de faire une étonnante faveur à ses malades en daignant les traiter. Mais il décida de garder ses sentiments pour lui. Cette affaire était trop grave et délicate pour qu'il cède à son aversion pour Murray. Il se rappela avec un vague remords la froideur des propos lors de sa dernière visite et résolut de ne pas laisser aujourd'hui l'entretien tourner ainsi à l'aigre.

« Quel est le problème ? » demanda Murray en s'asseyant derrière son bureau.

Morgan hésita à la recherche des mots appropriés pour décrire la nature intime de ses difficultés.

« Eh bien ce matin..., commença-t-il. C'est-à-dire, j'ai noté une douleur, en fait plutôt une gêne réellement, une sorte de picotement, à vrai dire... »

Il ravala sa salive, la langue soudain aussi sèche que de la pierre ponce. Murray continuait de le fixer, impassible. Morgan se demanda ce qu'il pensait.

« Qu'est-ce qui ne va pas en fait ? demanda brutalement Murray.

— Une suppuration. » Morgan lâcha le mot comme une affreuse obscénité. « Ce matin j'ai remarqué, eh bien, ce que vous pourriez appeler — euh — un suintement sur mon slip, c'est-à-dire...

— C'est tout ?

— Pardon ? Oh ! non, comme je vous le disais, il y a une certaine gêne quand je vais... quand j'urine. » Morgan était épuisé, comme s'il avait couru sur des kilomètres. Il essuya la sueur sur sa lèvre supérieure. « Pas toujours, ajouta-t-il faiblement, quelquefois seulement.

— Depuis combien de temps ? » demanda Murray.

Ce type était incroyable, pensa Morgan, pas une miette de sympathie, pas de bavardages préliminaires pour mettre le patient à l'aise.

« Deux jours, je suppose », confessa Morgan.

Murray tira sa chaise à côté de son bureau :

« Bien, dit-il tout de go. On va regarder ça.

— Vous voulez dire ? » Morgan s'éclaircit la gorge : « J'enlève ?

— Ouais. Déculottez-vous complètement. »

Morgan pensa qu'il était bon pour l'évanouissement. Il défit son pantalon, de ses doigts tremblants, et le laissa tomber sur ses chevilles. Trop tard il se rappela trop tard son slip avachi et usé. Il sentit son visage s'empourprer d'un misérable embarras tandis qu'il défaisait l'épingle de nourrice qui retenait ses inutilisables dessous.

« Je crois qu'il faut vous dire que ce ne sont pas mes habituels..., commença-t-il en hâte. Mon boy a refusé de laver... Aussi j'ai dû... J'en ai de très bien... »

C'était atterrant, hurla-t-il intérieurement. Murray continuait de le regarder, impavide. Morgan pouvait à peine respirer tant il faisait d'efforts pour rester calme : l'irrépressible besoin d'expliquer l'accablait. Il déposa avec un soin excessif l'épingle de sûreté au bord du bureau. En vain. Il laissa tomber son slip et il fixa le plafond avec angoisse. Il se sentait faible, pris de vertige. Aucun corps humain ordinaire, tel que le sien, ne pouvait tolérer, il en était sûr, les sommets de honte et d'humiliation auxquels il avait été soumis ces temps-ci. Peut-être cet abominable écoulement était-il le signe que, finalement, ce corps craquait aux entournures et se décomposait.

Il étendit le bras pour se rattraper au bureau. Il sentit ses couilles se ratatiner à l'air froid de la salle de consultation. Il était certain que son pénis ne faisait plus qu'un pouce de long. Murray ne pourrait probablement pas le voir : il lui faudrait une loupe ou un microscope.

« Qu'en pensez-vous ? demanda-t-il d'une voix rauque.

— Ça a l'air d'aller », dit Murray sans se compromettre.

Il sortit quelque chose d'un tiroir. Morgan loucha pour voir : c'était une spatule de bois, comme un bâton de sucette. Murray s'en servit pour soulever la queue de Morgan. La tête lui tourna.

« Des chancres ? interrogea Murray.

— Quoi ? glapit d'horreur Morgan.

— Des boutons, des morpions, des poux, de l'urticaire ?

— Bonté divine ! Non !

— Bien. Vous pouvez remettre votre pantalon. »

Morgan remit en tremblant son slip qu'il réépingla autour de sa taille. De gros sanglots de frustration et de désespoir s'accumulaient dans sa poitrine, écrasaient ses poumons contre sa cage thoracique et lui rendaient la respiration de plus en plus difficile. Il tira sur la fermeture éclair de son pantalon avec des doigts gourds, inertes, comme ceux d'un homme soumis à des températures subarctiques.

« Qu'est-ce que c'est ? » souffla-t-il faiblement.

Murray se lavait les mains dans un petit évier :

« Impossible à dire pour le moment, dit-il calmement.

Ça pourrait n'être rien. On suppure souvent sans raison aucune, un simple mécanisme de défense naturel. D'un autre côté, il pourrait s'agir d'une toxémie non gonococcale.

— Jésus !

— Elles sont très communes ici. Mais ne vous en faites pas. Vous avez l'air bien mais je crois qu'il vaut mieux tout de même vérifier. Allez voir l'infirmière au bout du couloir. Voyez si vous pouvez produire un peu de substance sur une plaquette. Et nous ferons une analyse d'urine aussi.

— Bien. » Morgan avala sa salive pour essayer de dégager sa gorge : sa pomme d'Adam lui semblait avoir triplé de volume.

Murray l'accompagna jusqu'au bout du couloir.

« Que pensez-vous que ce soit ? interrogea de nouveau Morgan. Est-ce grave ? Suis-je... ?

— J'en doute fort, dit Murray rassurant. Mais ce ne serait pas très malin de ma part d'essayer de deviner avant d'avoir le résultat des examens, vous ne trouvez pas ? »

Ils s'arrêtèrent à une porte sur laquelle était écrit : « Infirmerie ».

« Revenez demain, Mr. Leafy, dit Murray. Mais essayez de venir aux heures appropriées. »

Cinq minutes plus tard, une aimable infirmière, un peu boulotte dans un uniforme immaculé et raide d'amidon, acceptait gaiement la plaquette de verre maculée et le bocal débordant que lui tendait un Morgan encore écarlate, persuadé que, s'il ouvrait la bouche, ce ne serait que pour bégayer des propos insensés.

Il tangua jusqu'à sa voiture et demeura affalé au volant dix bonnes minutes, s'efforçant de rétablir un minimum de contrôle sur le flot d'émotions violentes qui se télescopaient en lui.

Quand il se fut suffisamment calmé, il reprit lentement la route de la Commission, gagna sans bruit son bureau et se mit méthodiquement au travail, en essayant de ne pas penser et d'effacer cette matinée de sa mémoire.

Mais Fanshawe l'interrompit et le convoqua dans son bureau pour un rapport sur son entrevue avec Adekunlé. Il parut déçu par l'absence de progrès tangibles. Morgan lui expliqua que, comme prévu, il avait exposé leurs propositions à Adekunlé qui avait répondu qu'il y réfléchirait. Il valait mieux décrire les désastreux événements de la veille au soir de la manière la moins sensationnelle possible.

« Réfléchir à un voyage gratis à Londres et à un séjour à l'œil au Claridge ? demanda Fanshawe avec emphase. Sur quoi y a-t-il à réfléchir, nom d'un chien ? »

Morgan voulut introduire un ton de sage raisonnement et mentit spontanément :

« Il semble qu'il ait à en référer à son Bureau Central ou à son émir ou à quelqu'un d'autre. Il ne peut pas partir comme ça sans le dire à personne.

— Eh bien, je ne sais pas mais... », dit Fanshawe, absolument sidéré à l'idée que quiconque puisse ne pas sauter immédiatement sur une si fabuleuse occasion.

— Il ne s'agit pas seulement d'acheter leurs bonnes intentions, le prévint Morgan, désireux d'engager le processus complexe qui ramènerait Fanshawe à la réalité. Ce sont des politiciens sophistiqués.

— Vous croyez ? dit Fanshawe, dubitatif et surpris, semblait-il, par la nouveauté de cette idée. Franchement, pour moi, ils me font plutôt l'effet d'une bande de cowboys.

— Sauf votre respect, Arthur, dit Morgan, je crois que vous les sous-estimez. Surtout Adekunlé. »

Fanshawe hennit d'incrédulité :

« Eh bien, accrochez-vous, Morgan. Revoyez ça d'ici un jour ou deux. Ça marche bien mais, à ce stade, nous ne voulons pas de pépins avec le projet Pinacle. »

Morgan se leva, le cœur lourd à l'idée que virtuellement

le projet Pinacle s'était écroulé dans la nuit. Plus tard il lui faudrait faire avaler à Fanshawe un bobard de contre-influence française ou américaine mais pour l'instant il valait mieux lui laisser croire que l'affaire se poursuivait.

Il quitta le bureau de Fanshawe et regagna le sien d'humeur massacrante. En chemin il se cogna à Jones.

« Tiens ! Salut, Morgan ! dit gaiement le petit Gallois. T'en fais pas, mon vieux. On a vu pire pendant la guerre !

— Quoi ? dit Morgan, l'irritation aiguisant sa voix.

— Courage ! T'as l'air affreux.

— Moi ? dit-il subitement inquiet, qu'est-ce que j'ai ?

— C'est ton menton », rigola Jones.

Morgan se tâta la mâchoire. Un des chancres de Murray aurait-il soudain fleuri là, telle une fleur du mal ?

« Mon menton ? dit-il mystifié, en palpant les contours.

— Ouais, il te tombe sur les chevilles. Tu vas marcher dessus en un rien de temps ! »

Morgan ne trouva pas la plaisanterie drôle. Jones continua, imperturbable :

« Que se passe-t-il ? Arthur t'a engueulé ou quoi ? »

Morgan souhaita que Jones s'en aille.

« Non, dit-il. Je suis préoccupé.

— Faut te détendre un peu, mon petit. Tu travailles trop dur. Pourquoi ne viens-tu pas à la sauterie de ce soir avec Géraldine et moi ?

— Quelle sauterie ?

— La soirée dansante du club. L'habituelle du mois. Viens dîner d'abord et on ira après. »

La sollicitude de Jones surprit Morgan :

« Non, merci, Denzil. Mais c'est gentil à toi de m'inviter. J'ai un autre engagement. »

Dîner avec Jones et sa femme était la dernière chose qu'il lui fallait. Mais pourquoi donc Jones se montrait si aimable ?

« Eh bien, ne boulonne pas trop, conseilla Jones.

Laisses-en un peu au nouveau. Il sera ici la semaine prochaine. »

Morgan s'assit à son bureau, le regard fixé sur le paysage familier de Nkongsamba : le soleil de l'après-midi filtrait à travers un brouillard de poussière et les collines lointaines s'estompaient à l'horizon comme dans une aquatinte. Il avait visité les petits coins deux fois ce jour-là sans aucun effet désagréable ni récurrence de ses symptômes et quelques-unes de ses craintes commençaient à s'apaiser. Peut-être l'hypothèse de Murray était-elle juste : il s'agissait probablement d'une horrible coïncidence, le climat, sa vie sexuelle, un mauvais fonctionnement passager de son métabolisme. Dieu sait que cela arrivait facilement ici. Il décida qu'il lui faudrait simplement se surveiller un peu mieux. Ce soir il resterait tranquillement chez lui : un ou deux bouquins, une petite spécialité cuisinée par Moïse. Il se sentait déjà un peu mieux, et il se permit un sourire ironique à la pensée de son épouvantable embarras dans la salle de consultation de Murray. Ce type était incroyable, se dit-il, impossible de détecter en lui la moindre trace de sympathie : il menait sa clinique comme une fabrique de saucisses ou une caserne.

Le téléphone sonna sur le bureau. Il décrocha :

« Leafy, dit-il.

— Morgie », dit une voix familière. C'était Priscilla, naturellement. « Je suis rentrée ! l'informa-t-elle.

— Merveilleux. Quand es-tu arrivée ? » Il fut saisi d'un élan de joie passagère. Voilà ce dont il avait besoin après les chocs de ce matin.

« Tard hier soir. On s'est bien amusé.

— Parfait, parfait. »

Un peu surpris et ennuyé, il n'arrivait pas à penser à quoi que ce soit qu'il eût envie de lui dire.

« Je t'aurais bien téléphoné plus tôt mais j'étais au club avec Maman. On y a déjeuné.

— Ah ! ah ! Bien, bien. » remarqua Morgan. Il était maintenant légèrement inquiet. Cette totale incapacité à converser avec la fille qu'il aimait était absurde.

« Morgie, il y a une soirée dansante ce soir là-bas.

— Oui, je sais. » Il aurait préféré qu'elle ne l'ait pas appelé.

« Franchement ! Qu'est-ce que tu as aujourd'hui ? demanda-t-elle impatiente. Allons-y, d'accord ? Ce sera amusant.

— Quoi ? Oh ! oui, si tu veux. Bien sûr. »

Il se tut : que lui arrivait-il ?

« Je suis désolé, Priscilla, j'ai travaillé toute la journée : je déraille.

— Tu viens me chercher à huit heures ?

— Certainement. Huit heures tapantes. Ah ! j'aurai grand plaisir à te voir, ajouta-t-il avec une platitude grotesque.

— Moi aussi. Je t'ai manqué ?

— Pardon ?

— Est-ce que je t'ai manqué, gros bêta ?

— Oh ! terriblement.

— Ah bon ! A ce soir. Salut ! »

Morgan raccrocha. Une immense lassitude s'abattait sur lui et il se rendit compte qu'il n'avait toujours pas envie de sortir ce soir. Et — plus inquiétant — il n'avait surtout pas envie de passer la soirée avec Priscilla.

Priscilla arborait une robe neuve : en tout cas une robe que Morgan n'avait pas encore vue. Un bustier blanc avec de fines bretelles nouées sur les épaules, une ceinture de plastique rouge et une jupe bleu marine. Son bronzage s'était accentué lors de son séjour sur la côte et elle avait l'air sain et efficace d'une démonstratrice ou d'une hôtesse de l'air. Elle s'était mis aussi ce soir un rouge à lèvres orange et de l'ombre à paupières bleu pâle. Ses joues et son front portaient encore les traces d'un coup de soleil et son nez pelait un peu.

« Tu es superbe, dit Morgan, un sherry à la main. N'est-ce pas ? » Il se tourna vers Mrs. Fanshawe pour confirmation.

« Elle a toujours beaucoup aimé la toilette, depuis qu'elle était tout bébé, déclara Mrs. Fanshawe avec fierté. Je me souviens, un jour dans sa poussette...

— Oh ! Maman, interrompit Priscilla en riant, je t'en prie, ne raconte pas cette histoire. Je suis sûre que ça n'intéresse pas du tout Morgie. »

Tout le monde gloussa bêtement. « Morgie » avala une gorgée de sherry et posa son verre sur la table à côté de son fauteuil tandis que Mrs. Fanshawe allait jusqu'au bout de son anecdote. Pour la première fois, il sentit que les parents de Priscilla le regardaient comme un prétendant potentiel pour leur fille et cette constatation amena avec elle son train habituel d'émotions contradictoires. Il lança un coup d'œil à Mrs. Fanshawe, la fumée qui s'élevait de la cigarette vissée dans le fume-cigarette noir que mordaient les dents, le large visage pâle sous les cheveux de jais, l'immense proue de la poitrine. Il essaya de l'imaginer parlant avec sa mère et Reg à la réception de mariage, et la panique gargouilla dans son estomac comme un oiseau qui bat des ailes. Chloé Fanshawe, sa belle-mère... Il coupa court à ce défilé de pensées.

« Il faut partir », dit-il avec un sourire nerveux.

Priscilla courut chercher son sac au premier étage et Morgan resta seul, debout au milieu de la pièce tel un esclave sur un marché, conscient du regard critique des Fanshawe.

« Priscilla a beaucoup aimé sa journée de pêche, dit Fanshawe. Ça a l'air épatant, cet endroit-là. Faudrait m'emmener, Morgan. »

Ah ! non ! pensa Morgan.

« Avec joie », fit-il.

Il se sentait enfoncer lentement mais inexorablement dans la guimauve du giron familial. Il aurait dû en être ravi : il se dit qu'il l'était. Puis Priscilla revint, les Fanshawe les accompagnèrent à la porte et leur firent « au revoir » de la main du haut des marches.

« Amusez-vous bien, vous deux », roucoula Mrs. Fanshawe, tandis qu'ils montaient en voiture.

En arrivant au club, Morgan et Priscilla s'embrassèrent avec modération un petit moment dans le parking. Priscilla lui passa les bras autour du cou et le serra contre elle.

« Tu m'as manqué, dit-elle. Maman et moi avons beaucoup parlé de toi pendant qu'on était chez les Wagner.

— Ah ! oui, dit Morgan, incertain.

— Ils t'aiment beaucoup tous les deux, tu sais.

— Les Wagner ? Mais je ne les ai vus qu'une fois.

— Mais non, crétin ! » Priscilla lui donna un coup dans les côtes ; « Maman et Papa !

— Ah oui ? » dit-il avec une considérable surprise qu'il camoufla d'un rapide « Naturellement, je les aime beaucoup aussi », stupéfait de pouvoir prononcer ces mots sans s'étouffer. Tout paraissait progresser dans une exceptionnelle harmonie. Peut-être cette soirée serait-elle agréable, après tout. Il embrassa de nouveau Priscilla afin de se rappeler la raison pour laquelle il s'infligeait cet échange de faux serments. Il posa sa main sur ses genoux et remonta sous la robe le long de sa hanche jusqu'à ce que ses doigts rencontrent le coton de la culotte. A sa grande surprise la petite tape de réprimande prévue ne se matérialisa pas et il sentit au contraire la main de Priscilla lui presser le bas du dos. Ils se désenlacèrent, ses yeux à elle brillants de plaisir. L'habituelle sensation de suffocation saisit la poitrine de Morgan : c'est comme s'il avait eu les poumons remplis d'ouate. La soirée prenait une tournure incroyablement aimable et facile. Ce soir pourrait bien être *le soir*.

Bras dessus, bras dessous, ils entrèrent au club, où l'on dansait déjà. Il y avait une soirée de ce genre tous les mois. Rien de spécial, simplement une manière d'attirer les gens, d'injecter une dose de festivité dans la vie sociale — par ailleurs fort plate — de Nkongsamba et de faire marcher le restaurant et le bar. Quelquefois on engageait un orchestre mais ce soir Morgan vit qu'on en était réduit aux disques. Le grand hall avait été vidé, les chaises poussées le long des murs et les lustres éteints. Les fauteuils étaient disposés par petits groupes autour de tables basses sur lesquelles brûlaient des bougies fichées dans de vieilles bouteilles de Chianti. Un jeune homme — le directeur de la Barclay's Bank de Nkongsamba et secrétaire du Club — assis derrière la table du phono flanquée de deux grands haut-parleurs, s'affairait, l'air important, sur une pile de disques. On jouait un morceau de jazz indéterminé avec dominante de clarinette. Morgan trouva la musique mélancoliquement apaisante. Quelques gens étaient assis dans les fauteuils et trois couples traînaient leurs pieds raides sur le plancher dont le bois cliquetait comme de lointaines castagnettes. Le bar était plus animé et rempli de gens à peine mieux habillés que d'ordinaire : une cravate ici, une touche de maquillage là, un rang de perles plus loin mais l'atmosphère n'était pas très différente de celle qui prévalait généralement au club. Morgan n'en fut guère surpris : malgré ses prétentions, la soirée dansante mensuelle du Club n'avait jamais particulièrement excité les branchés mondains de Nkongsamba, mais Priscilla semblait déçue :

« Je croyais qu'il y aurait un orchestre, se plaignit-elle.

— On en a un parfois, s'excusa Morgan.

— Mais ils ne se donnent aucun mal. On dirait une quelconque soirée chez n'importe qui. »

Morgan dut en convenir. Il rejeta le blâme sur le manque d'imagination du secrétaire qui, comme pour confirmer ce jugement, remplaça le jazz par un cha-cha-cha, réussissant ainsi à vider la piste de ses danseurs.

« C'est mieux au moment de Noël, dit Morgan en guise de consolation. Je t'assure. En tout cas, allons prendre un verre. »

Morgan et Priscilla dansaient. Ils se serraient de près et oscillaient lentement tandis que quelqu'un chantait : *Hier, l'amour était un jeu si facile.* Morgan posa sa joue sur la tête de Priscilla. Il sentit ses cheveux lisses et propres, brillants et fins. Ils lui parurent le symbole, un peu chimérique certes, de tout ce que sa vie serait bientôt. Il déplaça son érection contre le ventre de Priscilla et se pencha pour embrasser l'épaule nue. Elle noua ses poignets autour de son cou et l'attira plus près d'elle encore. Sa façade collet monté s'écroulait rapidement, constata Morgan ; les attentions de Charlie le Chinetoque devaient beaucoup lui manquer. Elle avait bu deux grands scotchs et s'était montrée, à sa manière, très flirteuse : il en avait bien profité. Il loucha sur sa montre : il était dix heures moins vingt, ils n'étaient là que depuis une heure.

Alors qu'ils étaient au bar, juste après leur arrivée, ils s'étaient fait accrocher par Jones et sa femme. Jones avait paru vexé de trouver Morgan au club après qu'il eut refusé son invitation et il n'avait accepté ses excuses que de mauvaise grâce. Le bougre d'imbécile, se dit Morgan, tout en tanguant tendrement avec Priscilla, elles auraient dû lui sauter au nez les raisons pour lesquelles on refusait régulièrement d'aller dîner *chez Jones :* son idiote de souillon d'épouse, des mômes braillards qui se réveillaient constamment, la nourriture de dernière catégorie. Pauvre Jones, pauvre connard de Jones.

L'inepte secrétaire fit une nouvelle démonstration de son sens aigu de l'ambiance en mettant du rock and roll à plein tube et la piste de danse se vida une fois de plus. Morgan et Priscilla demeurèrent indécis entre le hall et le bar. On aurait dit de Priscilla qu'elle venait de se réveiller :

« Un verre ? proposa Morgan.

— Oh ! ne restons pas ici, dit-elle, suggestive. Tu m'attends une minute ? Je voudrais juste aller au petit coin. »

Morgan affirma que cela ne posait pas de problème. Il la regarda s'éloigner, détaillant les mollets fermes, les fesses frétillantes sous la jupe bleue. Il sentit son cœur battre plus fort : la maison était en ordre, il y avait nourriture et boissons si nécessaire et, par chance, les draps avaient été changés hier — rien ne clochait... Sauf lui, se dit-il saisi par un inopportun remords de conscience au souvenir de sa visite au dispensaire et de l'horrible maladie qu'avait mentionnée Murray : quelque chose sans gonocoques. Mais non, essaya-t-il de se convaincre. Murray n'avait-il pas suspendu son verdict ? De plus il n'y avait pas eu répétition de la sensation de brûlure et pas une seule goutte de cette répugnante substance non plus. Il ne devait pas y avoir de problème, simplement une terrifiante coïncidence. Toutefois, afin d'avoir l'esprit et la conscience en repos, il vérifierait une fois de plus : il s'esquiva en fredonnant le refrain entraînant de l'air de rock and roll qui balayait encore la piste de danse déserte, dépassa la foule agglutinée autour du bar et enfila d'un air désinvolte le couloir conduisant aux toilettes.

Debout contre l'urinoir, il fit pipi sans même un frisson. Il sourit : il avait fait face à ses responsabilités, aucun tribunal moral ne pourrait l'accuser de s'être dérobé. Il avait fait tout ce qu'on pouvait raisonnablement demander à un homme sur le point de coucher avec sa bien-aimée. Il remonta sa fermeture éclair et se lava les mains. Il examina son reflet dans le miroir, rajusta sa cravate et tâta avec précaution ses cheveux. Il se demanda, en passant, s'il devrait se laisser pousser une moustache — une de ces bacchantes à la mode — ça ne lui irait probablement pas mal : « Narcisse ! » accusa-t-il tendrement son double avant de lui tourner le dos.

Il sortit dans le corridor obscur et se heurta à quelqu'un qui, comme lui, recula en s'excusant. Morgan reconnut l'accent de Murray avant même de distinguer ses traits. Mais ce soir, sa bienveillance était prête à s'étendre à tous — même à Murray.

« Soir, docteur ! Ici pour la sauterie ? » dit-il d'un ton plaisant.

Murray ne répondit pas tout de suite.

« Non, dit-il pensif, comme se rappelant quelque chose. La bibliothèque.

— A vrai dire, je ne vous prenais pas vraiment pour un sauteur, docteur, fit Morgan facétieux, jouissant presque de ce qu'il interpréta comme les premiers signes de gêne qu'il ait jamais vus sur le visage de Murray : Eh bien, bonne nuit, ajouta-t-il gaiement avant de partir.

— Mr. Leafy, le rappela Murray, autant que je vous le dise maintenant, je pense. Nous avons eu les résultats de vos analyses. J'ai peur de m'être trompé dans mon diagnostic préliminaire. » Il regarda par-dessus son épaule pour s'assurer qu'ils étaient seuls. « Au sujet de la toxémie non gonococcale.

— Ah ah ! triompha Morgan. C'est bien ce que je pensais. A propos, plus aucun symptôme. Tout est au poil, je ne me suis jamais senti aussi bien. Mais ne vous frappez pas, toubib, ajouta-t-il effrontément, on ne peut pas toujours tomber dans le mille !

— J'allais vous dire, reprit Murray, je crains que ce ne soit pas *non*-gonococcal.

— Je ne comprends pas très bien, dit Morgan, la voix entrecoupée, le doute se propageant dans son esprit comme une rumeur de guerre. Que dites-vous ?

— Que *c'est* gonococcal. Je suis désolé de vous annoncer que vous avez une blennorragie, Mr. Leafy. Il n'y a pas lieu de vous alarmer mais c'est indiscutablement une blennorragie. »

En redescendant l'escalier qui menait aux toilettes, Priscilla remarqua la mine congestionnée de Morgan et lui demanda s'il se sentait bien.

« Juste un peu chaud », dit Morgan, hébété. A vrai dire son crâne était sur le point d'exploser, comme mis à feu par les mots fatals qu'il venait d'entendre. Constatant l'hystérie que ses propos avaient déclenchée, Murray l'avait calmé en lui répétant de ne pas s'inquiéter et de venir à la clinique le lendemain comme prévu.

« Je ne boirais plus rien ce soir, si j'étais vous Mr. Leafy, avait-il ajouté. Qu'abstinence soit votre mot d'ordre général pour un temps. »

Morgan ressentait la frustration d'un Samson enchaîné entre les deux gigantesques colonnes de son infortune : l'épouvantable diagnostic d'une part et, de l'autre, l'accablante perspective de l'heure qui allait suivre. Debout, immobile, attendant la réapparition de Priscilla, il n'avait su que se répéter en vain : « Que faire ? Que faire ? » Il se débrouilla tout de même pour soutenir la conversation jusqu'à la voiture : une fois à l'intérieur, Priscilla se jeta sur lui, sa langue explorant sa bouche et ses dents se heurtant péniblement aux siennes. Il répondit de son mieux, affreusement conscient de sa totale détumescence. Mon Dieu, se dit-il, pris d'une horreur soudaine, et si je devenais impuissant ? Il eut la vision de régiments de bacilles grouillants envahissant son corps, à cet instant même, à la recherche des bivouacs les plus confortables. D'ailleurs que se passait-il quand on avait la chaude-pisse ? Est-ce que le nez vous en tombait ? En devenait-on fou ? Vos couilles se boursouflaient-elles en citrouilles ? Il se sentit envie de pleurer de chaudes larmes amères de rage et de déception.

« Morgie, tu n'écoutes pas ! se plaignait Priscilla avec humeur.

— Pardon, euh, chérie, dit-il avec un sourire égaré. Qu'y a-t-il ?

— Que fait-on maintenant ?

— Je te dépose ? dit-il sans réfléchir.

— Morgie ! cria-t-elle, ce n'est pas drôle !

— Pardon, pardon, insista-t-il, je rêvais, je ne sais pas à quoi je pense. »

Il l'embrassa distraitement. Quoi qu'il arrive, elle ne devait jamais savoir.

« Allons chez moi », suggéra-t-il, sachant que c'était ce qu'elle voulait. Il avait besoin de temps, se dit-il, de temps pour se calmer, réfléchir et trouver une issue à cet affreux dilemme.

Ils quittèrent le parking du club et traversèrent rapidement les quartiers lépreux de Nkongsamba, les braseros rougeoyants, les groupes animés de jeunes. Les phares des voitures l'aveuglaient, les klaxons et les radios tonitruantes l'assourdissaient. Un enfer africain. Morgan imagina des diablotins noirs à la Bosch armés de longues pincettes et de fourches pointues saisissant et farfouillant ses parties intimes.

Priscilla abaissa la vitre et laissa aller sa tête contre le dossier. Sa paume brûlante se posa négligemment sur la cuisse de Morgan.

« Mince, gloussa-t-elle, j'ai trop bu ! Quand je ferme les yeux la voiture me fait l'effet des montagnes russes ! »

Morgan ne répondit pas. Un semblant d'ordre se rétablissait dans son cerveau enfiévré avec, se faufilant têtue au premier rang, une seule et obsédante question : s'il avait une blennorragie, où, nom de Dieu, l'avait-il attrapée ? Une seule réponse, il le savait, qui aurait pu se lire en lettres de feu d'un kilomètre de haut tant elle était évidente : HAZEL ! Hazel ! La salope, la garce, la sale vieille pute. Elle et ses loubards de copains, *elle* la lui avait passée !

Dévalant à tombeau ouvert la route principale vers le nord, Morgan se mit à concocter les vengeances grossières et violentes qu'il se promit d'infliger, en personne et à petit feu, au corps corrompu d'Hazel mais à l'approche de la maison les préoccupations immédiates reprirent le dessus. Tout en remontant l'allée du garage et en rangeant la voiture, il examina et rejeta successivement les diverses options qui s'offraient à lui.

Un : être honnête, confesser la vérité ou autant qu'il en était nécessaire. Mais non, se dit-il tout aussitôt, impossible. Et si ça revenait aux oreilles de sa mère ? Et puis ça ruinerait tout espoir de mariage : dans son monde à elle, on n'attrapait pas ce genre de maladie.

Deux : oublier, poursuivre comme si de rien n'était et que tout aille bien. Il eut le vertige en songeant aux éventuelles conséquences d'une telle conduite : Priscilla n'y couperait pas, il contaminerait sa future épouse et alors... il préféra ne plus y penser.

Trois : mentir. Sa vieille amie Dissimulation et ses rejetons Atermoiement et Faux-Fuyant, aussi peu plausibles qu'ils soient. Il était maintenant clair qu'il n'avait d'autre recours que d'empêcher Priscilla et lui de finir dans le même lit. Il songea tout à coup, dans une sorte de délire, à se blesser délibérément : peut-être se taillader la main en faisant des sandwichs ou bien trébucher en rentrant à la maison et s'ouvrir le crâne sur le pas de la porte. Mais il le savait : il n'aurait pas le cran d'aller jusqu'au bout. Peut-être pourrait-il simuler une indisposition plus sympathique, du genre épilepsie, hydropisie ou maladie du sommeil...

« Grouille-toi, lambin ! » La voix de Priscilla était un rien pâteuse. « Je ne vais pas attendre toute la nuit. »

Morgan descendit de voiture, lui passa le bras autour des épaules et l'entraîna vers la maison. Elle se pendit à son cou et, ainsi enlacés, ils gagnèrent la porte tant bien que mal.

Un quart d'heure plus tard, Morgan se dégageait non sans peine de l'étreinte de Priscilla, fondait sur le bar roulant et, malgré la mise en garde de Murray, se versait un énorme whisky. Il espérait que l'alcool l'inspirerait un peu, réussirait à nimber d'authenticité celle des lamentables excuses qu'il se débrouillerait pour inventer. Il songea à se cuiter à mort mais il se rendit compte, avec un désespoir renouvelé, que cela ne ferait que retarder l'inéluctable moment crucial. Demain n'apporterait pas de solution. Le problème continuerait à se poser puisque, c'était clair, même si Priscilla se résignait pour une nuit à sa stupeur alcoolique, son comportement, dans l'ensemble, suggérait qu'elle considérait comme une chose désirable la conjugaison de leurs sexes. Il ne s'agissait pas, après tout, de l'aventure d'un soir et rien ne disait combien de temps il serait, lui, contraint de se récuser : « Qu'Abstinence soit votre mot d'ordre », avait déclaré Murray, égal à lui-même dans le style sibylle annonciatrice d'un sort funeste, ou vieille prophétesse de tragédie. Avec sa phrase, le visage de Murray revint lui flotter dans la tête : le regard bleu inflexible, l'accent sévère. Morgan se sentit positivement délirer de haine. C'était la faute de Murray, décida-t-il avec un manque acharné de logique. C'était l'intervention de Murray qui l'avait fichu dans cette situation abominable et d'une poignante ironie. Il avait essayé de se farcir Priscilla depuis son arrivée et maintenant qu'elle encourageait vivement l'entreprise, c'était lui qui devait prêcher la retenue.

« Qu'est-ce que tu fais, Morgie ? » demanda Priscilla.

Il n'aimait pas beaucoup l'effet que l'alcool avait sur elle : elle devenait aguichante, sainte-nitouche lubrique, petite prostituée vicieuse.

« Rien, chérie », dit-il. Il posa son verre et se retourna. Elle s'était levée du canapé, la robe froissée, la bouche meurtrie par leurs embrassades. Elle lui tendit les bras. Il prit en hésitant ses mains entre les siennes. Elle le tira en direction de la chambre : « Allons-y Morgie. »

Il procéda à un freinage en douceur. Il voulait laisser à l'alcool le temps de se répandre dans son esprit.

« Chérie, dit-il, tentant d'imprégner sa voix de subtiles nuances de regret, de prudence et de réticente sagesse, non, je crois que... enfin, nous devrions tout simplement rester ici... » Il voulut simultanément imprimer à ses traits un savant mélange d'amour, de respect et de sincérité. Mais quelque part en route ses concepts de l'expression faciale et de l'intonation vocale refusèrent tout net de coïncider avec ceux de Priscilla, aux yeux de qui monta un regard entreprenant, espiègle et ravi. Morgan contempla la métamorphose avec l'horreur d'un savant qui observe les premiers signes de vie d'un monstre créé par accident.

« Ici ? demanda-t-elle. Par terre, Morgie ? Oh ! Morgie ! »

Sous l'œil de Morgan sidéré, elle se tourna sur le divan et, avec l'entrain d'un vandale, elle en fit voler sur le sol les coussins qu'elle empila en une couche improvisée d'odalisque. Tout excitée, elle éteignit au galop les lampes, sauf une, sans prêter la moindre attention aux supplications de Morgan : « Priscilla, attends. Non, je ne voulais pas dire... Priscilla, s'il te plaît ! »

Elle ôta d'un coup de pied ses chaussures, se glissa dans le tas de coussins, gloussante, un peu pompette, et s'étira avec des mimiques langoureuses de starlette.

« Allons, Morgie, minauda-t-elle. Ne fais pas attendre une demoiselle. »

Morgan sut qu'il ne pouvait pas continuer plus longtemps. Qu'était-il arrivé à cette fille ? Il l'avait toujours soupçonnée d'avoir un peu le feu aux fesses — elle l'avait d'ailleurs elle-même laissé entendre — mais seule la boisson avait pu susciter cette abominable parodie de vamp hollywoodienne. Bien sûr, se dit-il, se rappelant Olokomeji, elle n'avait aucune raison de croire qu'il ne serait pas hautement stimulé par ces galipettes sexy. Il étouffa un gémissement et regarda, paniqué, autour de la pièce pour décoder une inspiration quelconque dans les reproductions de la galerie Médicis accrochées au mur. Ses yeux revinrent avec hésitation vers Priscilla et il faillit hurler en la voyant se tortiller pour ôter sa culotte qu'elle fit glisser par-dessus ses chevilles avant de la lui lancer gaiement. L'œil un peu vitreux, elle lui adressa un sourire. Puis elle leva les bras et défit les nœuds de sa robe. Le devant du corsage se rabattit pour révéler un balconnet de dentelle supportant sans nécessité ses petits seins. Morgan ouvrit une bouche incapable de proférer un son tandis que Priscilla, arrondissant les omoplates et mordillant sa lèvre inférieure avec une concentration exagérée, s'évertuait à défaire les agrafes du dos. Le soutien-gorge tomba par terre et, un instant, Morgan entrevit des tétons roses avant que, dans un geste de spontanéité folle et faisant la seule chose qui lui vînt à l'esprit, il ne bondisse à travers la pièce, se jette à genoux près d'elle et, tel un fanatique réformateur des mœurs dans une comédie burlesque, lui replace frénétiquement le balconnet sur la poitrine.

« Non ! souffla-t-il, ne fais pas ça, Priscilla ! Pour l'amour du ciel, arrête ! »

L'étonnement se peignit une seconde sur le visage de Priscilla qui, tout aussitôt, enchantée dans son ivresse par le jeu, se remit à glousser. Consterné, Morgan la regardait gigoter pour se dégager, un sein jaillissant hors d'un gousset mal ajusté puis sentit qu'elle l'agrippait à l'entrejambes.

« Non ! » glapit-il, essayant de la repousser d'une main tout en se servant de l'autre pour maintenir le soutien-gorge plus ou moins au-dessus de la taille. Dans la bagarre, la robe de Priscilla lui remonta sur les hanches et Morgan eut la vision-éclair d'un sombre triangle que, poursuivant son combat contre la nudité, il tenta promptement de recouvrir, espérant rabattre la jupe de sa seule main libre. Ne rencontrant soudain plus d'obstacle, les doigts de Priscilla harponnèrent la braguette de Morgan, la fermeture éclair s'ouvrit avant qu'il ne s'en rende compte et une main s'engouffra dans la brèche. Morgan sentit des ongles pointus sur ses cuisses, des doigts se glisser sous son caleçon et se refermer sur l'objet contaminé.

« N'y touche pas ! » hurla-t-il avec violence comme à un enfant sur le point de caresser une vipère. Il sauta d'un bond sur ses pieds et recula loin des coussins, la main cherchant à tâtons le long du mur derrière lui. Il ralluma la lumière et dans le plus complet désarroi s'immobilisa, haletant, près de la porte de la véranda.

L'éclairage brutal du plafonnier aveugla Priscilla. Sans comprendre, elle regarda un grand moment autour d'elle avant que ne lui apparaisse l'horreur de sa situation : peu à peu, dans son cerveau embrumé par l'alcool, pénétra lentement la notion que tout ceci n'avait pas été un jeu, qu'après tout il n'y avait jamais eu de quoi rire.

Morgan la contemplait avec la même morne défiance

que si elle eût été un cadavre sanguinolant planté au milieu de son salon : la robe en tire-bouchon autour de la taille, le soutien-gorge accroché à un coussin, ses petits seins roses encore tout pantelants de leurs récents efforts. Il la vit se passer le revers de la main sur les yeux comme quelqu'un qui émerge d'un profond sommeil. D'un geste maladroit, humble presque, elle allongea sa robe sur ses jambes et se couvrit les seins de ses bras.

« Espèce de salaud ! » dit-elle doucement et puis, soudain, elle ramassa vivement son soutien-gorge et ses chaussures, et filant pliée en deux devant lui, courut à travers la porte et le corridor jusqu'à la salle de bains.

Morgan baissa la tête de honte et de découragement. Il comprenait l'humiliation de Priscilla comme si elle avait été la sienne : son voluptueux abandon sur le sol, son embarras rétrospectif, la sinistre lumière crue, lui penché sur elle, l'horreur inscrite sur son visage... Mais il savait aussi instinctivement et avec une certitude forgée dans l'expérience, que cela ne durerait pas. Les mécanismes d'autodéfense du psychisme humain entreraient efficacement en action, enrobant la vérité, redistribuant l'opprobre, accusant de nouveaux coupables et faisant rejaillir sur lui tout le déshonneur qui, il le confessait, trouverait là sa juste place.

Machinalement il remit sur le divan les coussins éparpillés. Il avait envie de brailler comme un bébé, de crier sa frustration à la face du monde, au lieu de quoi il but un coup de whisky supplémentaire, s'assit et attendit que Priscilla réapparaisse.

Bientôt un claquement sec de talons sur le sol dur du corridor lui indiqua que, comme prévu, elle ne s'était pas contentée pendant son absence de se remaquiller : avec une vive inquiétude il observa le petit sourire glacé qu'elle arborait :

« Voulez-vous je vous prie me ramener chez moi », lui dit-elle comme à un chauffeur de taxi.

Ils marchèrent jusqu'à la voiture en silence, Morgan se demandant ce qu'il pourrait bien lui dire pour empêcher les dégâts de devenir irréparables. Priscilla entra dans l'auto et s'assit, très droite.

« Priscilla, commença-t-il, je peux t'expliquer. Tu vois, j'ai cru que ce serait mieux si...

— Ramenez-moi chez moi. »

Aucune trace d'accablement. Seulement de la haine dans la voix, une haine glaciale, absolue. Il mit la voiture en marche et recula jusqu'à l'avenue.

Le trajet de retour se passa sans un mot.

Tout le long de la route, Morgan eut la vision de son avenir qui disparaissait devant lui, inexorablement, comme un paquebot torpillé s'enfonçant sous les flots. Déjà, tel un léger clapotis sur l'eau, il ne restait de leur récente intimité que les faux plis de la robe de Priscilla. Mais eux aussi seraient repassés dès demain et ce serait comme si rien ne s'était jamais passé. Morgan n'arrivait pas à croire que de si brillantes perspectives — des réalités presque palpables en fait — pussent être annihilées aussi aisément : que toutes ces allusions et ces références à l'amour, les moments de passion, ses rêves éminemment réalisables pussent être effacés — comme il savait qu'ils le seraient — aussi abruptement. Mais l'atmosphère arctique de la voiture le confirmait impitoyablement.

Il stoppa devant la maison des Fanshawe :

« Priscilla, commença-t-il immédiatement, crois-moi, ma chérie, il y a une explication à tout cela. Je peux expliquer. Je t'en prie, ne va surtout pas croire parce que je n'ai pas... »

Elle se retourna pour lui faire face :

« Les types comme toi me font pitié, dit-elle avec une venimeuse douceur. Ce que je n'arrive pas à comprendre c'est comment je ne m'en suis pas aperçue dès le début. C'était tellement évident. Vous êtes des créatures pathétiques, vous tous avec vos vantardises, vos airs de matador.

Pathétiques, faibles, lamentables créatures. Je ne te déteste pas, Morgan : tu me fais pitié ! »

A ce discours, les espoirs chancelants de Morgan virèrent sur l'aile et piquèrent du nez pour entamer un mugissant plongeon de la mort. Il était horrifié par cette interprétation de sa conduite ; elle croyait qu'il s'était dégonflé, qu'il n'avait pas pu s'exécuter, qu'il avait débandé, ce qui était absolument la dernière chose qu'il souhaitait qu'elle crût. Il avait supposé qu'elle penserait qu'il était trop gentil, trop « bien élevé » pour compromettre leur amour dans un accès de fornication mais il réalisait maintenant la totale futilité de ses espérances. Son assaut contre elle à Olokoméji, au bord de la rivière, rendait toute association entre lui et la modération d'un galant homme singulièrement inappropriée. Avec une brusque sensation de nausée il comprit combien pertinente était l'interprétation que Priscilla avait de sa conduite. Il était clair aussi que, quoi qu'elle en ait dit, ce n'était pas de la pitié qu'elle ressentait pour lui mais un bouillonnant mépris.

Avec un choc, il vit Fanshawe sortir sur la véranda et leur faire signe d'entrer.

« Au revoir », dit Priscilla très vite, en quittant la voiture. Elle grimpa en courant les marches vers son père. Morgan fit un petit signe de la main et démarra rapidement pour ne pas les voir en conversation. Il essayait de ne pas penser à ce que pourrait raconter Priscilla, à l'explication qu'elle donnerait de son retour prématuré et de son refus à lui d'entrer et de se joindre à eux. Il pencha la tête du côté de la vitre pour laisser la brise caresser son visage. Dans l'anthologie de ses désastres personnels, il ne parvenait pas à se rappeler une soirée aussi traumatisante et dévastatrice et pourtant si cruellement proche de la perfection, une soirée où il avait failli sceller les premières briques du nouvel avenir qu'il se proposait de construire pour Morgan Leafy.

Avec un faible élan d'espoir il se dit qu'il serait peut-être possible de sauver quelque chose de ces décombres, de la convaincre à coups de larmes et de serments d'amour de sa sincérité et du souci qu'il avait eu de ne pas altérer la nature de leurs relations, de ne pas les fausser en les rendant trop vite charnelles. Il expérimenta sur lui une petite plaidoirie impromptue mais la substance lui en apparut irrémédiablement bidon, invraisemblable. Et il comprit aussi avec cette amère lucidité des petites heures du matin que les choses avaient été trop loin, qu'après ce que Priscilla avait fait — se déshabiller en le suppliant pratiquement, *lui* — il n'y avait aucune chance qu'elle récrive sa version des événements de la nuit. Il se vit condamné à perpétuité au rôle du sportif vantard, victime de ses propres fanfaronnades de garçon de bain : les exploits claironnés de l'étalon local exposés comme une fraude, comme les racontars illusoires et complexés d'un gigolo au chômage. Il se sentait rougir de colère tandis que les détails du portrait se précisaient. Si seulement elle savait de quoi il était capable... mais son amertume se transforma en honte à mesure que le stéréotype se refermait sur lui. Peu lui importait ce que les gens disaient. Les femmes avaient toujours la dernière carte — il ne pouvait pas gagner sur celle-ci.

En rentrant chez lui, il alla droit au lit. Tel Napoléon à Waterloo, il avait jeté un bref regard sur la scène de sa défaite — et avait aperçu la culotte de Priscilla gisant dans le coin du salon où elle l'avait lancée dans un abandon provocant. La pensée d'avoir reconduit chez elle une Priscilla sans culotte, c'était l'ironie finale. Il ramassa l'objet et résista à l'envie de le renifler : un slip blanc bordé de dentelle bleue. Il était maintenant dans le tiroir de sa table de chevet, triste trophée de ce qui aurait pu être... Tout en se repassant, masochiste, le film de la soirée, il se dit que s'il n'avait pas rencontré Murray au club, s'il avait décidé d'uriner chez lui, rien de tout cela ne serait arrivé : en fait il serait au lit avec Priscilla en ce moment même. Mais non, les hasards et les circonstances de sa journée et de celle de Murray étaient *destinés*, tels le ·*Titanic* et l'iceberg, à converger devant les toilettes Messieurs à cet instant précis, avec l'exactitude d'une horloge suisse. De même il avait *fallu*, pensa-t-il hargneux, que ce fût Murray : l'homme semblait assumer dans sa vie un rôle fatal, démoniaque. Une part de lui-même devait admettre à regret que Murray n'avait pas pu savoir les effets qu'aurait son diagnostic mais cela ne compensait pas sa détestable aptitude à jouer les statues du Commandeur, le catalyseur qui avait fait repartir chez Morgan les rouages rouillés et grinçants de son sens des valeurs. Parce qu'il savait bien que c'était son désir de se conduire « *décemment* » avec Priscilla qui l'avait fourré dans ce pétrin — mais de le reconnaître ne lui apportait aucun réconfort ni la moindre satisfaction. Ses délicatesses morales — il le calculait froidement — lui avaient coûté Priscilla et les brillants lendemains qui la suivaient en foule. Il comprit soudain, dans un grand éclair d'inspiration, pourquoi le Mal régnait ainsi dans le monde : le prix qu'on avait à payer pour être bon était simplement hors de proportion, absurdement surévalué. En tant que consommatrice principale du produit bonté, la race humaine avait décidé que, pour sa part, elle n'était plus désormais prête à payer le tarif en cours. Il se retourna dans son lit et boxa furieusement ses oreillers, des larmes de frustration devant sa propre faiblesse lui brûlant les yeux. Oui, pensa-t-il, oui plus personne ne voulait payer, sauf une poignée de billes, une poignée d'andouilles et de pauvres connards comme lui.

10.

Morgan referma le livre et crut vraiment entendre le sang se retirer de son visage. Il s'appuya contre le mur le plus proche, un frisson de peur aveugle lui secoua le corps. Les mains tremblantes, il replaça l'épais volume dans sa case de la section « médecine ». L'ouvrage était intitulé : « Maladies sexuellement transmissibles. »

Il avait décidé de n'aller au bureau qu'après son rendez-vous avec Murray. Une séance à pleurer de douleur ce matin au-dessus de la cuvette des cabinets lui avait brutalement rappelé son état et il n'était pas en outre très pressé d'affronter Fanshawe. Impossible de prédire ce que Priscilla pouvait bien avoir raconté à ses parents au sujet de la soirée de la veille. Morgan avait donc tué le temps avec un long mais morose petit déjeuner au cours duquel il avait pris la décision de faire face à la vérité et de se montrer implacablement honnête avec lui-même. C'est dans ce but qu'il s'était rendu en voiture à la librairie de l'Université pour y rechercher des détails sur sa maladie. Après avoir rôdé un moment autour de la section médicale, s'assurant que personne ne le surveillait, il avait trouvé le livre qu'il voulait et avait, mal à l'aise, commencé à en feuilleter les copieuses illustrations sur papier glacé.

Il fixait maintenant d'un regard aveugle la place baignée de soleil du bloc administratif visible des fenêtres de ce côté de la librairie. Sa tête n'était plus qu'un luxueux catalogue d'effroyables images, une tête d'épicier pourrie, putréfiée, remplie de concombres déliquescents, de tomates éclatées, de choux de Bruxelles puants, de laitues bouffées par les limaces. Nez désagrégés, palais perforés, membres grotesquement boursouflés dansaient devant ses yeux, images d'un carnaval d'incurables. A ses oreilles résonnait une des litanies les plus immondes, les plus évocatrices qu'il ait jamais entendues : « tréponème en grappes » « méat purulent », « macule », « pustules », « trichonoma vaginilus », « granuloma inguinale », « bejel », « verrues vénériennes », « candida albicans » — la morne et robuste terminologie de la médecine.

Machinalement il tâta un point noir sur sa narine, fit le tour de sa bouche avec sa langue, vérifia la souplesse de ses rotules. Tout un chapitre obscène était consacré aux abominables variétés tropicales. Son œil avait accroché des mots comme « herpès géant » « lésions phagédéniques » « chancres ». Sa joue droite fut saisie d'un tic violent et ses yeux se remplirent de larmes tandis qu'il poursuivait sa lecture avec un étonnement désespéré. Comment pareilles choses pouvaient-elles exister ? Quelles atroces circonstances avaient amené sous le microscope du laborantin ces mutations impossibles ? Comment même avait-on transporté d'un endroit à l'autre ces corps friables, suintants et boursouflés ? Il tenta de contraindre à l'action ses glandes salivaires desséchées. Il examina son corps râblé, lui expédia des messages prudents, fit bouger les pieds et les mains. Il lui semblait sentir le courant électrique s'échapper de ses neurones, les vaisseaux sanguins irriguer fidèlement les muscles et les tissus relâchés, les tendons et les cartilages maintenir solidement la fragile ossature. Ne me laissez pas tomber, supplia-t-il silencieusement, tenez encore un peu le coup, ne vous déglinguez pas. Il promit à son corps de le garder en forme, de le nourrir sainement, de le bien traiter, de protéger et de chérir chacun de ses membres. Il deviendrait un athlète, un adepte de Véga, jura-t-il, n'importe quoi pour ne pas rejoindre les épaves des illustrations médicales. *N'importe quoi.*

Confus et tremblant, il frappa à la porte de Murray une demi-heure plus tard. Murray leva les yeux de son bureau tandis qu'il entrait et disait bonjour : il était en train d'écrire quelque chose sur une feuille de papier :

« J'en ai juste pour une minute », dit-il.

Morgan se demanda comment Murray allait lui casser le morceau : avec ménagements, en amenant peu à peu le sinistre pronostic ou bien sans fioritures, en pleine figure.

« Nous avons fait une culture sur votre prélèvement », dit Murray en signant son nom au bas de la feuille. Il leva sa tête qu'éclaira un bref sourire. « Beaucoup d'infections urino-génitales se révèlent non gonococcales mais, ainsi que je vous l'ai dit hier soir, ce n'est pas le cas de la vôtre.

— Est-ce très... » Morgan s'éclaircit la gorge pour tenter de baisser de plusieurs tons sa voix de fausset. « Est-ce très... grave ? C'est-à-dire, avez-vous ici les installations nécessaires pour traiter ce genre de cas ? Vous comprenez, je m'inquiète de savoir si je dois me faire rapatrier. » Il avala sa salive. « Et que va-t-il se passer avec... mon visage... et le reste de mon corps ? »

Murray scruta les hiéroglyphes barbouillés de son buvard. Oh ! petit Jésus, pensa Morgan, il n'ose même pas me regarder en face.

« Vous avez dû feuilleter des livres, n'est-ce pas ? dit Murray avec résignation.

— J'ai dû quoi ? Des livres ? Eh bien j'ai peut-être jeté un œil...

— Laissez-*moi* le soin du diagnostic, Mr. Leafy. Vous vous éviterez pas mal de tracas. »

Morgan ressentit le ton condescendant de Murray :

« On est naturellement anxieux... de savoir. Le pire, je veux dire. »

Murray le regarda avec attention :

« Quelques centimètres cubes de pénicilline, monsieur Leafy, et trois semaines de quarantaine.

— Quarantaine ? Que voulez-vous dire ? L'isolement ?

— Non, je veux dire sans rapports sexuels. L'abstinence.

— C'est tout ? questionna Morgan, avec un soudain soulagement mêlé à l'obscur sentiment d'être un peu floué. Une piqûre et... trois semaines seulement ? »

Murray leva les sourcils d'un air vaguement amusé :

« Deux piqûres, en fait pour plus de sûreté. Pourquoi ? Qu'attendiez-vous ? Des bains de soufre et la castration ? »

Morgan se sentit ridicule, un sentiment qu'il finissait par associer de plus en plus avec Murray.

« Eh bien, dit-il, plaintivement, on n'a aucune idée...

— Justement, dit Murray avec une certaine violence. Nous avons ici en moyenne trois ou quatre cas par jour de maladies vénériennes non définies. Et pas uniquement chez des étudiants ou des ouvriers. Nous injectons pas mal de pénicilline aux cadres supérieurs. »

La voix de Murray était demeurée soigneusement neutre mais Morgan comprit qu'il était automatiquement classé dans le groupe des retardés mentaux. Maintenant que la perspective d'une mort à petit feu et par petits bouts s'était éloignée, Murray commençait à lui taper sur les nerfs.

« J'ai besoin de quelques renseignements, dit Murray en prenant son stylo. D'abord le nom de vos partenaires des deux derniers mois.

— Est-ce absolument nécessaire ?

— La loi l'exige.

— Oh ! je vois. Eh bien il n'y en a qu'une. » Il prononça le nom de Hazel avec un certain venin, en pensant combien il avait été près d'avoir à en ajouter un second. Murray demanda l'âge et l'adresse.

« Maintenant, dit-il brusquement, vous êtes-vous livrés, vous et... votre partenaire à des pratiques anales ou orales ?

— Bonté divine ! s'exclama Morgan en rougissant. C'est absurde ! Vous ne faites pas de la recherche, non ? Pourquoi voulez-vous savoir ça ? »

Les traits de Murray se durcirent :

« Elle pourrait avoir des ulcères anaux ou oraux, Mr. Leafy — si elle n'est pas soignée. »

Morgan ravala sa salive et marmonna « orales » d'un ton plus calme. Il n'avait jamais songé à l'autre possibilité.

« Bien, continua Murray. Je dois envoyer son nom et ces informations au dispensaire d'Adémola, en ville. Il serait préférable que vous vous assuriez personnellement qu'elle y aille. Elle doit être traitée elle aussi évidemment et il faut retrouver ses autres partenaires.

— Il n'y a pas d'autres partenaires », lança Morgan avec suffisance mais sans beaucoup de certitude. Il réfléchit un instant : « Écoutez, docteur Murray, dit-il. Ai-je, euh, vraiment besoin d'être impliqué plus avant dans cette affaire ? Je veux dire, aller à l'infirmerie — avoir à donner mon nom. Il y a ma... ma position ici à prendre en ligne de compte — ceci pourrait se révéler un peu embarrassant. Ne pourrait-on pas cette fois oublier d'appliquer à la lettre...

— Je suis désolé, Mr. Leafy, interrompit Murray sans la moindre sympathie. Il faut être deux pour danser le tango, comme on dit, et je crains qu'il ne soit pas sage dans ces circonstances de trop songer à votre amour-propre. Pourquoi devriez-vous avoir un traitement que vous refuseriez à...

— Bon, bon, coupa Morgan, amer. Compris. Mais ne pourrait-on pas au moins la soigner ici ? Ne vous en faites pas : je paierai. Je suis prêt à payer pour elle en qualité de patiente privée.

— Non, dit Murray. Absolument hors de question. »

Un *Anglais sous les tropiques*

Il griffonna quelque chose sur une feuille :

« Portez ça à l'infirmière d'ici. Elle vous fera votre première piqûre. Revenez dans six jours pour la seconde. »

Il alla à la porte qu'il tint ouverte pour Morgan :

« Rappelez-vous, Mr. Leafy : pas de rapports intimes et pas d'alcool pendant quatre semaines.

— Quatre ? Je croyais que vous aviez dit trois, protesta Morgan.

— Dans votre cas, je pense qu'il vaut mieux dire quatre. »

Une heure plus tard, assis dans son bureau, Morgan conclut calmement que, désormais, il haïssait Murray plus intensément que n'importe quel autre humain dans sa vie bien que, comme toujours, il y eût plusieurs concurrents pour la première place. Mais il n'arrivait cependant pas à comprendre pourquoi il laissait constamment Murray le mettre en rogne de la sorte. Il n'était guère qu'un employé après tout, responsable temporaire de sa santé et qu'il était forcé de consulter pour l'instant. On rencontrait dans la vie de tous les jours des tas de gens de la même catégorie et aussi odieux : fonctionnaires, employés de banque, contractuels, assistantes de dentistes, etc. — mais ils n'inspiraient pas cette haine épuisante. Qu'avait donc Murray pour qu'il souhaite lui écrabouiller la cervelle, lui passer dessus avec une voiture, le réduire en chair à pâté à coups de machette ? Ce n'était pas seulement son manque répété de serviabilité à l'égard d'un compatriote, son refus de reconnaître sa qualité de diplomate ou le plaisir qu'il paraissait prendre à sa déconfiture à lui, Morgan. A bien y penser, c'était aussi le don qu'il avait de s'ériger implicitement en juge. Il avait l'air de dire : regardez la bande de pauvres types pathétiques que vous faites. C'était certainement l'impression dominante que Morgan retenait de ses rencontres avec lui. Et puis aussi sa tête : les cheveux coupés court, la sagesse du visage ridé et tanné par le grand air, la netteté du vêtement, l'air de science infuse du guérisseur, l'absence apparente de doute et d'incertitude dans tout ce que l'homme disait. Voilà, c'était cela : quand vous rencontriez Murray, toutes les vilaines lâchetés morales qui faisaient le tissu de votre vie, toutes les zones grises d'une conduite douteuse, le triste ensemble de vos comportements égoïstes s'alignaient soudain devant vous comme pour être comptés. Mais le pire, le plus irritant, c'était qu'après avoir provoqué cet effet, Murray ne semblait pas s'en préoccuper davantage ni s'étonner qu'il fût si considérable. Nous rencontrons tous, de temps à autre, des gens qui nous donnent le sentiment d'être des merdes mais Murray était différent. Il était pareil à un inspecteur d'Hygiène qui, après avoir fait remarquer la saleté, les graillons et les crottes de rat dans la cuisine condamnée, s'en va ensuite sans vous expliquer comment vous en débarrasser et se fiche complètement que vous nettoyiez ou pas.

Morgan alla à la fenêtre et regarda Nkongsamba, qui mijotait dans la chaleur de l'après-midi. Le paysage commençait à le fatiguer, il ne lui apportait aucun apaisement, aucun agrément, aucune vision sur la vie des choses malgré le temps qu'il passait à le contempler. Découvrir que ses pensées tournaient à un tel point autour de Murray l'irrita : il avait des problèmes plus importants qui réclamaient son attention, entre autres comment réparer les affreux dégâts survenus dans ses rapports avec Priscilla, que faire à propos d'Adekunlé et la nature du châtiment qu'il allait infliger à Hazel.

Sur ce dernier point, il se contenta, trois heures plus tard, d'une gifle retentissante mais quand Hazel s'effondra sur le lit en braillant, il fut pris de remords et se jeta sur elle pour s'excuser et la consoler en la couvrant de baisers. Il dut se retenir pour ne pas lui retaper dessus quand elle lui confessa, un peu plus tard, trois autres amants à temps partiel. Fou de rage, il tourna pendant cinq bonnes minutes dans la chambre en hurlant des imprécations et des menaces. Après quoi, il traîna Hazel au dispensaire d'Adémola, un immeuble moche et malodorant dans une rue perpendiculaire au tribunal. Ils s'assirent dans une salle d'attente crasseuse, couverte de traces de doigts sales et remplie d'enfants en pleurs et de mères épuisées, où ils attendirent qu'un médecin kinjanjais harassé s'occupât d'eux.

Le médecin leva la tête :

« Je crois que vous recevez déjà des soins au dispensaire de l'Université », dit-il à Morgan. Ce que Morgan reconnut tout en se disant que Murray n'avait pas perdu de temps pour s'emparer du téléphone.

« Et votre nom ? » demanda le docteur.

Morgan fut surpris : Murray n'avait apparemment pas tout dit.

« Mon nom ? » Morgan réfléchit très vite et, enjoignant du coude le silence à Hazel : « Jones, dit-il. Denzil Jones. DENZIL. Et mon adresse... »

11.

Cinq jours plus tard, Morgan se trouvait de nouveau dans le petit hall d'arrivée de l'aéroport de Nkongsamba. Un sentiment de déjà vu s'imposa très fort à lui. Même chaleur, même Dakota sur la piste, même nacelle pareillement emmaillotée. Même fille boudeuse derrière le bar mal approvisionné et mêmes magazines dans le même tourniquet. Seule manquait la famille en habits de fête. Morgan regarda sa montre : trente-cinq minutes de retard. Il avait eu bien soin de téléphoner auparavant à l'aéroport et on lui avait assuré que l'avion serait à l'heure. Il continua à faire les cent pas tout en hochant une tête incrédule ; on ne pouvait même pas compter sur ses propres précautions dans ce pays : toute prudente vérification tournait à la perte de temps.

Il se trouvait à l'aéroport pour y rencontrer le nouveau, un nommé Richard Dalmire. Il était venu dans sa voiture et il devait emmener Dalmire à la maison d'hôtes de l'Université où on le logerait en attendant de lui trouver une maison ; il le conduirait ensuite chez les Fanshawe pour un verre avant le déjeuner. Morgan avait été également convié mais ne s'en réjouissait pas. Il s'était fait très discret vis-à-vis des Fanshawe depuis sa désastreuse soirée avec Priscilla et s'était réfugié dans le travail : il n'était pas très sûr de la manière dont réagiraient en public à son égard la mère et la fille. Fanshawe lui-même s'était absenté, pendant deux jours, pour aller dans la capitale mettre la dernière main au Projet Pinacle, sur lequel il continuait de s'enthousiasmer, et informer le haut-commissaire des développements liés aux prochaines élections dans la région Centre-Ouest. Morgan avait été fort occupé à lui concocter un rapport — qu'il avait entièrement construit à partir d'un tri studieux des journaux du mois précédent et de quelques ragots recueillis autour du bar du Club. Complètement subjectif et largement invérifiable mais assaisonné de jargon à résonances officielles, ledit rapport, Morgan devait bien l'admettre, faisait fouillé et compétent. Morgan s'était un peu inquiété de son manque d'objectivité mais il commençait à se convaincre que c'était là un impossible idéal, et puis d'ailleurs personne dans la capitale n'en savait plus que lui sur l'affaire.

Il repéra immédiatement Dalmire parmi les passagers et fut surpris de le découvrir si jeune. Il portait un costume de couleur claire avec une chemise bleu pâle et — incroyable mais vrai — un panama. Il ne paraissait pas souffrir du tout de la chaleur et Morgan pensa qu'il avait l'air d'un accompagnateur de croisières de luxe, pétri d'assurance et nanti de toute la science requise.

« Hello ! dit Morgan en s'approchant de lui. Dalmire, n'est-ce pas ? Je suis Morgan Leafy, Premier Secrétaire. »

Dalmire lui fit un large sourire et lui serra la main énergiquement :

« Hello ! dit-il. Ravi d'être ici. Appelez-moi donc Dickie. »

La voix était haute, l'accent parfait.

Morgan éprouva une curieuse réticence à s'adresser aussi familièrement à Dalmire : il ne put pas se l'expliquer mais il lui sembla que ce serait un peu consentir à jeter les armes sans avoir tiré un coup de feu.

« Allons chercher vos bagages », dit-il.

En route pour la maison d'hôtes, Dalmire expliqua

combien il était touché que Morgan soit venu lui-même le chercher, combien il était heureux de faire sa connaissance et combien il trouvait excitant d'être envoyé en poste à Nkongsamba.

« Je veux dire, regardez ça par exemple » — il indiqua quelques cases branlantes et un troupeau de chèvres autour d'un passage à niveau — « Unique, non ? L'Afrique. Cette chaleur... la vie... tout est si différent. Nous ne pourrons jamais changer ça. Pas en profondeur. »

Morgan détourna son visage pour dissimuler un sourire. Seigneur, pensa-t-il, où va-t-on les chercher ? Lui aussi, autrefois, il avait fait du roman au sujet de l'Afrique, mais c'était là-bas en Angleterre, avant d'y venir. Ses images en technicolor et ses aimables illusions n'avaient pas duré cinq minutes. Dispersées par le souffle de la fournaise, jonchant le parcours entre l'avion et les baraques puantes d'immigration de l'aéroport international. Toutes ses prétentions littéraires style Rider Haggard, Jock-de-la-savane, Dr Livingstone-je-présume, Cœur-du-Problème, s'étaient liquéfiées comme la sueur sur son front. La naïveté de Dalmire avait été moulée dans un matériau plus ferme, plus résistant. Il lui donnait deux semaines.

Ils enregistrèrent Dalmire à la maison d'hôtes, déposèrent ses bagages et, après s'être rafraîchis, se remirent en route pour la Commission. Dalmire ne cessait de poser des questions comme un nouveau à la rentrée des classes et souscrivait gaiement à toute opinion exprimée par Morgan.

« Fanshawe est un spécialiste de l'Extrême-Orient, n'est-ce pas ?

— Oui, dit Morgan. On l'a par conséquent envoyé en Afrique.

— Ça paraît un peu bizarre, acquiesça Dalmire, toujours en extase devant le paysage. Depuis combien de temps êtes-vous ici ?

— Bientôt trois ans.

— Ah bon ! Je suppose que c'est pour cela qu'on a pu envoyer Fanshawe — vous connaissiez tous les dessous. »

Morgan tourna brusquement la tête pour voir si Dalmire plaisantait mais il paraissait sérieux.

« Vous avez peut-être raison », dit-il, en s'engageant sur l'avenue qui menait à la Résidence.

Une demi-heure plus tard, Morgan, un jus d'orange à la main, surveillait du coin de l'œil Dalmire en conversation avec Priscilla. Les choses ne s'étaient pas aussi mal passées qu'il l'avait craint. Priscilla l'avait accueilli assez aimablement — personne n'aurait pu deviner que quoi que ce soit clochait. Fanshawe avait été direct et cordial, le représentant inutilement à Dalmire en ajoutant des commentaires condescendants mais flatteurs. De Mrs. Fanshawe, seule, avait émané un palpable courant d'air froid, tandis qu'elle lui demandait, l'œil légèrement rétréci, si ce serait du sherry comme d'habitude. Morgan avait produit le plus large de ses sourires et répondu que non, il préférait une boisson non alcoolisée si elle n'y voyait pas d'inconvénient.

« Oh ! avait-elle dit, très évidemment surprise. Tout va bien ?

— Très bien, avait répliqué Morgan avec assurance. Juste un petit dérangement intestinal, c'est tout. »

Un sourire glacial quand elle lui avait tendu son orangeade lui avait fait comprendre qu'elle ne voulait rien entendre de plus sur ses problèmes de viscères. Mais il fut stupéfait par la réponse de Dalmire au « Sherry pour vous, Dickie ? modulé par Mrs. Fanshawe :

— Je préférerais un gin tonic si cela ne vous dérange pas », avait répliqué Dalmire.

Et voilà la preuve, s'était dit Morgan avec résignation, qu'il n'avait jamais, lui, vraiment su s'intégrer. Pendant des années, il avait bu leur abominable sherry, croyant bêtement qu'on ne l'en aimerait que davantage. Il n'avait jamais rien demandé d'autre, sauf aujourd'hui, pensant que ce serait impoli et culotté, et ils avaient fini par croire

228

que c'était sa boisson favorite. Il était la victime de sa propre imbécillité, conclut-il tristement, en jetant un œil envieux au gin bleuté, cliquetant de glace, de Dalmire. Il se sentit soudain déprimé. Fanshawe continuait à lui casser les pieds à propos du projet Pinacle — combien utile avait été son rapport — mais Morgan ne l'écoutait qu'à moitié. Dalmire parlait à Mrs. Fanshawe et lui posait des questions astucieuses sur son mobilier. Priscilla les rejoignit avec un plateau de canapés et bientôt tous les trois bavardaient avec un sérieux et une aisance que, il le sentait instinctivement, il n'avait jamais réussi à posséder.

Plus tard sur la véranda, en disant au revoir, les Fanshawe prirent Dalmire à part pour lui montrer leurs plantes vertes et il se retrouva miraculeusement seul avec Priscilla :

« Priscilla, commença-t-il, se sentant comme un adolescent maladroit, au sujet de l'autre soir... »

Elle l'interrompit avec un sourire d'une telle luminosité séraphique qu'il se demanda si elle était devenue subitement folle.

« Morgan, dit-elle, n'en parlons plus. Oublions complètement. Je suis à blâmer moi aussi — dans un sens — donc nous allons prétendre que rien ne s'est passé. OK ? » Et puis : « Il a l'air très gentil, Dickie. »

Morgan feignit de ne pas entendre. L'espoir palpitait dans son cœur tel un moustique autour de la flamme d'une bougie :

« Priscilla, voudrais-tu... pourrais-tu ?... Tiens, que dirais-tu d'une sortie ce soir ? Rien qu'un verre c'est tout, juste un verre au calme, nous... »

Le sourire lumineux réapparut.

« Tu n'as pas entendu ce que je t'ai dit ? demanda-t-elle patiemment. Rien ne s'est passé. Rien ne se passera. On en reste là. Je pense que c'est le mieux. Tout ceci a été une affreuse erreur. C'est mieux ainsi. »

Morgan baissa la tête :

« Bien sûr, dit-il. Naturellement. Mais je voulais simplement dire... »

Il n'en eut pas l'occasion car Mrs. Fanshawe s'avançait, majestueuse, avec Dalmire et Fanshawe en remorque.

Sur le chemin du retour à l'Université, Dalmire commenta rêveur :

« Ils ont l'air gentil. Vraiment très gentils.

— Mmm », dit Morgan sans se compromettre, pensant : c'est sans espoir pour toi, mon petit. Mais son esprit revint vite se concentrer sur d'autres problèmes tels que la ruine totale de ses projets d'avenir avec Priscilla.

« ... Priscilla aussi.

— Quoi ?

— Je disais que j'avais bien aimé leur fille aussi. Très jolie petite, commenta Dalmire d'un air connaisseur.

— Oui. J'ai... ah... je suis sorti pas mal avec elle depuis son arrivée, dit Morgan, possessif, et donnant une subtile emphase au mot « sorti ».

— Oh ! je suis désolé... J'espère que vous n'avez pas pensé... Vraiment j'étais seulement...

— C'est OK », dit Morgan, en riant sans conviction.

Dalmire était sincèrement confus.

« Elle n'est pas mal, continua Morgan sur un ton entendu. Aussi bien que ce qu'on trouve ici.

— Je suis désolé, poursuivit Dalmire. Mais c'est simplement qu'elle a offert de m'emmener au Club, ce soir. De me piloter un peu. Je détesterais que vous pensiez — il fit virevolter ses mains l'une autour de l'autre — que je suis en train de tenter... quoi que ce soit. »

Morgan se força à sourire :

« Je serais moi-même bien venu avec vous, dit-il, tartinant son visage d'indifférence, si je n'étais pas débordé de travail. »

12.

On était au milieu de la matinée. Un ciel bleu délavé s'encadrait dans la moitié supérieure da la fenêtre du bureau. Morgan travaillait depuis sept heures et demie. Le téléphone sonna :

« Leafy à l'appareil.

— Mr. Leafy, c'est Sam Adekunlé. »

Morgan faillit en laisser tomber le récepteur.

« Mr. Leafy ? répéta Adekunlé.

— Hello, souffla Morgan. Ravi de vous entendre. Puis-je vous être utile ?

— Oui, reconnut Adekunlé. Effectivement. » Sa voix était assurée et suave. « A propos de notre dernière conversation. Je pense qu'il pourrait être bon de la reprendre, si vous voyez où je veux en venir, comme vous dites, vous les Anglais. »

Morgan acquiesça : il serait très heureux de reprendre l'entretien.

« Rencontrons-nous donc chez moi alors, suggéra Adekunlé. Vous savez où est ma maison sur le campus ? Demandez à l'entrée principale. Disons trois heures et demie cet après-midi ? »

Morgan répondit que cela lui convenait très bien. Il raccrocha et demeura immobile : il sentait l'excitation le gagner. Enfin ! la chance qu'il attendait. Mais que cela signifiait-il ? Fanshawe n'avait pas cessé de le harceler avec le projet Pinacle et Morgan n'avait réussi qu'à grand-peine à le contenter avec d'interminables topos extraits de son dossier sur le parti d'Adekunlé. Il aurait pu être candidat au poste d'historien officiel du PNK, si complète était sa connaissance de ses origines, du nombre de ses adhérents, et de ses sphères d'influence. Et depuis l'arrivée de Dalmire, désormais chargé de la routine des visas, Morgan avait eu tout le temps d'amasser des quantités d'informations inutiles. Un fait cependant était devenu évident : du point de vue de la Grande-Bretagne, le choix initial du PNK avait été le bon. Le Parti avait une base ostensiblement capitaliste et libérale-démocrate et représentait une coalition des loyautés tribales Kinjanjaises contrairement au PUPK, le parti au pouvoir, qui ne jouissait que d'un appui régional limité. Mais autre chose était de savoir s'il allait gagner. Les grondements du mécontentement populaire se faisaient violents à propos de la corruption flagrante des politiciens et de leurs malversations incessantes. Absurdement, le Kinjanja figurait parmi les dix plus gros importateurs de champagne au monde ; les journaux de l'opposition matraquaient la populace, appauvrie et harassée par la bureaucratie, d'histoires scandaleuses, de week-ends de shopping à Paris et à Londres, de réceptions à l'échelle de villages entiers avec des invités transportés par hélicoptère, d'avions des lignes nationales réquisitionnés à des fins privées et ainsi de suite. Morgan possédait des pages et des pages de coupures sur ses énormes abus de pouvoir. Que le PUPK dût s'en aller était clair mais qu'un vainqueur incontesté pût émerger des partis de l'opposition l'était beaucoup moins. En fin de compte, Morgan le savait maintenant, ces choses se décidaient sur le plan tribal et religieux et la diversité des ethnies et des croyances au Kinjanja ne paraissait pas à son avis, pour l'instant, s'orienter vers un gouvernement de majorité.

Mais, se dit-il en refermant son dossier, s'il fallait choisir un cheval dans cette course, autant parier sur le PNK.

Impressionnante, la maison d'Adekunlé, — probablement construite par Ussman Danda et Cie — semblait deux fois plus grande que les autres sur le campus. C'était une imposante bâtisse carrée à deux étages, avec une terrasse supportée par des colonnes tout autour du premier étage ; sur l'un des côtés un fouillis de logements de domestiques et de l'autre un garage pour trois voitures. Un jardin, très bien entretenu, entouré d'une haute barrière de barbelés. On aurait plutôt dit la résidence d'un gouverneur d'État que la maison d'un professeur d'Économie et Morgan se demanda ce que les collègues d'Adekunlé à l'Université pensaient d'une telle ostentation. Deux gardiens en uniforme kaki ouvrirent le portail en fer forgé : Morgan prit l'avenue et se gara devant la porte d'entrée. Informé du coup de téléphone, Fanshawe avait sauté de joie, ce qui avait conduit Morgan à soupçonner une fois de plus que son supérieur ne lui avait peut-être pas dit tout ce qui reposait sur le succès du projet Pinacle. Les billets d'avion étaient, semblait-il, prêts — n'attendant qu'une date — et à en croire Fanshawe, les lits au Claridge étaient déjà faits.

Morgan appuya sur la sonnette de la porte d'entrée. Un domestique en uniforme blanc le conduisit dans un vaste salon ouvert sur deux côtés à la fraîcheur du jardin, comme la plupart des maisons au Kinjanja. Les sols étaient parquetés, les meubles légers de style suédois. Aux murs, de beaux échantillons d'art africain — masques, panneaux de bronze martelé, gourdes sculptées. Il se demanda si le décor était l'œuvre de Célia Adekunlé et soupçonna que oui.

Elle entra dans la pièce :

« Hello, dit-elle. Sam m'a annoncé votre venue. Je crains qu'il ne soit un peu en retard. »

Elle portait une robe d'été droite, vert pâle, avec un

décolleté en V et pas de manches. Morgan songea que c'était la première fois qu'il la voyait vêtue à l'européenne. Dans l'ombre de la pièce, et mis en valeur par la couleur de sa robe, son hâle semblait très foncé.

« Oh ! je vois, dit Morgan. Puis-je l'attendre ici ?

— Bien sûr, dit-elle. Je vous en prie. Voulez-vous du thé ? »

Ils prirent le thé et bavardèrent à bâtons rompus :

« Jolie maison, dit Morgan.

— Vous trouvez ? dit-elle sans beaucoup d'enthousiasme. Nous espérions déménager. Je ne peux pas supporter les barbelés. Sam devait construire une maison plus proche de la ville mais — elle eut un petit rire — il ne peut pas se le permettre, ces frais de campagne électorale sont terribles. Le seul ennui est que, s'il gagne, nous aurons besoin d'encore plus de barbelés — la perspective ne semblait pas la réjouir — et de gardes.

— Vous ne souhaitez pas qu'il gagne ? » demanda-t-il.

Elle le regarda, sérieuse :

« Peu importe ce que je souhaite », dit-elle d'une voix unie.

Elle se leva et prit une cigarette dans une boîte sur une table basse devant lui. Tandis qu'elle se penchait, il entrevit la blancheur de son soutien-gorge au creux de son décolleté. Elle leva les yeux et surprit son regard :

« Cigarette ? proposa-t-elle avant d'ajouter : Non, j'oubliais. Vous avez renoncé, n'est-ce pas ? »

Elle consulta sa montre. Morgan vérifia la sienne : quatre heures passées.

« Voulez-vous un verre ? demanda-t-elle. C'est un peu tard pour un second thé. »

Elle appela le boy :

« Que prendrez-vous ? s'enquit-elle.

— Ooh... » Il fit semblant de réfléchir. « Je... eh bien, tenez, je prendrai un Coke.

— Un Coca-Cola et une vodka-tonic », ordonna-t-elle au boy.

Elle se retourna vers Morgan avec un sourire :

« Vous ne buvez pas, vous ne fumez pas. Êtes-vous totalement dépourvu de vices, Mr. Leafy ?

— Morgan, je vous en prie. Puis, haussant les épaules : J'en ai ma part », dit-il.

Étrange femme, pensa-t-il, elle a quelque chose de curieusement agressif. Il la regarda se rasseoir : les cheveux secs tirés en queue de cheval, les yeux au regard meurtri, aux paupières lourdes à demi closes. Ses jambes haut croisées étaient très brunes — tout comme le bout des doigts de pieds qui dépassaient des sandales. Sa peau avait cet aspect sans éclat, terne et mat que donne trop de hâle. Il se demanda si elle était bronzée partout.

« Que regardez-vous ? » dit-elle subitement.

Morgan fut pris de court :

« Je... j'admirais votre hâle, dit-il en rougissant.

— Eh bien, je n'ai pas grand-chose d'autre à faire, confessa-t-elle. Je peux m'étendre sur la terrasse là-haut toute la journée. Suivre le soleil dans sa course. C'est très abrité des regards. Les enfants sont en pension, je n'ai rien à faire ici — elle indiqua la maison. Parfois le matin je vais au Club en ville juste pour échapper à l'Université et aux autres épouses de professeurs. Pia-pia et ragots à longueur de journée. »

Elle écrasa sa cigarette :

« Je suis souvent là-bas entre neuf et onze heures en semaine, dit-elle en le regardant dans les yeux. Vous nagez, Morgan ? »

Bon sang !, se dit Morgan, tout ceci n'est pas très subtil.

« Oui, j'aime bien nager. »

Il y eut un silence. Il pensa qu'il convenait d'alléger un peu l'atmosphère.

« J'aurai désormais plus de temps à y consacrer, dit-il

d'un air dégagé, puisque le nouveau est arrivé. Il m'a déchargé de la routine. »

Elle s'approcha pour prendre une autre cigarette.

« S'agit-il de vos affaires d'immigration et de demandes de visas ? questionna-t-elle nonchalamment.

— C'est cela. Je les ai refilées à Dalmire. Ça me laisse libre pour autre chose. »

Il n'avait pas l'intention d'insinuer par là quoi que ce fût et il espérait qu'elle ne l'interpréterait pas autrement. Sa libido était en triste état ces jours-ci et il en avait encore pour une semaine et demie de quarantaine.

« Mais — elle exhala une bouffée désinvolte — vous conservez sans doute le contrôle général de ces affaires ?

— Oh ! oui, dit Morgan, condescendant. Le jeune Dalmire ne fait que la routine. Il ne connaît pas encore les ficelles du métier. Tout ce qui fait problème doit toujours passer par moi.

— Je vois. » Elle hocha la tête puis la releva soudain. « Je crois que c'est Sam. » Elle se leva : « Voulez-vous m'excuser, Morgan, je sais que Sam ne voudra pas être dérangé. »

Elle se dirigea vers les escaliers. Morgan se leva.

« J'ai eu beaucoup de plaisir à bavarder avec vous. Peut-être vous verrai-je au club un matin de cette semaine ? »

Elle grimpa rapidement les marches tandis que Morgan entendait Adekunlé entrer. Il se retourna pour aller à sa rencontre.

« Mon bon ami Mr. Leafy », l'accueillit jovialement Adekunlé, engoncé et en sueur dans un costume trois pièces. Il jeta son élégant attaché-case sur un fauteuil et traversa la pièce, tendant une paume brun clair :

« Comment allez-vous ? Célia s'est-elle bien occupée de vous ? »

« Il *quoi* ? glapit Fanshawe outragé, tirant sur les poils minuscules de sa moustache. Bon Dieu ! quel culot !

« — Oui, absolument, dit Morgan. Il exige deux semaines au Claridge et une voiture avec chauffeur. »

Fanshawe prit l'air scandalisé :

« Nom d'un chien, pour qui ces gars-là se prennent-ils ?

— Et, poursuivit Morgan, il veut un billet — deux en fait — sans date et il veut être accueilli officiellement à l'aéroport.

— *Officiellement ?* » Fanshawe secoua une tête incrédule : « Et qu'avez-vous répondu à tout cela ? »

Morgan marqua un temps d'arrêt :

« J'ai dit que c'était OK... » Fanshawe sursauta, alarmé. « Naturellement j'ai dit qu'il fallait d'abord que j'en réfère — je n'ai fait aucune promesse ferme.

— Dieu soit loué ! » Fanshawe se lissa les cheveux. « C'est aussi bien parce que je ne suis pas sûr que nous puissions avaler tout ça, pas sûr du tout.

— C'est ce qu'il faudrait pourtant, suggéra Morgan. Adekunlé dit que si nous acceptons, il laissera tomber les autres invitations.

— Quelles autres invitations ? »

Morgan ne lui en avait encore jamais parlé.

« Paris, Washington, Bonn.

— Oh ! mon Dieu ! » Fanshawe devint pâle. Morgan se demanda ce qu'il avait bien pu raconter au haut-commissaire, ce qu'il avait bien pu garantir aux mandarins du Foreign Office. Il comprit soudain que cet homme était aussi anxieux que lui de s'évader : lui aussi voyait dans le projet Pinacle un passeport pour quitter Nkongsamba. Fanshawe tapait nerveusement des doigts sur son bureau :

« Il les laissera tomber, dites-vous ?

— C'est ce qu'il affirme, répondit Morgan. Il dit que pour l'instant il n'entend pas aller faire l'article pour le Kinjanja autour du monde. Je dois dire, Adekunlé mis à part, que ce n'est pas absurde. Le Kinjanja est une ex-colonie britannique : il est naturel qu'Adekunlé s'adresse à nous. Et je crois qu'il bluffe dans une certaine mesure. Il ne tient pas à ce que l'influence française s'étende davantage en Afrique de l'Ouest, et les Américains sont coincés au Viêtnam. »

Fanshawe le regarda :

« Oui, acquiesça-t-il. Mais il ne faudrait pas qu'il aille se balader dans tous ces pays. Surtout si nous lui accordons ce qu'il demande — nous devons en faire une condition. Non, il ne faudrait pas, répéta-t-il, il n'a même pas encore été élu.

— Je ne pense pas qu'il y aille, même s'il le veut. S'il doit passer deux semaines en Angleterre, ça ne lui laisse pas beaucoup de temps pour sa campagne électorale. Il faut qu'il se montre ici : le jour J approche et il est un très gros bonnet du parti. »

Fanshawe se rasséréna :

« C'est vrai, dit-il. Vous avez raison. »

Morgan était content de lui : il aimait bien discuter des Français et des Américains de cette manière, il prenait plaisir à ses solides analyses de la situation politique. Fanshawe lui faisait tout à fait confiance, c'était évident.

« Je vais voir ce que je peux faire pour ces diverses requêtes, dit Fanshawe fronçant les sourcils de concentration. Elles deviennent terriblement importantes, ces élections. On vient encore de découvrir du pétrole dans le delta. Beaucoup d'argent britannique investi là-dedans. On construit une nouvelle raffinerie. » Il posa ses mains à plat sur le buvard et sourit faiblement à Morgan : « Vos rapports ont confirmé qu'Adekunlé était notre homme. Le haut-commissaire est très impressionné par votre travail, mais beaucoup de choses sont en jeu, vous comprenez. Bien plus qu'un séjour au Claridge. Oh oui ! beaucoup plus à présent ! »

Il se tut, le front toujours plissé par le souci. Morgan sentit l'inquiétude envahir l'atmosphère et s'infiltrer dans ses pores. Il se demanda un instant si Fanshawe essayait de

lui flanquer la trouille mais il savait qu'il n'était pas assez
bon comédien pour cela.

« Je suis sûr que nous avons fait le bon choix, Arthur,
dit-il.

— Oh oui !, dit Fanshawe en agitant la main comme
pour disperser de la fumée de cigarette, je suis sûr que *vous*
l'avez fait. »

Morgan sortit des vestiaires Messieurs dans la lumière
éblouissante du soleil matinal et prit soudain conscience de
l'éclat dévastateur de son caleçon de bain. Il avait négligemment jeté autour de son cou une serviette dont les
extrémités pendaient sur son large torse. Il n'aimait pas
beaucoup nager en public, hyperconscient qu'il était des
insuffisances de son hâle, de sa considérable corpulence et
des milliards de taches de rousseur dont il était constellé.
Devant le miroir du vestiaire, alors qu'il s'inspectait avant
de s'aventurer à l'extérieur, il s'était beaucoup inquiété, en
se regardant de profil, de constater les protubérances
accentuées de sa poitrine et s'était, une fois de plus, juré de
se remettre au régime et au sport.

Il traversa à grandes enjambées la terrasse, très gêné du
tremblement de ses seins sous la serviette. Tables et
fauteuils autour de la piscine étaient occupés par l'habituel
contingent d'épouses oisives, quelques-unes avec des
bambins trop jeunes pour le jardin d'enfants. Pas d'hommes, sauf un vieux type à cheveux blancs qui barbotait à
l'endroit le plus profond du bassin, les coudes accrochés à
la gouttière du trop-plein en agitant paresseusement les
pieds sous l'eau. Morgan l'observa attentivement : il
soupçonnait toujours dans cette immobilité béate le signe
d'un secret soulagement sub-aquatique mais il conclut, à la
réflexion, que le vieux ne faisait que profiter du soleil. Il
découvrit deux matelas libres et ôta sa serviette et sa
montre. Célia Adekunlé avait affirmé qu'elle serait là à dix
heures et demie. Elle était d'ordinaire exacte.

Il alla vers le petit côté du bassin et plongea dans la fraîche eau bleue. Il glissa sous la surface, jouissant de la sensation de l'eau sur sa peau, puis ressortit au soleil et parcourut la longueur de la piscine d'un crawl puissant et ravageur qui chassa le vieil homme de son confortable perchoir. Un des bras de Morgan vint frapper par le travers une jambe en fuite :

« Pardon ! cria Morgan très content de lui, impossible de changer de route une fois que j'ai commencé ! »

« Aah ! Merde ! » hurla Morgan en recevant des gouttes d'eau froide sur son dos brûlant.

Il se retourna, les yeux plissés par le soleil, et vit Célia Adekunlé qui, penchée sur lui, essorait ses cheveux mouillés.

« Désolée d'être en retard, dit-elle, se jetant sur le matelas et se tournant face au soleil, les bras en croix. Ouf ! l'eau est délicieuse !

— Bon sang ! dit Morgan en s'essuyant le dos. Vous auriez pu me flanquer une crise cardiaque ! »

Il lui sourit. Ils en étaient à leur troisième rencontre en trois jours. Un matin, en route pour la Commission, il avait décidé sur une impulsion, en traversant Nkongsamba, de s'arrêter au Club. Il y avait trouvé Célia ainsi qu'elle l'en avait prévenu. Ils s'étaient revus le lendemain, Morgan équipé cette fois de son maillot de bain. Ils avaient nagé, s'étaient dorés au soleil, avaient bavardé. Elle était partie, juste après midi, mais non sans arranger un troisième rendez-vous. Morgan avait découvert qu'il aimait bien être avec elle. Il l'avait déjà remarqué lors de leur première rencontre : il existait dans leurs rapports une intimité tacite, une familiarité latente comme si, s'étant reconnus l'un l'autre, ils avaient été instinctivement conscients, sous le badinage, de leurs motifs réciproques mais avaient pris néanmoins plaisir au subterfuge...

Il ne pouvait définir la chose de manière plus cohérente ni même expliquer comment elle avait pu commencer.

Il la regarda s'installer sur son matelas. Elle avait les yeux clos à cause du soleil et il put donc la détailler sans vergogne. Elle portait un bikini jaune sur son corps menu et très brun. De petits seins, des jambes minces et des genoux proéminents, osseux. Au-dessus du slip une cicatrice ridée d'appendicite. La peau du ventre était distendue, presque parcheminée à force de soleil et plissée — probablement le résultat de ses deux enfants. En l'examinant à froid ainsi, il dut admettre que rien de physique ne l'attirait en elle et ceci le laissa un peu perplexe.

Il s'allongea sur sa serviette et se protégea les yeux d'un bras. Si c'était le cas, se dit-il, pourquoi lui consacrait-il autant de temps ?

Eh bien, elle représentait une source d'information de premier choix sur Adekunlé et le PNK — explication qu'il offrirait à Fanshawe si celui-ci s'avisait de le questionner sur ses matinées à la piscine. Sans doute avait-il appris qu'une portion considérable de la fortune d'Adekunlé était passée dans l'achat de cadeaux très coûteux destinés à des personnages influents et avait-il établi qu'Ussman Danda et Cie était dangereusement endetté auprès des banques. Mais, à part cela, il n'avait rien découvert qu'il ne sût déjà. Adekunlé, semblait-il, ne parlait pas beaucoup de ses affaires politiques : en fait, d'après Célia, il ne lui parlait qu'à peine. Le mariage, désormais, elle l'avait bien souligné, n'était plus que de pure forme. Cette information datait de la veille. Morgan, après leur baignade, avait raccompagné Célia à sa voiture. Un silence avait suivi la confidence. Puis : « Oh ! je vois, avait dit Morgan.

— Vous savez, avait-elle soudain lâché tout à trac, le regardant droit dans les yeux avec une troublante franchise, nous n'avons pas besoin de nous rencontrer *ici*. Nous pourrions aller ailleurs.

— Ailleurs ? avait-il interrogé ingénument. Je ne vous suis pas très bien, j'en ai peur. »

Elle avait fait une petite grimace, comme si elle s'était attendue à cette réponse. Elle avait haussé les épaules : « Un après-midi, avait-elle dit avec simplicité, nous pourrions aller faire une balade en voiture. »

Il avait été touché et flatté par la franchise de ses avances, vaguement conscient de l'effort que cela supposait pour elle ; flatté parce que c'était la première fois que pareille chose lui arrivait — du moins en plein jour et à jeun. Songeant à sa quarantaine et aux quelques jours qui restaient à courir, il dit, avec autant de respect et de courtoisie qu'il en put exprimer, en posant la main sur son bras :

« Non, Célia, je ne pense pas que nous devrions aller faire une balade. Pas en ce moment en tout cas. »

Elle avait ri sans gaieté et secoué la tête :

« Non, vous avez raison. C'est idiot de ma part. Je ne dois plus très bien savoir où j'en suis. » Elle s'était tue, puis : « Mais en tout cas merci », avait-elle dit avec conviction. Elle était montée en voiture et avait baissé la vitre :

« Nous pourrons quand même nous voir demain, n'est-ce pas ? Même heure ? »

A présent, étendu, il se demanda s'il se serait montré aussi délicat et réticent sans les horribles gonocoques dont il était l'hôte. Il ne s'interrogea pas trop avant sur ce point et n'insista pas sur la réponse : il suffisait qu'il se soit comporté de manière louable, qu'il ait pris soin de ne pas laisser croire à Célia qu'elle avait fait quelque chose de moche. Du coin de l'œil, il la regarda se retourner et dégrafer son soutien-gorge pour exposer son dos nu au soleil. Elle essaya maladroitement de faire glisser les bretelles : un sein lui échappa soudain et demeura suspendu comme une cloche avant d'être relogé dans son gousset. Il comprit alors qu'il se racontait des histoires :

ses matinées avec Célia Adekunlé n'avaient rien à voir avec la collecte d'informations.

Un moment plus tard, après un bain et un peu de conversation, il commanda des boissons et un sandwich. Un boy apporta le plateau tintinnabulant. Par-dessus sa vodka-tonic, Célia le regarda siroter son Coca-Cola et dit :

« Je ne sais pas comment vous faites, Morgan. Vous devez être le seul homme de Nkongsamba à ne pas boire. »

Morgan se tapota le ventre :

« Je me suis promis de perdre de la graisse. »

Célia se mit à rire :

« Eh bien le Coca-Cola ne va pas vous y aider ! »

Là elle n'avait pas tort, pensa-t-il. Il était sur le point de dire que d'ailleurs il allait laisser tomber quand soudain une apparition lui serra le cœur d'appréhension :

« Oh ! merde ! » jura-t-il.

Émergeant des vestiaires côté Dames, au bout de la piscine, s'avançaient Priscilla et sa mère. Priscilla arborait son costume baleiné d'Olokomeji tandis que la mère avait jeté son dévolu sur une tunique courte d'éponge blanche qui s'ouvrait en voletant, au rythme de la marche, pour révéler un gigantesque deux-pièces marron foncé du style préféré des femmes enceintes ou des douairières américaines : modèle qui comporte une paire de rideaux de théâtre garantissant la chasteté requise tout en donnant à l'utilisatrice l'aisance d'un deux-pièces — si elle est enceinte — ou l'impression qu'elle est encore assez jeune pour en porter un — si elle a des illusions. A travers la fente du rideau, Morgan entrevit une peau très, très blanche et, au-dessus de la moitié supérieure, le fin sillon du décolleté dans une mer gélatineuse de seins comprimés. Deux cuisses solides veinées de bleu complétaient cette vision d'une Junon sur le retour, d'une Vénus de Botticelli, empâtée, bourgeoise et d'âge incertain, qui regagnait la mer, la main droite serrée sur un bonnet de bain orné de fleurs en caoutchouc.

A mesure qu'elles approchaient, il devint évident qu'elles avaient vu Morgan mais que, indépendamment ou d'un commun accord, elles allaient prétendre le contraire. Par pur entêtement il décida de ne pas laisser les choses se passer ainsi.

« Chloé, Priscilla ! » lança-t-il à leur passage, la jovialité du ton masquant sa nervosité. Il n'avait pas revu Priscilla depuis le jour où il était tombé sur elle et Dalmire au Club : Dalmire cordial et bavard, Priscilla fièrement distante. Il vit que, forcée par son cri de le reconnaître, elle adoptait à nouveau son attitude « sans rancune ».

« Hello ! dit-elle gaiement. J'avais l'impression d'avoir déjà rencontré ce maillot de bain. »

Il baissa la tête, soudain conscient des bosses de son aine :

« Oui, dit-il, sentant la nervosité le submerger, il ne passe pas inaperçu, hein ? »

Il présenta en hâte Célia :

« Vous connaissez Célia Adekunlé, je crois. Chloé Fanshawe, Priscilla Fanshawe. »

Elles acquiescèrent. Morgan sentit les yeux de Mrs. Fanshawe, brûlants de curiosité derrière les verres opaques de ses lunettes de soleil, évaluant, jugeant, condamnant.

« Une journée de congé ? » lança-t-elle, souriante, entre ses dents.

Furieux du sous-entendu, Morgan se retourna pour lui faire face :

« Le boulot, toujours le boulot ! Vous ne voudriez pas qu'on en devienne idiot, non ? » dit-il, glacial.

L'hostilité crépita entre eux et le silence devint inconfortable :

« Eh bien, nous ne voudrions pas vous déranger, dit Mrs. Fanshawe. Au revoir, Mrs. Adekunlé... Morgan. »

Elles s'éloignèrent et Morgan lança vers le gros cul un regard haineux.

« Bonté divine ! s'exclama Célia. Qu'avez-vous fait pour autant l'offenser ?

— Dieu seul le sait, dit Morgan, gêné. Le seul fait d'être vivant, je pense. »

Il se tut, furieux de se montrer dans cet état.

« Morgan, dit Célia. Que se passe-t-il... ? »

Il crut, un horrible instant, qu'elle allait l'interroger sur Priscilla mais le silence n'avait pour cause que la cigarette qu'elle allumait.

« ... entre vous et Sam ? Quelle est la raison de tout cet intérêt ? »

Il respira, soulagé :

« Rien vraiment, dit-il avec hésitation, bien qu'il sût instinctivement qu'il pouvait lui faire confiance, qu'une idée idiote de Fanshawe. Il pense que le parti de Sam va gagner les élections ; aussi nous montrons-nous très amicaux. »

Il avait encore l'esprit préoccupé par Priscilla et il ajouta sans réfléchir :

« C'est pour cela que nous lui offrons son voyage.

— Un voyage ? Où ?

— A Londres. Deux semaines. »

Il se retourna : « Oh ! pardon, dit-il. Vous ne saviez pas ? Zut, je suis désolé. »

Célia eut un sourire sarcastique et tira une longue bouffée tremblante sur sa cigarette. Elle rejeta la fumée et dit en secouant la tête :

« Non, je ne savais pas. A Londres ?

— Oui, dit-il, se demandant s'il avait trahi quelque chose de vital. Il a expressément spécifié deux places. Je lui ai fait porter les billets aujourd'hui. J'ai pensé qu'il vous emmenait. Peut-être est-ce une surprise », ajouta-t-il gauchement.

Elle rit durement :

« Tu parles ! Voyez-vous, Sam est très possessif à mon égard. Il ne me permet pas de quitter le pays. Je ne suis pas allée en Angleterre depuis trois ans. Il pense que si j'y retourne il ne me reverra plus. »

Morgan avala sa salive : « Et il a raison ? Je veux dire, vous vous enfuieriez ? »

Elle semblait avoir recouvré son calme :

« Oh oui ! dit-elle. Et comment ! »

13.

Il était quatre heures moins le quart de l'après-midi. La Peugeot de Morgan était garée au bout d'une piste de latérite, à l'ombre d'un immense manguier, dans une jeune forêt de tecks. De chaque côté de la piste, à perte de vue, se dressaient des arbres élancés, hauts de six mètres, leurs feuilles énormes, en forme d'assiettes à soupe, immobiles dans la torpeur d'un brouillard de chaleur. La Mimi de Célia était rangée devant la voiture de Morgan, dont toutes les portes étaient ouvertes comme si le conducteur et les passagers, face à une embuscade ou à un raid aérien, l'avaient brusquement abandonnée pour s'enfuir dans la forêt.

Sur le siège arrière, recouvert d'une serviette, Célia et Morgan se faisaient face, agenouillés. Il semblait inévitable que toutes leurs rencontres et conversations les eussent menés là. Il y avait dans l'air quelque chose d'achevé, de terminé, d'atteint. Ils avaient tranquillement bavardé, s'étaient embrassés puis déshabillés sans aucune trace de gêne. Au-delà de la zone d'ombre créée par le manguier, le soleil s'abattait sur la forêt avec la brutalité métallique de barreaux d'acier autour d'une cellule. Morgan sentit la sueur lui couler en un mince filet le long de la joue. Les cheveux de Célia étaient humides et ébouriffés. Elle les rejeta en arrière et les maintint des deux mains au-dessus de sa nuque, ce qui souleva ses petits seins plats aux mamelons trop larges.

« Oh ! mon Dieu ! dit-elle, il fait trop chaud pour faire l'amour. »

Morgan se pencha par-dessus son pénis en érection et lécha la sueur entre les seins de Célia. Il avait l'impression d'être dans un sauna de fer-blanc, chaque centimètre de son corps était moite, chaud et dégoulinant :

« Oh non ! dit-il. Que non pas ! »

« Très impressionnant, dit Fanshawe. Ils ont été très impressionnés au Haut-Commissariat. Très impressionnés. »

Il lui rendit le dossier du Projet Pinacle. Morgan le fourra sous son bras. Fanshawe rentrait d'une importante réunion dans la capitale. Il se carra dans son fauteuil :

« Nous avons bien travaillé, Morgan, dit-il. Exactement les résultats que j'escomptais de ce petit... exercice. Je peux vous dire qu'à la suite de notre analyse de l'avenir politique du Kinjanja, il est question d'augmenter substantiellement l'investissement britannique ici. On va aussi leur acheter plus de pétrole. » Il tendit la main par-dessus le bureau :

« Je crois qu'il est temps de se congratuler ! »

Morgan lui serra la main tout en se sentant un peu ridicule.

« Quoique ce ne soit pas fini, poursuivit Fanshawe en agitant un doigt en signe d'avertissement. Espérons qu'ils ne perdront pas les élections ! » Il éclata de rire : « Mouah, mouah, ouah, ouah ! » Il plaisantait.

Morgan se débrouilla pour produire le sourire requis, un frisson dispersant le bref réconfort des félicitations. Il aurait souhaité que Fanshawe l'emmenât à ces réunions dans la capitale ; sinon il n'avait aucun moyen de savoir quels mensonges et contre-vérités il transmettait. Fanshawe continuait à parler. Morgan entendit le mot « ambition » :

« Excusez-moi, Arthur. » Il se concentra : « De quoi s'agit-il ? »

Fanshawe fronça les sourcils :

« Je disais que nous voudrions surtout en savoir un peu plus sur les ambitions personnelles d'Adekunlé. On a le sentiment qu'il pourrait bien viser au-dessus du portefeuille des Affaires Étrangères. Qu'en pensez-vous ?

— Je vais voir ce que je peux dégoter », dit Morgan, d'un air compétent.

Il demanderait à Célia. Il la revoyait à six heures dans la forêt de tecks. Adekunlé était absent pour deux jours. Il lui vint à l'esprit que c'était abuser d'elle. Mais l'idée s'en alla comme elle était venue.

« On me dit que vous avez une source très proche de notre Mr. Pinacle », fit Fanshawe, mine de rien.

Sa femme avait dû faire la commère, pensa Morgan. Il joua l'innocent :

« Oh ! je garde l'oreille au sol, vous comprenez. »

Fanshawe gloussa :

« Brave garçon ! dit-il en se levant. Bon, eh bien je vais déjeuner. »

Morgan déposa son dossier sur sa table et descendit les escaliers avec Fanshawe. Ils passèrent devant le bureau de Dalmire, au rez-de-chaussée. Cramponnés à leurs documents, huit candidats au visa attendaient à l'extérieur, assis sur des bancs en bois.

Morgan et Fanshawe demeurèrent un instant debout à l'ombre du portique, contemplant l'avenue comme un couple de hobereaux examinant leurs terres.

« Je vois que Pinacle n'a pas encore entamé son voyage, commenta Fanshawe.

— Non, dit Morgan. Je lui ai envoyé ses billets il y a deux jours. Il voulait les dates en blanc.

— Je sais, dit Fanshawe. C'est simplement qu'on

n'arrête pas de me demander quand il arrivera. Des problèmes d'hôtel, il semble. Vous ne pourriez pas lui dire de se manier le train ?

— Ce n'est pas le genre, expliqua Morgan. Mais il devrait se décider bientôt, avec les élections qui approchent.

— Ça me dépasse, dit Fanshawe. J'aurais pensé que ces gars-là auraient sauté sur l'occasion de passer quelques jours à Londres... »

Il se tut quelques secondes comme pour méditer sur le curieux comportement des indigènes.

« Le petit Dalmire semble s'être bien adapté, dit-il, changeant de sujet.

— Oui », acquiesça Morgan.

C'étaient maintenant deux maîtres d'école discutant des mérites du nouveau délégué de la classe. « Un charmant garçon », ajouta-t-il. Il ne trouvait pas désagréable du tout le statut et l'importance que lui conférait implicitement leur conversation. Tandis que le gravier crissait sous leurs pas, il eut un instant la vision de ce que les choses avaient dû être dans le bon vieux temps : le portier en uniforme se mit au garde-à-vous, les jardiniers en sueur dans leurs shorts en loques s'arrêtèrent de biner et de sarcler pour les gratifier d'un large sourire obséquieux.

« Nous avons bientôt aussi cette visite officielle, lui rappela Fanshawe, jetant un regard impérieux sur la pelouse brune et poussiéreuse ; la duchesse de Ripon. Il semble maintenant qu'elle sera avec nous pour Noël. Un petit arrêt avant de gagner la capitale pour les fêtes anniversaires de l'Indépendance, le 1er janvier.

— Ah, oui, je vois. » Morgan hocha la tête avec componction. Fanshawe lui avait déjà raconté cela : où voulait-il donc en venir ?

« J'ai pensé qu'on pourrait la coller à Dickie.

— Pardon ? Qui ?

— Dalmire, Dickie Dalmire, mon vieux.

— Ah oui !

— J'ai pensé que je le laisserais s'occuper des arrangements. Il se trouve que sa mère connaît bien la Duchesse.

— Bien. » Morgan était surpris et un peu mécontent. « Il vaut mieux que cela se passe en famille, je suppose. J'ignorais l'existence de ce lien.

— Moi aussi, dit Fanshawe. Il nous a raconté tout ça au cours du dîner hier soir. »

Morgan fit le tour de l'appartement avec Hazel. Peu de meubles mais cela suffirait pour elle. Situé dans un bon quartier de la ville, sans bidonville, et avec quelques boutiques qui pourraient justifier sa présence si jamais on le rencontrait dans cette rue. D'ailleurs le coin était peu fréquenté par les expatriés. Comme voisins, le frère du propriétaire libanais et sa grosse épouse monoglotte et un assistant producteur des studios de la TVK. Si lui et — plus encore — Hazel se montraient discrets, il n'y aurait pas de problèmes et ce serait en tout cas mieux que l'hôtel sordide où elle avait habité jusqu'à présent.

Mr. Selim, le propriétaire, était en bas dans sa boutique, attendant que Morgan ait fini de visiter les lieux. Morgan pénétra dans la chambre : elle contenait un lit en fer avec un mince matelas de Dunlopillo rose constellé de taches douteuses. Hazel entra et se mit à sauter sur le matelas dans une cacophonie de grincements métalliques.

« Ah, ah ! dit-elle en petit-nègre, ce lit-là lui y en a besoin d'huile ! »

Cette allusion au but principal de son installation dans l'appartement était un exemple de plus de son incorrigible manque de tact, se dit Morgan. Sous les vêtements et le maquillage européens subsistait une sorte d'innocence primitive, un fatalisme joyeux. Elle attrapait la chaude-pisse, elle était infidèle, elle le cajolait pour se faire louer un appartement : pour elle, c'était du pareil au même. Il pouvait bien fulminer, tempêter, prendre des poses et pontifier, semblait-elle dire, il finirait par se calmer — dès qu'il aurait envie de se mettre au lit. Récemment il avait trouvé extrêmement irritant ce refus des faux-semblants, cette manière de se contenter des faits à l'état brut, mais, en même temps, il ne pouvait pas s'empêcher de l'envier : il soupçonnait que, sous cet angle, la vie devait paraître beaucoup moins compliquée.

Hazel s'approcha et lui mit les bras autour du cou. Elle portait une mini-robe orange et des lunettes de soleil cerclées de blanc.

« Qu'en penses-tu, Morgan ? » dit-elle. Elle accentuait la seconde syllabe de son nom lorsqu'elle le prononçait. « Ce serait chouette. Tu ne trouves pas ?

— Enlève ces putains de lunettes », ordonna-t-il, ronchon.

Elle optempéra sans broncher. Il regarda autour de lui : « C'est plutôt un taudis, dit-il, mais ça ira, je suppose. »

Hazel poussa un cri de joie et l'embrassa. Morgan lui rendit son baiser. Elle lui prit la lèvre inférieure entre les dents et la mordilla tendrement. Morgan rompit l'étreinte. Il n'avait pas fait l'amour avec Hazel depuis la fin de sa quarantaine. Quelque chose le retenait, quelque chose à propos de la santé impudente de son corps à elle et puis aussi la vague idée qu'il fallait la punir, lui montrer qu'il était encore très mécontent de sa conduite passée. Il se demanda si elle appréciait la subtile vengeance qui lui dictait son attitude. Non, elle devait le trouver idiot. Pour se consoler il évoqua le corps usé et plein de failles de Célia : les petits seins tombants, la peau trop bronzée, sans éclat, la cicatrice, les cuisses obligeantes. Au moins il existait quelqu'un qui — aussi étonnant cela fût-il — l'aimait pour lui-même.

Il regarda les fesses d'Hazel sous le tissu orange, tendu, de la robe, les jambes minces sur les hauts talons, le faux luxe de la perruque. Mais il avait besoin d'Hazel aussi, il était obligé de l'admettre. La dernière fois qu'il avait vu

Célia, elle lui avait rappelé l'arrivée prochaine de ses deux fils pour les vacances de Noël : il leur deviendrait alors très difficile sinon impossible de se rencontrer.

Il se félicita de la bonne organisation de ses plans de secours : il ressentit la satisfaction d'un épicier avisé en temps de disette : comme il avait été intelligent, comme il allait être riche... Mais il sentit aussi la morsure secrète de l'égoïsme solitaire et s'avoua avec désespoir qu'il n'était pas homme à ramasser l'argent et à fuir ; il lui fallait toujours s'arrêter devant la banque et réfléchir.

« Tu n'as pas dit à Mr. Selim qui j'étais, hein ? demanda Morgan à Hazel. Il ne sait rien à mon sujet, n'est-ce pas ? »

Hazel l'assura que Selim n'en savait pas plus que le minimum nécessaire. Morgan espéra qu'elle disait la vérité. Sélim n'était pas idiot, il devinerait ce qui se passait — l'essentiel était qu'il n'établisse pas de rapport entre lui et la Commission. Un scandale de cette importance serait désastreux et même les bonnes notes accumulées grâce au projet Pinacle ne lui seraient d'aucun secours.

Il compta un mois de loyer et tendit l'argent à Hazel :

« Tiens, voilà, dit-il. Je passerai demain soir voir comment tu es installée. Attends-moi vers sept heures. »

14.

Morgan enfila ses chaussures et se leva. Le soleil était presque couché, il voyait sa lumière épaisse franger d'orange les feuilles plates au sommet des plus hauts tecks. Il s'étira et s'appuya un instant contre le métal chaud de la Peugeot. Il était nu. Il jeta un coup d'œil dans la voiture et vit Célia s'essuyer avec un kleenex.

« Une seconde, je vais faire pipi », dit-il.

Il fit quelques pas au milieu des arbres, ses chaussures écrasant le tapis de feuilles avec des crépitements sonores, et noya une colonne de fourmis sous un jet d'urine. La colonne se dispersa dans la confusion et il s'amusa à poursuivre les traînards tant qu'il disposa d'assez de pression. Il se demanda ce que le monde des fourmis conclurait de cet incident. Et s'il avait sa place quelque part dans l'ordre-de-la-nature-des-fourmis.

Il retourna à la voiture, baissant la tête pour passer sous les branches et repoussant négligemment les rameaux du sous-bois. Une légère brise sur son corps nu lui donna la chair de poule. Il entendait le chant idiot et monocorde des grillons et le bip bip d'une chauve-souris en vol :

« Un homme face à la Nature, dit-il avec un accent comique, tout nu dans la forêt africaine. »

Une seconde ou deux il essaya de s'imaginer ainsi, créature de pur instinct. Le décor était parfait : crépus-

cule, chaleur, verdure, cris d'animaux, bruissements mystérieux dans les sous-bois. Mais c'était lui qui sonnait faux.
Que penserait-on en le voyant ? Un gros homme nu
couvert de taches de rousseur pissant sur des fourmis et —
il regarda ses pieds — chaussé de bottines de daim marron.

En approchant de la voiture, il cueillit une feuille de
teck et la plaqua sur son sexe. Célia était assise sur le siège
arrière, sa tête reposant dans l'angle de la fenêtre. Elle
avait un air rêveur et serein. Elle l'aperçut et se mit à rire.

« Et ils virent qu'ils étaient nus, déclama-t-il d'une voix
sonore, et furent très honteux. Allons, Ève, mets-toi
un petit tablier. » Il lui jeta sa feuille de teck et grimpa à
côté d'elle dans la voiture. Il nicha son visage entre ses
cuisses et sentit la moiteur piquante de son pubis sur sa
joue et son nez, et aussi l'odeur salée de son sperme.

Elle lui passa la main dans les cheveux. Il aurait préféré
qu'elle ne le fît pas. Il se rassit et la regarda. Il suivit de son
ongle le contour de son mamelon et le vit se plisser et
s'épaissir. Il le pressa comme un bouton de sonnette.

« OK ? » dit-il.

Elle fit signe que oui, toujours en souriant.

« Remise ?

— Oui, merci mon cher Adam.

— Dieu, si ça ne te fait rien. Je viens de noyer quelques
centaines de fourmis.

— Eh bien, Dieu, tu es un beau salaud ! »

Il l'embrassa :

« Je crois qu'on devrait rentrer.

— Inutile de nous presser, dit-elle en lui caressant le
visage. Je te l'ai dit : Sam est absent jusqu'à demain.

— Chouette, dit-il. Pourquoi ne pas aller prendre un
verre quelque part, alors ? »

Ils se rhabillèrent, montèrent dans leurs voitures respec-
tives et reprirent prudemment la piste, puis la route.
Morgan voyait dans son rétroviseur les phares de la Mini

de Célia derrière lui. Il se sentait engourdi, fatigué et — fait remarquable à son avis — heureux.

A trois kilomètres environ de Nkongsamba, il s'arrêta dans le parking d'un assez grand hôtel, à un carrefour important appelé « le Motel de la Route de Nkongsamba ». Au Kinjanja, les noms passaient de la métaphore la plus extravagante à la littéralité la plus prosaïque et la moins fantaisiste. Rien entre les deux.

Ils entrèrent dans le bar illuminé de néon vert et décoré de réclames de limonades et de bières. Une douzaine de tables en fer avec des chaises déglinguées et mal peintes. Sur un mur, un poster géant de Sam Adekunlé avec en dessous le message : PNK pour un Kinjanja uni.

Célia fit un sourire sans joie à Morgan :

« On dirait que je ne peux pas y échapper, n'est-ce pas ?

— Tu veux qu'on aille ailleurs ? demanda Morgan, sentant un malaise aigu lui serrer l'estomac à la vue de Sam Adekunlé.

— Ne sois pas sot, dit-elle. Je m'en fiche et il n'y a aucune chance pour qu'on me reconnaisse. »

Elle s'assit pour mettre fin à la discussion et Morgan commanda deux bières. Le bar était calme à cette heure de la soirée : seulement les deux inévitables jeunes à lunettes noires et, à une autre table, quatre soldats. Morgan et Célia suscitèrent des regards curieux mais dépourvus d'hostilité : le Motel de la Route de Nkongsamba n'attirait pas beaucoup la clientèle blanche.

Ils sirotèrent leur bière en silence. Morgan se sentait mal à l'aise avec le visage d'Adekunlé qui le fixait par-dessus l'épaule de Célia.

« Du calme, dit-elle, ce n'est qu'une affiche.

— Mais il me regarde droit dans les yeux, dit Morgan, ne plaisantant qu'à moitié. C'est incroyable la manière dont son regard vous suit tout autour de la pièce ! »

Il leva son verre :

« Tchin-tchin, dit-il, buvons au jardin d'Éden ! »

Ils trinquèrent.

« Mais il fait chaud, non ? dit Célia. Ne pourrais-tu faire quelque chose au sujet du temps, Dieu chéri ? »

Morgan sourit : c'était leur première plaisanterie intime, sacro-sainte, comme un code ultra-secret.

« Foutrement inconfortable aussi, dit-il. Il va falloir que je dise un mot à l'équipe de concepteurs de la Peugeot. Ils ne se sont vraiment pas montrés à la hauteur avec leur siège arrière, à mon avis. Très imprévoyants.

— Oh ! ce que je donnerais pour un lit ! soupira Célia.

— Je bois à ça. » Il leva une deuxième fois son verre.

« Devine, dit Célia, réduisant sa voix à un chuchotement rauque. Je te sens couler de moi doucement pendant que je suis assise ici. »

La totale candeur de cette déclaration le laissa sans voix. « Désolé », réussit-il simplement à dire.

Elle se pencha et posa sa main sur son bras :

« Ne sois pas désolé, dit-elle tendrement, c'est merveilleux. »

Ils finirent leur bière et regagnèrent le parking. Un mince croissant de lune était suspendu sur Nkongsamba :

« Morgan, dit Célia, pourquoi ne reviens-tu pas ce soir ? Pendant que Sam est absent.

— Tu es sûre ? questionna Morgan, sérieux. Ce n'est pas un peu risqué ?

— Je t'en prie, dit-elle. Les gosses reviennent dans huit jours. C'est peut-être notre seule occasion. »

Il hésita :

« Eh bien si tu es sûre que ce n'est pas trop compliqué... »

Il réfléchit :

« Ça fait très victorien, dit-il, en essayant de réprimer un sourire, mais, et les domestiques ? »

Moins inhibée que lui, elle ne put se retenir de rire haut et clair.

« Ne t'en fais pas, dit-elle enfin. Je peux facilement en disposer. Viens. »

Il était allongé sur le lit de Célia, la tête soutenue par plusieurs oreillers, un verre de whisky en équilibre sur la poitrine, qu'il observait, hypnotisé, rouler et tanguer au rythme de sa respiration :

« Tu ne te sens pas coupable vis-à-vis de Sam ? »

Il posait la question à toutes les femmes avec lesquelles il couchait. Célia mit sa vodka sur la table de nuit et se glissa contre lui. Morgan rééquilibra son verre.

« Non », dit-elle sans ambages, comme elles le faisaient toutes.

Elle appuya la tête contre le dossier du lit et releva les genoux.

« Pourquoi le devrais-je ? Il s'est envoyé toutes les soi-disant cousines et nièces qui traînent autour de la maison. Dieu seul sait ce qu'il fabrique quand il est loin d'ici.

— C'est la première fois que tu... ? »

Il laissa sa phrase en suspens. Elle le regarda droit dans les yeux :

« Non, mais ne parlons pas de ça.

— OK, dit-il. Excuse-moi. »

Il n'était pas très sûr de sa propre réaction à cet aveu : il s'était vu en libérateur — exclusif. Il décida de ne plus y penser.

Célia l'avait précédé à la maison, avait donné congé aux domestiques et, le terrain déblayé, était revenue le chercher à l'endroit où il avait garé la Peugeot, à trois cents mètres de la villa.

Libérés des contraintes pratiques imposées par le siège arrière d'une voiture, leurs rapports intimes avaient pris un tour nouveau, peu familier, que Morgan avait trouvé étrange et un rien déconcertant. Passionnés, émotifs — surtout de la part de Célia — sans complications et sans humour. Elle l'avait caressé presque maternellement, chuchotant des mots tendres, le serrant fort contre elle, et il avait failli dire : « Attends un peu, minute : on fait l'amour mais ce n'est pas une histoire d'amour ! » Mais il ne l'avait pas dit et, à sa grande consternation, il s'était retrouvé en train de faire comme elle, fermant les yeux, poussant des soupirs romantiques et la couvrant de petits baisers ici et là.

Une fois les lumières rallumées, les choses s'étaient calmées et les émotions vagabondes et de haut vol avaient été rembobinées comme des cerfs-volants. Étendu sur le dos, Morgan réfléchissait à tout cela, l'air soucieux : il n'était pas certain de souhaiter que ses relations avec Célia évoluent ainsi.

« Un sou pour tes pensées ?

— Quoi ? Oh ! elles ne le valent pas », dit-il en souriant.

Elle se nicha contre lui et il posa son verre sur la table de nuit. Le climatiseur tournait et le ventilateur du plafond, au-dessus du lit, aussi. Le drap était sec sur leurs corps. Morgan appréciait fort l'absence de transpiration.

« Quelle merveilleuse journée », dit-il, à moitié sincère.

Elle lui embrassa la poitrine :

« Oh oui ! approuva-t-elle, enthousiaste. Oh ! oui, vraiment ! »

Morgan chuchota au revoir tandis que Célia lui ouvrait la porte. Il était presque quatre heures et il faisait encore nuit. Il prit à pied, avec précaution, la grande allée, traversa le portail déserté et remonta la route jusqu'à l'endroit où il avait laissé sa voiture. Il se sentait fatigué physiquement et mentalement. La perspective du bureau d'ici quatre heures était singulièrement dépourvue d'attraction.

Il farfouilla dans le noir pour trouver ses clés.

« Bonjour, Mr. Leafy », dit une voix profonde, près de lui.

Le choc fut tel qu'il eut l'impression que son cœur

jaillissait de sa poitrine pour aller rebondir contre son crâne. Il se retourna brusquement, pris de panique, atterré, le pouls lui battant maintenant dans la gorge. C'était Adekunlé.

« Oh ! bon dieu ! Merde ! Jésus ! » gémit Morgan, dans un affolement désespéré. Il lâcha les clefs qui tombèrent en résonnant sur la route. Adekunlé se baissa pour les ramasser. Morgan les reprit d'une main tremblante.

« Vous avez passé une nuit agréable ? s'enquit Adekunlé, sarcastique mais sans trace de colère. Avez-vous fait une touche avec ma femme ? » Son accent distingué soulignait la vulgarité de l'expression locale. Il semblait étonnamment calme.

« Écoutez, commença à se défendre Morgan tout en maîtrisant une irrésistible envie de prendre les jambes à son cou, je ne veux pas que vous pensiez...

— Ne me dites pas ce que je dois penser, Mr. Leafy, interrompit Adekunlé, l'hostilité s'insinuant dans sa voix. Je n'ai rien à faire de vos observations là-dessus. Rien du tout. » Il se tut puis reprit : « Non, vous nous posez un problème ici : le pot aux roses est découvert, comme dit le proverbe, vous ne croyez pas ? »

Au mot « nous », Morgan regarda autour de lui et vit deux silhouettes sombres à quelques mètres de là. Adekunlé lui laissa le temps de comprendre avant de poursuivre :

« Je me demande ce que votre Mr. Fanshawe dira quand je lui exprimerai mes protestations au sujet de... ah ! des activités nocturnes de son personnel. »

Il enfonça méchamment un doigt dans l'épaule de Morgan :

« Comment croyez-vous qu'il réagira, Mr. Leafy ? »

Morgan fut incapable de répondre : il essayait de se retenir de vomir sur les chaussures d'Adekunlé. Adekunlé le poussa de nouveau.

« Vous êtes très glouton, Mr. Leafy. Très gros appétit. Ma femme *plus* cette fille noire en ville.

— Comment savez-vous tout cela ? demanda-t-il faiblement. Au sujet d'Hazel et... et ce soir ?

— C'est mon affaire que de savoir ces choses », dit Adekunlé, suave. Il prononça « affai' », l'émotion faisant craquer son accent européen. « J'ai de loyaux domestiques à mon service. Aucun détail ne leur échappe. »

Morgan essaya de deviner les traits d'Adekunlé dans l'ombre. Il se sentait malade de peur et d'appréhension. Sûrement, Adekunlé n'irait pas raconter ça à Fanshawe, tenta-t-il de raisonner. Ce serait perdre la face. Mais il y avait aussi Hazel. Peut-être valait-il mieux que Adekunlé lance tout de suite ses deux gros durs sur lui.

« Écoutez, commença-t-il, désespéré. Je ne sais pas ce que vous voulez faire mais je crois que vous...

— Un moment, Mr. Leafy, interrompit Adekunlé, venimeux. Vous faites erreur : il s'agit de ce que *vous* allez faire. Pour moi. »

Morgan sentit un ricanement hystérique lui monter à la gorge :

« Moi ? répéta-t-il lentement comme un retardé mental. Pour vous ?

— Vous êtes tombé en plein dans le mille, comme on dit », applaudit Adekunlé.

Morgan comprit soudain avec une terrifiante lucidité l'impasse dans laquelle il se trouvait : si Adekunlé allait voir Fanshawe, ce serait vraiment la fin, il ne serait plus jamais question qu'il s'en tire. Il gémit doucement. Coucher avec la femme de Pinacle ! Fanshawe deviendrait fou. Et il imaginait très bien comment Adekunlé monterait la chose en épingle : Fanshawe y lirait la fin de ses rêves expansionnistes — la raffinerie, les investissements, son nouveau poste —, il le prendrait comme un affront personnel. Et il y avait Hazel en plus. Morgan se sentit pâlir : s'il voulait que sa vie continue comme il l'avait espéré, il devrait faire ce que Adekunlé exigerait de lui. L'alternative était trop mortifiante et désastreuse pour être considérée. Adekunlé le tenait pieds et poings liés.

« Qu'allez-vous faire ? » croassa Morgan. Peu lui importait, pourvu qu'il sauve sa tête et son boulot.

« Comme je vous l'ai dit, Mr. Leafy, *je* ne vais rien faire. Absolument rien. En échange de quoi vous allez me rendre un service — rien de très difficile pour un homme tel que vous. » Il marqua un temps d'arrêt. « Nous sommes tous deux des gens civilisés, Mr. Leafy. Je pense que nous pouvons tous deux tirer profit de cette... cette indiscrétion de votre part. Vous conservez votre travail, votre position et votre réputation. Tandis que moi... » Il n'acheva pas sa phrase.

« Que voulez-vous que je fasse ? », demanda Morgan avec lassitude. Il ne voyait pas comment il pouvait être d'une utilité quelconque à Adekunlé : il n'était tout bonnement pas assez puissant.

« Tout ce que je veux, c'est que vous fassiez la connaissance de quelqu'un. C'est tout. Simplement faire la connaissance de quelqu'un.

— Qui est ce quelqu'un ?

— Le docteur Alex Murray. Peut-être le connaissez-vous déjà ? »

15.

Adekunlé lui donna d'autres instructions cette nuit-là. Un : il ne devait plus revoir Célia. Leur liaison était définitivement terminée. Adekunlé partirait pour Londres d'ici trois jours et sous aucun prétexte Morgan ne devait approcher Célia durant son absence. Il affirma à Morgan qu'il serait immédiatement mis au courant de toute tentative de sa part. Deux : il ne devait jamais lui raconter leur rencontre de cette nuit. Célia ne devait pas savoir qu'Adekunlé savait. Morgan accepta d'un ton morne chaque condition. Le seul contact qu'il était autorisé à prendre aurait la forme d'une note brève prétextant un soudain excès de travail ou n'importe quelle autre excuse raisonnable qu'il pourrait inventer.

Quant à Murray, expliqua Adekunlé, Morgan devrait s'en faire une relation, un ami si possible mais, à défaut, établir des rapports sur le plan social, fréquenter les mêmes milieux.

« C'est tout ce que je vous demande, dit Adekunlé, l'aube naissante découvrant la blancheur d'un large sourire. Ce n'est pas une tâche très lourde au regard d'une erreur aussi regrettable que la vôtre. Dès demain je veux que vous… cultiviez le docteur Murray, fassiez sa connaissance, lui permettiez de faire la vôtre. Je ne pense pas que ce soit là une mission très difficile. »

Bonté divine ! pensa Morgan, si seulement tu savais...

« Mais pourquoi, demanda-t-il d'un ton pitoyable, pourquoi Murray ? Qu'a-t-il à voir avec vous ?

— Disons qu'à ce stade, c'est affaire de précaution, répliqua Adekunlé. Je vous mettrai au courant le moment venu. » Il tapota le capot de la voiture de Morgan pour souligner ses mots :

« Aux innocents les mains pleines, comme dit le proverbe. Et croyez-moi, Mr. Leafy, je ne vous veux de mal en aucune façon. »

Morgan eut un sourire crispé. Il ne le croyait pas du tout. Que Murray fût la cible désignée l'inquiétait tout autant que la quasi-absence chez Adekunlé de la rage du mari trompé. L'idée lui traversa un instant l'esprit qu'on avait laissé se développer cette affaire — entre lui et Célia, acteurs involontaires — avec précisément un plan en tête. Adekunlé se conduisait plus comme un type à qui on a fauché sa place de parking que comme un mari furieux face à l'amant de sa femme : Morgan trouvait ce caractère raisonnable, cette absence d'une juste colère, très dérangeant. Que cela signifiait-il ? s'était-il demandé en essayant de déchiffrer une réponse sur les traits d'Adekunlé. Soit il se fichait complètement des aventures extra-maritales de Célia, soit la possibilité de forcer la main de Morgan pour s'en faire un allié temporaire dans un but inavoué importait plus que l'orgueil blessé ou la colère à laquelle il aurait souhaité laisser libre cours. Les deux explications étaient plausibles mais Morgan penchait pour la seconde. S'il n'avait pu lui être utile, la vengeance d'Adekunlé aurait été rapide, sévère et sans fioritures. Il avait senti sa poitrine se remplir d'une matière dure et lourde — du ciment à prise rapide — tandis qu'il réfléchissait à cela et aux semaines éprouvantes qui allaient sûrement suivre.

Ces événements s'étaient déroulés dix jours auparavant. Paralysé de lâcheté, il écrivit une brève note à Célia pour l'informer de l'avalanche soudaine, sur sa table de travail, d'une tonne de paperasse. Il avait fait intercepter tous les coups de téléphone, au bureau et à la maison, par Kojo et Vendredi, avec des histoires de labeur herculéen et, bientôt, Célia avait cessé d'appeler. Il devint également circonspect dans ses rapports avec Hazel, prenant chaque passant pour un agent d'Adekunlé, et ne lui rendit visite que deux fois. Hazel ne parut pas vexée de sa négligence : elle possédait désormais une suavité et une assurance nourries sans doute par son installation dans l'appartement. Il la soupçonnait d'y recevoir des amis à elle — à l'encontre de ses strictes instructions — mais il était bien trop préoccupé pour réagir.

Sans enthousiasme, il s'efforça de suivre les directives d'Adekunlé. Il entreprit des recherches discrètes sur Murray parmi ses relations à l'Université et il devint bientôt clair que, comme il l'avait pressenti, Murray n'était pas un animal très social et visitait rarement le club. Il avait quelques amis intimes mais les voyait en privé. Faute d'aller le relancer au dispensaire, d'embusquer sa voiture à son retour du travail ou bien de s'amener à dîner chez lui sans y être invité, Morgan ne voyait aucun moyen de s'introduire dans la vie de Murray. Il restait des heures dans sa propre maison à se faire un sang d'encre, cruellement conscient de la fuite du temps. Adekunlé devait revenir de Londres dans quelques jours : il attendrait de lui des progrès. Quel pouvait être le lien, ne cessait-il de se demander, entre Adekunlé et Murray ? Ils paraissaient aussi éloignés l'un de l'autre que possible.

Au bureau, il devint un personnage solitaire et sans entrain, accumulant consciencieusement des cartes, des courbes et des statistiques pour le dossier Projet Pinacle et restreignant ses conversations avec ses collègues à des questions de travail. Chez lui, il passait de longues soirées seul, feuilletant des livres sans les lire, regardant la fameuse télévision kinjanjaise et attaquant sans répit les réserves de son bar. Il surprit les regards de Moïse et de

Vendredi, inquiets de cette mélancolie inhabituelle et de
ces méditations accablées. Vendredi alla même jusqu'à
l'approcher, un soir, pour lui demander ce qui n'allait pas.

« Maît'e, lui y en a jamais bien, déclara Vendredi.

— Non, reconnut Morgan.

— Quoi c'est le souci ? Vous y en a dire à moi ? »

Morgan songea à la façon dont il pourrait expliquer la
nature de ses problèmes :

« *C'est cafard*[1] », dit-il finalement, le mot français
résumant admirablement les choses.

« *Ah bon !* dit Vendredi. *Maintenant, je comprends*[1] ! »

Comme ses problèmes demeuraient et qu'il se découvrait impuissant à les résoudre, il se réfugia dans l'alcool
et ses propriétés amnésiques dont il avait grand besoin.
Les trois derniers soirs, depuis sa confession à Vendredi,
il s'était soûlé jusqu'à se transformer en une masse lar-
moyante, pleurant d'apitoiement sur soi. Accroupi dans
un coin du salon, il se traînait de temps à autre à son bar
pour se concocter des cocktails meurtriers qu'il avalait
avec le plaisir d'un Socrate éclusant sa ciguë. Parfois il
éclatait d'une brève mais intense crise de rage à se faire
exploser les veines. Le visage écumant d'une fureur
volcanique, hurlant d'ignobles jurons à l'adresse de tous
ceux qui conspiraient à ruiner sa vie, il caracolait une
minute ou deux, furibard, à travers la maison, avant que sa
colère ne tombe aussi soudainement qu'une tempête
tropicale.

Avec l'obscure logique des matins nauséeux de gueule
de bois, il se prodiguait de bons conseils, se persuadait de
se calmer, de se reprendre et se lançait de sérieux
avertissements quant à la possibilité d'un effondrement
total.

Lentement mais sûrement, sa thérapeutique du dégoût

---

1. En français dans le texte.

finit par avoir quelque effet : un de ces après-midi confus, il était assis dans son bureau, se demandant s'il avait enfin touché le fond, s'il pouvait, peut-être, envisager maintenant la longue remontée et se faire préparer un autre Alka-Seltzer par Kojo, histoire de se mettre en route, quand il entendit un coup hésitant à la porte :

« Entrez », dit-il.

C'était Dalmire.

« Tu as une minute, Morgan ? dit-il. Il y a quelque chose que, euh, j'aimerais bien que tu saches.

— Assieds-toi », dit Morgan, essayant de dissimuler la lassitude de sa voix. Il se massa les tempes.

Dalmire portait son costume de vieux colonial patenté : short blanc et longues chaussettes beiges. Morgan lui trouva un air vaguement craintif.

« Je voulais que tu sois le premier à savoir, dit-il, avant de rectifier : parmi les premiers à savoir.

— Mmm ? Savoir quoi ? dit Morgan, levant poliment les sourcils et se demandant pourquoi sa tête pesait trois tonnes.

— Hier soir…, dit Dalmire. Je sais qu'à une époque… eh bien qu'à un moment toi et elle… » Il s'interrompit. Puis : « Je voulais surtout te l'annoncer moi-même, je n'aurais pas voulu que tu l'apprennes par quelqu'un d'autre. »

Qu'est-ce qu'il radote ? pensa Morgan.

« Je suis désolé, Richard, dit-il, mais je suis un peu à côté de mes pompes aujourd'hui et je ne te suis pas très bien. Tu ne pourrais pas m'expliquer les choses une par une ? » Il montra sa tête : « Un tantinet encore dans les vaps.

— Oh ! pardon, dit Dalmire avec un sourire prudent. Je dois dire que je me sens un rien comme ça moi-même. » Il illustra de ses mains une tête se gonflant et se rétractant rapidement : « Tout ce champagne. Ça tape plus qu'on ne croit.

— Champagne, tu as dit ?
— Oui. Pour Priscilla et moi.
— Priscilla. Et... toi ?
— Oui, acquiesça Dalmire souriant pudiquement. Nous nous sommes fiancés hier soir. »

Il y eut un long silence. Une voiture klaxonna sur la route de Nkongsamba.

Morgan se leva en titubant un peu, le visage figé. Il ne se permettait pas de penser. Il était passé au pilotage automatique avec contrôle à distance. Il releva les lèvres sur ses dents pâteuses dans ce qu'il voulait un sourire congratulatoire, et lança son bras à travers le bureau :

« Félicitations, dit-il, tandis que Dalmire serrait avec empressement la main tendue ; mer-merveilleuse nouvelle. » Il se tourna vers son classeur métallique : « Que dirais-tu d'un verre ? »

Il brandit la bouteille qu'il gardait dans le tiroir du dessus. Dalmire mima un assentiment enthousiaste. Morgan versa deux gins et ajouta les restes d'une bouteille de tonic. Il tendit un verre à Dalmire.

« Tu es vraiment un chic type, dit Dalmire en acceptant avec effusion le gin. Ah ! ça, oui ! »

Troisième partie

1.

Morgan et Fanshawe contemplaient par terre le corps d'Innocence. Morgan replaça le drap. Il se sentait fatigué, sale, affamé et soudain très triste. Il n'arrivait pas à comprendre pourquoi Fanshawe lui avait demandé de soulever l'étoffe et il le gratifia d'un regard venimeux ; l'autre, debout, les mains dans le dos, mordillait pensivement sa lèvre inférieure.

« Mmm. Euh, euh, fit-il, après un temps. En somme, elle est encore là. »

Morgan prit le beau ciel matinal à témoin de son admiration pour cette époustouflante analyse de la situation.

« Sale affaire, continua Fanshawe. Très sale affaire. »

Il fit demi-tour en sifflotant entre ses dents. La petite foule des spectateurs s'était essentiellement réduite à des femmes et des enfants. Non loin de là, une mamma dressait son éventaire avec une allègre insouciance. Près du corps, quelques gris-gris jonchaient le sol : un tas de cailloux, deux plumes et une feuille, une boîte de conserve redressée et surmontée d'une pierre.

Morgan s'éloigna et rejoignit Fanshawe.

« Que suggérez-vous que nous fassions ? demanda celui-ci.

— Qui ? Moi ? dit Morgan, surpris de se voir encore distingué.

— Oui Morgan, vous, répliqua fermement Fanshawe. Je vous charge de mettre de l'ordre dans toute cette malheureuse affaire. Je suis complètement coincé par la visite de la Duchesse et pour moi d'ailleurs — il agita une main dédaigneuse en direction du cadavre, des badauds et des gris-gris — tout ceci est un mystère. Ça n'aurait jamais pu arriver en Orient », ajouta-t-il, hochant un chef, désolé par la folie des mœurs africaines.

Morgan titubait de fatigue. Il foudroya du regard un gamin nu qui n'avait cessé de les dévisager pendant leur conversation. L'enfant recula sans partir, évidemment très curieux de ce qu'allaient maintenant faire les deux hommes blancs. Morgan jeta un coup d'œil à la ronde. Les gens allaient et venaient : des ouvriers achetaient de la nourriture aux étalages, des mammas, leurs seaux remplis à ras bords perchés sur la tête, se frayaient avec précaution un chemin, des gosses gambadaient sur la véranda. C'était moins bruyant que d'habitude, comme par respect pour Innocence mais, Morgan le voyait bien, là s'arrêtaient les concessions. En fait, et contrastant avec l'agitation dont ils faisaient preuve, Fanshawe et lui, l'humeur était plutôt à l'indifférence, au calme résigné.

« Bon Dieu, dit Fanshawe tout à trac, j'y pense. Il ne faut pas que ce soit là quand la Duchesse arrivera.

— Ne vous en faites pas. De toute manière elle ne le verra pas », dit Morgan. Il s'aperçut du changement de genre : « Elle ne *la* verra pas, ajouta-t-il avec défi.

— Non, acquiesça Fanshawe. Mais là n'est pas le problème. Ce serait embêtant, si vous voyez ce que je veux dire, de savoir qu'il y a un cadavre en vadrouille sur la propriété. Impossible, à mon sens. Il faut vous en débarrasser, un point c'est tout, Morgan. Je vous fais confiance. »

Morgan tenait sa réplique au bout de la langue mais il

serra les dents pour la ravaler. Il détailla le visage mince de Fanshawe avec son absurde moustache et se dit que s'il avait pu disposer d'un second coup de foudre il en aurait fait immédiatement sa cible.

« Le problème, dit-il plus raisonnablement, c'est que personne n'enlèvera le corps tant que certains rites n'auront pas été accomplis. La mort par la foudre revient apparemment très cher parce qu'elle est un signe rare du courroux de Shango. On m'a dit qu'il fallait compter dans les soixante livres. Après quoi viennent des funérailles spéciales — et elles sont en supplément.

— Je vois, dit Fanshawe. Et sa famille ?

— Il n'y a que Maria.

— Et elle n'a pas l'argent ? »

La bêtise de ce type sidérait Morgan.

« Elle a quinze livres, répliqua-t-il sèchement.

— Oh ! » fit Fanshawe, comme si c'était là le résultat d'une politique d'extravagance délibérée de la part de Maria.

Morgan se passa la main sur le front.

« La nuit dernière, j'ai appelé Murray à l'aide. Mais il a refusé de lever le petit doigt. » Il quêta du regard l'approbation de Fanshawe : « Très moche, je trouve.

— Vous ne pouvez pas en vouloir à Murray, dit immédiatement Fanshawe.

— Ah non ? Et pourquoi ? demanda Morgan agressif.

— Il lui est interdit de mettre les pieds hors du campus de l'Université, voilà pourquoi. Ça fait des histoires sans fin avec les services de santé de Nkongsamba. Il semble qu'il y ait du grabuge entre les employés de la Municipalité et ceux de l'Hygiène. De la jalousie à propos des salaires et des conditions de travail, je crois.

— Il ne m'a jamais dit ça, protesta Morgan.

— C'est de notoriété publique, mon vieux. Il a probablement pensé que vous le saviez. »

Morgan soupira : cette nouvelle n'arrangeait rien.

« Bon mais, poursuivit-il, tenace, la clinique d'Adémola dit qu'ils ne prendront le corps que si on le leur amène. »

Fanshawe consulta sa montre et jeta un ultime coup d'œil sur Innocence :

« Je laisse tout cela dans vos mains compétentes, Morgan, dit-il. Maintenant il faut que je file. Quel gâchis, quel affreux gâchis ! »

Morgan se demanda s'il faisait allusion à la mort atroce d'Innocence ou aux inconvénients qu'elle lui créait.

« Au fait, interrogea Fanshawe, ce type, le poète, il a fait surface ?

— Comment ?

— Priscilla a raconté quelque chose à propos d'un poète qui avait disparu. »

Morgan se rappela son excuse spontanée de la veille au soir. Il jura intérieurement, se rappelant aussi qu'elle n'avait pas été entièrement inventée. Le poète existait et il l'avait convié à venir loger au Haut-Commissariat. Quand devait-il arriver ? Il avait oublié les dates. Il ne lui manquait plus que ça : un poète tombé des nues à la recherche d'un lit. Il vérifierait plus tard. En attendant il temporisa :

« Ah ! oui. Un type du British Council. Ne vous en faites pas, Arthur, tout est arrangé.

— Bon, dit Fanshawe, regardant une dernière fois Innocence, tenez-moi au courant de vos progrès. »

Il fit demi-tour et regagna la maison d'un pas alerte.

Le soir même, Morgan revint contempler le corps d'Innocence voilé de son drap. Il chassa d'un coup de pied un chien venu renifler de trop près et tenta d'imaginer cette masse informe sous les traits d'une grande femme joyeuse mais son cerveau fatigué se refusa à en voir autre chose que l'aspect encombrant. Il était neuf heures et demie. Il était revenu en voiture à la Résidence avec le fol espoir qu'en son absence quelque chose ou quelqu'un aurait fait disparaître Innocence par enchantement mais cette masse tangible, étalée devant lui comme un reproche, eut tôt fait de disperser ses chimères. Dans l'après-midi, il avait téléphoné à deux autres entreprises de pompes funèbres qui avaient volontiers accepté de venir enlever le corps mais qui toutes deux, à l'évidence, avaient été refoulées ou, plus vraisemblablement, s'étaient laissé persuader des graves conséquences qu'il y aurait à se mettre à dos Shango.

Il était resté une demi-heure de plus assis près de son téléphone à se demander s'il devait appeler Adekunlé pour l'informer du tour désastreux qu'avait pris son « amitié » avec Murray. En fin de compte il avait décidé que le mieux était de gagner du temps. Il était désormais si peu maître des événements qu'il n'avait pas la moindre idée de ce qui allait suivre.

C'était aujourd'hui mardi. Il avait prévu de jouer au golf avec Murray jeudi mais Adekunlé avait exigé une rencontre avant cette date. Morgan frémit à l'idée du dédale de complications en perspective et, une fois de plus, maudit son manque de résolution, ses tergiversations, les interminables débats intérieurs dans lesquels il se complaisait. A côté de lui, Hamlet était un risque-tout, une tête brûlée.

Il abandonna Innocence et, découragé, reprit le chemin de la Résidence. Il traversa la cour de latérite, suivi comme toujours par une petite bande de moutards curieux. Autour de lui, dans l'obscurité, des poules picoraient, des chèvres mâchouillaient et, venues des braseros rougeoyant sur les vérandas, de fortes odeurs de cuisine lui remplirent les narines. La nuit était chaude et lourde, les constellations très claires dans le ciel là-haut.

« Bonsoi' missié », appela une voix à côté.

Morgan se tourna dans sa direction. Autour d'une lanterne, assis sur des cageots, il reconnut Isaac, Ézéchiel et Joseph. Ils avaient des pagnes de cotonnade et la poitrine nue sauf Isaac qui portait une veste en loques. Ils buvaient ce que Morgan prit pour du vin de palme.

« 'Soir », dit Morgan en s'approchant de la véranda. Il y eut une pause comme si on attendait qu'il dise quelque chose. Il réfléchit un instant puis ajouta gauchement : « Elle est encore là.

— Ça correct, dit Isaac. S'il te plaît, missié, toi économiser ton temps. Toi pas envoyer employé croque-mort encore ici. Eux jamais pas prendre elle. Celui-là c'est mort Shango. Eux jamais pouvoir toucher. »

Il y eut des grognements d'approbation du côté d'Ézéchiel et de Joseph. Aucune animosité dans le ton d'Isaac : c'était un maître patient qui faisait la leçon à un élève particulièrement débile.

« Mais je dois essayer, protesta Morgan. Mr. Fanshawe n'est pas content. La Duchesse va arriver. »

Il y eut des tss, tss de commisération.

Soudain, en regardant ces trois hommes assis tranquillement devant leur maison avec leur vin de palme et leurs convictions, Morgan eut le sentiment de perdre pied dans un monde à part.

« Ça vous est égal, leur demanda-t-il tout à coup, qu'Innocence soit étendue par terre là-bas ? » Il pointa vaguement dans la direction du corps. « A votre avis que va-t-il se passer ? »

Les trois hommes se consultèrent du regard comme s'ils avaient du mal à comprendre.

« Il n'y a pas de problème, dit Ézéchiel, finalement. Vous apporter prêtre fétiche et puis vous pouvez la prendre. »

Ceci provoqua de petits rires amusés. Les choses suivraient le cours que leur avait assigné Shango, semblaient-ils sous-entendre.

Morgan leur souhaita bonne nuit et regagna sa voiture.

2.

Le jour suivant, Morgan se rendit au bureau plus tôt que de coutume et découvrit, à sa surprise, une petite démonstration à l'extérieur du portail — résolument fermé — de la Commission : trente ou quarante jeunes gens aux allures d'étudiants, quelques-uns brandissant des pancartes fabriquées en hâte. Morgan joua de l'avertisseur et ils s'écartèrent obligeamment avec quelques huées et une brève incantation : « UK dehors ! UK dehors ! » Tandis qu'on ouvrait les grilles, une tête s'encadra dans la vitre de Morgan, avec les traits sérieux et peu amènes de Femi Robinson, le représentant Centre-Ouest du Parti populaire Marxiste-Léniniste du Kinjanja.

« Mr. Leafy, dit Robinson, nous souhaitons protester avec la dernière vigueur ! »

Robinson affichait en permanence une expression soucieuse qui lui avait creusé sur le front de profondes rides en V renversé. Il arborait aussi, naturellement, la barbe en semis de poils pubiens et l'énorme coiffure de style afro à la mode chez les radicaux noirs d'Amérique. Morgan se demanda comment Robinson connaissait son nom, tout en faisant l'inventaire des fragiles placards et banderoles : « ANGLAIS NE VOUS MÊLEZ PAS DE LA POLITIQUE KINJANJAISE, proclamaient-ils, PAS D'IMPÉRIALISME BRITANNIQUE AU KINJANJA. »

« Bon Dieu, que se passe-t-il ? demanda Morgan stupé-fait.

— Nous protestons contre les manœuvres de, euh..., déstabilisation du Gouvernement Britannique à l'égard de la politique intérieure du Kinjanja. »

Morgan s'efforça de produire une sorte de sourire mystifié qui suggérerait qu'il n'avait pas la moindre idée de ce dont Robinson parlait — quoique son cerveau, tel le tableau de bord d'un avion sur le point de s'écraser, fût illuminé par les clignotements des signaux d'alarme. Dans un geste théâtral, Robinson produisit un numéro du *Daily Graphic*. Morgan vit une grande photo montrant Ade-kunlé, au pied de la passerelle d'un avion, serrant la main d'un représentant du Foreign Office en queue de pie : « *Adekunlé visite le Royaume-Uni.* » Morgan sentit son estomac se retourner puis se décrocher.

« Ça ne veut rien dire, affirma-t-il immédiatement avec fermeté. Absurdité complète. Propagande du PNK très évidemment. Maintenant excusez-moi, mais j'ai du tra-vail. »

Il remit sa voiture en marche et franchit en trombe le portail tandis que l'ultime hurlement de Robinson : « Est-ce la position officielle ? » s'éteignait derrière lui.

La bouche sèche il monta quatre à quatre dans son bureau et faucha au passage, sur la table d'un Kojo ahuri, les trois quotidiens kinjanjais. Chacun étalait à la une la même histoire. Adekunlé en visite officielle... invité à assister... salué par le Sous-Secrétaire d'État... Consulta-tions avec le Foreign Office... Morgan s'assit, la tête en feu. Les élections auraient lieu dans moins de deux semaines : tous les articles soulignaient les aptitudes du PNK à gouverner le Kinjanja selon l'opinion mûrement réfléchie du Gouvernement Britannique.

Morgan fit rapidement le point de la nouvelle et désastreuse situation, il passa en revue les possibles conséquences de cet abus de confiance et tenta de deviner les motifs d'Adekunlé. Le PNK en tirait visiblement un regain vital de standing et de sérieux, se haussant au niveau — pas moins — du PUPK au pouvoir. Un tel parrainage officiel serait extrêmement impressionnant pour l'électeur lettré moyen et encore indécis mais nul doute que la base serait également rapidement informée. Après tout aucune consultation n'était en cours avec aucun des autres partis politiques. Ceux-ci en seraient certainement offensés, surtout la minorité hurlante de Femi Robinson et sa bande. Mais Morgan supposait que Adekunlé considérerait cela comme un prix négligeable à payer pour ce coup de publicité préélectorale.

Il se sentait, lui, curieusement détaché de ce qui, à son sens, finirait soit en catastrophe soit en queue de poisson. Le projet Pinacle était exposé au grand jour mais qui s'en souciait ? Il se rendait compte aussi que Fanshawe et lui avaient été manipulés et exploités avec une habileté consommée. Il n'en était pas tellement surpris : gonflé hors de proportion par les extravagants fantasmes de Fanshawe, le Projet Pinacle avait dès le début senti le rond-de-cuir et l'amateur. Il paraissait assez normal qu'il fût maintenant exposé pour ce qu'il était. Mais la soudaineté de son effondrement lui laissait le cœur battant. Comment Fanshawe allait-il réagir ? Ses pensées furent interrompues par Kojo, qui s'encadrait dans la porte.

« Excusez-moi, missié, dit le petit homme. Le portier dit qu'il y a un Mr. Robinson à l'entrée qui exige une rencontre urgente.

— Non, non, non ! cria Morgan. Dites-lui de voir Mr. Fanshawe.

— Mr. Fanshawe n'est pas ici.

— Oh ! seigneur Jésus ! » Morgan se frappa le front d'un geste théâtral. « Bon. Faites-le monter. »

Robinson arriva très vite. Morgan remarqua qu'il portait un pull de laine noire à col roulé, des gants de cuir noirs et une paire de lunettes de soleil bon marché à monture de fer : la panoplie complète du parfait petit militant « black power ». Morgan nota aussi la sueur qui lui perlait sur le nez et le front.

« Mr. Robinson, dit-il, que puis-je faire pour vous ?

— Nous exigeons une explication, commença Robinson avec élan, frappant d'un doigt ganté le bureau de Morgan. Qui ou quoi donne au Gouvernement Britannique le droit de convoquer à Londres en vue de consultation des leaders politiques non élus ?

— Je n'en ai aucune idée, dit Morgan, dégageant aimablement sa responsabilité. C'est une aussi grande surprise pour moi. Je crains qu'il ne faille vous adresser à Mr. Fanshawe. Mais il est bien possible, ajouta-t-il équitable, qu'il n'en sache rien non plus. »

Robinson parut se préparer à exploser violemment d'incrédulité railleuse mais il s'arrêta net dans son élan comme s'il avait été frappé au ventre :

« Mr. Leafy, dit-il, résigné, en ôtant ses gants et essuyant ses mains dégoulinantes sur son pantalon, quoi que vous soyez en train de faire, vous jouez un jeu très dangereux. Nous avons un proverbe ici : « Si tu nettoies une pièce, ne pousse pas la c'asse sous le tapis...

— Excusez-moi. La casse ?

— Oui. La c'asse, la saleté, la poussière.

— Je vois. Continuez.

— Comme je le disais : ne pousse pas la c'asse sous le tapis parce que quelqu'un peut facilement venir le soulever et trouver la c'asse dessous. C'est ce qui se passe au Kinjanja depuis quatre ou cinq ans. Maintenant on a soulevé le tapis ! »

La vieille passion avait refait surface.

Morgan approuva sagement de la tête comme s'il réfléchissait à la causticité poétique du folklore kinjanjais :

« Eh bien, tout ceci est très intéressant, Mr. Robinson, mais il n'y a rien que moi ou même le Gouvernement Britannique puisse faire au sujet de ce... ménage mal fait, si vous voyez ce que je veux dire. Il s'agit d'un problème kinjanjais.

— Si c'est un problème kinjanjais, pourquoi avez-vous des entretiens avec le PNK ?

— En avons-nous, Mr. Robinson ? Êtes-vous absolument sûr ? » dit Morgan, évitant, en diplomate, une question en en posant une autre.

Robinson explosa positivement de frustration :

« C'est écrit ici, hurla-t-il, frappant du doigt les journaux étalés sur le bureau de Morgan. Ici, ici et ici !

— Oh ! mais vous n'allez pas croire tout ce qui est écrit dans les journaux, surtout au moment des élections.

— Dans ce cas, publiez un démenti !

— Pardon ?

— Démentez ! Exposez le PNK s'ils mentent comme vous le prétendez. »

Morgan fut saisi d'un petit frisson d'inquiétude. Il sourit :

« Non, nous ne pouvons pas faire cela. Nous ne publions jamais de démenti en règle générale. Nous trouvons qu'ils ne font que conférer une certaine dignité à des accusations et des... hum, inexactitudes qui méritent seulement d'être ignorées.

— Jargon ! affirma rageusement Robinson, ses bras battant l'air d'exaspération. Jargon diplomatique ! Si un homme dit que vous avez tué sa femme, gardez-vous le silence ? Si on vous accuse d'être un voleur, vous ne démentez pas ?

— Mr. Robinson, je vous en prie, dit Morgan agacé par la pertinence de l'argument, ce sont là des exemples spécieux. Vraiment je crois que vous devriez replacer cette affaire de presse dans son contexte : il s'agit là d'une histoire électorale, d'une manœuvre pour ramasser des voix. »

Robinson s'affaissa sur sa chaise :

« Du point de vue britannique ce n'est peut-être rien.

Mais du point de vue kinjanjais, c'est vraiment très grave. » Il marqua un arrêt. « Je vais vous dire pourquoi. Si le PNK gagne grâce à ça ou même si le PUPK reste au pouvoir, il y aura de très sérieux problèmes.

— Je ne vous suis pas très bien, dit Morgan.

— Savez-vous, dit Robinson, le doigt de nouveau pointé sur la poitrine de Morgan, que le Kinjanja est le septième importateur de champagne du monde ? Savez-vous que plus de deux cents Mercedes Benz ont été achetées par des fonctionnaires du gouvernement ? » Il se rassit. « On ne permettra pas à une telle corruption de continuer. Et alors on sera dans une situation dangereuse.

— Qui ? demanda Morgan. Qui ne permettra pas ?

— L'Armée bien sûr, dit Robinson ouvrant tout grand les bras. Il y a déjà eu des mutineries dans le Nord. Toutes les troupes sont consignées dans les casernes. Elles prendront le pouvoir. »

Morgan leva un sourcil sceptique :

« Vous en êtes sûr ?

— Tout le monde le sait, rétorqua Robinson, cinglant.

— Mais, et les électeurs ? Que se passera-t-il s'ils élisent un parti ?

— Vous allez dans un village. Vous payez le chef. Vous dites votez pour moi et vous avez vos voix.

— Mais dans les villes sûrement...

— Même dans les villes, c'est pareil. »

Morgan haussa les épaules en signe d'impuissance :

« Mais je ne vois pas du tout ce que je peux y faire.

— Dénoncez le mensonge, dit Robinson avec ardeur. C'est simple. Si le PNK ment vous devez le dire. »

Morgan avala de travers. Il pensa qu'il fallait détourner la conversation :

« Mais pourquoi ici ? Pourquoi Nkongsamba ? Nous ne sommes pas importants. Vous devriez aller au Haut-Commissariat dans la capitale !

— Nous y sommes allés, dit Robinson. Nous sommes

à leurs portes en ce moment même. Mais comme vous le savez Adekunlé est un chef de Nkongsamba, il a un lien très étroit avec la ville.

— Eh bien, écoutez, je suis désolé, s'excusa Morgan, il n'y a absolument rien que je puisse faire. Mais tout de même, voyez-vous, je vais transmettre votre message à mes supérieurs. Je suis sûr qu'il sera attentivement étudié. »

Il se leva pour marquer que l'entretien était terminé. Robinson eut un sourire sarcastique :

« Ça ne servira à rien, dit-il. Vous devez agir tout de suite. Il reste très peu de temps. »

Robinson à peine parti, Morgan se précipita hors de son bureau et se cogna sur le palier dans Mrs. Bryce qui trimbalait une paire de draps.

« Ah ! Mrs. Bryce ! dit-il haletant. Je vous cherchais. Où est Mr. Fanshawe ?

— Absent, dit-elle simplement.

— Je sais, répondit Morgan lentement en se forçant au calme. Mais où ?

— Dans la capitale : il est allé accueillir la duchesse de Ripon. Elle arrive aujourd'hui. On ne vous l'a pas dit ? »

Bien sûr. Morgan se rappelait maintenant cette foutue visite.

« Il sera de retour demain, continua Mrs. Bryce. Quelque chose d'urgent ?

— Oh ! non. Non. Ça peut attendre. Ça attendra bien demain, je suppose. » Il regarda de nouveau Mrs. Bryce : « J'espère que vous ne m'en voudrez pas de ma question, Mrs. Bryce, mais pour qui sont ces draps ?

— Pour faire les lits dans la suite des invités, dit-elle en traversant le palier dans cette direction ; La Duchesse passera la nuit de Noël ici. »

Morgan souhaita in petto à ses jambes bouffées par les moustiques une infection généralisée et revint pensivement sur ses pas jusqu'à son bureau. Kojo était assis derrière sa table, une main sur le téléphone.

« Mr. Fanshawe sur la ligne, m'sieur, dit-il. Du Haut-Commissariat.

— Oh! Jésus, non! » murmura Morgan en allant prendre la communication dans son bureau. Il respira d'abord profondément :

« Arthur? dit-il gaiement. Hello! Comment vont les choses là-bas?

— Z-avez vu les journaux? » Fanshawe piaillait de fureur dans l'appareil. « C'est un désastre, mon vieux! Un désastre de première grandeur!

— Désolé, Arthur... Je ne vois... Je veux dire... »
L'estomac tordu, il sentit le sang se retirer de son visage.

« Il y a près de deux mille manifestants à l'extérieur du Commissariat en train de mener un boucan d'enfer. Le téléphone n'arrête pas. Son Excellence a été convoquée au Palais du Gouvernement. Le PUPK est fou de rage. Fou. C'est affreux, Morgan. Affreux.

— Bon dieu... ne sut que dire Morgan.

— Et, et la Duchesse qui arrive cet après-midi! Que va-t-elle penser en voyant le Haut-Commissariat pris d'assaut par des émeutiers? »

Il y eut un silence. Fanshawe parut attendre une réponse.

« Je ne sais pas, commença Morgan. Je suppose...

— Elle pensera que c'est parfaitement scandaleux, voilà, coupa Fanshawe. Vraiment Morgan, à quoi joue Adekunlé? »

Morgan réfléchit rapidement :

« Peut-être que ce n'est pas si mal en fin de compte. Supposez qu'il gagne?

— On en a parlé, concéda Fanshawe, d'un ton plus calme. Ça fera une différence. Nos pontifes d'ici pensent que le prestige qu'il s'est octroyé avec cette visite compensera largement les dégâts. Mais, et c'est là le point essentiel, le Projet Pinacle n'était pas censé se dérouler ainsi. Toute l'affaire a été très mal conduite. Très mal. »

A mesure qu'il sentait les canons du blâme, à la recherche d'une cible, se tourner lourdement vers lui, Morgan sentit aussi la moutarde lui monter au nez :

« *Nous* ne pouvions pas nous douter qu'il allait agir ainsi, n'est-ce pas, Arthur ? C'est un abus de confiance de la part d'Adekunlé, pas de la nôtre. Que suggériez-vous que *nous* fassions ?

— Oui, eh bien…, dit Fanshawe incontestablement déconcerté. La ligne officielle est de ne rien dire et de ne rien faire. Les élections ne sont pas loin, tout peut se terminer au mieux si le PNK en sort vainqueur. Mais si le PUPK reste au pouvoir, les relations anglo-kinjanjaises vont devenir drôlement mouvementées. »

Un instant Morgan se demanda s'il devait lui communiquer les sinistres avertissements de Robinson mais décida que non. Fanshawe en avait déjà assez sur les bras comme tout le monde.

« C'est plutôt calme par ici. Nous avons eu une petite manif mais rien d'extraordinaire : la clique du PPK.

— Mais nom de Dieu, qui est le PPK ? demanda Fanshawe impatiemment. Je m'embrouille toujours dans ces initiales.

— Les Marxistes, le Parti du Peuple Kinjanjais. Femi Robinson et ses gais lurons. » Il allongea le cou pour avoir une meilleure vue de l'avenue centrale. « Mais ils sont tous plus ou moins rentrés chez eux maintenant.

— C'est toujours ça de gagné, dit Fanshawe peu aimable. Mais et pour le reste ?

— Innocence ? Ah ! oui… Pas beaucoup de progrès, je le crains. J'ai fait venir deux autres entreprises de pompes funèbres mais ils ont refusé d'y toucher.

— Damnation ! jura Fanshawe furieux. Tout va mal. Écoutez, Morgan, je veux deux choses de vous : un démenti ou des excuses de la part d'Adekunlé, et Innocence débarrassée du plancher avant l'arrivée de la Duchesse. »

Il parlait du corps comme d'un arbre tombé en travers de sa route. Morgan l'injuria silencieusement :

« Vous ne tirerez pas un mot d'Adekunlé, je peux vous le dire tout de suite », dit-il rudement. Puis : « Pardon, Arthur, je suis préoccupé. Je verrai ce que je peux faire. »

Espèce d'horrible petite merde dégueulasse, pensa-t-il.

« Très bien, dit Fanshawe d'une voix offensée. Essayez de produire quelques résultats pour une fois ! »

Morgan raccrocha, jura encore contre Fanshawe et songea avec accablement à la fragilité de toute loyauté. Les désastres succédaient aux désastres. Qu'allait-il faire ?

Un ra-ta-ta-ta impertinent à la porte précéda l'entrée de Dalmire, l'air chic, frais et agaçant de bonne humeur.

« Désolé d'être en retard, dit Dalmire. J'ai été coincé par une démonstration à l'Université. Et puis j'arrive et devine quoi ? On en a une pour nous tout seuls ! Qu'est-ce qui se passe ? »

Morgan maussade indiqua les journaux. Dalmire y jeta un coup d'œil :

« Bon Dieu ! dit-il, il a du culot, non ?

— Eh bien oui et non », dit Morgan, ambigu. Il n'avait pas envie d'expliquer maintenant à Dalmire les subtilités du Plan Pinacle. « Ils manifestent aussi contre ça à l'Université ? » demanda-t-il en montrant les journaux.

Dalmire s'était approché de la fenêtre :

« Non, dit-il. Quelque chose de très différent. Le gouvernement, semble-t-il, a menacé de fermer l'Université à cause de la conduite odieuse des étudiants. » Il souriait comme s'il pensait à autre chose. « Je ne sais pas de quoi il retourne mais il y avait des centaines d'étudiants autour des bâtiments de l'Administration. On dirait qu'ils ont l'intention de s'incruster et d'occuper les locaux pendant les vacances. Un " sit-in " ou un truc dans ce goût.

— Ciel ! Typique ! » dit Morgan avec dégoût mais content qu'au moins il n'y eût pas de rapport avec le projet Pinacle.

— Tu fais du ski ? demanda Dalmire tout à trac.

— Quoi ? Non, ça ne me dit rien. Pourquoi ?

— On pensait au ski — Priss et moi — pour nos vacances. »

Le rêve illuminait le regard de Dalmire :

« Lune de miel, tu veux dire ? » Morgan s'efforçait de ne montrer dans le ton ni ressentiment ni impatience.

« Non, non. Ça c'est pour plus tard. » Dalmire s'interrompit, légèrement embarrassé : « Je ne t'ai pas dit ? On part en vacances. On se tire après Noël. J'ai pensé que ça serait marrant d'aller skier. Le Nouvel An sur les pistes, le bon air de la montagne, tout ça...

— VACANCES ! s'exclama Morgan atterré. Mais tu n'es là que depuis deux mois. Mince ! Mon dernier congé remonte à mars.

— Je prends ça sur mes jours de congé, ne t'en fais pas, se hâta de répliquer Dalmire. En fait, c'est une idée de Priscilla. Arthur est d'accord. »

Morgan fut sur le point de postillonner des onomatopées rageuses comme un vieux général en pleine crise de goutte mais il se maîtrisa — non sans effort. Le veinard d'enfant de pute, se dit-il, l'envie le disputant à l'outrage d'une telle injustice. Voilà à quoi servait d'épouser la fille du patron. Mais son ressentiment ne parut pas affecter le moins du monde Dalmire qui interrogea :

« Alors ? Qu'est-ce que tu en penses ? Du ski ?

— Formidable », dit Morgan tout en pensant : peut-être qu'il va se casser une jambe. Peut-être qu'il va se briser le dos. Une idée méchamment sournoise lui gagna l'esprit :

« Dis donc, Richard, demanda-t-il, tu as su ce qui était arrivé à Innocence ? »

Sous le regard attentif de trois petits garçons, Dalmire s'assit lourdement sur la véranda. Il était devenu tout blanc « Oh ! mon Dieu ! » dit-il très las en mettant sa main devant sa bouche. Morgan avait lui-même pâli : il rejeta le drap sur le corps d'Innocence, semant la panique dans le nuage de mouches qui s'affairaient autour.

« Plutôt macabre, non ? » dit Morgan.

Dalmire avala sa salive puis gonfla ses joues :

« Mon Dieu, répéta-t-il. C'est répugnant. Révoltant. Penser que... » Il s'interrompit puis ajouta en guise d'explication : « C'est le premier cadavre que je vois. »

On avait allumé près du corps d'Innocence un petit brasero dans lequel on jetait de temps en temps des feuilles ou des branchages. Une fumée épaisse et bleuâtre montait de ce côté du quartier, destinée, supposa Morgan, à chasser les mouches et à couvrir toute autre odeur.

Dalmire se leva et s'éloigna en chancelant. Morgan se sentit vaguement désolé pour lui : il avait pris là une revanche mesquine mais c'était néanmoins terriblement satisfaisant de le voir aussi secoué.

« Oyibo ! oyibo ! » s'écria ravie une petite fille toute nue, en dansant et en pointant un doigt potelé vers le tremblant Dalmire.

« Les mômes ! dit Dalmire. Tous ces mômes qui courent autour... C'est irréel. »

— Oui », acquiesça Morgan qui l'avait rejoint, en se retournant pour contempler la scène : le corps voilé d'Innocence, le lavoir, les gris-gris, la fumée du brasero, les enfants cavalant à moitié nus, les poules picorant la poussière. Il ne se sentait pas aussi calme et sensé qu'il essayait de le faire croire : « Mais c'est l'Afrique ! »

Ils regagnaient lentement la Commission dans un silence pensif quand un appel aigu leur parvint de l'autre côté de la pelouse :

« Morgan ! Oh !-oh ! Morgan !

Mrs. Fanshawe au bord de l'allée lui faisait signe de la rejoindre.

« Merde ! dit-il furieux. Qu'est-ce qu'elle veut ? »

Puis se rappelant qu'elle était la future belle-mère de Dalmire, il ajouta en s'excusant : « Désolé, Richard, je suis un peu patraque. » Mais Dalmire était bien trop préoccupé par les signes de la mortalité pour se vexer et il écarta de la main les excuses.

« 'Jour Chloé », dit Morgan en approchant.

Mrs. Fanshawe portait une robe sans manches serrée à la taille et d'un turquoise vif qui contrastait fortement avec sa peau d'un blanc éthéré et sa chevelure noir corbeau. Le tout lui donnait l'air d'avoir doublé de volume.

« On vient juste d'aller voir Innocence, dit-il sur le ton d'un auxiliaire de la Croix-Rouge. Malheureusement personne ne veut y toucher.

— Elle est encore là ? s'écria Mrs. Fanshawe en portant ses mains à son front. Oh ! c'est trop affreux !

— Oui, une drôle de journée, dit-il, lugubre, entre ça et la manif. Vous l'avez vue ?

— Elle se poursuit, dit-elle avec mépris. Si on peut appeler ça une manifestation. Je rentre de la ville et ils sont encore trois à traîner près du portail. Ce drôle de petit bonhomme avec une espèce de barbichette et une énorme chevelure m'a crié dessus quand je suis passée. Ils se dirigeaient vers la maison. Il portait un chandail à col roulé noir et des gants de cuir. Il avait l'air d'avoir atrocement chaud. »

Morgan se méfiait de cet amical bavardage : elle voulait quelque chose.

« C'était Femi Robinson, le guérillero urbain, dit-il. On se doit d'avoir la panoplie de l'authentique petit anarchiste, vous comprenez. »

Ils gloussèrent avec condescendance tout en pénétrant dans le salon.

« Un verre ? demanda Mrs. Fanshawe. Vous devez en

Un Anglais sous les tropiques

avoir besoin ? Vous n'êtes tout de même plus au jus d'orange ?

— Non, non, dit-il en riant faux. Je prendrai un gin tonic si vous permettez. »

Ce que Dalmire fait, je fais, pensa-t-il.

Mrs. Fanshawe le regarda, approbatrice :

« Toujours pensé que le GT était plus votre genre, vous savez ? Jamais pu comprendre votre passion pour le sherry ! »

Morgan était stupéfait. Qu'arrivait-il à cette bonne femme ? Elle ne s'était jamais montrée aussi familière. Il se demandait toujours ce que cela signifiait, lorsqu'une Maria aux yeux rouges lui apporta son gin tonic. Il pensa brusquement à sa mère en train de mijoter sous un soleil implacable.

« Elle insiste pour travailler, murmura d'un ton coupable Mrs. Fanshawe tandis que Maria quittait la pièce. Elle n'a pas voulu prendre de congé.

— Priscilla est à la maison ? demanda Morgan l'air dégagé, anxieux de changer d'images dans sa tête.

— Non, dit Mrs. Fanshawe. Elle est au club. Elle consolide son hâle. Dickie et elle partent en vacances, vous savez. »

Il savait.

Mrs. Fanshawe s'interrompit pour armer son fume-cigarette.

« Je voudrais que vous montiez, Morgan, dit-elle. J'ai quelque chose à vous montrer. »

Méfiant, Morgan suivit les vastes sphères turquoises de ses fesses sur les escaliers, se demandant toujours ce qui se passait. La chinoiserie omniprésente dans la maison était moins agressive au premier étage : elle se réduisait aux rideaux et aux tableaux. Mrs. Fanshawe le conduisit dans une petite pièce meublée d'un divan et d'une table sur laquelle trônait une machine à coudre. Dans un coin, un mannequin de couturière. Morgan avala une gorgée revi-

290

gorante du gin qu'il avait transporté avec lui. Mrs. Fanshawe posa son fume-cigarette sur un cendrier et décrocha quelque chose derrière la porte. Quelque chose de rouge.

« Qu'en pensez-vous ? demanda-t-elle.

— Ça m'a tout l'air d'un bleu de chauffe, risqua-t-il.

— C'est ou plutôt c'était. Une combinaison de travail blanche que j'ai teinte en rouge. J'ai aussi raccourci les manches. J'ai pensé que ça ferait un charmant Papa Noël des Tropiques. Mmm... Qu'en dites-vous ?

— Mmm... Pardon... je...

— Naturellement je mettrai quelques paillettes dessus. J'en ai trouvé en ville. » Elle lui fit un large sourire : « Mais j'ai pensé que je vous le ferais essayer d'abord, dit-elle l'examinant de la tête aux pieds avec un froncement de sourcils. Je ne voyais pas bien votre taille. Il faudra peut-être l'élargir un peu de-ci, de-là.

— Ça m'a l'air d'aller, dit Morgan vexé de l'allusion à sa corpulence.

— Non, répliqua fermement Mrs. Fanshawe. Essayez-le maintenant pour être sûr.

— *Maintenant !* s'écria Morgan. Je ne pourrais pas l'emporter et vous dire plus tard ?

— Pas question, non, dit Mrs. Fanshawe, très professionnelle. Passez-le tout de suite. »

Morgan fut saisi de vertige. Il prit avec des doigts gourds l'horrible défroque des mains de Mrs. Fanshawe. Il ôta ses chaussures et allait passer son pied droit dans le trou adéquat quand Mrs. Fanshawe éclata d'un rire en trille aigu.

« Ne soyez pas aussi collet monté, se moqua-t-elle. Vous ne porterez pas une chemise et un pantalon ce jour-là ! Comment, pour l'amour du ciel, voulez-vous que je vous essaye convenablement ? »

Incapable de parler, Morgan ôta en hésitant sa cravate, sa chemise et son pantalon et se retrouva immobile en caleçon et en chaussettes, légèrement penché en avant, les épaules arrondies comme s'il souffrait du dos.

« Allez-y », ordonna Mrs. Fanshawe, telle une robuste monitrice encourageant une équipe de joueuses de hockey défaillantes.

Gonflant la poitrine, Morgan enfila la combinaison, la releva et passa les bras dans les manches. Il s'efforça de ne pas penser à quoi il ressemblait, debout dans son caleçon trop large et ses chaussettes marron, et il tenta d'ignorer l'odeur acide de sueur fraîche qui semblait émaner en bouffées délétères de ses dessous de bras. Mrs. Fanshawe s'affairait autour de lui, tirant ici, ajustant là, tandis qu'il fermait lentement les boutons du devant.

« Pas mal, dit-elle. Pas mal du tout. Faudra peut-être l'élargir un peu autour du ventre, c'est tout. Voulez-vous vous voir dans la glace ? »

Morgan secoua négativement la tête avec emphase.

« Super ! s'enthousiasma-t-elle. Je vais fabriquer une barbe avec du coton, j'attacherai une capuche et voilà ! Les gosses vont adorer ! »

Morgan crut qu'il allait vomir en se débattant pour sortir de l'étroite combinaison. Sa nervosité, son inconfort et son profond embarras l'avaient fait transpirer d'abondance et il dut tortiller ses épaules et contorsionner ses hanches pour s'extirper du tissu collant. Mrs. Fanshawe fredonnait en farfouillant dans sa boîte à couture. Morgan se baissa, ramassa le bleu de chauffe et le lui tendit. Il évita son œil mais comme elle se retournait pour lui prendre le costume des mains, elle s'arrêta net de chantonner et s'écria « Oh ! » d'un ton surpris et perplexe.

« Et les bottes ? dit Morgan, comme en transe, les yeux fixés sur une fissure dans le mur. Je suppose qu'il va m'en falloir aussi ? »

Il tâtonna pour attraper sa chemise sur le divan.

« Oh !... Oui... Oui, dit Mrs. Fanshawe, soudain confuse, faisant une boule du costume rouge et le serrant contre sa poitrine. Hum... Écoutez... Je... euh, je m'en occuperais. Oui, oui. C'est ce que je ferai. »

Morgan lui jeta un coup d'œil. Elle est devenue subitement très bizarre, pensa-t-il, en la voyant regarder fixement par la fenêtre.

« Je viens juste de me rappeler quelque chose, lança-t-elle. Quelque chose que je dois faire immédiatement, dit-elle en se précipitant vers la porte. Vous retrouverez votre chemin, n'est-ce pas ? »

Elle disparut. Une très, très étrange bonne femme, se dit Morgan, son cerveau bouillonnant commençant à sortir de ses fumées pour retourner à la normale. Quelle famille bizarre, ces Fanshawe ! Mais que lui avait-il pris ? Il s'assit sur le divan couvert d'un dessus de lit d'une texture rugueuse. Il sentit le tissu rêche lui chatouiller le haut des cuisses et — il s'en rendit compte brusquement — une partie de son anatomie qui n'aurait pas dû être à l'air. Ses lèvres dessinèrent un silencieux « oh » d'horreur et il porta lentement son regard au-dessus de ses genoux : par la simple fente qui servait de braguette à son caleçon, dépassait son pénis long, pâle et mou. Il avait dû se pointer au moment où Morgan se débattait pour ôter le bleu de chauffe. Maintenant il savait.

3.

Morgan redescendit en voiture au Club, un curieux sourire sur son visage : le sourire d'un homme sous hypnose ou celui d'un personnage de bande dessinée qui vient de recevoir un violent coup sur la tête. Avec un art digne d'un maître du Zen, il s'était vidé l'esprit de toute pensée. Il n'était plus qu'une masse de réflexes filant sur la route, un réfugié fuyant sans réfléchir le nuage atomique de honte et d'embarras dont le champignon s'élevait au-dessus de la Commission.

C'était l'heure du déjeuner et la piscine était calme. Il se changea, s'avança sur le bord de béton rugueux et, avec le zèle d'un converti baptisé sur les rives du Jourdain, se jeta à l'eau et se propulsa avec force dans les profondeurs du liquide bleu et frais, les yeux fixés sur les motifs confus et changeants de lumière qui miroitaient au fond du bassin. Il s'imagina que la sueur, la saleté et la honte lui glissaient du corps comme de l'ambre solaire.

Il se hissa hors de la piscine, s'assit à l'ombre d'un parasol et but coup sur coup deux bières glacées. Doucement, patiemment, il commença à récupérer. Au bout d'une heure d'une minutieuse autocritique, d'une exploration complète et d'une mise à plat méthodologique de ses problèmes, les perspectives embrouillées de sa vie se firent plus nettes et le bon sens reprit à peu près sa place légitime dans l'ordre des choses.

Plus calme, et content de cet énorme acte d'autodiscipline, il se rhabilla et traversa le club pour aller reprendre sa voiture. Dans le hall, les lettres rouges de GRAND TOURNOI DE GOLF DU 26 DÉCEMBRE accrochèrent son regard et il remarqua — aussi instinctivement que s'il s'était agi du sien — le nom de Murray sur la liste des candidats. Le match de golf avorté lui étant ainsi rudement remis en mémoire, Morgan sentit le carcan de ses soucis se réinstaller confortablement autour de son cou.

L'idée puérile lui vint que s'il restait assez longtemps simplement assis sans bouger, s'il ne dérangeait personne, s'il n'attirait pas l'attention sur lui, tous les abominables traumatismes qui ravageaient actuellement sa vie finiraient par se lasser et s'éloigner en grondant, comme une armée en maraude en route pour aller saccager le village suivant. Il se glissa donc dans son bureau et demeura immobile à sa table pendant trois quarts d'heure, couvrant son buvard de minuscules griffonnages en cercles et spirales. Mais un énorme bâillement à se décrocher la mâchoire lui fit alors réaliser que le calme complet, la passivité totale, n'offraient que peu d'espoir et vraiment aucun charme. D'ailleurs il n'était pas cette sorte d'être : il lui fallait faire des choses, n'était-ce que pour les compliquer davantage. Il contempla, perplexe, son buvard noirci d'encre et se demanda si, dans les deux heures qui venaient de s'écouler, il n'avait pas été victime d'une mini-dépression nerveuse, si ce n'était pas ainsi qu'on commençait à devenir fou.

« Hé, vieux ! dit-il d'une voix traînante et bien timbrée, c'est quand ça se met à être dur que les durs s'y mettent. Pas vrai ? » Il tapa du poing sur la table, avec une grimace ravageuse : « Foutrement juste ! reprit-il. Ce qui compte, ce n'est pas la taille de l'homme dans le combat, c'est la taille du combat dans l'homme. » Ses slogans d'enfant de troupe ne le réconfortèrent que momentanément : son moral s'effondra avec la soudaineté d'un jet d'eau débranché. Il ramassa son stylo et logea une minuscule spirale dans un espace encore libre au coin de son buvard.

Kojo passa la tête par la porte entrebâillée :

« Ça va Kojo, dit Morgan tristement. Je me parlais à moi-même.

— Excusez-moi, m'sieur. Il y a un homme au téléphone. Il ne veut pas donner son nom et il m'insulte parce que je ne veux pas vous le passer. Il dit de dire à Mr. Leafy que c'est Sam.

— Oh ! Ciel ! dit Morgan accablé. Pas un instant de répit. Passez-le-moi.

— Bonjour, mon ami, dit Adekunlé au bout du fil. J'ai pensé que, comme dit le proverbe, Prudence était mère de Sûreté. »

Morgan commençait à en avoir plein le dos des putains de proverbes d'Adekunlé.

« Nous sommes tous très fâchés avec vous ici, annonça-t-il sans détour. Pour ne pas dire plus, comme dit le proverbe. »

Le rire d'Adekunlé lui résonna dans l'oreille :

« Vraiment ? dit-il. Je suis sûr que vous conviendrez, Mr. Leafy, qu'en amour et en politique, tout est de bonne guerre. Mais, ajouta-t-il sans plus aucune trace de légèreté dans la voix, je ne vous ai pas appelé pour discuter de cela. Vous avez votre " meeting " avec le docteur Murray demain. Il faut que je vous parle avant.

— Ah ! eh bien, dit Morgan s'en fichant soudain, j'ai un petit problème. Je crains que...

— Il n'y a pas de problème, interrompit Adekunlé brutalement. J'espère que non, pour votre propre bien. »

La bouche sèche, Morgan déglutit.

« Vous savez où est la mare aux poissons sur le campus ? » demanda Adekunlé.

Morgan acquiesça :

« Alors rencontrons-nous là-bas à cinq heures et demie cet après-midi. D'accord ? »

La mare aux poissons était un autre exemple de l'extrême littéralité kinjanjaise tournant à la métaphore. Nul doute qu'elle contînt du poisson et qu'elle pût se classer dans la catégorie générale des mares mais c'était véritablement, avant tout, un impressionnant lac artificiel à la pointe sud-ouest du campus. Morgan demeura dans sa voiture à la contempler en attendant Adekunlé. De ce qui était normalement un paysage d'une grande et sereine beauté, Morgan ne percevait aujourd'hui que la nature primitive, hostile et adverse, sauvage et dangereuse.

La mare aux poissons formait un ovale approximatif d'environ six cents mètres de long sur trois cents mètres de large. Une vaste rivière s'y déversait à un bout mais il n'existait apparemment aucun chenal d'évacuation des eaux. Peut-être étaient-elles simplement absorbées sous terre car la mare offrait le calme artificiel de la stagnation et le miroir de sa surface reflétait à la perfection les immenses arbres aux troncs clairs qui bordaient la rive opposée.

La lumière gris-beige du crépuscule proche adoucissait les angles et brouillait les contours. A sa droite Morgan pouvait entrevoir le toit blanc d'une maison de professeur mais à part la route goudronnée sur laquelle se trouvait sa voiture, tout le reste était resté à l'état de nature. Il n'aurait pas été surpris si un ptérodactyle avait soudain foncé dans les airs depuis les arbres sombres ou si un monstre préhistorique squameux s'était lourdement traîné hors des buissons jusqu'à la plage de vase au-dessous de la route. Il sentit les doigts glacés de la dépression lui enserrer le cerveau tandis qu'il contemplait, morose, le lac indifférent et serein.

Le bruit de la Mercedes d'Adekunlé interrompit sa morne rêverie. Morgan sortit de sa voiture derrière laquelle Adekunlé se gara. Adekunlé fumait un long cigare mais Morgan se rendit compte qu'il n'était pas de son humeur habituelle, bon enfant et cynique.

« Mr. Leafy, dit-il tout de suite, vous m'avez inquiété avec vos histoires de problèmes et de difficultés. Que se passe-t-il ? »

D'un coup de pied Morgan chassa un caillou hors de la route.

« Je me suis disputé avec Murray, dit-il. Dans ces circonstances il est exclu que nous jouions amicalement au golf demain.

— Non, ce n'est pas une raison, rétorqua sèchement Adekunlé. Vous ne vous en tirerez pas aussi facilement, mon ami. Il faut que vous fassiez votre offre au docteur Murray avant le 29 de ce mois. J'ai décidé que je devais savoir où j'en étais avant cette date.

— Je vous dis que nous avons eu une terrible engueulade, protesta Morgan. J'ai hurlé, je l'ai insulté. Franchement il ne doit plus pouvoir me piffer.

— Une très mauvaise plaisanterie, mon ami. Je vois parfaitement la manière dont vous essayez — Adekunlé agita la main — de vous défiler de vos obligations. Ça ne marchera pas, je vous préviens. Vous ne ferez que me contraindre à exposer mes griefs à Mr. Fanshawe.

— C'est vrai, je vous le jure, dit Morgan, presque sanglotant. Ça s'est passé lundi soir... Oh ! et puis zut ! »

Il ramassa une brindille et la lança avec rage dans le lac miroitant. Il faisait presque nuit. Les criquets psalmodiaient leur scie, les chauves-souris effectuaient des passages en piqué au-dessus de leur tête. Quelque chose dans sa voix avait dû convaincre Adekunlé qu'il ne plaisantait pas.

« Très bien, dit Adekunlé à contrecœur. OK. Vous vous heurtez à un obstacle. Mais vous devez le surmonter avant les élections. Peu m'importe comment. Il est impératif que cette affaire avec le docteur Murray soit réglée avant cette date. Débrouillez-vous. »

Il menaça Morgan de son cigare.

« Mais pourquoi moi ? gémit Morgan. Pourquoi ne l'appelez-vous pas vous-même ? Pourquoi ne pas lui parler directement ?

— Mon bon Mr. Leafy, gloussa Adekunlé, comme vous êtes naïf ! N'est-il pas mieux de se voir offrir une... gratification financière par un de ses familiers ? Par quelqu'un dont on pourrait normalement supposer qu'il est au-dessus de ce genre de transaction. Et un représentant de la Couronne par-dessus le marché. »

Il tira une bouffée satisfaite de son cigare :

« Croyez-moi, il est très difficile de rester honnête quand les mœurs des gens les plus haut placés sont en question. »

Morgan souscrivit à regret à la pertinence du raisonnement. Pourquoi se soucier de se salir les mains quand, implicitement, le personnel de la Commission en faisait autant ? *Quis custodiet* et tout le reste. Il se demanda de nouveau quelle serait la réaction de Murray.

« Voulez-vous voir la raison de nos tourments ? » demanda Adekunlé.

Morgan répondit que oui, tant qu'il y était, et suivit Adekunlé à l'opposé des maisons, le long de la mare. Au bout du lac, la route grimpait une petite colline puis bifurquait pour rejoindre le campus. A cette hauteur, Morgan apercevait derrière lui les lumières d'autres villas.

« Voilà », dit Adekunlé.

En face, le terrain s'enfonçait dans une vallée marécageuse peu profonde puis se relevait assez soudainement de l'autre côté en un étroit plateau. Dans le soir tombant, Morgan distingua une rangée d'arbres.

« Voici mes terres, dit Adekunlé. Jusqu'à ces arbres. C'est ici qu'on veut construire le foyer et la cafétéria. Merveilleuse situation, comme vous le voyez.

— Où va-t-on mettre la décharge ? demanda Morgan intraitable.

— Derrière les arbres. Très loin derrière. J'ai vendu ces terrains-là il y a plusieurs années. Les services de voirie et les camions sanitaires y apportent déjà leurs ordures, ajouta-t-il. Ici, nous sommes à dix minutes des amphithéâtres, à dix minutes de marche du centre de l'Université. » Il regarda Morgan puis le bout de son cigare.

« Si ce n'était le docteur Murray, dit-il amèrement, on me signerait un chèque *aujourd'hui* ! » Il hurla quasiment le dernier mot. « Il a retardé trois fois la réunion du Comité des Immeubles pour poursuivre son enquête. Je sais qu'il a l'intention de présenter un rapport négatif. Et c'est pourquoi je suis maintenant contraint à ces mesures désespérées. »

Morgan ne fit aucun effort de sympathie :

« Combien vendez-vous ce terrain ? demanda-t-il.

— Deux cent soixante-quinze mille livres, dit Adekunlé avec émotion.

— Pour un investissement de dix mille livres. Pas mal ! » dit Morgan.

Adekunlé s'approcha de lui et lui saisit le bras. Morgan sentit la fumée du cigare.

« C'est pourquoi vous allez m'aider, Mr. Leafy, autrement j'irai me plaindre de votre conduite au haut-commissaire, menaça-t-il. Je n'irai pas voir Mr. Fanshawe. J'irai directement au plus haut. » Il relâcha sa prise. « Votre aimable cadeau d'un voyage à Londres m'a été très utile. J'ai maintenant de très bons amis là-bas. Croyez-moi, Mr. Leafy, si l'envie m'en prend, je peux vous créer de gros ennuis. Débrouillez-vous comme vous voudrez pour approcher le docteur Murray. C'est tout. Et avant le 29. » La voix était dure, furieuse.

Morgan essaya d'humecter sa gorge sèche.

« Mais comment ? gémit-il. Bon Dieu, je vous ai dit...

— Je m'en fous ! cracha Adekunlé, subitement tremblant de rage. Je me tape comme d'une merde de la carrière d'un petit diplomate !

— Ça va, dit Morgan faiblement, ça va. Je vais concocter quelque chose. »

Il se sentait très fatigué, accablé de lassitude. Il fit demi-tour et reprit le chemin de sa voiture. Adekunlé le rattrapa :

« Pardonnez-moi de m'être mis en colère, dit-il calmement, mais comme je vous l'ai dit, le coût financier d'une campagne électorale est élevé. » Puis, sur un ton étonnamment humble pour lui : « Vous ne pouvez pas savoir ce que cette... obstruction de Murray signifie. J'ai mes soucis. »

Morgan ne fit aucun commentaire.

« Il n'y a pas de raison, continua Adekunlé, que nous ne profitions pas *tous deux* de cette — euh, comment dire ? — association.

— Merci », dit Morgan d'une voix caverneuse.

Il le ferait, il le savait : d'abord pour sauver ce qui restait de sa malheureuse propre peau et conserver son minable boulot, mais aussi pour une autre raison. Quelque chose lui disait que, cette fois, Murray se laisserait corrompre et il désirait désespérément être là quand, ses pieds devenus d'argile, l'idole serait flanquée à bas de son piédestal : il tenait à être celui qui pousserait.

Il s'arrêta tout net. Il avait une idée :

« Vous connaissez le joueur professionnel de golf du Club ?

— Non, dit Adekunlé. Quel est son nom ?

— Bernard quelque chose. Bernard Odemu, je crois.

— Il est kinjanjais ?

— Oui. » Morgan réfléchit : « Pensez-vous que vous puissiez le persuader d'une manière ou d'une autre de me faire faire équipe avec Murray dans le tournoi du 26 décembre ? Il devrait être chargé du tirage au sort. Croyez-vous que ce soit possible ?

— C'est tout ? demanda Adekunlé. Mais bien sûr ! »

Le Pouvoir, se dit Morgan. Quelle chose étonnante.

4.

Une odeur très distincte émanait maintenant du corps d'Innocence, constata Morgan, une odeur aigre-douce. Rien d'étonnant puisqu'elle gisait au soleil depuis près de quatre jours. On était au matin du 24 décembre — la veille de Noël — un matin clair, beau, ensoleillé et une température aux environs de trente-cinq degrés.

Fanshawe l'avait convoqué dans le quartier des domestiques pour, avait-il annoncé, « régler le problème Innocence une fois pour toutes ». Le problème Innocence gisait — comme il l'avait toujours fait, immobile, stoïque — sous son linceul bariolé. A mesure que les jours passaient, les gris-gris s'étaient multipliés et maintenant plus d'une vingtaine de petits tas ou d'arrangements de feuilles, branchages ou cailloux encerclaient le cadavre.

Il vit Fanshawe arriver à grands pas et devina, à sa démarche rapide et décidée, que son supérieur n'était pas de la plus riante humeur. Il soupira doucement.

« 'Jour, dit Fanshawe avec brusquerie. Comment ça se passe ! »

Morgan se sentait étrangement calme et maître de soi. Son entretien avec Adekunlé semblait avoir secoué sa dépression naissante et mis un peu d'ordre dans ses divers problèmes en lui imposant une marche à suivre. Au moins, désormais, il lui fallait agir, aussi peu plaisantes que puissent être ses actions. Il avait également le sentiment que les choses ne pouvaient guère aller plus mal, encore qu'il fût parfaitement conscient de la hardiesse d'une telle supposition.

« Eh bien, répondit-il avec un haussement d'épaules et un geste pour indiquer le corps d'Innocence, pas grand changement comme vous voyez. »

Il était assez content de son détachement. Il se dit que c'était là une attitude qu'il devrait essayer d'adopter plus souvent à l'avenir.

« Bordel ! jura Fanshawe, les sourcils furieusement froncés. Intolérable saloperie de pays ! Ils continuent leur petit train-train — comme tous les jours, sans le moindre souci. Ça marche sur les cadavres sans même y penser. Les brutes sauvages, sans cœur !

— Eh bien »... dit Morgan pensif. Il aimait commencer ses phrases par « eh bien », cela leur conférait un ton pondéré, réfléchi. « Ça, c'est notre point de vue, voyez-vous, Arthur. Mais Shango est une divinité très haut placée par ici et nous devons respecter...

— Je n'ai rien à faire de ce ramassis de conneries, Leafy », siffla Fanshawe entre ses dents.

Des postillons vinrent atterrir sur la manche de Morgan qui décida, charitable, de ne pas le faire remarquer en les tamponnant avec son mouchoir. Il demeurait imperturbable. Il avait aussi noté l'usage emphatique de son nom de famille. Fanshawe commençait vraiment à s'énerver et à perdre les pédales.

« Ces putains de foutaises de gris-gris, je commence à en avoir plein le... Pour l'amour de Dieu, mon vieux, la duchesse de Ripon arrive demain. La représentante personnelle de la Reine ! C'est pas possible ! » Fanshawe secoua vigoureusement la tête : « *Ça* ne peut pas rester ici !

— Eh bien... avança Morgan.

— J'aimerais vraiment que vous cessiez de commencer toutes vos phrases par " Eh bien... ", Leafy. C'est trop agaçant à la fin ! éclata Fanshawe avec humeur.

— Pardon, s'excusa Morgan, levant un sourcil surpris. Je voulais simplement dire que la Duchesse n'allait sûrement pas venir se balader dans le quartier des domestiques.

— Ça ne fait pas la moindre différence ! protesta Fanshawe. C'est pour le principe. Enfin quoi, ce terrain est la propriété de la Commission, il n'est pas question d'y laisser traîner des cadavres en décomposition. Et si vous ne comprenez pas ça tout seul, eh bien ! vous m'en voyez navré pour vous. Vraiment navré. »

Un silence contraint s'ensuivit. De l'ongle de son pouce, Morgan repoussait d'envahissantes petites peaux.

« Je pense qu'il faut en finir », dit subitement Fanshawe. Il s'avança vers le corps : « Venez ! » ordonna-t-il à Morgan. Celui-ci le rejoignit en s'interrogeant sur ses intentions.

« Qu'allez-vous faire ? » demanda-t-il. Il jeta un coup d'œil inquiet sur le public de femmes et d'enfants qui s'étaient rassemblés autour.

« Regarder, tiens ! dit Fanshawe dont les pommettes s'ornèrent de deux points rouges.

— Mais pourquoi ?

— Oh ! pour juger par moi-même, dit-il en lissant sa moustache avant d'ajouter d'un air vague : vérifier, quoi ! »

Morgan se rendit compte que Fanshawe était fasciné : il devait avoir l'impression qu'on lui cachait quelque chose.

« Ce n'est pas joli à voir, prévint Morgan.

— S'il vous plaît, maît' » appela une voix dans la foule. Ils se retournèrent : Isaac avança de quelques pas :

« Je vous en prie, m'sieu, vous pas jamais tôcher lui. Ça pas respectueux.

— Je vais me contenter de regarder, déclara Fanshawe pompeusement. Ne t'en fais pas, Isaac.

— Otez le drap », chuchota-t-il à Morgan.

Celui-ci eut envie de lui dire : ôtez-le vous-même. Il

commençait à ne plus supporter cette façon d'être pris pour un assistant croque-mort. Mais il s'exécuta.

Fanshawe recula comme frappé en plein cœur. Les yeux lui sortaient de la tête.

« Bon Dieu ! » dit-il d'une voix rauque.

Morgan respira par la bouche. La foule se bouscula pour essayer d'apercevoir quelque chose. Morgan rejeta le drap sur le corps d'Innocence dont il s'éloigna soigneusement.

« Pouah ! dit-il à Fanshawe en se tamponnant le visage de son mouchoir. Étonnant la rapidité avec laquelle... enfin, comme tout va vite, quoi... »

Pâle et visiblement choqué, Fanshawe, d'un pas mal assuré, entraîna Morgan à l'écart :

« Ça suffit comme ça, dit-il avec véhémence. Il faut qu'elle déménage. Il le faut... C'est... c'est obscène, voilà ce que c'est. Je n'avais pas la moindre idée de l'effet que... enfin de ce qui se passait. Débarrassez-vous d'elle. C'est tout. Hors d'ici. Débarrassez-vous d'elle, Morgan. N'importe comment. »

Morgan sentit monter en lui la colère du subordonné sur qui tombent toutes les basses besognes.

« Mais comment, Arthur ?, protesta-t-il. Dites-moi comment et je le ferai. Pour l'amour de Dieu soyez raisonnable. Vous voyez bien l'impossibilité...

— Je m'en fous ! hurla Fanshawe. Je vous donne vingt-quatre heures. Ça fait des jours et des jours que je vous demande de régler tout ça. Si vous vous en étiez occupé convenablement dès la première nuit nous ne serions pas aujourd'hui dans cet affreux pétrin. Prenez un garde armé, n'importe quoi. Débarrassez-moi de ça avant l'arrivée de la Duchesse. » Il fixa longuement Morgan d'un air furibond, les mâchoires serrées, les muscles et les tendons du cou saillants. Puis il tourna brusquement les talons et reprit à grandes enjambées la direction de la Commission.

Saisi d'une rage bilieuse, Morgan resta planté dans la cour. Va te faire foutre ! espèce de sale petite merde puante ! lança-t-il silencieusement dans le dos de Fanshawe. De ses mains tordues en griffes de vampire, il déchira l'air devant son visage. Il se retourna et jeta un regard furieux à la foule qui maintenant se dispersait. Ils auraient pu aussi bien être des mannequins de cire, des martiens ou des zombies pour ce qu'il y avait de commun entre leurs cerveaux et le sien. Mais, il en allait de même avec l'abîme qui le séparait de Fanshawe.

Morgan devait admettre que le problème Innocence paraissait insoluble. Sa seule bonne idée avait été immédiatement rejetée par Fanshawe. Il était allé jusqu'à la porte d'entrée de la Commission consulter Isaac sur la cérémonie rituelle. S'il avait l'argent dès maintenant, avait demandé Morgan, combien de temps faudrait-il pour apaiser Shango ? Isaac avait réfléchi. Si le prêtre fétichiste pouvait venir ce soir, si la chèvre, la bière et les autres accessoires étaient achetés tout de suite, la cérémonie pourrait être terminée en deux jours. Mais, avait-il ajouté, demain étant Noël, le prêtre pourrait bien demander un supplément pour travailler un jour carillonné. Bien, avait dit Morgan. Merci.

De retour dans son bureau, il avait téléphoné à Fanshawe :

« Je crois que j'ai trouvé un moyen d'en sortir, Arthur.

— Oui, allez-y, avait aboyé Fanshawe.

— On va faire ce qu'ils réclament. Nous avons jusqu'à présent nagé à contre-courant. Alors maintenant on prend le gars aux gris-gris, on zigouille la chèvre et on exorcise le démon et le reste. Je ne vois pas d'alternative.

— Je croyais qu'il y avait un problème d'argent ?

— Oui. Mais seulement en ce qui concerne Maria. J'ai pensé que nous pourrions payer.

— Pas question, avait répliqué immédiatement Fanshawe. Nous ne voulons pas établir ce genre de précédent.

— Attendez ! avait dit Morgan perdant patience. On

pourrait peut-être au moins lui faire un prêt ? » Salaud de radin, avait-il ajouté, *in petto*.

« Eh bien peut-être. Nous pourrions y réfléchir. Mais dites-moi, combien de temps prendra cet " exorcisme " ?

— Deux jours. Je peux me mettre à...

— Non ! Non ! répéta Fanshawe. *Impossible*. Vous n'écoutez donc jamais ce que je dis. Il faut me faire disparaître ça d'ici demain. La Duchesse... »

Morgan le laissa râler : l'intransigeance de ce type le rendait malade de haine et de dégoût.

« ... et rappelez-vous Morgan. J'en fais la priorité numéro un. Oubliez Pinacle, oubliez les élections. Je veux seulement que vous m'ôtiez ce cadavre. Je vous en laisse l'entière responsabilité. »

A quatre heures cet après-midi-là, Morgan décida de rentrer chez lui. A la grille d'entrée, un Femi Robinson solitaire brandissait une pancarte qui proclamait : « PAS DE SUEZ AU KINJANJA. »

Morgan arrêta sa voiture et se pencha par la fenêtre :

« Vous ne trouvez pas ça un peu exagéré ? » cria-t-il.

Robinson s'approcha de l'auto. Il portait toujours son chandail et ses gants. Il avait réussi à enfoncer un béret sur sa coiffure afro. Son odeur le précédait comme un nuage de gaz lacrymogène. Son visage soucieux brillait de sueur, des rigoles lui dégoulinaient le long des joues. Une goutte lui pendait au menton.

« Ne croyez-vous pas — Morgan indiqua la pancarte — que c'est aussi un peu trop subtil ?

— Le message vous est destiné à vous Britanniques, dit Robinson agressif, pas à mes propres supporters.

— Et puis-je vous demander où ils sont ?

— Ils sont partis tous les deux acheter de la bière au type du coin de la route. »

Morgan éclata de rire et Robinson se mit en rogne :

« Vous pouvez toujours rire, lança-t-il, bientôt vous rirez jaune.

— Excusez-moi, dit Morgan, se contenant, mais ce que vous avez dit... c'est une plaisanterie, et même très connue. »

Robinson se calma subitement et sourit :

« Je reconnais que leur ferveur n'est pas très grande aujourd'hui mais ça changera bientôt. Méfiez-vous. Je crois que votre haut-commissaire a fait des excuses. Mais ce n'est pas suffisant. La " diplomatisation " du problème n'est qu'un écran de fumée. Et — il frappa du poing sur l'encadrement de la vitre — si le PNK gagne ? » Il fit siffler l'air entre ses dents et secoua la tête avec tristesse.

« Merci pour l'avertissement », dit Morgan.

Il mit le moteur en marche. Robinson recula et brandit sa pancarte.

« Je resterai, cria-t-il, pour m'assurer que vous ne l'oublierez pas. »

Dès son retour chez lui Morgan prit une douche et se glissa dans son lit pour faire une sieste. Il ferma les yeux, se donna l'ordre de se détendre, commanda à chacun de ses muscles de se relâcher, conseilla à son cœur de ralentir. Mais les mises en demeure hystériques de Fanshawe lui rebondissaient dans la tête comme une volée de violentes balles de squash : « Vous êtes responsable... priorité numéro un, vingt-quatre heures... » Une punition indirecte, supposait-il, pour l'embarras dont Fanshawe avait souffert à la suite de l'efficace coup de pub d'Adekunlé au bénéfice du PNK. Morgan se demanda si Adekunlé avait déjà arrangé le tirage au sort. Il se sentit soudainement seul et désarmé : un Sisyphe impuissant à qui on viendrait d'annoncer qu'à partir de demain matin ce sera *deux* rochers — un Hercule éreinté avec une douzaine de travaux supplémentaires sur la planche. Il eut envie de pleurer : ce n'était pas juste, ce n'était pas juste...

On sonna à la porte. Il se rappela que Vendredi et Moïse n'arrivaient que plus tard et, découragé, il enfila une robe de chambre et se traîna en grommelant dans le corridor pour aller voir de quoi il retournait.

Plantés sur le seuil, se trouvaient Kojo, sa femme et leurs trois enfants. Kojo portait un costume de tissu noir brillant, des chaussures étincelantes et une cravate rouge vif. Il trimballait une grande cuvette d'émail qui contenait un objet recouvert d'une étoffe. Son épouse, une petite femme souriante à la peau d'un caramel crémeux et les oreilles ornées d'immenses pendants, arborait une blouse de dentelle, une jupe de somptueux velours noir drapé et un turban assorti. Les trois petits garçons étaient la réplique miniature de leur père : culottes courtes noires, cravate rouge, tête rasée et visage compassé.

Confronté à autant d'ordre et de netteté, Morgan prit soudain conscience de ses cuisses poilues à l'air, de ses pieds nus, de sa robe de chambre douteuse et de ses cheveux en bataille.

« Kojo, s'exclama-t-il. Hello... oui, qu'est-ce que... Hum... Hello. »

Il était très surpris de les voir.

Kojo sourit devant sa confusion :

« Bonjour, missié, comment allez-vous ? J'ai amené ma famille vous présenter nos vœux. »

Il se tut et attendit de voir si l'entendement allait enfin illuminer le visage de Morgan. « Pour Noël », ajouta-t-il.

Morgan comprit enfin. Ces visites de courtoisie annuelles étaient la coutume chez les employés et les domestiques. Il attendait pour demain le gardien de nuit, le jardinier et le type qui lui nettoyait sa voiture une fois par semaine. Mais Kojo n'était jamais venu.

« Mais naturellement, dit-il. Entrez, je vous en prie. Asseyez-vous. Je vais aller mettre des vêtements. »

Irrité et jurant, il regagna sa chambre et s'habilla. Il retourna dans le salon retrouver la petite famille qui occupait les rebords de deux chaises et d'un canapé.

« Eh bien, dit-il bêtement, se frottant les mains à

l'imitation pas très réussie d'un hôte affable, je ne pense pas avoir déjà rencontré votre femme et vos fils. »

Kojo se leva :

« Voici mon épouse Elizabeth. »

Elizabeth se mit à moitié debout pour faire une timide révérence tandis que Morgan lui serrait la main :

« Oui, missié », dit-elle.

Kojo le guida vers les trois petits garçons :

« Et voici mes fils, Anthony, Gerald et Arthur.

— En l'honneur de Mr. Fanshawe ? s'enquit Morgan curieux.

— Oui, missié. Je lui ai demandé son autorisation.

— Bien, dit Morgan, l'esprit à court de tout sujet de conversation. Bien, bien, bien. Ah ! je sais, dit-il soudain. Que boirez-vous ? Gin, whisky, bière ?

— Une boisson non alcoolisée, s'il vous plaît. Mais auparavant j'ai ce cadeau pour vous, s'il vous plaît. »

Kojo poussa la cuvette d'émail sur le tapis. Morgan scruta l'étoffe sombre qui la recouvrait. Sans qu'il sache trop pourquoi, le linceul d'Innocence lui revint à l'esprit. Il pensa que sa vue lui jouait des tours car il crut détecter des mouvements sous le tissu. C'est alors que s'éleva de la cuvette un croassement vaguement musical. Alarmé, Morgan sauta en arrière, ce qui fit pouffer doucement entre eux les enfants Kojo.

« Merde, s'exclama Morgan qui regretta aussitôt d'avoir juré. C'est vivant ! »

Kojo ôta l'étoffe et découvrit une énorme dinde, les pattes solidement attachées. Non sans effort il souleva l'animal et le tendit, tête en bas, à Morgan.

« Joyeux Noël, missié », dit-il.

La dinde essaya vainement de battre ses courtes ailes également ficelées. Ses caroncules rouges surplombaient sa face ahurie. Entre les crêtes pendantes, son œil furibard paraissait accuser Morgan. Un peu nauséeux, celui-ci avança la main pour saisir les pattes rugueuses. La dinde secoua la tête, ouvrit le bec et lança un glou-glou sotto voce. Morgan lâcha aussitôt prise et l'oiseau terrifié tomba lourdement sur le sol en laissant échapper un piaillement aigu et un caca vert sur le tapis. Enchantée, la famille Kojo s'écroula de rire : Mme Kojo, les bras croisés sur l'estomac, se pencha poliment pour cacher son visage tandis que les trois garçons se tordaient en se tapant réciproquement sur l'épaule.

Kojo ramassa l'animal affolé :

« Missié, dit-il avec tact, si vous ne l'aimez pas je peux l'enlever. »

Morgan sourit d'un air penaud :

« Oui, dit-il, je pense qu'il vaut mieux que vous vous en occupiez. »

Kojo emmena la dinde dans le jardin et l'attacha par une patte avec une longue ficelle à un arbuste pendant que Mme Kojo, efficace, nettoyait les saletés et que Morgan servait les limonades. On bavarda poliment cinq minutes mais, très vite, Kojo se leva et annonça qu'ils partaient. Morgan se précipita dans son bureau pour faire un chèque de dix livres qu'il glissa dans une enveloppe et remit à Kojo sur le pas de la porte.

Kojo l'enfouit dans la poche de son veston :

« Merci, missié », dit-il simplement.

Morgan observa la petite famille s'éloigner sur le sentier du jardin dans la douce lumière de la fin d'après-midi. Les garçons se retournèrent pour le regarder curieusement. Il les entendit bavarder avec excitation. Il se demanda ce qu'ils disaient de lui, ce qu'ils pensaient de ce stupide gros homme blanc qui avait la trouille de tenir une dinde. Il sortit faire un tour dans le jardin et rentra par la porte de la cuisine. La dinde s'escrimait vainement à tirer d'une patte sur l'extrémité de sa ficelle tout en essayant de picorer un coin du sol hors de sa portée. C'était une grosse volaille de belle qualité. Il supputa son prix : pas dix livres en tout cas se dit-il, malveillant. Au moins Kojo avait eu ce qu'il était venu chercher.

Le crépuscule tombait et Morgan entendit l'orchestre des insectes et des animaux frapper ses premiers accords. Il rentra morose dans la maison qui lui parut immense et vide avec ses pièces inoccupées et ses recoins sombres dont il crut entendre les chuchotements mélancoliques.

« Allons, dit-il à voix haute — il se dirigea résolument vers sa chaîne hi-fi et mit " Chansons pour amants à la page " de Sinatra — tu n'es pas un foutu poète romantique ! »

Tandis que la musique explosait, il entendit la dinde glousser dans le jardin et il aperçut les creux et les bosses laissés dans les coussins par la famille Kojo. Ce témoignage de la petitesse de leur gabarit n'en rendait pas moins absolue leur absence. Morgan s'en voulut soudain furieusement de son interprétation mesquine du motif de leur visite. Kojo n'était jamais encore venu et maintenant Morgan se sentait obscurément content qu'il eût amené sa famille. Il se dit qu'en fait, pour une raison quelconque, Kojo l'aimait bien. L'idée le réconforta et il se mit à fredonner avec Frank. Il sourit en se rappelant la façon dont il avait laissé tomber la dinde et la réaction de l'animal à l'atterrissage. Qu'avait dit Kojo ? Typique de Kojo, le tact en personne : « Si vous ne l'aimez pas, je peux l'enlever. »

« Si vous ne l'aimez pas, je peux l'enlever... »

Vendredi bondit dans le salon :

« *Bonsoir,* patron ! dit-il gaiement. Ça y en a bon dans le jardin. *Extra !* »

Morgan le regarda : une idée folle était en train de lui venir à l'esprit. Il allait leur apprendre. Oui il allait leur apprendre à ces enfants de salauds.

« Dis-moi, Vendredi, demanda-t-il innocemment. Que fais-tu ce soir ? »

5.

« La voilà ! chuchota Morgan tapi derrière le tronc d'un palmier nain. Il tendit son doigt en direction du tas noir, à peine discernable au clair de lune, qu'était le corps d'Innocence. Vendredi était accroupi à côté de lui.

« Ah, ah, ah, croassa-t-il. Moi y en a vu ! »

Ils étaient cachés au milieu d'un petit bosquet d'arbres et de plantations négligées de yams et de cassavas derrière le lavoir, à la limite nord du quartier des domestiques. Il était trois heures et demie du matin. A gauche, Morgan apercevait la ligne irrégulière des grands nimes qui bordaient les terres de la Commission — et séparaient le quartier des domestiques du jardin — et, au-delà, la masse sombre de la maison des Fanshawe. Un clair trois-quarts de lune baignait le paysage de sa lumière pâle et donnait aux bâtiments, aux arbres et aux buissons des ombres aiguës et impénétrables. La Peugeot était garée à vingt mètres derrière sur une piste poussiéreuse, son coffre ouvert en attente. Non sans effort, Vendredi et lui l'avaient poussée depuis la route jusqu'à l'endroit le plus proche possible du quartier des domestiques.

Morgan sentait Vendredi suer de panique à ses côtés.

« Je croyais que tu n'avais pas peur de Shango, mur-mura-t-il en colère.

— *Comment ?*[1]

— Nom de Dieu ! jura Morgan qui s'interrogeait sur la qualité du complice qu'il s'était choisi. Toi y en a dire, reprit-il, toi y en a jamais peur Shango. *Tu n'as pas peur de Shango*[1], traduisit-il en français après coup.

— C'est vrai, patron. Mais moi y en a peur ces gens qui vivent là y nous attrapent une fois. » Il indiqua les lignes sombres des bâtiments.

Là, il a un argument, admit Morgan. Jusqu'à présent, il s'était surtout soucié des chiens mais ils n'en avaient pas encore rencontré. Il y avait eu un ou deux bêlements d'une chèvre au piquet et le strident cocorico d'un coq furibard qui avait failli lui donner une attaque mais comme chacun savait que les coqs kinjanjais chantaient n'importe quand sauf à l'aube, personne, apparemment, n'en avait rien conclu d'anormal.

Morgan avait cajolé, menacé, bousculé et finalement soudoyé Vendredi pour le faire participer à cette expédition. Il s'était tout d'abord assuré que Vendredi, natif du Dahomey, ne connaissait même pas Shango et par conséquent se souciait comme d'une guigne de l'offenser. Une fois déblayés les obstacles religieux, il avait suffi d'un sérieux plaidoyer suivi de menaces de renvoi et/ou de coups de pied au cul avec, enfin, la promesse d'un bonus de cinq livres, pour s'assurer sa participation à l'opération levée du corps.

Morgan tremblait d'excitation et de malaise. D'accord, il était pratiquement soûl mais il ne se sentait pas aussi nerveux qu'il l'avait prévu. Merveilleux effet de l'action, se dit-il. Au moins, il faisait quelque chose concernant ses problèmes au lieu de rester chez lui à se ronger les ongles. Il avait simplement l'intention de fourrer le corps d'Innocence dans le coffre et de l'emmener à la clinique

---

1. En français dans le texte.

d'Adémola. Peu lui importait d'offenser qui que ce fût. Pour sa part, il se contentait de suivre les instructions précises de Fanshawe. Débarrassez-moi de ça, avait-il dit ? Prenez un garde armé si nécessaire. Eh bien, pensa Morgan, inutile d'être aussi dramatique.

« Allons-y, siffla-t-il à Vendredi, et ils rampèrent en avant comme des commandos derrière les lignes ennemies. Ils se glissèrent dans l'ombre de l'auvent du bâtiment le plus proche de la Commission, le dos au mur. Le corps d'Innocence gisait à quelques mètres d'eux entre la véranda du bloc et le lavoir. A travers les feuilles du fromager, le clair de lune tachetait le sol d'ombres. Non loin de là, le feu dégageait des volutes persistantes de fumée en provenance des tas de branches empilés sur le charbon. Mais l'odeur de la fumée n'était pas suffisante :

« Oh ! là là, chuchota Vendredi, *ça pue !* »

Morgan sentit la douceâtre odeur lui entrer par le nez et lui descendre dans les poumons comme un liquide. Il appuya sa tête contre le mur rugueux derrière lui. Il souhaita soudain être ailleurs. Qu'est-ce qu'il lui avait pris d'entreprendre un truc pareil ? Comment pourrait-il...

« *Ça va*, patron ? demanda Vendredi inquiet.

— *Oui.* Je veux dire oui. » Il avala sa salive. Maintenant ou jamais. « Allons-y », dit-il. Ils s'avancèrent à pas de loup en direction du corps. Morgan dévoila d'un seul coup le corps maintenant familier. L'odeur explosa en tourbillon. Vendredi laissa échapper un petit gémissement en apercevant Innocence. Des taches de lune lui mouchetaient le visage. Un rayon sur sa bouche lui faisait briller les dents. Morgan eut un haut-le-cœur.

« Vite, chuchota-t-il d'une voix rauque. *Prends la main*[1] et... » Il ne se rappelait plus le mot français pour tirer... « Tire-le ! » Sans réfléchir, il attrapa des deux mains l'avant-bras gonflé et il vit un Vendredi écœuré faire la

---

1. En français dans le texte.

même chose en hésitant. La peau ne ressemblait à rien qu'il eût touché auparavant — une espèce de caoutchouc épais. Quelle ironie de penser qu'il avait été incapable cet après-midi même de tenir une dinde par les pattes. Il tira et Innocence bougea. Malgré son aspect de montgolfière légère, elle était redoutablement lourde. Et raide. Il réalisa que le bras sur lequel il tirait était bizarrement tordu. Il laissa échapper un petit sanglot. Morgan n'osait pas lâcher le poignet d'Innocence de peur de ne plus avoir le courage de le ressaisir. Par-dessus le bruit de soufflerie de sa respiration il entendit l'horrible bourdonnement des mouches délogées. Avec un frisson, il décida d'enfermer son imagination à double tour pour la nuit. Il se retourna pour regarder l'endroit où avait reposé Innocence. L'étoffe gisait comme une flaque d'eau sombre entourée d'îlots de gris-gris. Il se demanda ce qu'allaient dire les domestiques en se réveillant le matin. Est-ce ce qui s'était passé quand on avait découvert que la pierre tombale du Christ avait été ôtée ? s'interrogea-t-il dans un élan bizarre de théologie heuristique. Mais ses spéculations furent interrompues par un petit cri de peur échappé aux lèvres de Vendredi.

« Ta gueule, siffla Morgan. Allons-y ! »

Avec difficulté, ils tirèrent Innocence le long du sentier à quelques mètres à l'intérieur des jardinets. Morgan était surpris par la rigidité des articulations : combien de temps résisteraient-elles ? Il préférait ne pas penser à ce qui se passerait si elles cédaient. Ils s'arrêtèrent quelques secondes pour reprendre souffle, la poitrine haletante, sans parler. Vendredi regardait droit devant lui, les mains sur les genoux, les yeux à demi fixés sur le jardin de la Commission :

Soudain il ouvrit la bouche, les yeux agrandis de terreur :

« Patron, bégaya-t-il, un bras tremblant pointé sur la Commission. *Mais non...!*[1] »

Morgan tourna brusquement la tête et son cœur lui sauta à la gorge. Derrière les nimes, nimbés d'un clair de lune serein, s'étendaient les vastes espaces des jardins de la Commission. Et là Morgan distingua clairement une immense silhouette blanche qui se balançait doucement de droite à gauche. Il entendit un cri étouffé traverser le jardin : « OOOH-ooh... »

« Mmnnngrllggrrk », fut le seul son dont furent capables ses cordes vocales pétrifiées.

Vendredi avait bondi sur ses pieds, la terreur étalée sur ses traits incrédules.

« Shango, haleta-t-il. Shango lui y en a arrivé », bêla-t-il désespéré : il s'écarta du corps comme contraint par une force surnaturelle. « *Je m'en vais!*[1] »

D'affreuses calamités se présentèrent spontanément à l'esprit de Morgan. Il bondit pour rattraper sauvagement Vendredi par le plastron et souleva le petit homme sur la pointe des pieds.

« Tu vas rester ici ou je te tue. » Les yeux de Vendredi roulèrent de terreur sous la menace sauvage. Morgan le rejeta à genoux à côté du corps d'Innocence.

Vendredi se couvrit le visage des mains.

« Patron, supplia-t-il. Moi y en a prier vous pas laisser moi avec cette morte-là! » Il pointa à nouveau le doigt :

« Ah ah! Shango lui y en a venir. »

Le cerveau confus de Morgan enregistra la présence du pâle spectre de nouveau à la dérive dans les jardins. Sans réfléchir, il se précipita vers la haie de nimes et, collé à un tronc épais, il scruta la pelouse inondée de lune.

Il semblait que ce fût un individu — grand, vêtu de blanc et qui tenait quelque chose à la main. Il prêta

---

1. En français dans le texte.

l'oreille pour tenter de traduire les bruits qu'il émettait. « Hellooo, entendit-il. Y a-t-il quelqu'un ? »

Pris soudain d'une rage intense et aveugle, de terreur, de soulagement et de colère, il se lança, les bras en moulinet, dans une course folle à travers la pelouse, droit sur la silhouette. L'homme — Morgan identifia rapidement la personne en tant que telle — entendit les pas de Morgan, regarda, s'arrêta un instant, puis, visiblement saisi lui-même d'une immense panique, prit la fuite — entreprise malaisée, encombré qu'il était d'une valise. Sa course à bride abattue amena très rapidement Morgan à portée de la grande asperge titubante de Shango réincarné et, tel un courageux arrière abattant un trois-quarts sur le point de marquer un essai, il plongea sur les genoux de l'homme.

Le type en blanc s'écroula au sol avec un cri aigu de douloureuse surprise. Morgan se mordit la lèvre pour empêcher sa propre souffrance — deux genoux méchamment meurtris par la pelouse de béton — de s'exhaler en un hurlement angoissé. Il se remit sur pied, bavant de fureur. Le type, encore groggy, était toujours à quatre pattes à la recherche de quelque chose.

« Putain de bordel… qui… êtes-vous ? balbutia Morgan hors d'haleine, dans un cri chuchoté comme au théâtre. Qu'est-ce que vous foutez ici à rôder à cette heure en semant la panique… à emmerder tout le monde ? »

L'homme ramassa une paire de lunettes cerclées d'or qu'il remit sur son nez avant de se relever en titubant. Il était très grand et mince. A la lueur du clair de lune, Morgan distingua de longs cheveux blancs séparés par une raie médiane, un nez proéminent et des joues creuses. Morgan jeta un coup d'œil par-dessus son épaule vers le quartier des domestiques : tout était éteint. Il pria pour que Vendredi fût encore avec Innocence. Il se retourna. L'homme marmonnait quelque chose au sujet d'un bilboquet.

« Bilboquet ? répéta Morgan sans comprendre et sans

décolérer. Qu'est-ce que des foutus bilboquets viennent faire ici ? »

Il aperçut la valise à terre et pendant un irréel moment de folie il pensa qu'il avait cassé la figure d'un représentant d'articles de sex-shop venu promouvoir les ventes en Afrique Occidentale.

— Non, dit l'homme dans un gémissement, « Bilbow. Mon nom. Mon nom est Bilbow. Greg. Greg Bilbow. » Il avait l'accent épais du Yorkshire.

« Je me tape de votre nom. Qu'est-ce que vous foutez à rôder ici en pleine nuit ? C'est ça que j'aimerais savoir ! »

L'homme paraissait sur le point de s'effondrer mais Morgan était sans pitié. Il avait plus important à faire qu'à se soucier des états d'âme d'un natif du Yorkshire en vadrouille.

« J'ai fait un voyage cauchemardesque ! gémit sa victime. Cauchemardesque. Je viens de payer quarante-cinq livres une course en taxi. Quarante-cinq livres. J'ai l'impression d'avoir fait l'aller-retour sur Tombouctou. » Il renifla. « Je suis arrivé à Nkongsamba par le train de sept heures trente hier soir. J'ai pris un taxi et je lui ai demandé de m'amener au Haut-Commissariat adjoint. » Il loucha sur sa montre. « On a tourné pendant plus de huit heures, dit-il en réprimant un sanglot.

— Eh bien, quoi, vous êtes arrivé, coupa Morgan sans amabilité, en se disant qu'on ne devrait pas lâcher seuls dans le vaste monde de pareils innocents. On vous a eu. La gare est à vingt minutes d'ici.

— Dieu soit loué ! dit l'homme apparemment ravi d'être simplement arrivé au but. Oh ! Dieu soit loué !

— Mais il vous faudra revenir demain, dit Morgan sans ménagement, affreusement conscient du temps qu'il perdait. Il y a un hôtel à un kilomètre d'ici sur la route. Ils vous logeront.

— Mais je n'ai pas d'argent, gémit l'homme. J'ai tout donné au taxi.

— C'est votre problème, vieux fils! rigola Morgan, cruel et dépourvu de toute fraternité. Maintenant cassez-vous. »

L'homme brandit une feuille de papier :

« Mais j'ai une lettre ici de quelqu'un nommé Morgan Leafy qui dit que je peux loger à la Commission. » Il baissa les épaules d'accablement. « Je vous en prie », ajouta-t-il faiblement.

Des rouages se mirent en marche dans la tête de Morgan :

« Quel est votre nom, dites-vous ?

— Bilbow. Greg Bilbow.

— Qu'est-ce que vous fabriquez exactement ?

— Moi ? Je suis poète. »

Ce fut étonnament facile pour Morgan et Vendredi de traîner Innocence sur les quelques mètres restants puis, avec la force du désespoir, de la hisser dans le coffre que Morgan ferma à clé. Il se sentait dans la peau d'un conducteur d'une voiture folle dévalant une route de montagne, en principe au volant mais tout juste. Il réprima l'envie de s'écrouler au sol, de hurler et de battre la terre de ses poings, et expliqua calmement à Vendredi en français petit-nègre la nature véritable de l'apparition fantomatique. Debout, immobile, Vendredi écouta et essaya de comprendre, hochant la tête et murmurant : « Jamais... jamais de ma vie... non, non... jamais. »

En temps normal, Morgan aurait sympathisé avec lui : sa veille solitaire dans le noir à côté du cadavre d'Innocence, la puanteur, les mouches, Shango, un complice disparaissant après l'avoir menacé de mort, tout ceci avait dû l'éprouver considérablement.

Ils repoussèrent la voiture depuis la piste jusqu'à la route puis gagnèrent l'entrée de la Commission où Bilbow les attendait. Morgan avait offert de le loger pour la nuit. Bilbow grimpa à l'avant.

« Je vous suis terriblement reconnaissant, commença-t-il. Incroyable coïncidence que vous ayez été debout dehors à cette heure.

— Oui, n'est-ce pas ? dit Morgan réfléchissant rapidement. Je reconduisais mon boy qui vient d'amener sa femme à l'hôpital, ajouta-t-il, pointant son pouce vers Vendredi, à l'arrière. Je passais devant la Commission quand j'ai cru voir quelqu'un rôder dans le jardin.

— Vous m'avez vraiment fichu la trouille », dit Bilbow gaiement. Il paraissait s'être remis. « La manière dont vous avez surgi de ces arbres en agitant vos bras, et puis ce regard sur votre visage, j'ai failli en tomber raide ! »

L'accent du Yorkshire faisait traîner interminablement les voyelles. Morgan sentit une extrême fatigue l'envahir. Une fondrière sur la route fit cogner le corps d'Innocence dans le coffre. Vendredi poussa un cri de frayeur :

« Il est très bouleversé, expliqua Morgan devant l'expression surprise de Bilbow. Ils viennent tout juste de se marier. »

Bilbow hocha la tête d'un air compréhensif et se tourna vers Vendredi qui n'y entendait rien :

« Désolé pour votre femme, dit-il. J'espère qu'elle se rétablira vite. »

Morgan poursuivit sa route. Inutile d'apporter le cadavre à la morgue ce soir, pensa-t-il. Il n'y avait qu'à attendre demain.

« Hé, dit Bilbow ravi, je viens seulement de m'en rendre compte. C'est Noël ! Joyeux Noël tout le monde ! »

6.

Bilbow arborait une vieille chemise d'éponge verte à manches courtes et ses jeans de coton blanc qui portaient encore les traces de sa rencontre avec Morgan la nuit d'avant. A première vue il semblait ridiculement jeune avec son long corps mince, ses yeux bleus derrière la monture ronde des lunettes et la pâleur générale de son teint, presque celui d'un albinos — cheveux blond platine trop longs, cils et sourcils invisibles, lèvres roses de starlette. Mais une inspection plus détaillée révélait l'épaisseur de la peau, les fines ridules autour de la bouche et le long des narines. Sa voix, que la panique et la détresse avaient rendue geignarde la nuit dernière, avait retrouvé son timbre normal, plus grave, et, malgré son accent caricatural du Yorkshire, elle avait une sorte de gentillesse naturelle et d'insouciance paisible.

« Joyeux Noël », dit-il à Morgan qui sortait sur la véranda en traînant les pieds.

Assis devant les reliefs de son petit déjeuner, il indiqua le jardin inondé de soleil :

« Très bizarre. Me voilà en bras de chemise en train de déguster — comment vous appelez ça ? — de la papaye, à 35° à l'ombre tandis que là-bas au pays ils sont tous à regarder la télé, emmitouflés jusqu'au cou.

— Ben ouais, dit Morgan, la gueule de bois maussade et

repensant aux événements de la nuit, c'est comme ça l'Afrique : inattendu.

— J'ai un cadeau pour vous, dit Bilbow. Enfin pas vraiment un cadeau, juste un petit merci pour hier soir. Vous m'avez sauvé la vie. » Il lui tendit un livre mince. Morgan le prit : *La petite carafe et autres poèmes,* par Greg Bilbow.

« Merci, dit Morgan bougon. Je, euh, je le regarderai plus tard. »

Il s'assit devant son bol de cornflakes et se frotta les yeux. Foutu Joyeux Noël. Il se sentait aussi atrocement mal que le survivant d'une semaine de combat. Les choses devraient un peu se calmer maintenant, non ? Il regarda Bilbow de l'autre côté de la table — ses fins cheveux blonds séparés par une raie, son visage à lunettes aux traits tirés. Il semblait ne rien soupçonner à propos de la nuit dernière, et accepter sans problèmes la version de Morgan. C'était toujours ça de gagné.

Morgan repoussa ses cornflakes intacts et songea à la journée de Noël qui l'attendait. D'abord il lui faudrait se débarrasser du corps en décomposition dans le coffre de sa voiture, puis s'habiller en Père Noël et distribuer leurs cadeaux aux gosses : le contraste confinait à l'obscénité macabre.

Bilbow interrompit le cours de ses pensées :

« Tiens, dit-il, à propos de cadeaux, il y en a un drôlement gros qui est arrivé pour vous dans le salon. Foutrement lourd aussi ! »

Un énorme paquet-cadeau d'environ un mètre cinquante de long, brillamment emballé, s'étalait en effet sur le tapis du salon. Morgan se jeta à genoux et déchira sauvagement le papier d'emballage.

« Bon dieu ! » fit Bilbow avec admiration.

Morgan contemplait, atterré, l'immense sac de golf moutarde et noir, du genre qu'utilisent les champions américains ou plutôt que trimballent leurs caddies chancelants. Morgan se battit avec les boucles et les fermetures pour défaire le zip de la housse. Apparut alors un jeu complet de clubs étincelants, flambant neufs, telles des armes mortelles.

« Tenez, il y a un mot, dit Bilbow en ramassant une carte au milieu d'un fouillis de papier déchiré : " Bonne partie, Sam. " Qui est Sam ?

— Mon oncle, mentit Morgan, la gorge sèche. Un millionnaire excentrique.

— Tu parles ! Et comment !, observa Bilbow. Il y en a au moins pour quatre cents tickets là-dedans.

— Ah oui ? » répliqua Morgan, inerte. Il avait oublié l'affaire Murray. Adekunlé avait trouvé ça pour lui apprendre que le tirage au sort était arrangé. Morgan s'assit en tailleur, la tête entre les mains.

« Hé ! demanda Bilbow, ça va bien, Morgan ? »

Le téléphone sonna.

« Je le prends », dit gentiment Bilbow. Il se précipita : « C'est pour vous, annonça-t-il. Un nommé Fanshawe. »

Morgan se traîna jusqu'à l'appareil.

« Leafy, hurla Fanshawe au bout du fil, venez ici. *Immédiatement !* »

Dans l'allée menant à la Commission, Femi Robinson salua Morgan de son poing levé. Morgan nota l'absence de gardes au portail mais ne s'en inquiéta pas autrement. Après tout, c'était Noël : un jour de congé pour tout le monde sauf Robinson. Impossible de ne pas admirer le dynamisme de ce type, se dit-il en descendant de sa voiture, lui-même en aurait bien eu besoin.

Fanshawe faisait les cent pas sur les marches de la Commission, le visage crispé, blanc de rage.

« Joyeux Noël, Arth...

— Parti ! s'exclama Fanshawe sur un ton aigu. Parti ! Disparu dans la nuit ! Évanoui !

— Naturellement », dit Morgan très calme. Pourquoi

ce petit crétin s'énervait-il autant ? se demanda-t-il avec impatience. N'était-ce pas exactement ce qu'il avait voulu ?

« Comment ça, " naturellement " ? »

Le visage de Fanshawe était très près du sien : Morgan recula au bas des marches.

« Pour l'amour de Dieu, Arthur, protesta-t-il, vous m'avez dit — non, vous m'avez ordonné — de vous débarrasser du corps d'Innocence. Priorité absolue, unique responsabilité, vous vous rappelez ? Eh bien j'ai simplement suivi vos instructions, c'est tout. »

Il croisa les bras et prit un air de vertu offensée.

« Oh *non* ! gémit Fanshawe. Oh ! Seigneur non ! Ne me dites pas qu'elle est à la morgue. Désastre. Total. Total désastre.

— Mais non, dit Morgan surpris par ce véhément désespoir. Elle n'est pas à la morgue, elle est dans le coffre de ma voiture. »

Fanshawe le dévisagea avec attention, comme s'il était soudain devenu vert pomme ou que de la fumée lui soit sorti des oreilles.

« Dans quoi ? demanda Fanshawe, la voix rauque.

— Dans ma voiture.

— Celle-ci ?

— C'est la seule que j'aie.

— Oh ! mon Dieu !

— Mais quel est le problème ? demanda Morgan qui perdait rapidement le peu de patience qui lui restait.

— Il faut que vous la remettiez à sa place. »

Morgan laissa errer son regard, par la fenêtre de son bureau, sur la silhouette solitaire de Femi Robinson. Il y avait sûrement une leçon pour lui dans la stupide persévérance de cet homme, dans son isolement entêté. Il jeta un coup d'œil à sa Peugeot sur le parking, en plein sous le soleil de l'après-midi. Il eut un mouvement de recul : le coffre devait s'être transformé en cocotte minute. Dieu seul savait ce que le corps d'Innocence était devenu là-dedans. Il se détourna, et ranima les feux de sa haine pour Fanshawe : si seulement ce stupide enfant de salaud avait suivi ses conseils, pensa-t-il, furieux, mais non, on ne pouvait pas garder un corps en décomposition avec la Duchesse dans les parages. Alors Leafy-la-Gaffe avait déménagé le cadavre suivant les ordres et que s'était-il passé ? Tous les domestiques de la Commission s'étaient instantanément mis en grève, refusant de quitter le quartier sauf pour venir manifester devant un Fanshawe ahuri et ce au moment de son petit déjeuner, le jour de Noël.

Fanshawe avait reniflé autour du coffre de la voiture comme un douanier soupçonneux à la recherche de drogue, s'arrêtant de temps en temps pour dévisager Morgan d'un air incrédule. L'odeur et les mouches en alerte l'avaient bientôt convaincu que le corps se trouvait là.

« Il faut la remettre en place, dit-il faiblement. J'ai quasiment eu une mutinerie sur les bras ce matin. Une émeute. Affreux ! »

Il s'appuya contre le coffre de la voiture, et puis recula d'un bond comme si le métal avait été en fusion.

« Comment pouvez-vous circuler avec... ça dans votre voiture ? » demanda-t-il, sa curiosité teintée de dégoût. Il regardait Morgan, l'air de ne pas comprendre. « Ça ne vous dérange pas ? »

Morgan ignora la remarque :

« La remettre en place ? demanda-t-il incrédule. Qu'est-ce que vous racontez ? Mais comment, bon dieu, comment ?

— Je m'en fous, insista Fanshawe. Cette grève que vous avez déclenchée est une catastrophe. La Duchesse sera ici après le déjeuner et pas un domestique de la Commission n'est à son poste. » Il jeta un regard traqué

autour du jardin comme s'il s'était attendu à les découvrir
à l'affût derrière les arbres et les buissons, prêts à le défier.
« Et demain, poursuivit-il, demain on a deux cents invités
pour le buffet. Ça va être une farce. Une humiliation
totale ! »

Il se frotta vigoureusement le front comme pour effacer
la vision d'une foule de dignitaires clamant leur faim et
leur soif.

« Au moins, vous ne l'avez pas déposée à la morgue. Un
bon point pour vous. Nous avons une chance de sauver
quelques débris de notre réputation. Il faut que d'ici
demain vous replaciez Innocence là où elle était, c'est tout.
C'est aussi simple que ça. On pourra tout juste se
débrouiller aujourd'hui mais demain il faut absolument
que tout le monde soit au travail. Impossible qu'il en soit
autrement. On ne s'en remettrait jamais.

— Minute, dit Morgan qui maîtrisait son envie de saisir
Fanshawe par son cou de poulet. Je ne peux pas simplement amener la voiture jusqu'au quartier des domestiques
et la basculer hors du coffre. Ils me lyncheront. Bon Dieu !
Que voulez-vous exactement que je fasse ?

— Je ne veux plus rien savoir de cette histoire,
s'exclama Fanshawe, la voix montant dans l'aigu à
mesure qu'il s'excitait. Rien, rien du tout ! » Il agitait ses
mains devant son visage. « C'est entièrement de votre
faute : dépatouillez-vous de cet horrible pétrin. Remettez-
la en place, c'est tout ce que je veux. Cette grève doit être
terminée demain. C'était positivement atroce ce matin,
dit-il, visiblement secoué. Nous étions là, heureux, devant
notre petit déjeuner, échangeant des cadeaux quand cette
racaille a surgi. Isaac, Joseph, tous ces gens qui sont
normalement aimables et plaisants. Ils se sont montrés très
agressifs, insultants, Chloé en a été bouleversée, complètement retournée. Il a fallu qu'elle aille s'allonger et...

— Ils ne pensent pas que c'est moi qui l'ai enlevée,
n'est-ce pas ? demanda Morgan soudain inquiet.

— Non, enfin je ne crois pas. Mais ils sont convaincus que nous avons trempé dans l'affaire. C'est pourquoi ils se sont mis en grève jusqu'à ce qu'on leur ramène le cadavre. C'est ce qu'ils réclament. »

Fanshawe fit crisser le gravier sous son pied. Une minute, Morgan le vit perplexe et inquiet, incertain de ce qu'il allait faire. Puis soudain, devant ses yeux, il se transforma : les épaules se redressèrent, la mâchoire se raidit, le regard reprit son expression pompeuse :

« Tout va de mal en pis par ici, lança-t-il, sévère. Le projet Pinacle est par terre, nous voici contraints de faire des courbettes au présent gouvernement, ce qui est bien la dernière chose que nous souhaitions. Puis cette mort épouvantable : la cour jonchée de cadavres. Et voilà que maintenant vous nous collez une grève sur les bras, juste au moment où la Duchesse arrive. Son étape de Nkongsamba ne sera qu'une longue saga d'inefficacité et de médiocrité. Comment pensez-vous que nous serons notés après ça ? Hein ? Je vais vous le dire : comme des sous-fifres de cinquième zone, totalement indignes d'être Anglais. Maintenant c'est à vous de redresser la situation autant que faire se peut. Il est désormais trop tard pour sauver le projet Pinacle mais nous pouvons au moins faire en sorte que la Duchesse quitte Nkongsamba avec de bons souvenirs et pas d'horreurs à raconter au haut-commissaire quand elle retournera dans la capitale. » Sa voix descendit d'un octave. « Vous m'avez profondément déçu, Morgan. Profondément. Je vous avais pris pour un homme d'expérience et de ressources. Quelqu'un sur qui m'appuyer. Mais je suis désolé de vous dire que vous m'avez laissé tomber sur tous les points. Alors voyons ce que vous pouvez faire pour vous racheter un peu. »

Morgan l'avait regardé s'éloigner. La fureur noire qui aurait dû normalement s'emparer de lui avait fait place au cynisme résigné. L'injustice était tellement énorme, tellement hors de proportion, qu'aucune crise de rage n'aurait pu l'égaler. Fanshawe était de la merde, en avait-il conclu, pas même digne de son plus profond mépris.

Il abandonna la fenêtre et retourna à son bureau. La combinaison de Père Noël était pliée sur son fauteuil avec une longue barbe de coton hydrophile. Une paire de bottes de caoutchouc noir étincelaient sous le siège. Sur la table, un mot de Mrs. Fanshawe précisait son rôle et son itinéraire.

Son estomac grondait. Au lieu de rentrer à la maison, il était resté à la Commission à cafarder. A l'heure du déjeuner il avait appelé chez lui et parlé à Bilbow.

« Dommage que vous soyez retenu, avait dit Bilbow. Vos boys m'ont servi un superbe repas. Une fabuleuse dinde rôtie avec tous les accessoires ! »

Morgan en avait salivé mais « laissez-m'en un peu ! » se contenta-t-il de dire. Bilbow devait prendre part le lendemain de Noël à un Festival de poésie et de danse au Théâtre des Arts de l'université, organisé sous le patronage du Ministère de la Culture du Kinjanja et du British Council, à l'occasion des Fêtes Anniversaires de l'Indépendance. Morgan se rappelait vaguement la lettre qu'il avait signée quelques jours auparavant pour confirmer que la Commission pourrait le loger. Pas étonnant, vu les circonstances, que la chose lui fût sortie de la tête. Il avait offert à Bilbow de rester chez lui et, à son grand soulagement, le poète avait accepté. Autant le tenir à l'écart des Fanshawe.

Il consulta sa montre : quatre heures moins le quart. L'horaire exigeait qu'il se trouvât à quatre heures au Club où l'attendrait une Land Rover chargée des cadeaux à distribuer. Tout en s'apitoyant lourdement sur lui-même, il commença à se changer en Père Noël. Il ôta sa chemise et son pantalon et fixa la barbe par-dessus ses oreilles. Il crut, à un moment, qu'il allait s'évanouir. Ça n'arrêtait pas, se dit-il, amer, pas de répit dans la série des tourments dont, tel Job, il était la victime. Il se demanda à quoi il pouvait bien ressembler et, en quête d'un miroir, il se rendit dans la salle de bains, sur le palier.

Mrs. Bryce s'était visiblement donné du mal. Un bout de moquette recouvrait le parquet rayé du palier et des vases remplis de fleurs ornait tous les encadrements de fenêtres. Morgan jeta un coup d'œil sur la suite des invités. Tout était propre et frais dans l'attente de Sa Grâce. La baignoire de la salle de bains étincelait. Savonnettes miniatures et serviettes de toilette pliées au carré étaient prêtes pour la revue de détail. Un seul élément moche : le rideau de douche en plastique avec ses motifs aquatiques déteints. Visiblement le budget Fanshawe n'allait pas jusqu'à en permettre le remplacement.

Morgan examina son reflet dans le miroir de l'armoire à pharmacie. Il faisait un Père Noël assez réussi, encore que les manches courtes lui donnassent un côté absurdement paillard : avec ses larges épaules et ses gros biceps, il avait l'allure d'un Père Noël trop jeune et un rien voyou. Il soupira et fit trembler sa barbe en forme de pelle : ce qu'il ne fallait pas faire pour son pays !

Alors qu'il traversait le couloir, il entendit le bourdonnement d'un appel sur le tableau du standard abandonné. Il hésita un instant avant de se décider à répondre.

« Haut-Commissariat adjoint.

— Morgan ? » C'était Célia. Le cœur lui manqua. Elle pleurait. « Dieu merci, tu es là !

— Que se passe-t-il ? demanda-t-il, essayant de masquer sa résignation.

— Je t'ai appelé chez toi, quelqu'un m'a dit que tu étais ici. » Elle renifla. « Il faut que je te voie. C'est urgent. Je suis si malheureuse, si misérable. »

T'es pas la seule, pensa-t-il sans tendresse.

« Célia, dit-il d'un ton désespéré, écoute, je ne sais pas. Je suis débordé. Je suis même déguisé en putain de père Noël à l'heure où je te parle !

— Je t'en prie, gémit-elle. C'est terriblement important. Tu dois m'aider. »

Non ! se cria-t-il à lui-même. *Non !* Il n'était pas en état d'aider qui que ce fût, personne d'autre et pas maintenant. Il travaillait à plein temps à s'aider lui-même. Non, non, mille fois non ! Mais il se contenta de dire :

« Je ne peux pas te parler pour l'instant. Passe-moi un coup de fil demain. OK ? »

« Gareth Jones... Tiens, voilà, joyeux Noël... Bronwyn Jones. Bonjour Bronwyn, joyeux Noël... Funsho Akinremi ? Joyeux Noël Funsho... Trampus McKrindle. Ah ! Trampus ? Où est Trampus ?... Te voilà, tiens, joyeux Noël... Qu'est-ce que c'est que ça ? Je ne peux pas lire... Ah ! oui, Yvonne et Tracy Patten. Joyeux Noël, mesdemoiselles... »

Il lui fallut près d'une heure pour distribuer le contenu des deux énormes sacs posés sur la plate-forme ouverte, à l'arrière de la Land Rover parquée sur la pelouse, devant le Club. Sur l'herbe, au bas de la terrasse, on avait disposé de longues tables pour le goûter de Noël des enfants ; elles étaient maintenant jonchées des incroyables détritus que semblent engendrer tous les thés d'enfants : on aurait dit les tréteaux des services chirurgicaux pendant la campagne de Crimée, couverts comme ils l'étaient de bulles et de filaments de gelées multicolores, de biscuits écrasés, de limonades renversées, de gâteaux gluants et de crème glacée déliquescente. Morgan avait appelé chaque enfant pour lui remettre deux cadeaux — l'un fourni par les parents spécialement pour cette occasion, l'autre, une boîte de bonbons ostensiblement offerte par la Duchesse. Il avait lu les noms d'une voix retentissante, « Ho-Ho-Ho ! », de Père Noël. Les joues et les mâchoires lui faisaient mal à force d'avoir souri. Malgré sa fausse barbe, il n'avait pas réussi à jouer vraiment la bonne humeur. Sur la terrasse en surplomb, les parents et autres spectateurs s'étaient massés, verre en main. Morgan aperçut les Jones, Dalmire et Priscilla. Sur un petit podium, à droite de la Land Rover, était assise la duchesse de Ripon elle-même, flanquée des Fanshawe.

Après la distribution des cadeaux, Dalmire s'avança sur la pelouse, battit des mains pour réclamer le silence et sans le moindre signe de trac fit un petit laïus, remerciant la Duchesse d'avoir présidé le goûter et honoré le Club de Nkongsamba de sa présence, et invita enfin tout un chacun à crier : « Hip, hip, hip ! Hourra ! »

Comme le dernier hourra s'éteignait, Morgan dégringola de la Land Rover, arracha sa barbe pour se précipiter au galop vers le bar. Mais il aperçut Fanshawe qui lui faisait impérativement signe de rejoindre leur groupe. Il changea de direction, à regret.

« Voici Mr. Leafy, notre Premier Secrétaire », dit Fanshawe en le présentant à la Duchesse.

— Vous étiez un superbe Père Noël, Mr. Leafy, je vous en suis très reconnaissante. »

Morgan vit les yeux aux paupières lourdes et à l'expression profondément ennuyée d'une petite femme boulotte, d'âge moyen. Elle avait des cheveux blond-gris argentés frisottant sous un turban de paille, et des traits bouffis, déplaisants, qui reflétaient des décades d'hypocrisie, d'arrogance et de mauvaises manières. Il serra une main humide et molle et remarqua le tremblement des chairs en haut des bras.

« Pas du tout, Ma'am, dit-il. Tout le plaisir a été pour moi. »

Mrs. Fanshawe guida la Duchesse vers la voiture officielle tandis que Fanshawe agrippait Morgan par le poignet.

« Heureusement, nous dînons chez le gouverneur, siffla-t-il, toujours aussi mécontent. Mais où en est-on avec Innocence ?

— Euh..., je travaille dessus, Arthur.

— Où est-elle ?

— Oh, à cinquante mètres environ.

— Pas dans votre...

— Tout juste. Je crains que la voiture ne soit l'endroit le plus sûr, jusqu'à ce que j'aie pu mettre au point un plan. »

Fanshawe était de nouveau tout pâle.

« Je ne vous comprendrai jamais, dit-il d'une voix blanche en secouant la tête. Jamais. Ramenez-la. Un point c'est tout. Ramenez-la à sa place ce soir. »

Morgan ne répondit pas. Tout ce à quoi il pouvait penser, c'était au verre qui l'attendait au bar.

« Rien ne doit plus aller de travers, Leafy, menaça Fanshawe. Tout doit être réglé d'ici demain. Je vous avertis, ajouta-t-il, sinistre, votre avenir en dépend. »

Morgan vit s'éteindre les dernières lumières dans l'enceinte des domestiques. Il était assis dans sa voiture et serrait sur son cœur le bidon d'essence. Il tentait en vain d'arrêter l'intérieur de la Peugeot, qui roulait et tanguait comme un navire sur la mer déchaînée, et aussi de concentrer son regard sur les choses plus de deux secondes de suite. Il avait passé toute la soirée debout au bar du club à boire consciencieusement, toujours dans son accoutrement de Père Noël, l'air du minable dictateur d'une république d'opérette, avec ses bottes de caoutchouc et ses épaulettes de pacotille. Il avait reçu quantités d'amicales bourrades, souriant toujours, l'œil vide, et se laissant payer des tournées. Vers onze heures, son cerveau imbibé d'alcool avait finalement produit une idée, un moyen pour replacer le corps d'Innocence et, maintenant, il attendait de pouvoir passer à l'action.

A minuit dix, il en eut finalement assez de rester assis dans sa voiture et en sortit, titubant : il traversa la route, corrigea plusieurs fois sa direction et, en zigzaguant, gagna l'enceinte. Entre la grand-route dont il revenait et le premier bloc de logements, se trouvaient un fossé, un bout de terrain vague et le tas assez conséquent des ordures du quartier. Morgan tomba dans le fossé, s'en extirpa et traversa le terrain vague aussi discrètement qu'il le put tout en tenant le jerricane des deux mains. Il était content d'avoir des bottes de caoutchouc pour le protéger d'un serpent ou d'un scorpion éventuel. Il escalada cahin-caha la pente molle et puante du tas d'ordures. Des choses bizarres lui filèrent sous les pieds mais il essaya de ne pas y penser. Dès qu'il eut atteint la première des vieilles carcasses de voitures installées au sommet, il s'arrêta et s'accroupit derrière pour reprendre souffle. Il était à dix ou douze mètres du premier bâtiment d'habitation des domestiques. Tous les volets en face de lui étaient clos. A sa gauche, il distinguait à peine le toit de tôle du lavoir. La lune dispensait obligeamment la même lumière que la veille. Morgan se dit avec une ironie désabusée qu'il ne s'était pas attendu à revenir si vite. Il s'assit, non sans précautions et tendit l'oreille. Il soupçonnait Isaac, Joseph et Ézéchiel d'être beaucoup plus vigilants ce soir, d'où la nécessité de la manœuvre de diversion qu'il avait conçue. Il n'entendit rien d'anormal. La lune se réfléchissait sur les toits de tôle ondulée. Une odeur de merde et de légumes pourris montait mollement autour de lui. Il dévissa machinalement le bouchon du jerricane et arrosa d'essence le plancher du châssis rouillé et le tissu déchiré des sièges défoncés. Il recula, craqua une allumette et la lança. Rien. Il s'avança de quelques centimètres, regratta une allumette et la jeta. Toujours rien. Fatigué de ce petit jeu, il grimpa sur la voiture et fit directement tomber une allumette sur les restes du siège arrière. Avec un « Voomph » sourd, la voiture explosa en une boule de feu sous son nez. Il sentit les flammes lui lécher les yeux. Il recula, horrifié et mort de peur. La voiture brûlait furieusement, teintant tout d'orange. Morgan oublia son visage :

« FEU..EU ! hurla-t-il à tue-tête en direction des logements. Y EN A FEU PAR ICI ! »

Tandis qu'il fonçait en trébuchant vers sa voiture, il entendit les portes claquer et les premiers cris d'alarme s'élever, stridents. Il sauta dans la Peugeot et fit, à toute allure, cent mètres sur la route avant de prendre brusquement, à droite, la piste de latérite sur laquelle Vendredi et lui avaient laborieusement poussé le véhicule, la nuit d'avant. Il conduisit sans aucune prudence jusqu'au bout de la piste : il supposait que l'attention de chacun se concentrerait maintenant sur l'incendie. Il éteignit les phares, écrasa les vitesses et s'enfonça, en marche arrière, le plus loin possible dans les bosquets du lotissement. Il aperçut à travers les arbres une grande colonne de feu s'élever de la carcasse et, se découpant sur le rougeoiement des flammes, les silhouettes sombres des gens qui couraient. Il tripota ses clés pour trouver la bonne, fit jouer la serrure et ouvrit tout grand le coffre.

L'odeur lui sauta au visage avec une force presque palpable, tel un puissant génie soudain libéré du tréfonds de la voiture. Il eut une nausée et cracha par terre à plusieurs reprises. Puis, avec l'énergie entêtée d'un homme ivre et diaboliquement inspiré, il souleva le corps d'Innocence et le sortit du coffre. L'écœurante odeur lui enserra la gorge de ses doigts gélatineux et le cadavre s'écroula lourdement sur le sol. Morgan en saisit les bras rigides et le traîna le long du sentier. Il sentit les traits de son visage se tordre en une grimace tandis qu'il s'épuisait, haletant, à remorquer son abominable fardeau. Il s'arrêta un instant derrière un arbre pour essuyer ses mains moites sur sa combinaison, la bile aux lèvres, le cœur lui battant à grands coups dans les tympans. Il se jeta sous l'auvent du bâtiment le plus proche. Les gens hurlaient et couraient à travers la cour. Certains trimbalaient des seaux d'eau mais la plupart, derrière le second bloc de logements, combattaient ou observaient l'incendie. Morgan se reprécipita sur le corps d'Innocence, le saisit une dernière fois et le traîna le long du sentier jusqu'à l'ombre du bâtiment, à quelques mètres seulement de l'endroit où elle avait été foudroyée. Il jeta un bref coup d'œil au cadavre informe et boursouflé :

« Voilà, on est de retour ! » dit-il avec une note de folie dans la voix, puis, tel un apprenti sorcier ou un monstre sans nom, il s'enfuit à toutes jambes, d'arbre en arbre, vers sa voiture.

Morgan arrêta la Peugeot un peu plus loin sur la route et regarda l'épave qui achevait rapidement de se consumer. Des larmes lui coulaient des yeux mais il les mit sur le compte des légères brûlures reçues lors de l'explosion de la voiture. Il avait les mains couvertes de la poussière du talus sur lequel il les avaient essuyées, dans une folle tentative à la lady Macbeth d'effacer de ses paumes la sensation persistante de la peau d'Innocence. Il résolut de ne pas bouger d'un pouce tant qu'il ne serait pas totalement calmé.

Un moment plus tard, il entendit les cris d'étonnement et les clameurs d'excitation que suscitait la découverte du corps. Dix minutes après, il entrevit, en passant en voiture, une grappe de lanternes au-delà du lavoir. Il poursuivit sa route, dépassa de deux cents mètres l'entrée de la Commission, se rangea sur le bas-côté et revint discrètement à pied. Il voulait ôter cet uniforme ridiculement joyeux de Père Noël et ne pensait plus qu'à se laver les mains. Il fut content de trouver la Commission elle-même plongée dans le noir bien que la résidence Fanshawe fût brillamment illuminée. Il supposa que la Duchesse tenait salon à l'intérieur puisque plusieurs voitures étaient garées sur l'avenue. Il se demanda si l'on s'était aperçu de l'incendie de la décharge.

Il pénétra silencieusement dans la Commission, traversa le hall à pas de loup et monta les escaliers de même. Arrivé

sur le palier, il décida de se laver les mains avant de se
changer. Il entra dans la salle de bains sur la pointe des
pieds et referma doucement la porte derrière lui. Il alluma
la lumière et laissa échapper un gémissement d'horreur et
de stupéfaction en se voyant dans le miroir. Son visage,
barbouillé de larmes, était noir de crasse et de fumée. Une
rayure rose vif remplaçait un sourcil brûlé et les rares
cheveux du dessus de son crâne avaient été réduits par la
chaleur de l'explosion à de petites mèches blondes frisot-
tées, une atroce permanente du style barbe-à-papa. Ses
yeux effarés lui renvoyaient le regard rouge et larmoyant
d'un albinos en colère.

« Oh ! doux Jésus de pute ! gémit-il atterré. Pauvre
foutu con ! Est-ce que ça valait le coup, se demanda-t-il,
est-ce que vraiment ça valait le coup ? »

Il commençait tout juste à se laver les mains quand il
entendit des voix dans le hall. Il perçut les bonsoirs
roucoulants de Chloé Fanshawe et le bruit des pas de deux
personnes montant les escaliers. La panique rétrécit son
coeur en une petite boule palpitante. Il éteignit et resta
cloué au milieu de la salle de bains jusqu'à ce qu'un vague
instinct de conservation le guide vers la baignoire. Il
grimpa dedans et, en quête d'une protection aussi futile
soit-elle, tira sur lui le rideau de la douche.

Il entendit des voix à l'accent distingué. Quelqu'un
s'enquit : « Avez-vous défait tous les bagages, Sylvia ? » et
Sylvia répondit : « Oui, Ma'am. » Ma'am devait être la
Duchesse, pensa-t-il, se demandant qui pouvait bien être
Sylvia : probablement une dame d'honneur, un chaperon,
la première dame-du-lit ou un machin dans ce goût. Il
espéra, contre tout espoir, que personne n'utiliserait la
salle de bains.

La lumière s'alluma. Morgan s'immobilisa derrière son
rideau.

« ... Un horrible petit monsieur, j'ai trouvé, disait la

Duchesse. Et sa femme ! Seigneur ! quelle incroyable...
oh ! je ne sais pas, mais les gens qu'on envoie ici ! »

Cette calomnie globale ne fit que renforcer l'instinctive
antipathie de Morgan. La porte se referma et il sentit
l'odeur d'une cigarette. Il essaya de retenir sa respiration.
A travers le plastique à demi transparent du rideau, il
distingua une forme grise. Il perçut le glissement d'une
fermeture éclair, le froissement d'une robe qu'on relève.
Il vit la forme s'asseoir sur le trône, entendit les grognements d'effort, les pets, les ploufs. Ah ! Ah ! se dit-il, des
gloussements démoniaques plein la tête, ainsi on va aux
toilettes comme tout le monde ! Il y eut le bruit du papier
froissé, de la chasse tirée, des vêtements réajustés, du
robinet ouvert. Il entendit la Duchesse marmonner :
« Dégueulasse ! » devant l'état dans lequel il avait laissé le
lavabo, puis l'eau cessa de couler. La porte s'ouvrit.

« Sylvia, — la voix lui parvint de plus loin, dans le
corridor — ... à quelle heure partons-nous exactement
demain ? »

Morgan se remit à respirer. Peut-être après tout allait-il
pouvoir s'échapper. Il se demanda s'il aurait le temps de se
glisser par la fenêtre de la salle de bains et de s'enfuir par la
pelouse, derrière. Peut-être Sylvia se contenterait-elle, elle
aussi, de faire pipi et puis voilà. Il était si tendu qu'il eut
l'impression que sa colonne vertébrale allait céder. Mais il
n'eut pas le temps de s'appesantir sur sa santé : d'autres
pas se firent entendre sur le palier. Merde, Sylvia qui se
ramène, pensa-t-il. Un obscur besoin de se camoufler le fit
fouiller dans sa poche pour en retirer sa barbe de coton
dont il s'affubla promptement. Il entendit la porte se
refermer, sentit l'odeur de cigarette et comprit que la
Duchesse était de retour. S'il vous plaît, petit Jésus, pria-
t-il avec toute la ferveur dont il était capable, faites qu'elle
ne se lave que les dents. Je ferai n'importe quoi, petit
Jésus, promit-il, *n'importe quoi !* Il retint son souffle
d'agonie anticipée. Il entendit un froissement, le claque-

ment d'un élastique, le bruit de quelque chose tombant à terre.

Il vit l'ombre d'une main se tendre vers la douche. Dans un cliquetis métallique d'anneaux rouillés, le rideau fut tiré : Morgan et la Duchesse se regardèrent les yeux dans les yeux. Jamais de sa vie il n'avait vu le choc et la surprise se peindre aussi nettement sur un visage. Après tout — la pensée lui traversa l'esprit dans un éclair — ce n'est pas tous les jours qu'on trouve Papa Noël dans sa baignoire. La Duchesse était plantée là, courtaude et la chair molle, complètement nue sauf un bonnet de douche bleu pâle sur la tête et une cigarette à demi consumée à la main. Morgan vit des seins en chaussettes, des bourrelets de graisse en jersey mou, un tampon Jex grisâtre, des cuisses de dinde, une bouche grande ouverte paralysée par l'incrédulité.

« 'Soir Duchesse ! » glapit Morgan de derrière sa barbe tout en sortant de la baignoire avec la fausse hardiesse d'un pirate d'opérette.

Il ouvrit en grand la fenêtre, abaissa le couvercle des W.C., grimpa dessus et enjamba l'appui. Il jeta un regard par-dessus son épaule. Désormais il s'en foutait. La bouche était toujours ouverte mais un bras cachait les seins et une main le bas-ventre.

« Écoutez, dit-il, je vous promets de ne rien dire si vous vous taisez aussi. »

Il sauta de deux mètres sur le toit en papier-goudron de la véranda arrière, rampa jusqu'au bord et se laissa tomber sur la pelouse. Tandis qu'il fonçait à toute vitesse sur l'herbe sombre, il se sentit curieusement jubilant et insouciant. Il s'attendait à ce que les cris de la duchesse déchirent la nuit. Mais rien ne troubla l'impassible regard des étoiles ni l'aimable silence des lieux.

Bilbow passa la tête hors de la chambre des invités lorsque Morgan rentra chez lui, vingt minutes plus tard :

« Bon dieu ! dit-il en dévisageant Morgan, que vous est-il arrivé, Père Noël ? Une collision avec des rennes ? Un traîneau abattu en flammes ? »

Morgan ne se donna pas la peine de répliquer : il était trop occupé à se servir un énorme verre.

Bilbow s'aventura dans le salon :

« A propos, dit-il, un type du nom d'Adekunlé n'a pas arrêté de téléphoner toute la journée. Il a dit que vous deviez l'appeler dès que vous rentreriez, quelle que soit l'heure. Vous comprenez pourquoi ? »

Non, il ne comprenait pas. Il alla donc se coucher.

7.

Morgan attendait près de l'enclos des caddies — un mini-camp de prisonniers de guerre — que le caddie en chef lui choisisse un boy. Un soleil de décembre brillait dans le ciel bleu pâle et il faisait déjà très chaud pour dix heures du matin. Il avait rendez-vous au premier trou à dix heures et demie mais il était venu plus tôt, pressé de sortir de chez lui. Il n'avait pas téléphoné à Adekunlé, malgré ses ordres, et ne s'était pas non plus mis en rapport avec Fanshawe pour connaître ses réactions à la miraculeuse réapparition d'Innocence. Le téléphone avait sonné deux fois pendant son petit déjeuner mais il l'avait ignoré. En route pour le Club, il avait été retardé par une marche électorale organisée par le PUPK, prélude à un rallye au stade de football. Sa vie avait été si agitée ces derniers temps qu'il en avait oublié qu'on votait demain.

Un jeune boy en chemise hawaïenne crasseuse hissa les clubs de Morgan sur son épaule. Morgan avait transféré quelques-unes des étincelantes merveilles d'Adekunlé dans son sac de toile et plastique, n'ayant aucune envie de susciter commentaires et conjectures à propos du monstrueux sac neuf, dont les proportions étaient telles qu'il aurait pu, en dehors de son usage sur un terrain de golf, faire office de niche pour un grand danois ou de garage à motocyclette. D'ailleurs il était certain qu'il lui aurait fallu au bas mot deux caddies pour le soulever et il ne tenait pas, aujourd'hui, à avoir trop de monde autour de lui. Il gagna lentement le premier tee. Beaucoup de joueurs avaient pris un départ matinal puisque le tournoi devait se terminer à l'heure du déjeuner. En fait Murray et lui étaient dans les trois dernières équipes. Morgan salua les gens de sa connaissance et il eut droit en retour à pas mal de regards curieux. Il était conscient d'avoir l'air un peu bizarre avec son toupet frisotté de rocker (aplati deux minutes à l'aide d'un peigne trempé mais qui rebiquait gaiement aussitôt sec), un rectangle de sparadrap à la place d'un sourcil, des yeux rouges et un nez resplendissant. Il se coiffa d'une visière en plastique transparent afin de protéger son visage à vif de la réverbération de plus en plus forte. A contrecœur, il se répéta son discours corrupteur comme un garçon d'honneur son speech de mariage, mais les mots refusaient de s'aligner en phrases convaincantes et quand ils y réussissaient, ils sonnaient comme ceux d'un rabatteur graveleux sur un quai de port : « Hé, monsieur, photos cochonnes ? » Ce genre d'approche ne marcherait pas avec Murray. D'une manière générale il commençait à trouver très difficile de se concentrer sur ce qu'il aurait à faire, plus tard dans la matinée. Le choc de la mort d'Innocence, l'enlèvement du corps, le... quel était le contraire d'enlèvement — le dépôt du corps —, l'effarant face à face avec la Duchesse l'avaient dépouillé de toute la satisfaction que lui promettait cet acte symbolique de corruption. Il ne s'agissait plus désormais que d'un simple exercice d'auto-défense, d'une manœuvre pour sauver sa propre peau car il était persuadé — maintenant plus que jamais — que, pour ne pas perdre irrévocablement le contrôle de sa vie, il lui fallait s'accrocher à son boulot.

Et puis il se sentait terriblement mal. La tension des deux dernières nuits, combinée à de vigoureuses cuites, avait produit une gueule de bois de dimensions planétaires. Il semblait que tout son corps eût été martelé à coups de maillet — un de ces maillets de bois qu'on utilise pour attendrir les steaks. Sa langue lui donnait l'impression d'avoir doublé de volume et de vouloir pendre hors de sa bouche comme celle d'un chien, et la migraine lui déchaussait chaque dent et transformait son sinus en diapason.

Il brandit un club et en cingla l'air, pour l'essayer. Il n'avait pas joué au golf depuis trois mois ou plus et il entendit ses épaules et son dos craquer sous l'effort inhabituel. Alors qu'il vérifiait son backswing il vit soudain Murray passer devant l'enclos des caddies, venant à sa rencontre, et il sentit son cœur vaciller de panique. Puis il aperçut le fils de Murray et sa nausée se transforma en une colère irraisonnée. Pourquoi avait-il amené ce malheureux moutard ?

Murray s'approcha et lui sourit sereinement :

« Joyeux Noël, Mr. Leafy. Je vois que nous avons été tirés ensemble.

— Oui, quelle coïncidence ! Vous ne trouvez pas ? » Il y eut un silence. « Ah ! à propos, je voulais m'excuser pour l'autre nuit... au téléphone. J'étais un peu bouleversé. Vous comprenez, le cadavre et puis, bon, tout le reste... Je n'ai pas exactement compris votre situation.

— Ne vous en faites pas, dit Murray, pas plus que moi.

— Parfait. Sans rancune alors ?

— Sans rien du tout, Mr. Leafy. » Il regarda Morgan sous le nez : « Qu'avez-vous au visage ? »

Morgan se mit à rire :

« Un petit accident avec ma cuisinière. Un retour de flamme, comme on dit ! Ha ha !

— Je vois. » Murray l'examina de plus près : « Ça vous donne une curieuse expression. » Puis après un silence : « J'espère que vous ne voyez pas d'inconvénient à ce que mon fils nous accompagne. Il jouera les trous les plus faciles.

« — Pas du tout, fit Morgan avec un sourire forcé à l'adresse du garçon. Vous avez passé un bon Noël ? »

Morgan jouait très mal. Brûlés à blanc par le soleil, les *fairways* étaient aussi durs que la route. Il produisit des balles coupées pratiquement à chacun de ses coups, y compris les putts. Les petits greens, rebaptisés « browns » à cause de leur surface de sable et de goudron, se révélèrent impossibles à toucher : les balles rebondissaient et refusaient de s'arrêter sur le sol recuit. Murray consentit à l'appeler Morgan, bavarda très aimablement et donna à son fils des conseils d'une concision et d'une justesse dignes d'un professionnel. A cause du jeune garçon qui jouait les trous les plus courts, ils laissèrent passer les équipes suivantes et se retrouvèrent bientôt en queue du tournoi ce qui, pensa Morgan, lui convenait très bien.

Ils terminèrent les neuf premiers trous vers midi et s'arrêtèrent à une buvette sur le parcours pour étancher leur soif. Morgan avait fait un épouvantable score de 67 — Murray un bon 37 — et la partie menaçait d'être une des pires qu'il eût jamais jouées, à bien des égards. Il s'était imaginé qu'après tout ce qu'il venait de vivre, soudoyer Murray serait du gâteau mais, comme toujours, la présence physique de l'homme le troublait. Il se sentait nerveux, maladroit, vidé de toute confiance en soi.

Les neuf premiers trous leur avaient fait grimper la paroi d'une vallée puis redescendre l'autre côté. Les neuf trous suivants s'éparpillaient dans l'épaisse forêt qui enveloppait Nkongsamba. Après le onzième trou, le parcours décrivait une jambe de chien et ni les bâtiments du club ni les faubourgs de la ville n'étaient plus visibles avant le seizième. Morgan regarda Murray driver aisément, en souplesse. La balle vola tout droit sur deux cents mètres puis rebondit sur cinquante, s'arrêtant à portée du « brown ». Morgan se concentra sur sa balle. Il décida de se donner à fond, de montrer à ce vieux type comment taper sur une balle et s'imagina qu'il cognait sur la tête de Fanshawe. Il prit un prodigieux swing et frappa de toutes ses forces : la balle partit en chandelle puis plongea sur la droite, en une courbe parfaite, avant de disparaître dans le sous-bois sombre et broussailleux.

« Merde ! jura-t-il, avant de s'excuser à cause du gamin.

— Vous devriez essayer de ne pas taper aussi fort, lui conseilla Murray. Le secret de ce jeu, c'est la décontraction.

— C'est justement ce qu'il y a de méchamment râlant dans le golf, se plaignit Morgan, qui savait que la décontraction était la dernière chose dont il pût faire preuve pour le moment. Voyez-vous, c'est un sport si " contrôlé ". Tout est retenu, freiné en quelque sorte. Vous ne pouvez pas taper sur les choses, évacuer votre agressivité, vous donner à fond comme dans les autres sports. Chaque fois que je me prépare à un énorme effort, je sais que ça tourne au désastre. »

Murray le regarda d'un air perplexe comme si cette confession lui avait révélé la clé de son caractère :

« Mais pourtant c'est en cela que le jeu consiste, non ? Savoir se retenir. Rester maître de la situation. User du n° I et des autres bois. »

Morgan eut un rire gêné : il n'appréciait pas la critique implicite :

« Je suppose que ma personnalité ne colle pas avec ce jeu, dit-il avec humeur.

— N'abandonnez pas comme ça, conseilla Murray tandis qu'ils se dirigeaient tous deux vers la broussaille. Continuez : ça finira peut-être par venir. »

Ils cherchèrent la balle de Morgan dans l'épineux sous-bois. Ils soulevèrent d'épais nuages de poussière, de mouches, de tiques et de sauterelles, déterrèrent des étrons desséchés mais pas de balle.

« Vous vous plaisez ici ? demanda Morgan à Murray

tout en frappant la broussaille de son club. La poussière, la chaleur, la puanteur... la jungle impénétrable.

— Pas mal, dit Murray. Probablement autant qu'ailleurs. Ça a ses avantages et ses inconvénients.

— Alors dans l'ensemble vous êtes très content », conclut Morgan, un peu agressif.

Murray relâcha la branche qu'il retenait. Il sourit : « Qui est jamais *très* content ?

— Eh bien moi je sais avec certitude que je ne le suis pas, avoua Morgan. Mais de tous les gens que j'ai connus, vous seul paraissez l'être. »

Murray pointa son club sur lui :

« Et vous voilà reparti à m'expliquer à moi ce que je ressens, dit-il. Un petit conseil : ne confondez pas être et paraître. On ne peut jamais être sûr de rien, naturellement, mais c'est un assez bon précepte.

— Bonté divine ! Quel philosophe ! Ainsi donc, vous n'êtes pas content ? »

Murray se mit à rire :

« Dites-moi, cette innocente partie de golf a pris un tour drôlement sérieux, non ? Je crois qu'il vaut mieux renoncer à votre balle. Vous en jouez une autre ?

— Non merci. Je vais simplement marcher, cette fois-ci. » Il regarda Murray envoyer sa balle juste à côté du brown.

« Vous resterez ici toute votre vie ? demanda Morgan sur le ton du bavardage tandis qu'ils suivaient la balle.

— Non, dit Murray. Je partirai dès que je le pourrai.

— Ah ah ! triompha Morgan. Donc vous n'aimez pas cet endroit.

— Qu'essayez-vous exactement de prouver ? demanda Murray avec un sourire amusé. Rien à voir avec l'endroit, c'est simplement qu'il y a d'autres choses que j'aimerais faire dans ma vie à part travailler en Afrique. »

Il évalua son coup d'approche, joua et mit la balle dans le brown à cinq pieds du trou.

« Lesquelles ? s'enquit Morgan. Que voulez-vous faire ensuite ? Rentrer en Écosse ?

— Non, dit Murray mesurant son putt. En réalité, je n'ai fait aucun plan. Ce que j'aimerais c'est aller dans un endroit chaud — je ne me sens pas capable de survivre à un seul hiver britannique — au Portugal peut-être. Nager, faire du bateau, jouer un peu au golf, lire davantage, voir mes enfants grandir... ce genre de choses. Rien que de très ordinaires ambitions, je le crains.

— Et c'est tout ? » Morgan se sentait vaguement déçu.

« A quoi vous attendiez-vous ? le rabroua Murray en plaisantant. A ce que je veuille être Président de l'Organisation Mondiale de la Santé ? Je serais assez " content ", merci bien, si je pouvais avoir le reste. »

Ils jouèrent les deux trous suivants. Morgan reprit son assurance. Le soleil tapait inconfortablement. Ils s'enfoncèrent dans la forêt sur les fairways désormais enfermés entre des grands arbres et un sous-bois touffu. D'étroits sentiers coupaient le mur de verdure, dessinaient des méandres sur le terrain et disparaissaient dans la jungle de l'autre côté. Si le tir n'était pas précis, on n'avait pratiquement aucune chance de retrouver sa balle. Morgan en perdit trois autres tandis que Murray maintenait son score ; même le jeune garçon jouait mieux que lui.

Morgan savait que s'il n'entreprenait pas Murray bientôt il serait trop tard, mais la perspective de sa tâche le rendait de plus en plus malheureux. Cette partie de golf, il en était conscient maintenant, avait été une mauvaise idée. Peut-être que si Murray avait manifesté quelque rancune pour sa grossièreté de l'autre nuit, s'il avait fait la gueule, pris des airs supérieurs, fait sentir qu'il ne l'aimait guère et qu'il répugnait à jouer au golf avec lui, le problème aurait été moindre. Morgan s'était précisément attendu à ce qu'il lui batte froid dans le meilleur style calviniste. Mais non, Murray s'était montré aimable et plein d'égards et Morgan se rendait compte que son rêve de le détruire n'avait plus aucun attrait et même en fait aucune vraisemblance parce que le Murray qu'il détestait n'existait, il le voyait bien, que dans son esprit et n'avait rien de commun — ou bien peu — avec l'homme qui marchait à ses côtés. Il n'éprouverait désormais aucune satisfaction à voir ce Murray-là s'écrouler : il ne le haïssait plus assez. Et même, aussi surprenant que cela fût, en réalité il l'aimait presque. Murray avait raison. Il avait confondu être et paraître. Sur la base de deux incidents, il s'était fabriqué dans sa tête une image de l'homme et n'avait jamais cherché à en vérifier l'exactitude. Dans un déprimant accès de lucidité, il se rendit compte qu'il en allait de même avec presque tous les gens qu'il rencontrait... Mais toutes ces spéculations étaient académiques : il fallait soudoyer Murray, un point c'est tout — sa propre survie, à lui Morgan, en dépendait. Il était seulement navré que l'expérience qu'il avait maintenant de sa victime rendît le succès de sa tentative pratiquement inévitable : Murray était aussi humain et faillible que lui.

Il laissa ses pensées retourner à Fanshawe et à la réception en l'honneur de la Duchesse qui devait se dérouler au même moment. Il n'avait pas pris la peine d'informer quiconque de son absence. C'était tout aussi bien, à son sens. Il était persuadé que la Duchesse n'y verrait pas d'inconvénient. Il avait l'étrange certitude que personne n'aurait connaissance de leur rencontre dans la salle de bains. Avec un léger frisson il se remémora cette morne nudité si dépourvue d'attraits. Autre exemple, se dit-il soudain, de ce fameux abîme entre l'être et le paraître : rien qu'une dame quelconque d'âge moyen — ni royale ni différente ou remarquable en aucune manière.

Ils firent le parcours du quatorzième trou, un long trou à jouer en cinq coups et qui représentait l'avancée extrême du terrain de golf dans la jungle. Après quoi ils reviendraient vers la ville. Morgan se sentit une faiblesse inhabituelle dans les genoux, un bourdonnement dans les oreilles et de forts battements de cœur dans la tête. Il vérifia que le fils de Murray était hors de portée de voix.

« Quel effet... » Il s'éclaircit la gorge. « Quel effet vous feraient dix mille livres sterling ?

— Pardon ? » Murray se retourna, surpris.

« Dix mille livres. Est-ce que ça vous plairait ? répéta-t-il avec un air cupide.

— Vous les offrez ? dit Murray avec un sourire.

— Non, je veux dire... Vous pourriez faire des tas de choses avec dix mille livres. Je veux dire *on* pourrait... » Il fit un peu machine arrière. « Voyez-vous, j'étais en train de me dire que c'était une... une jolie petite somme. Pas le gros lot, évidemment, mais utile tout de même.

— Oui, dit Murray, sans se compromettre. Je suppose que vous avez raison. Très utile. Pourquoi ? »

Le courage de Morgan lui sembla se consumer comme une étoile mourante :

« Elles sont à vous si vous voulez. »

Murray s'arrêta net :

« Pardon, dit-il en fronçant les sourcils. C'est à moi quoi ?

— Les dix mille livres. Vous pouvez les avoir.

— C'est une plaisanterie ? »

Il fit signe de s'éloigner à son fils qui revenait vers eux pour voir ce qui les retenait.

« Que voulez-vous dire, je peux *avoir* dix mille livres ? »

Morgan avala sa salive. Il sentait le soleil lui marteler la tête. La sueur irritait ses brûlures.

« Je vous donnerai dix mille livres, dit-il lentement, si... si vous faites quelque chose.

— Tu viens, Papa ? cria le garçon.

— Je vois », dit Murray. Il avait un air sérieux et triste. « Si je fais quelque chose. Et quoi donc ?

— Il faut que vous présentiez un rapport favorable sur

l'emplacement du nouveau foyer et de la cafétéria », dit Morgan précipitamment.

Murray, surpris, leva brusquement les sourcils. Son regard pénétrant scruta le visage en sueur de Morgan.

« L'emplacement du foyer ? *Vous* voulez que je change d'avis. Comment savez-vous ?... Attendez, attendez une seconde. En quoi le programme de construction de l'Université de Nkongsamba vous concerne-t-il, nom de Dieu ? »

Morgan ôta sa visière et s'épongea le front. Il allait en mourir. Le désespoir lui grimpait le long du corps comme une inondation derrière un barrage trop léger. Il s'efforça de garder son calme.

« Eh bien moi pas tellement. Je représente quelqu'un d'autre.

— Qui ?

— Je... Je ne peux pas vous le dire, évidemment. »

Murray agrippa Morgan par le bras :

« Dans quoi diable vous êtes-vous fourré, espèce de foutu con ? »

Morgan sentit la tête lui tourner. Tout allait mal. Pourquoi Murray l'interrogeait-il de la sorte ? Il le voyait réfléchir profondément.

« Qui est derrière ? » répéta-t-il.

Morgan tenta de se reprendre :

« Je ne suis pas en position... commença-t-il pompeusement mais Murray l'interrompit, la main levée :

— Laissez-moi deviner, dit-il. Adekunlé n'est-ce pas ?

— Non », dit Morgan en hâte puis, sentant qu'il avait contré avec une rapidité révélatrice, il reprit « Qui ? » dans une futile tentative de regagner du terrain. Il comprit qu'il était inutile de nier : « Oui », admit-il à voix basse.

Murray relâcha son emprise :

« C'est ce que je pensais, dit-il comme se parlant à lui-même. Je soupçonnais... »

Il reporta son attention sur Morgan qui restait planté là à contempler le bout de ses pieds.

« Je suis navré Morgan, dit-il avec conviction. Tout à fait navré. Mais je ne peux pas laisser passer ça. Vous comprendrez ma position. Je dois porter plainte. »

Et voilà ! La poussée était trop forte pour le barrage de branches et de feuillages précipitamment rassemblés. Les eaux débordèrent et balayèrent le tout. Morgan sentit sous ses paupières le picotement des larmes qui perlaient au bord des cils. Il ferma les yeux trop tard, les verrouilla mais les larmes jaillirent au travers, grasses et chaudes, ruisselant sur ses joues chaudes et grasses tandis que ses jambes s'effondraient sous lui.

A quelques mètres de là, le fils de Murray, désœuvré, attendait avec les deux caddies. Il avait l'air surpris et mécontent, se dit Morgan qui observait l'adolescent lançant des pierres dans la broussaille. Morgan était assis sous un arbre à l'extrémité du fairway. Il se demanda s'il s'était évanoui ou bien si simplement son cerveau avait refusé d'enregistrer les événements tant ils étaient embarrassants — une sorte d'amnésie miséricordieuse pour lui épargner de supplémentaires tourments.

Debout devant lui, Murray le regardait :

« Ça va maintenant ? » s'enquit-il avec sollicitude.

Morgan se remit sur ses pieds en se frottant les yeux :

« Seigneur ! dit-il encore secoué. Désolé d'avoir craqué. » Il respira profondément : « Mais si vous saviez ce par quoi je suis passé ces dernières semaines, vous seriez étonné que je puisse encore fonctionner normalement.

— Adekunlé ?

— Non. Pas entièrement. D'autres choses aussi. Je vous raconterai un jour : à vous faire dresser les cheveux sur la tête. »

Morgan épousseta l'herbe de son pantalon :

« Tout bien pesé, Adekunlé s'est montré plutôt raisonnable dans la circonstance. »

Murray lui tendit sa visière :

« Je crois qu'il vaut mieux s'arrêter pour aujourd'hui, dit-il, et retourner au club. »

Morgan acquiesça et il revinrent sur leurs pas en silence, suivis discrètement à quelques mètres par le fils Murray et les caddies. Morgan jeta un coup d'œil à Murray, dont le visage au front plissé traduisait la concentration. Morgan massait sa nuque et ses muscles noués en pelote. Paradoxalement il se sentait mieux : un problème en moins — résolu, même mal. Il n'avait plus à soudoyer Murray.

« Écoutez, dit Morgan anxieux de rompre le silence. Je suis désolé. Je... J'agissais sur ordre.

— Si je comprends bien, il vous menace de quelque chose ?

— Bon Dieu, oui. Vous ne pensez tout de même pas que je suis son associé, non ? » dit Morgan l'air offensé.

Murray s'excusa.

« Comment vous tient-il ? »

Morgan laissa échapper un long soupir :

« Je crois qu'il vaut mieux que je garde ça pour moi. Disons qu'il sait quelque chose que je n'aimerais pas que mon patron apprenne. Rien de criminel, s'empressa-t-il d'ajouter, plutôt dans le genre scandale, si vous voyez ce que je veux dire.

— Je vois. » Murray se passa la main dans les cheveux : « Ça me fait l'effet d'une drôle d'embrouille. » Il réfléchit : « Que se passerait-il si Mr. Fanshawe découvrait le sujet de ce scandale ? »

Morgan haussa les épaules. Ça n'avait plus tellement d'importance désormais.

« Oh ! je ne sais pas. La disgrâce. Le renvoi. Je perdrais mon job, c'est certain. Fanshawe et moi, on n'est pas très copains en ce moment. »

Murray ne répondit rien et ils continuèrent leur marche

en silence. De retour au club, ils payèrent les caddies et remirent leurs sacs dans leurs voitures. Morgan jeta le sien sur le siège arrière. Jamais plus il ne se servirait de son coffre.

Une sensation bien connue de panique s'empara subitement de lui tandis qu'il songeait aux éventuelles conséquences d'une dénonciation de Murray. Il s'était menti : perdre son boulot était très grave — plus que tout le reste — et la pensée d'un ignominieux retour en Angleterre le rendait malade. Il lui fallait, d'une manière ou d'une autre, persuader Murray d'y aller doucement ; l'homme paraissait l'aimer bien, peut-être consentirait-il à l'aider s'il savait ce qu'il ressentait vraiment. Il s'approcha de la voiture de Murray et il entendit le fils demander :

« Papa, pourquoi cet homme pleurait-il ainsi ? et il souhaita que ce petit poison s'en aille.

— Alex, appela Morgan. Puis-je... puis-je vous dire un mot ? »

Murray le rejoignit :

« Je suis très embarrassé, dit Morgan, mais je dois vous faire une requête. Je vous en prie, ne parlez de cette affaire à personne.

— Mais je vous ai dit...

— Je vous en supplie, dit Morgan avec ferveur. Je vous en prie, je *vais* perdre ma situation, voyez-vous, et c'est la seule chose dans ma vie qui signifie quoi que ce soit pour moi, qui ait une valeur quelconque. S'il vous plaît !

— Que me demandez-vous de faire ? dit Murray. Prétendre que rien de tout ceci ne s'est passé ? »

Morgan était au supplice :

« Eh bien... oui. »

Mais il se rendit compte immédiatement que cela ne suffirait pas :

« Ne pourriez-vous pas tout bonnement oublier de produire ce rapport négatif sur le site. Voyez-vous, si vous mettez votre veto sur le projet, Adekunlé ira voir Fanshawe de toute manière. C'était ça le marché : je devais vous empêcher de faire ce rapport. »

Murray baissa la voix :

« Alors en somme vous voudriez que je donne le feu vert au projet ? Mais pourquoi le ferais-je ?

— Pour *moi,* plaida Morgan. Autrement je suis fini. Je ne plaisante pas. Pas seulement mon job. Tout.

— Pourquoi ce projet est-il si important pour Adekunlé ? A-t-il fait une offre pour le contrat par l'intermédiaire de Ussman Danda ?

— Non, dit calmement Morgan. Il est propriétaire du terrain. »

Murray leva les yeux au ciel :

« Seigneur Jésus ! — il éclata d'un rire sarcastique — pas étonnant qu'il propose dix mille livres !

— Au fait, l'offre tient toujours, interrompit Morgan.

— J'oublierai que vous avez dit cela », rétorqua durement Murray. Puis après un silence : « Vous me demandez de laisser passer ce projet de foyer uniquement à cause de vous — pour que vous puissiez conserver votre situation ? »

Morgan baissa la tête :

« Oui, dit-il honteux. Je sais bien que je suis un foutu con et que je me suis fourré moi-même dans ce pétrin mais...

— Non, coupa Murray, catégorique. Je suis désolé, Morgan, mais non. Je ne peux pas — je n'irai pas jusque-là.

— Mais pourquoi pas ? supplia Morgan, perdant la tête. Qu'ont-ils de si important, l'Université, ce pays, Adekunlé ? Qu'est-ce que ça peut nous faire à nous — à des gens comme nous. En fin de compte nous n'y pouvons absolument rien : les Adekunlé de ce monde l'emporteront toujours. Laissez-les construire leur foutu bâtiment là où ils veulent ! »

Il était comme un noyé qui voit inexorablement s'éloigner la bouée.

« Cela n'a strictement rien à voir avec l'Université de Nkongsamba, expliqua patiemment Murray.

— Alors pourquoi ne feriez-vous pas cette seule et unique petite concession ? demanda Morgan avec désespoir. Je vais me mettre à genoux si c'est ce que vous voulez ! » Il sentait revenir cette familière sensation de haine à l'égard de Murray : « Est-ce parce que c'est " mal " ?, dit-il sarcastique. Vous ne voulez faire que des choses " bien ", c'est ça, non ? Vous ne voyez donc pas que la vie n'est pas aussi simple. Bien — mal, bon — mauvais, on n'en est plus là. » Il écarta les mains : « Vous n'êtes pas dans le coup, Alex, plus du tout : plus personne ne joue ce jeu-là, alors pourquoi vous ? Pourquoi est-ce si important que moi je perde mon boulot ? »

Morgan vit Murray serrer les mâchoires.

« Franchement je me fous de votre job, dit-il avec son accent écossais râpeux. Si vous êtes assez con pour vous mouiller avec des gens comme Adekunlé, eh bien tant pis pour vous. Quant à votre manière de comprendre ma façon de penser, elle est également à côté de la plaque. Je ne me soucie pas du " bien " ou du " mal ". Ce qui m'intéresse, c'est de voir un peu plus de justice dans ce monde et je trouve précisément injuste qu'un salaud de rapace comme Adekunlé se débrouille pour empocher plusieurs centaines de milliers de livres aux dépens des autres. Et je ne vais pas, j'en ai peur, me taire et le laisser faire, simplement pour vous sauver la mise. Maintenant que j'ai les moyens de l'en empêcher, rien ne m'arrêtera. Peu m'importe que ce soit bien ou mal mais au moins j'aurai la certitude que justice a été faite et qu'un gros salopard n'a pas réussi ce qu'il voulait. Je suis désolé mais je ne peux pas considérer le fait de vous garder votre situation et par conséquent de laisser l'Université de Nkongsamba construire des dortoirs sur un tas d'ordures pour gratifier Adekunlé d'une petite fortune, comme, de loin ou de près, juste ou honnête... Ça peut vous paraître idiot mais je ne me le pardonnerais pas. »

Morgan rentra les épaules. Il était épuisé. Furieux aussi car il n'avait rien à répondre : il était entièrement d'accord avec Murray.

« Écoutez, dit celui-ci sur un ton moins passionné. Je vais vous dire ce que je vais faire. Je ne présenterai pas mon rapport avant le 3 janvier, le jour de réunion de mon Comité. Adekunlé est fichu maintenant. Je ne suis pas naïf au point de croire que je puisse prouver qu'il est le propriétaire du terrain, mais il ne peut rien faire pour arrêter mon rapport. Cela vous donne le temps de régler vos affaires vous-même ; et je vous promets de ne pas mentionner votre nom à propos de tout ceci.

— Mais Adekunlé le fera, ne voyez-vous pas ?

— C'est pourquoi je vous donne le temps nécessaire : prenez-le de vitesse. Allez voir Fanshawe vous-même, racontez-lui tout avant que Adekunlé ne le fasse. »

Morgan gémit :

« Non, ça ne marchera pas. Je ne pourrai jamais raconter ces choses à Fanshawe. Vous ne le connaissez pas, vous ne savez pas ce qu'il mijote. Il deviendrait fou furieux.

— C'est votre seule option, dit Murray. On ne sait jamais avec les gens, ce qu'ils diront, ce qu'ils feront. Vous pourriez avoir une surprise. »

Il fit signe à son fils.

« Allez voir Fanshawe, conseilla-t-il. Déballez tout. Mais rappelez-vous : le 3 janvier, je fais mon rapport au Comité des Bâtiments, Sites et Travaux. » Il posa un instant sa main sur l'épaule de Morgan : « Je suis navré, dit-il, mais je ne peux pas faire autrement. »

Morgan le regarda rejoindre son fils.

8.

Étendu sur le lit, les mains derrière la tête, Morgan contemplait fixement le plafond. Hazel était sortie acheter de la bière puisqu'il avait liquidé les six bouteilles du frigo dans l'après-midi. Il était venu droit à l'appartement, après sa catastrophique partie de golf avec Murray, se planquer, se faire oublier comme un évadé. Avant de quitter le club, il avait appelé Bilbow, lui avait dit de s'installer comme chez lui et qu'il ne savait pas quand il rentrerait.

« Cet Adekunlé est venu ce matin, juste après votre départ, avait annoncé Bilbow. Il paraissait très anxieux de vous voir. Ah ! oui et puis si ce phénomène de Fanshawe appelle encore, je crois que j'explose. Il a déjà téléphoné une demi-douzaine de fois. Que lui avez-vous fait ? »

Le cœur de Morgan lui manqua : que lui voulaient Fanshawe et Adekunlé ?

« Ne vous en faites pas, dit-il à Bilbow. Continuez à leur raconter que vous ne savez pas où je suis.

— A vos ordres, chef ! » acquiesça gaiement Bilbow.

Morgan avait passé la journée dans une succession confuse d'humeurs diverses : tristesse profonde, indifférence je-m'en-foutiste, apitoiement sur soi-même, plus les habituelles explosions de rage apocalyptique contre l'univers. Seule modification au programme : Murray n'était plus la cible principale de sa fureur vengeresse. Il s'en rendait compte : ses rapports avec Murray n'étaient plus les mêmes. La vieille division bien tranchée avait fait place à quelque chose de plus complexe et surprenant. La ligne de front avait disparu. Morgan trouvait tout à fait décourageante cette nouvelle tournure des événements qui semblait ne pas tenir compte de l'intransigeance de Murray au sujet de son rapport, pivot de son avenir en ce qui le concernait, lui, Morgan. Il n'arrivait pas à comprendre pourquoi il ne lui en tenait pas plus rigueur.

Le matin suivant, paisiblement couché dans le lit, il regardait Hazel s'habiller. Le soleil brillait à travers les lamelles des stores vénitiens. De la rue montaient les bruits assourdis de la circulation.

« A propos, où vas-tu ? demanda-t-il.

— Voter, naturellement, dit-elle.

— Zut, oui ! s'exclama-t-il. C'est vrai que c'est le jour des élections. Bon Dieu ! J'avais complètement oublié, tu sais. Pour qui vas-tu voter ? »

Hazel ramassa son sac et ajusta sa perruque. Il regretta d'avoir posé la question : il savait ce qu'elle allait répondre. Elle se retourna :

« PNK, dit-elle simplement. Pour un Kinjanja uni. »

La bonne humeur matinale de Morgan s'évanouit. Il songea soudain à son sort et au sinistre choix dont il disposait : ou bien il racontait tout à Fanshawe ou bien c'est Adekunlé qui le ferait. Il s'assit dans le lit, l'air grave :

« Je pense qu'il faut que tu saches, Hazel », dit-il.

Hazel s'arrêta sur le pas de la porte :

« Je crains que les choses ne changent bientôt.

— Comment ça ?

— Je crois que je vais peut-être partir. Retourner en Angleterre. »

Il scruta le visage d'Hazel pour y déchiffrer sa réaction.

La lèvre inférieure en avant, ses yeux en amande plissés, elle parut méditer la nouvelle :

« Pourquoi ?

— Eh bien... j'ai eu quelques ennuis, vois-tu, et en punition on va me renvoyer en Angleterre. »

Hazel haussa les épaules.

« Qu'est-ce que... quel effet ça te fait ? » s'enquit-il en lui faisant signe de s'approcher du lit.

Elle s'assit à côté de lui. Il la prit par les épaules :

« Tu seras triste ? demanda-t-il.

— Oh ! oui, dit-elle. Je ne veux pas que tu t'en ailles. »

Mais il ne lui vit pas la moindre larme aux yeux.

Morgan passa dans l'appartement d'Hazel toute la journée des élections — le 27. Au matin du 28, il rentra chez lui et trouva Greg Bilbow en train de boucler ses valises.

« Vous partez déjà ? demanda Morgan.

— Oui, dit Bilbow. Je prend un avion pour la capitale dans deux heures. Où diable étiez-vous donc ? ajouta-t-il avec amusement. Je n'ai jamais vu quelqu'un d'aussi demandé. Le téléphone n'a pas arrêté. Vos copains Fanshawe et Adekunlé, comme de bien entendu. Et puis aussi une bonne femme du nom de Célia.

— Oh ! là là ! », gémit Morgan en levant exagérément les yeux au ciel. Il avait oublié l'appel affolé de Célia le jour de Noël.

« Vous avez des ennuis ? s'enquit Bilbow avec sympathie.

— C'est le moins qu'on puisse dire !

— Désolé. Puis-je faire quoi que ce soit ?

— Non, non. Vous avez déjà été formidable comme service des abonnés absents. »

Bilbow sourit :

« Pas de problème. Sauf pour ce Fanshawe. Je pense qu'il a cru que j'étais vous prenant l'accent du Yorkshire.

Il n'arrêtait pas de dire " Allons Leafy, je sais que c'est vous ! Cessez de jouer ce jeu idiot, Leafy ! " »

Bilbow imitait à la perfection les accusations pompeuses de Fanshawe.

Morgan eut un rire gêné :

« C'est tout à fait ça, dit-il. Je vous emmène à l'aéroport. Je ne veux plus que vous preniez de taxi ! »

A sa grande surprise, Morgan réussit à acheter deux bouteilles de bière à la fille boudeuse du bar de l'aéroport. Elles n'étaient pas fraîches mais on ne pouvait pas tout avoir. Morgan et Bilbow s'assirent à une table pour attendre l'avion annoncé avec un retard de cinquante minutes. Ils burent leur bière en bavardant. Morgan fut étonné de se découvrir beaucoup de sympathie pour Bilbow. Il le trouva disert, plein d'humour et regretta de n'avoir pas passé plus de temps avec lui. Il le lui dit, après deux autres bières.

« Oui, je suis navré de m'être comporté si bizarrement depuis votre arrivée, dit Morgan. J'aurais pu vous balader un peu. Mais je pensais que vous resteriez plus longtemps. Votre sauterie anglo-kinjanjaise ne devait pas durer deux jours de plus ?

— Si, dit Bilbow. Mais on a tout annulé à cause de l'agitation estudiantine à l'Université. Il y a eu de grandes manifs hier. La police s'en est mêlée. Ça avait l'air de tourner vraiment au vinaigre. J'ai cru les élections responsables mais on m'a dit que c'était la menace de fermeture de l'Université le trimestre prochain. »

Morgan se tapa dans la paume :

« Bon Dieu ! les élections ! s'exclama-t-il. Je passe mon temps à les oublier ! Le dépouillement a lieu aujourd'hui. On devrait connaître les résultats tard dans l'après-midi. »

Il se demanda si une victoire du PNK pourrait désormais l'aider.

Des craquements de haut-parleur annoncèrent l'arrivée de l'avion de Bilbow :

« Une heure et dix minutes de retard seulement, observa gaiement Morgan. Les choses s'améliorent. »

Morgan sortait de son bain lorsque, dans l'après-midi, le téléphone sonna. Pieds nus et mouillés, il traversa le corridor pour se rendre au salon tout en passant sa robe de chambre.

« Allô ! Ici Leafy.

— Ah ! mon bon ami ! Vous êtes revenu de vos errances ? »

C'était Adekunlé. Morgan s'appuya contre le mur, les genoux faibles.

« Oui, dit-il. J'allais vous appeler. Je...

— Pour me féliciter, j'espère.

— Pardon ?

— Mon cher Mr. Leafy, vous n'écoutez pas le résultat des élections ? Nous avons gagné, mon ami. La victoire est à nous ! »

La voix d'Adekunlé exsudait la bonne humeur et la cordialité.

« Oh ! »

Morgan ne ressentait pas la moindre excitation. Il ne savait pas si c'était une bonne ou une mauvaise nouvelle.

« Félicitations !

— Quel enthousiasme ! dit Adekunlé, cynique. Enfin ce n'est qu'une petite majorité, semble-t-il, mais une majorité tout de même. » Il fit une pause. « J'ai essayé de vous téléphoner. Je suppose que vous avez poursuivi l'autre affaire. Le docteur Murray et notre accord.

— Ah ! oui justement. C'était quelque chose dont...

— L'avez-vous fait ou pas ? »

Morgan réfléchit rapidement :

« Non, dit-il, cherchant instinctivement refuge dans le mensonge. Je... j'ai sondé son humeur et, hum ! les conditions n'étaient vraiment pas assez favorables.

— Parfait, dit Adekunlé. Parfait.

— Que dites-vous ?

— J'ai dit : parfait. Vous me rassurez. C'est pour cela que j'essayais de vous joindre mais impossible de vous trouver : je voulais vous dire de ne rien faire pour le moment. »

Morgan s'assit par terre :

« Pourquoi ? murmura-t-il effondré.

— J'ai un autre plan. Je vous raconterai ce soir.

— Ce soir ?

— Oui, chez moi. Une petite fête avant que je prenne mes nouvelles fonctions dans le gouvernement. Disons huit heures ?

— Eh bien, c'est très aimable à vous de m'inviter mais...

— Mon bon ami, dit Adekunlé. Mangeons, buvons et réjouissons-nous comme dit le proverbe. Je compte sur vous. Au revoir. »

9.

Innocence avait été replacée dans sa position initiale. Les gris-gris s'étaient multipliés autour d'elle, la même étoffe recouvrait son corps. Morgan songea que c'était comme si rien ne s'était passé, comme si ces deux horribles nuits n'avaient pas existé. Il rendit sa torche à Ézéchiel. La chaude nuit africaine les enveloppait : à l'ouest subsistaient encore une mince échancrure orange vif, et des traînées de gris, de roses rougeâtres et de bleus métalliques qui frangeaient les nuages orageux à l'horizon.

« Ainsi, dit Morgan sans s'adresser à personne en particulier, elle est toujours là ? »

Isaac, Joseph et Ézéchiel hochèrent la tête :

« Quelqu'un a bougé elle, il y a trois jours, l'informa Isaac sur un ton pétri de suspicion.

— Je sais, dit Morgan. Mr. Fanshawe m'a raconté. Sale affaire. Mais je suis content qu'on l'ait rapportée.

— Ça y en a manquer de respect, affirma Ézéchiel.

— Eh bien, dit Morgan prenant tout à coup sa décision, vous pouvez dire à Maria d'amener le prêtre fétichiste demain. Je paierai », annonça-t-il.

Il y eut des murmures de surprise.

« Vous paierez, m'sieu ? voulut se faire confirmer Isaac.

— Je vous l'ai dit. Je paierai. Tout.

— Les funérailles aussi ? demanda Joseph.

— Oui, oui. On règle tout ça. Fini. Terminé.

— Ça y en a bon, déclara Ézéchiel. Très, très bon.

— Isaac, dit Morgan, si je te donne demain de l'argent, tu achètes la bière, la chèvre et le reste pour Maria ? OK ?

— D'acco'dac », accepta Isaac.

Ils firent leurs arrangements. Morgan nota que le coût avait grimpé à quatre-vingts livres maintenant qu'il payait. Ce serait une cérémonie particulièrement imposante, lui assura-t-on, et à laquelle il était cordialement invité. Il ne rechigna pas : si quelqu'un méritait des adieux décents c'était bien la pauvre Innocence. Il s'arrangerait pour se rembourser sur la caisse noire avant de partir.

Ils gagnèrent lentement l'extrémité du quartier. Des odeurs de cuisine montaient des brasiers. Une mama édentée traversa la nuit : ses seins flasques et bruns se balançaient dans la lumière de la lanterne qu'elle portait sur la tête. L'enfant qu'elle tenait à la main pointa son doigt sur Morgan en criant : « Oyibo, oyibo. » Homme blanc. Morgan se demanda s'il leur arrivait parfois de ne pas constater la chose.

Il renifla l'air :

« Il va pleuvoir ce soir ? s'enquit-il.

— Je crois que nous avoir petite pluie ce soir, m'sieu. »

Morgan fut sur le point de faire remarquer que la foudre ne tombait jamais deux fois au même endroit mais il préféra s'abstenir. Il leur dit qu'il les reverrait le lendemain matin et traversa la pelouse pour aller reprendre sa voiture.

Il rentra chez lui se changer pour la réception d'Adekunlé. En mettant sa chemise il cria à Vendredi de lui apporter un whisky soda. Vendredi lui donna son verre et se fit confirmer qu'il ne dînerait pas là. Morgan rejeta le smoking au profit d'un costume gris clair. Il le prit dans la penderie et s'aperçut alors que Vendredi s'attardait à la porte :

« Oui Vendredi ? Qu'y a-t-il ?

— S'il vous plaît, m'sieu. Laissez-moi vous avertir quelque chose.

— M'avertir ? Et de quoi ?

— Vous pas aller Nkongsamba demain. Je vous supplie, m'sieu.

— Et pourquoi donc mon Dieu ?

— Les soldats vont être là-bas.

— Des soldats ? De quoi parles-tu ? D'un coup ? Tu veux dire *un coup d'État* ?

— *Ah ! oui, c'est ça. Un coup d'État. Demain*[1].

— Comment le sais-tu ?

— Tout le monde il le sait.

— OK Vendredi. Merci. »

Le petit homme s'en fut. Quelles sottises, pensa Morgan. La nuit d'Innocence avait dû lui taper sur le système.

Au moment de partir, à huit heures moins dix, il se sentit comme un condamné à mort en sursis. Apprendre que, tout compte fait, il n'avait nul besoin de soudoyer Murray lui avait porté un coup. Toute cette humiliation, cette crise de conscience auraient pu être évitées, du moins pour l'instant. Adekunlé ne semblait avoir parlé que d'un ajournement, un changement provisoire de plans. En tout cas c'était fini maintenant et ce n'était pas nécessairement une mauvaise chose. Pour la première fois depuis plusieurs semaines, il sentait un peu d'ordre revenir dans sa vie grâce probablement au fait qu'il ne pouvait désormais plus faire grand-chose pour modifier ou influencer les événements. Il décida de suivre, dès maintenant, le conseil de Murray et d'aller se confesser à Fanshawe, privant ainsi Adekunlé de la satisfaction de mettre ses menaces à exécution. Bien sûr Fanshawe le limogerait quand même — ou recommanderait qu'on le fît — mais cela vaudrait mieux que de permettre à Adekunlé d'aller raconter des bobards. D'ailleurs, résolut-il, il ne donnerait pas non plus

---

1. En français dans le texte.

à Fanshawe le plaisir de le flanquer à la porte : il allait démissionner — raconter tout à Fanshawe puis lui présenter sa démission. L'idée le fit sourire : oui, c'était le mieux. Il mettait enfin de l'ordre dans sa vie — Innocence elle-même était en ordre pour ainsi dire : tout était prêt pour la veillée funèbre. Un seul petit nuage à l'horizon : Célia. Un élan de tendresse l'envahit en même temps que les souvenirs : Célia, la seule véritable histoire d'amour de sa vie — il s'en rendait compte avec étonnement — ou du moins ce qui s'en approchait le plus. Maintenant qu'il n'avait plus peur d'Adekunlé, il s'efforcerait de la voir davantage avant de prendre son billet de retour.

Sur la route de l'Université, une silhouette familière vêtue de noir surgit dans la lumière des phares : Femi Robinson qui gravissait péniblement la pente, une quantité d'affiches sous le bras. Morgan stoppa sur le bas-côté. Femi accourut au petit trot.

« Je peux vous déposer quelque part ? » offrit Morgan.

Il se sentait d'humeur généreuse et il n'avait rien contre Robinson : en fait il sympathisait avec lui. « Je vais jusqu'à l'Université », ajouta-t-il.

Robinson accepta avec joie, jeta son paquet sur le siège arrière et s'assit à côté de Morgan. PÉDAGOGIE OUI. DÉMAGOGIE NON, eut le temps de lire Morgan sur l'un des placards. Il remit la voiture en marche et reprit sa route. Ils se rendaient visiblement au même endroit.

« Alors vous nous avez abandonnés », dit Morgan en indiquant les affiches et en baissant la vitre au maximum : Robinson aurait idéalement incarné la Transpiration dans une pub allégorique pour déodorisant.

Robinson se renfrogna :

« Puisque les élections ont été gagnées comme vous l'entendiez il n'y a plus de raison de prévenir les gens. Alors ce soir nous protestons contre la présence des forces de police sur le campus de l'Université et les plans de fermeture pour le trimestre prochain.

— Mais le nouveau gouvernement ne va pas changer tout ça ? » demanda Morgan.

Robinson accueillit d'un rire méprisant cette démonstration de naïveté flagrante.

« C'est une plaisanterie, je suppose. Je vous l'ai dit : PUPK, PNK, c'est du pareil au même. Ils n'aiment pas que les étudiants les embêtent.

— Alors vous allez leur apporter votre soutien ?

— C'est mon devoir tant que je le peux. Je m'attends à ce que le PPK soit banni très bientôt. »

Morgan regarda Femi avec une certaine admiration. Il semblait perpétuellement à la recherche de nouvelles et insurmontables difficultés auxquelles s'attaquer.

« Eh bien, déclara-t-il, je dirai un petit mot gentil en votre faveur au nouveau ministre des Affaires Étrangères. »

Robinson se tourna brusquement vers lui :

« Vous allez déjà voir Adekunlé ? »

Morgan se mit à rire :

« Ne vous en faites pas, rien d'officiel — on célèbre la victoire, je crois.

— Je suppose que Fanshawe sera là, ricana Robinson, pour féliciter son pantin ! »

Il cracha le dernier mot avec venin.

Morgan n'avait pas envisagé cette éventualité. Il souhaita que Robinson se trompe.

« Adekunlé, le pantin de Fanshawe ? railla-t-il. C'est un peu ridicule, non ? »

Robinson se croisa les bras sur la poitrine :

« C'est ainsi que nous interprétons la collusion anglo-PNK précédant les élections. Comment voulez-vous que nous l'interprétions autrement ? »

Morgan ne trouva rien à répondre. Il espérait ne pas avoir gaffé en parlant de la réception d'Adekunlé. Il arrêta la voiture devant les grilles de l'Université :

« Je vous laisse ici Femi, si ça ne vous fait rien, dit-il. Je ne suis pas sûr que ce soit très sage pour moi d'être vu en train de transporter des révolutionnaires à leur manif. '»

Robinson ramassa ses placards :

« Merci pour la balade, dit-il. J'ai beaucoup apprécié notre conversation. Elle était du plus haut intérêt. »

Près de la maison d'Adekunlé, Morgan fut arrêté par un garde en uniforme qui lui enjoignit d'aller se garer à quelque distance de là. En approchant, il vit que l'espace immédiatement situé devant la maison avait été laissé vide et que les bâtiments étaient éclairés par des projecteurs. Il remarqua des haut-parleurs installés sur le balcon du premier étage et une douzaine de partisans du PNK debout devant la porte d'entrée. Il semblait qu'Adekunlé eût le projet de prononcer un discours de victoire aux fidèles du parti à un moment donné de la soirée. Le portail s'ouvrit dès que Morgan eut décliné son identité. Il entra et prit l'allée principale. Parmi plusieurs limousines d'aspect officiel, il reconnut, la mort dans l'âme, l'Austin Princess noire de Fanshawe, garée à côté de la Mercedes plutôt crasseuse de Muller. Les deux voitures arboraient leurs fanions nationaux respectifs sur le capot.

Peter, le chauffeur de la Commission, se raidit en un extravagant garde-à-vous au passage de Morgan.

« 'Soir, m'sieu », cria-t-il.

Morgan s'approcha :

« Salut, Peter. Mr. Fanshawe est là ?

— Oui, m'sieu. Moi y en apporter tout le monde.

— Tout le monde ?

— Oui, m'sieu. Mrs. Fanshawe, Mr. Dalmire et Miss Fanshawe aussi. »

Morgan regarda en direction de la maison. Les salons du rez-de-chaussée paraissaient remplis à craquer. Une petite célébration, avait dit Adekunlé.

« Il y a beaucoup de monde ? s'enquit-il.

— Oh ! oui, dit Peter. Tout plein, tout plein, missié. »

Morgan se fraya un chemin dans la cohue jusqu'au bar. L'ambiance était chaude, électrique, euphorique aussi, un peu comme dans une soirée de Nouvel An. Il gardait la tête baissée. Il ne voulait voir personne. Il était là uniquement parce qu'Adekunlé le lui avait ordonné. Il lutta pour atteindre le bar.

« Un grand whisky, s'il vous plaît. Et du soda.

— Salut, *toi !* » entendit-il.

Il se retourna : c'était Priscilla.

« Bonté divine ! dit-elle. Qu'est-il arrivé à ta figure ? Et tes cheveux ?

— Le pudding de Noël, expliqua-t-il. Trop de brandy. Je ne me suis pas rendu compte que c'était une matière aussi inflammable. »

Du cou au bout des pieds elle était désirable à couper le souffle, pensa-t-il : bronzée et respirant la santé, dans une robe crème au décolleté bateau.

« C'est donc pour ça qu'on ne t'a pas vu, dit-elle en mâchonnant une olive. Je crois que Papa essaie de te joindre depuis des jours et des jours.

— Vraiment ? dit Morgan, tâtant son sourcil en sparadrap d'une main et s'efforçant d'aplatir le duvet mousseux de son toupet de l'autre, j'étais en convalescence », ajouta-t-il en guise d'explication. Il changea de sujet : « Je croyais que Dickie et toi partiez en vacances après Noël ? Faire du ski, non ?

— C'est bien ça. En fait nous devrions nous en aller assez tôt d'ici parce que nous descendons cette nuit en voiture sur la capitale. Les avions décollent à une heure impossible à l'aube. Peter nous emmène dans la grosse voiture. Oh ! tiens, voilà Dickie ! »

Dalmire s'approcha, l'air jeune et soigné dans une veste de smoking blanche :

« Tiens, dit-il, le retour de l'Enfant Prodigue. Que diable t'es-tu donc fait au visage ? » Il se pencha pour chuchoter à l'oreille de Morgan : « Arthur veut te voir, Morgan. Je crois qu'il est plutôt en rogne !

— A propos de quoi ?

— D'Innocence surtout, je pense.

— C'est arrangé, maintenant.

— Et puis au sujet de la Duchesse aussi.

— Oh ! bon sang ! Je suppose qu'il vaut mieux en finir. Où est-il à présent ?

— De l'autre côté de la pièce. Sous cette espèce de masque là-bas. »

Morgan entreprit de se faufiler entre les grappes humaines dans la direction indiquée par Dalmire. Il était à mi-chemin, coincé entre une grosse dame kinjanjaise et un officiel du PNK gesticulant, quand il sentit quelqu'un le tirer par la manche : Denzil Jones.

« Salut Denzil. A tout à l'heure. Il faut que je voie Arthur.

— Juste un mot, Morgan. »

Jones se faufila plus près. Il avait l'air d'un chien battu. La transpiration brillait sur ses joues bleuâtres. Il jeta un coup d'œil nerveux autour de la pièce :

« Ça te dit quelque chose ? » demanda-t-il en glissant un bout de papier dans la main de Morgan : une facture de la clinique Adémola pour le traitement d'Hazel, clairement spécifié, avec la dose de pénicilline requise.

« Rien du tout ! dit Morgan l'air innocent. On t'a trop salé la note ? »

Il jura dans sa barbe : il avait donné de l'argent à Hazel pour régler la facture.

« C'est un foutu mensonge, mon vieux ! glapit Jones. Ce ne serait pas une de tes bonnes plaisanteries par hasard ? Parce que si c'est le cas, c'est pas très drôle. Pas drôle du tout ! » Il avait un air misérable : « Géraldine est devenue dingue. Elle a refusé de venir ici ce soir.

— Désolé, Denzil. Probablement un de ces salauds du Club. »

Il tapota l'épaule de Jones :

« Courage, vieux fils ! »

Il avait toujours eu envie de dire ça à Jones.

Il poursuivit sa progression difficile à travers la foule :

« Salut Arthur », dit-il.

Fanshawe était en grande tenue : spencer gèle-fesses, ceinture de gala, décorations.

« Morgan ! Où diable étiez-vous ? Et nom de Dieu qu'avez-vous fait à votre visage ?

— Un petit accident. J'étais, euh, en convalescence. J'avais besoin d'un peu de calme et de repos.

— Oh ! Merveilleux ! dit Fanshawe, lourdement sarcastique. Merveilleux ! Et Innocence alors, hein ? On la laisse tout bonnement pourrir ?

— Je l'ai ramenée, non ? » dit Morgan avec humeur.

Il expliqua les nouvelles dispositions qu'il avait prises et Fanshawe parut se calmer un peu.

« Tous les domestiques sont revenus à temps, je présume ? demanda Morgan, la réception s'est bien passée ? »

Fanshawe mit les mains sur les hanches :

« Bonne question. Oui en fait. Mais pourquoi n'étiez-vous pas là ?

— Je n'étais pas bien, je vous l'ai dit. Écoutez, Arthur...

— Vous nous avez manqué, vous savez, dit Fanshawe. Surtout à la Duchesse. Elle n'a pas cessé de demander où vous étiez, je ne sais pas pourquoi. Elle est devenue de très mauvaise humeur quand elle a vu que vous ne veniez pas. » Il réfléchit : « Drôle de femme... très agréable, remarquez. Mais votre absence a paru beaucoup la fâcher. » Il regarda Morgan d'un air soupçonneux : « Vous voyez pourquoi ?

— Ça me dépasse, dit Morgan. Écoutez, Arthur, il faut que je vous parle au sujet de quelque chose de très important.

— Enfin, dit Fanshawe sans l'écouter et en lui tapant

sur l'épaule, oublions le passé et le reste ! » Il montra la foule d'un geste : « Tout est bien qui finit, etc. » Il baissa la voix : « Pinacle semble payer des dividendes. Un coup de pot pour nous tous.

— C'est de cela dont je voudrais vous parler, Arthur. Je...

— Ciel ! »

Chloé Fanshawe bouscula deux invités pour venir interrompre leur conversation :

« Qu'est-il arrivé à votre visage ? Et vos cheveux ? »

Elle portait une robe rose shocking incrustée de broderies d'argent et un triple rang de perles incrusté dans les plis de son cou. Elle devait avoir reteint ses cheveux, si intense était leur noirceur qui donnait à sa peau la consistance et la blancheur du rahat loukoum.

« Mon cadeau de Noël, improvisa Morgan. Un briquet. J'ai réglé la flamme à l'envers. J'ai allumé une cigarette et whompff !

— Mon Dieu, quel dommage... Arthur, viens. Je veux que tu rencontres... »

Morgan se relança à coups de poing vers le bar. Il était évident qu'il ne réussirait pas à annoncer sa démission à Fanshawe ce soir. Il remplit son verre. Il remarqua Dalmire et Priscilla en tendre conversation, et sa vieille jalousie le reprit un instant. Il se détourna et vit approcher Georg Muller et sa fille Liesl. Morgan leva son verre en guise de salut. Il connaissait bien Liesl : elle venait chaque année à Noël.

« Je voudrais bien te faire une bise, dit Liesl, mais je ne voudrais pas te faire mal !

— Ha ha ! » dit Morgan.

Il commençait à en avoir assez de raconter l'histoire de son visage.

« Que s'est-il passé ? demanda Muller, toujours aussi élégant dans une tenue de brousse verte et froissée.

— Eh bien, il y avait ce bébé enfermé dans une maison

en flammes et... oh! peu importe. Comment vas-tu, Liesl? Tu as l'air en pleine forme.

— Je vais bien », dit-elle. Avec ses hauts talons elle le dépassait de près de dix centimètres. « J'aimerais pouvoir te retourner le compliment mais le Kinjanja ne semble pas te réussir.

— Tu parles! dit Morgan avec conviction.

— Les Britanniques sont en force ici ce soir, observa Muller ironique. Vous devez être tous très contents des élections. »

Morgan haussa les épaules :

« Ça dépend du point de vue. »

Muller se mit à rire :

« Vous êtes un petit malin, Morgan. Je n'ai pas oublié notre dernière rencontre. »

Il y eut un silence inconfortable. Morgan comprit brusquement que Muller lui en voulait, pensant qu'il avait manœuvré en secret avec Adekunlé et le PNK.

Liesl brisa la glace :

« En tout cas le nouveau gouvernement traverse déjà sa première crise. On m'a dit que les étudiants avaient occupé les bâtiments administratifs. On a fait venir les compagnies de sécurité.

— Je viens de parler au vice-chancelier, dit Muller. Son Noël a été très troublé.

— Je me mets à sa place », dit Morgan.

Juste à cet instant, Adekunlé arriva : les invités s'écartèrent docilement sur son passage comme la mer Rouge devant Moïse. Morgan sentit sa jambe droite commencer à flageoler.

« Georg, mon ami, dit Adekunlé d'une voix de stentor, puis-je vous enlever pour un instant notre Mr. Leafy avec ses plaies et bosses ? »

Muller fit une courbette d'acquiescement et Morgan se mit dans le sillage des robes flottantes d'Adekunlé pour traverser la pièce et gagner le calme du bureau.

Adekunlé appuya avec précaution son vaste corps contre le rebord de sa table.

« Eh bien ? dit-il.

— Pardon. » Morgan avait du mal à se concentrer. « Félicitations pour votre succès.

— Merci, dit Adekunlé gracieusement. Mais je pensais surtout à·notre propre pacte. Vous m'avez dit que vous aviez finalement décidé de ne pas soumettre notre proposition au docteur Murray.

— C'est exact, mentit Morgan, qui avait décidé de pacifier Adekunlé jusqu'à ce qu'il ait pu parler à Fanshawe. Ce n'était pas le moment. Son humeur... il n'aurait pas marché. Je l'ai tout de suite senti. »

Adekunlé alluma une cigarette :

« Vous êtes sûr ? Vous ne lui avez rien dit ? Parce que désormais nous avons d'autres plans. Avoir à payer Murray serait extrêmement ennuyeux.

— Il a toujours l'intention de faire un rapport négatif sur le site, expliqua Morgan, qui pour une fois disait la vérité. Enfin je le présume, ajouta-t-il.

— Bien. »

Morgan demeura perplexe :

« Comment ça, " bien " ? »

Adekunlé le regarda :

« Disons que je me suis découvert un... un « cousin » dans les bureaux du Conseil de l'Université. Il suffira maintenant d'égarer les minutes de la réunion du Comité des Bâtiments, Sites et Travaux après que Murray aura mis son veto. » Il fit des ronds de fumée, un sourire de satisfaction aux lèvres : « Une méthode simple, efficace et, tout pesé, bien meilleur marché. Je suis seulement désolé de ne pas avoir pu la mettre au point plus tôt. Je vous aurait ainsi évité des, comment dirais-je ? — des affres de conscience, des soucis peut-être ? »

Il fit tomber ses cendres dans un cendrier de verre épais que Morgan eut envie de lui jeter à la tête. Ainsi le

rapport de Murray serait intercepté. Et maintenant qu'A-
dekunlé était ministre des Affaires Étrangères il ne voyait
pas comment Murray pourrait produire de réelles charges
contre lui. Il y aurait peut-être un peu de scandale mais,
étant donné les mœurs politiques kinjanjaises, cela ne
ferait pas la moindre différence. Il se sentit soudain navré
pour Murray et son combat solitaire pour la « justice ».
Mais il n'était pas assez puissant. Les Adekunlé de ce
monde l'emportaient toujours.

« Ah ! et moi alors qu'est-ce que je fais ? demanda-t-il
d'une voix plus faible qu'il ne l'eût souhaité.

— Oui justement, et vous, Mr. Leafy ? Je pense que
pour un temps nous allons vous laisser au vert, comme on
dit. Vous me devez toujours une considérable " obligation " comme je suis sûr que vous le reconnaîtrez vous-
même. Je peux imaginer un moment dans l'avenir où il
vous sera possible de payer cette dette. »

Morgan comprit alors que c'en était définitivement fait
de sa carrière. Il avait eu le vague espoir qu'Adekunlé, à
présent que tout lui avait si bien réussi, et dans une sorte
d'amnistie post-électorale, le libérerait. Il était content
d'avoir décidé de démissionner : il lui aurait été impossible
de rester à la Commission comme l'homme de paille
d'Adekunlé — plus maintenant. Une curieuse impression
de soulagement se mêlait à son désespoir. Dans un sens il
serait heureux d'en terminer une fois pour toutes avec
cette farce — de s'extirper de ce réseau de mensonges et de
duplicité. Tu as intérêt à te manier le train, espèce de gros
salaud, jura-t-il silencieusement à l'intention d'Adekunlé,
parce que je ne vais pas traîner ici beaucoup plus
longtemps.

Le téléphone sonna sur le bureau. Adekunlé prit
l'appareil :

« Oui, dit-il sèchement. Quoi ?... Ces foutus imbéciles !
OK, OK, envoyez-les. Il faut en finir ce soir, vous avez
compris ? »

Il raccrocha.

« Ces étudiants, dit-il. Ça met le feu aux voitures, ça détruit les archives. On ne peut pas les laisser faire.

— Non, sûrement pas, acquiesça Morgan. C'est honteux. »

Par la fenêtre de la salle de bains du premier étage, Morgan, le regard trouble, essaya de distinguer au-delà de l'éclat des projecteurs. Il venait de vomir dans les cabinets — résultat de deux gins, un champagne orange, un whisky et un Drambuie qu'il avait bus l'un après l'autre en sortant du bureau d'Adekunlé, raflant les boissons sur les plateaux des serviteurs comme s'il avait cherché à battre un record du monde de l'ivrognerie. Pour célébrer la fin de son existence, s'était-il dit.

Comme d'habitude, après avoir été malade de trop boire, il se sentait à la fois mieux et plus mal. Il emprunta une brosse et se lava les dents. Dehors la foule n'avait guère grossi et demeurait calme et docile. Pas vraiment un raz de marée populaire cette victoire se dit-il. Il se demanda quand Adekunlé ferait son discours. Il ouvrit la fenêtre et tendit l'oreille : il crut entendre scander des slogans qui lui parurent augmenter de volume — des renforts de militants sans doute.

Il sortit de la salle de bains et s'avança d'un pas mal assuré vers l'escalier. Il lui fallait aller reboire un peu, tenter d'oublier le sinistre avenir qui s'ouvrait fatalement devant lui. Priscilla, Adekunlé, Fanshawe, Pinacle, Innocence : trop, c'était trop. Il avait essayé, il s'était battu mais il ne pouvait plus soutenir le rythme. Le combat avait été trop inégal : il était temps de capituler.

« Psst, Morgan ! »

Surpris, il regarda autour de lui. Célia apparut sur le pas d'une porte et lui fit signe d'entrer. Célia ! Elle referma derrière lui et ils s'étreignirent. Il était content de s'être lavé les dents. Pour autant qu'il pouvait s'en rendre compte ils se trouvaient dans une chambre d'invités. Célia n'avait pas allumé.

« Où étais-tu ? demanda-t-il, la langue un peu pâteuse. Je ne t'ai pas vue en bas.

— J'allais te poser la même question. Tu m'avais dit de te retéléphoner, tu te rappelles ? dit-elle d'un ton de reproche peiné. J'ai passé mon temps à avoir au bout du fil ce type du Yorkshire qui disait ne pas savoir où tu étais.

— J'étais... j'étais en voyage », dit Morgan. Il lui caressa les cheveux, lui embrassa les joues : « J'avais une affaire à régler. » Il l'attira contre lui : « Tu m'as manqué, Célia, commença-t-il mais elle le repoussa.

— C'est Sam, dit-elle avec désespoir. C'est décidé. Je le quitte. Il faut que tu m'aides.

— Célia, Célia, se plaignit-il gentiment. Ne recommence pas. Je sais que c'est un salaud mais comment peux-tu le quitter ? Et les enfants ? »

Elle avait abordé ce sujet une ou deux fois auparavant mais il avait toujours réussi à l'arrêter avant qu'elle n'aille plus loin.

« Non, c'est décidé, dit-elle dans un chuchotement aigu. J'ai un plan. »

Il écarquilla nerveusement les yeux, alarmé par sa véhémence : elle lui donnait l'impression d'être sur le point de craquer.

« Mais je ne peux pas t'aider, Célia, expliqua-t-il patiemment. Plus maintenant. Je ne suis pas en position de le faire. Je ne...

— Qu'est-ce que tu racontes ? coupa-t-elle avec irritation. Tu es le seul qui puisse. Tu es le seul qui en ait l'autorité. »

Il se sentit vaguement flatté par cette référence à son ingéniosité masculine. Il voulut l'enlacer de nouveau mais elle le repoussa.

« Célia, ma chérie, dit-il, tu as tout mon soutien et

mon... affection. » Il avait failli dire « amour » mais pas quand elle était de cette humeur. « Et tu es quelqu'un de tout à fait à part pour moi. » Il laissa échapper un ricanement amer : « Tu es ce qui m'est arrivé de mieux dans cette saloperie de pays. Non... » Elle essayait de l'interrompre et il tendit la main avec une insistance d'ivrogne : « Non, je t'assure. Je me sens plus près de toi que de n'importe qui d'autre. Honnêtement, dit-il sincère, c'est ce qu'il y a de si affreux. C'est la seule chose qui me bouleverse à l'idée de partir, ma chérie. Je ne veux pas te quitter.

— *Partir ?* souffla-t-elle. Que veux-tu dire par " partir " ? »

Il essaya d'aplatir ses frisettes de barbe-à-papa.

« Je me suis fourré dans un fichu pétrin, dit-il, jugeant plus sage de ne pas impliquer Adekunlé. C'est ma faute. Stupide mais très grave. Je vais perdre mon job, alors je démissionne. Demain. Je rentre en Angleterre. »

Célia laissa échapper un cri étouffé :

« Mais tu ne peux pas me faire ça !

— Peux pas quoi, ma chérie ?

— Tu ne peux pas démissionner. »

Il lui sourit tendrement :

« Il le faut, dit-il. Je suis dans une embrouille terrible. Si tu savais, tu comprendrais que c'est la seule issue. Il n'y a pas d'autre solution. »

Il vit dans l'obscurité les larmes ruisseler sur ses joues. Son cœur se gonfla : elle était loyale, elle tenait à lui.

« Non ! dit-elle dans un sanglot rauque d'affolement. Non, tu ne peux pas démissionner. Tu ne peux pas, répéta-t-elle, tu ne peux pas, pas encore. J'ai besoin de toi. J'ai besoin de toi pour le visa. Tu es le seul qui puisse me donner un visa.

— Un visa ? Quel visa ? »

Elle lui frappa la poitrine de ses petits poings :

« Il faut que tu m'obtiennes un visa pour l'Angleterre,

sanglota-t-elle, le visage déformé par le chagrin et le désarroi. Je suis kinjanjaise. J'ai un passeport kinjanjais. Je ne peux pas rentrer dans mon pays sans un visa et il n'y a que toi qui puisses m'en donner un ! »

Elle tomba lentement à genoux sur le plancher.

Morgan demeura pétrifié. Comme si son corps, une seconde, s'était arrêté de fonctionner. Il fit mentalement un bref retour en arrière sur leurs premières rencontres. Il se rappelait maintenant ces questions innocentes — pratiquement depuis le début — à propos de son travail et de ses responsabilités, sa brève inquiétude au moment de l'arrivée de Dalmire, son soulagement de découvrir qu'il était toujours en fonction. Il laissa échapper un long soupir tremblant tandis que la vérité lui assenait un coup déchirant : il n'avait été qu'un rouage dans ses plans d'évasion, un rouage important mais un rouage néanmoins. Elle ne pouvait pas rentrer librement en Angleterre avec son passeport kinjanjais : elle avait besoin d'un visa. Alors elle avait cherché quelqu'un qui pût lui en procurer un sans que son mari le sût.

Morgan la regardait pleurer, effondrée par terre. Tu t'es encore fait avoir, Leafy, se dit-il. Pauvre cloche ! Il était furieux de sa prétention, furieux et amer de s'être convaincu qu'il y avait eu dans cette histoire quelque chose de spécial, de différent. C'était comme tout le reste, se dit-il tristement cynique, exactement pareil. Mais en réalité qu'est-ce que cela pouvait lui faire ? Il était un aristocrate de la douleur et de la frustration, un prince de l'angoisse et de la honte. Il alla vers la porte.

« Je suis désolé, Célia. Mais c'est désormais trop tard. »

Une fois sur le palier, il s'essuya les yeux, respira deux ou trois bonnes fois et bourra de coups de poing sauvages un adversaire invisible. Bizarrement il découvrait qu'il ne haïssait pas Célia, qu'il ne lui en voulait pas. Il n'en voulait qu'à lui-même de n'avoir pas su deviner la vérité. Murray avait raison : toujours le vieux piège, être et paraître, et il s'y était laissé prendre une fois de plus. Où était cette pénétrante intuition dont il se flattait ? Où était cet œil de lynx qui perçait la duplicité et le mensonge, ce juge infaillible des motivations humaines ? Un bourdonnement sourd envahit ses oreilles. Il s'appuya au mur et ferma les yeux mais le bruit persista. Il rouvrit les yeux et réalisa que le son venait du dehors. Il courut à la fenêtre : la foule paraissait soudain énorme. Au-delà du jardin illuminé, une masse sombre se pressait contre les barbelés et envahissait la route. Ils scandaient quelque chose. Il distingua une frêle silhouette noire qui orchestrait les cris avec un porte-voix. Il écouta attentivement : il n'en croyait pas ses oreilles : « FANSHAWE ! criait la foule. FAN-SHAWE ! FAN-SHAWE ! FAN-SHAWE ! »

Morgan dégringola les escaliers. Les invités avaient reculé contre le mur le plus éloigné des manifestants. Les conversations continuaient, mais assourdies et contraintes, et les gens se préoccupaient surtout de repérer les éventuelles portes de secours, comme dans un club au système de sécurité notoirement défaillant. Le personnel de la Commission s'était regroupé d'un côté, l'air de plus en plus mal à l'aise. Morgan les rejoignit :

« Que se passe-t-il ? demanda-t-il.

— On allait partir, dit Fanshawe nerveux. Dick et Priss doivent attraper leur avion dans la capitale. » Il avala sa salive.

« Peter avait amené la voiture devant la porte. On a vu cette énorme foule. On a pensé qu'il s'agissait de supporters du PNK mais, dès que je suis sorti, ils sont devenus fous. Hurlant, criant des insultes.

— Ouais, fit Jones en chœur antique, comme à un signal : FAN-SHAWE, FAN-SHAWE.

— Merci, Denzil, aboya Fanshawe. On sait ce qu'ils disent.

— Quelle est la raison de tout ceci, Morgan ? »

Tout le monde le regardait.

« Pourquoi me demandez-vous ça à moi ? protesta Morgan. Je n'en sais rien. »

Mais avant qu'un autre mot ait pu être prononcé, il y eut un bruit de verre brisé à l'étage au-dessus et des cris de femmes, suivis d'un jet de pierres contre la maison. Les invités se dispersèrent dans la confusion : les gens couraient, hurlaient, se jetaient à quatre pattes sous les tables, se rassemblaient en groupes affolés tandis que pierres et cailloux volaient à travers les portes-fenêtres et rebondissaient sur le tapis. Chaises et divans furent retournés en manière de barricades derrière lesquelles s'accroupirent les invités terrifiés.

Morgan se précipita à la porte d'entrée et l'entrebâilla. Il eut le temps d'apercevoir Peter qui abandonnait la voiture de la Commission et se sauvait en courant. Au bout de l'allée, à une trentaine de mètres de là, une rangée de domestiques en uniforme surveillaient les portes closes. Et au-delà, tenant un porte-voix, se dressait la frêle silhouette noire de Femi Robinson.

« L'ANGLETERRE DEHORS ! PAS D'INGÉRENCE EXTÉRIEURE DANS L'AUTONOMIE KINJANJAISE », hurlait-il, avec emphase.

Incapable de scander ce slogan, la foule se contenta des cris de FAN-SHAWE, FAN-SHAWE, FAN-SHAWE.

Une pierre vint s'écraser contre la porte. Oh ! bon dieu, songea Morgan, c'est moi qui lui ai dit qu'on serait ici. Robinson devait avoir convaincu un bon nombre de manifestants que leurs protestations seraient plus efficacement dirigées contre Fanshawe que contre les autorités universitaires. Quelle occasion en or pour eux : les conspirateurs en train de fêter la victoire. Morgan se sentit nauséeux. Il regarda autour de lui et vit l'objet de la colère populaire tout aussi blanc de peur.

« Comment ont-ils su que je venais ici ? gémit Fanshawe. Morgan c'est... Vous devez faire quelque chose.

— Moi ? »

D'autres cris et gémissements s'élevèrent parmi les invités tandis qu'une seconde volée de missiles venaient s'écraser contre la maison. Morgan vit Adekunlé et Muller s'avancer à grands pas vers lui :

« Est-ce votre œuvre, mon ami ? siffla Adelunké.

— Moi ? répéta Morgan, suffoqué de se voir toujours ainsi distingué. Pour l'amour de Dieu, non !

— ADEKUNLÉ EST UN PANTIN À LA SOLDE DES ANGLAIS, hurla dehors Robinson.

— FAN-SHAWE, FAN-SHAWE, FAN-SHAWE ! approuva la foule.

— Étudiants ! » Adekunlé cracha le mot. « Téléphonez à la police », ordonna-t-il à un de ses assistants.

Muller risqua un œil par la porte entrouverte :

« Ce portail va bientôt céder, dit-il calmement. Regardez. Ils sont en train de brûler l'Union Jack maintenant. »

Morgan regarda par-dessus son épaule et confirma les faits.

« FAN-SHAWE, FAN-SHAWE », scandait inlassablement la foule. Un nom très chantant, pensa Morgan.

« Mon Dieu, que se passera-t-il s'ils enfoncent le portail ? » glapit Fanshawe terrifié à l'adresse de sa femme, Jones, Dalmire et Priscilla qui avaient rejoint le groupe dans le hall. Ils plongèrent tous tandis qu'une autre fenêtre volait en éclats quelque part au-dessus de leurs têtes.

« LE PNK EST UN PARTI POLITIQUE BRITAN-NIQUE, clamait la voix amplifiée de Robinson.

— C'est scandaleux, intolérable, tonna Adekunlé. On démolit ma maison, on ruine ma réputation. Je suis censé faire un discours de victoire. Les journalistes et la télévision seront ici dans une heure. »

Ses mots furent pratiquement noyés dans des FAN-SHAWE, FAN-SHAWE rythmés bruyamment par des centaines de gosiers à la limite de leurs forces.

« Il me semble qu'ils n'en veulent qu'à vous, les

Anglais, dit froidement Muller. Ils n'ont rien contre nous autres. Si vous partez, ils nous laisseront peut-être tranquilles.

— Eh bien ça alors ! explosa Mrs. Fanshawe, dont le regard incendiait le corps frêle de Muller.

— Réflexion typique d'un foutu boche, jappa Fanshawe à ses côtés.

— Ouais, ajouta Jones, patriote, qui a gagné la guerre, mon gars, hein ? Réponds-moi si tu es un homme !

— Papa, papa, que va-t-on faire ? » geignit Priscilla. Dalmire la serra contre lui pour la rassurer.

« FANSHAWE EST UN CRIMINEL FASCISTE ET IMPÉRIALISTE », trompetta Robinson, ce qui déclencha dans la foule des hurlements d'approbation à glacer le sang.

« Il faut que vous foutiez le camp, hurla brusquement Adekunlé. Foutez le camp ! Foutez le camp de chez moi ! Je vous l'ordonne ! »

Ses yeux s'écarquillaient de terreur panique.

« Minute !, répliqua Morgan en colère. On ne peut pas sortir comme ça. On va se faire lapider. »

Comme pour souligner son propos, une autre volée de pierres s'écrasa contre la porte.

« Je m'en fous ! clama Adekunlé. Muller a raison. C'est à vous seulement qu'ils en veulent. Rentrez chez vous. Allez vous battre sur votre propre terrain. »

Comme dit le proverbe, pensa Morgan sarcastique. Il n'avait jamais vu une telle bande de poltrons.

« Écoutez, dit-il, j'ai une idée. » Toutes les têtes se tournèrent vers lui. « C'est Arthur qu'ils veulent n'est-ce pas ? Alors, donnons-leur Arthur.

— Leafy ! brailla Fanshawe, reculant sur ses talons. Vous devenez fous ? Que dites-vous mon vieux ?

— Pas *vous*, Arthur », dit-il. Un élan de confiance s'emparait de lui : « *Moi*. Je vais sortir à votre place pour les tromper. Je ferai diversion et, à ce moment-là, vous autres vous pourrez vous enfuir. »

Le silence se fit brusquement dans le hall tandis qu'on réfléchissait. Morgan se demanda ce qui l'avait poussé à suggérer ce plan. La boisson. Oui. Le remords aussi. Mais surtout le désir de sortir de là, de *faire* quelque chose.

« Mais comment sauront-ils que c'est moi et pas vous ? demanda Fanshawe, avec une lueur tremblotante d'espoir dans le regard.

— Je prendrai votre voiture, dit Morgan. Vous prendrez la mienne : elle est garée le long de la route. Partez immédiatement en direction de la capitale et du Haut-Commissariat. Dickie et Priscilla pourront même attraper leur avion. » Il fourra ses clés dans la main de Fanshawe. « Et, ajouta-t-il dans une soudaine inspiration, laissez-moi mettre votre smoking. Dites aux gardes d'ouvrir le portail et je foncerai à tout berzingue.

— Ça va peut-être marcher, dit Muller.

— Allez-y », commanda Adekunlé.

Morgan et Fanshawe échangèrent leurs tenues aussi rapidement qu'ils le purent, tandis que les dames présentes se retournaient pudiquement. La veste et le pantalon de Fanshawe emprisonnaient Morgan comme une seconde peau : épaules comprimées, torse protubérant, manches à mi-bras, cinq centimètres de mollets visibles entre l'ourlet du pantalon et le haut des chaussettes.

« C'est un peu étroit, non ? dit Mrs. Fanshawe, élevant le ton pour se faire entendre par-dessus le flux et le reflux du nom de son mari que hurlait la foule, dehors.

— C'est seulement pour donner le change, haleta Morgan en nouant hâtivement un nœud papillon. Ils ne verront qu'une silhouette en noir et blanc foncer vers la voiture. »

Adekunlé, pendant ce temps, ordonnait à un domestique d'aller avertir les gardes, aux grilles du portail : à contrecœur, l'homme se glissa dehors et dévala la pelouse pour aller transmettre les consignes.

« OK ? interrogea Morgan, pressé de partir avant d'avoir changé d'idée.

— Il te faut une moustache », suggéra Dalmire.

Priscilla fouilla dans son sac à main et en extirpa un crayon gras à sourcils. Elle dessina une moustache sur la lèvre supérieure de Morgan.

« De quoi ai-je l'air ? » s'enquit-il, et tout le monde fut pris d'un fou rire nerveux.

« Bon, fit-il, allons-y ! Dès que la foule se dispersera, montez dans ma voiture et partez. Aussi bien, ils sont capables d'attaquer la Commission demain ! »

Il se posta près de la porte, prêt à l'action. Il se sentait étonnamment calme. Et content de sortir de cette maison. Il en avait marre de faire le con dans ce pays.

« Attendez ! annonça brusquement Mrs. Fanshawe. Je vous accompagne. Ce sera beaucoup plus convaincant si nous sortons tous les deux. Il n'est pas vraisemblable qu'Arthur s'enfuie sans moi.

— Non, Maman ! cria Priscilla.

— Chloé ! Je ne peux pas accepter ça ! renchérit Fanshawe.

— Ridicule ! s'exclama Mrs. Fanshawe. En partant d'ici, allez à la Résidence et nous essaierons de vous y rejoindre. N'attendez pas trop longtemps. Si nous sommes retenus, partez pour la capitale. Je peux aller habiter chez des tas de gens jusqu'à ce que le calme soit rétabli. Je ne cours absolument aucun danger. »

Elle ne voulut entendre aucun argument contraire.

« Vous n'êtes pas d'accord, Morgan ? demanda-t-elle.

— Une brillante idée, approuva Adekunlé.

— Eh bien, ça fera certainement plus vrai, reconnut Morgan. Mais vous êtes certaine... ?

— Bien sûr que je le suis ! »

Elle dit au revoir à sa famille : Fanshawe, l'air lamentable d'un clochard habillé par l'Armée du Salut, Dalmire et Priscilla jeunes et beaux (Priscilla reniflant un peu mais probablement ravie de ne pas rater ses sports d'hiver, dit Morgan). Adekunlé et Muller se tenaient debout derrière eux. Adekunlé furieux et outragé, Muller parfaitement indifférent. A l'arrière-plan, misérablement tassée sur les escaliers, Célia.

Sur un signe de tête échangé, Morgan et Mrs. Fanshawe marquèrent un temps d'arrêt à la porte puis l'ouvrirent brusquement et dévalèrent les marches jusqu'à la voiture. Une immense clameur s'éleva de la foule, derrière la clôture, à la vue de l'objet de leur venin et une nouvelle salve de cailloux s'ensuivit. Morgan sauta derrière le volant et claqua la portière tandis que Mrs. Fanshawe faisait de même de son côté presque simultanément. Peter avait, Dieu merci, laissé les clés sur le tableau de bord et Morgan mit le moteur en marche. Les pierres rebondirent sur la carrosserie. La foule marcha sur les barrières avec des cris et des hurlements.

« Accroupissez-vous ! hurla Morgan. On y va ! »

Il passa les vitesses et, couché sur le volant, la main collée à l'avertisseur, il accéléra à fond dans l'allée. Prise de court par cette soudaine et tonitruante attaque, la foule massée près du portail reflua terrifiée, craignant d'être fauchée. Les gardes ouvrirent en grand les grilles qu'en quelques secondes la grosse voiture dépassa en trombe. Morgan lança brutalement son véhicule dont toutes les vitres éclatèrent simultanément tandis qu'un barrage de bâtons, de bouteilles et de pierres s'abattait sur ce nouvel objectif. Il entrevit Femi Robinson qui, fou de rage, s'extirpait d'un buisson en brandissant son mégaphone. Tout en ménageant de son coude un trou dans le pare-brise étoilé, Morgan accéléra. Massés des deux côtés de la route, les manifestants bombardaient la voiture lancée à toute allure. Un petit caillou traversa la vitre droite et vint rebondir sur le crâne de Morgan. Il fit machinalement une embardée : l'auto quitta la route pour aller s'enfoncer dans un fossé peu profond. Morgan jeta un coup d'œil rapide en arrière et vit la foule lancée à sa poursuite, les meneurs à trente ou quarante mètres à peine. Affolé, il passa en première, appuya sur l'accélérateur et, les roues arrière tournant furieusement dans un grand jaillissement de poussière et de graviers, il projeta la voiture hors du fossé. Sans réfléchir à la direction, Morgan prit le premier tournant venu, continua jusqu'à un autre embranchement, vira à gauche, à droite puis encore à droite. Très vite, toute rumeur de poursuite s'éteignit. Il continua le long des étroites avenues bordées d'arbres et de maisons bien sages, suant de panique, le vent sifflant à travers les vitres en miettes, frais sur son visage.

« Je crois qu'on s'en est tiré, dit-il, la voix rauque, à Mrs. Fanshawe.

— Oui, répliqua-t-elle calmement, en se réinstallant sur son siège. Croyez-vous... Croyez-vous que les autres auront pu partir ?

— Je pense que oui. On a créé assez de diversion. Et puis il est clair qu'ils en avaient après nous... je veux dire Arthur.

— Pauvre Arthur, dit Mrs. Fanshawe, portant sa main à sa bouche. Il va être tellement bouleversé par tout cela. »

Morgan ne fit aucun commentaire. Il examina l'avenue devant lui. Il ignorait totalement où ils se trouvaient.

La zone résidentielle du campus était un labyrinthe d'avenues sombres et tranquilles. Il jeta un coup d'œil sur Mrs. Fanshawe. Elle n'avait pratiquement rien dit, pas crié ni fait la moindre histoire. Elle s'était contentée de se cramponner à son siège. Il était impressionné. Ils atteignirent un carrefour et il arrêta la voiture.

« Vous avez une idée de la direction ? demanda-t-il.

— Oh ! Mon Dieu ! Vous avez du sang sur le visage », dit-elle.

Morgan se tâta le front au-dessus de l'œil droit. Il en retira ses doigts humides et sombres :

« J'ai été touché par une pierre, dit-il. Plus de peur que de mal. Juste une égratignure, ajouta-t-il bravement.

— Je crois que si vous tournez à gauche, nous reviendrons vers l'entrée principale. »

Morgan suivit son conseil. Il remarqua que les avenues étaient étrangement désertes. Ils n'avaient rencontré aucune autre voiture et la plupart des maisons étaient plongées dans le noir. Panneaux étanches rabattus et hublots vissés contre les flots révolutionnaires du campus, se dit Morgan. Il entendit le grondement sourd du tonnerre : la pluie promise arrivait.

« L'orage, commenta-t-il, simplement pour dire quelque chose. Ça devrait un peu doucher leur ardeur. »

Ils prirent un virage en épingle à cheveux. C'est alors que les phares éclairèrent la silhouette solitaire d'un homme debout à un carrefour. Morgan le dépassa puis freina à fond.

« Pourquoi vous arrêtez-vous ? s'enquit Mrs. Fanshawe, surprise.

— C'est Murray !

— Qui ?

— Murray. Le docteur Murray. Cet homme là-bas, debout sur la route.

— Et alors ?

— J'ai... j'ai quelque chose à lui dire. J'en ai pour une seconde. »

Morgan sortit de la voiture et repartit en courant dans l'autre sens.

« Docteur Murray ! appela-t-il. Alex ! C'est moi, Morgan Leafy ! »

Murray, vêtu de sa tenue habituelle, pantalon de flanelle grise, chemise blanche et cravate, attendait debout sur le bas-côté de la route. Il dévisagea attentivement Morgan dans l'obscurité :

« Que diable vous est-il arrivé ? » demanda-t-il sur un ton de réelle surprise. Morgan se rendit soudain compte de l'incroyable dégaine qu'il devait avoir avec son smoking trop étroit, sa moustache au crayon gras, son sourcil de sparadrap et son front ensanglanté. Il raconta à Murray l'émeute devant la maison d'Adekunlé.

« Mrs. Fanshawe et moi nous sommes échappés, conclut-il. Je crois aussi que nous avons emmené la foule avec nous.

— Quel héroïsme ! dit Murray sèchement. Je ne continuerais pas plus loin sur cette route, si j'étais vous, poursuivit-il. Il y a une bataille rangée entre la police et les étudiants qui occupent les bâtiments administratifs. Vous allez tomber en plein dedans. Écoutez ! »

Par-dessus le chant des grillons dans l'herbe et les haies, Morgan perçut des cris lointains et une sorte de pétarade de feu d'artifice.

« On m'a dit que la police tirait aveuglément sur tout ce qui bougeait et qu'il y avait du gaz lacrymogène partout...

— Oh ! merde ! dit Morgan. Que va-t-on faire maintenant ?

— Une seule autre route mène hors du campus et elle est à des kilomètres d'ici, dans la direction opposée. Je doute que vous puissiez la trouver.

— Mais puis-je vous demander ce que vous faites, vous, dehors ? s'enquit Morgan.

— Vous pouvez, dit Murray. J'attends que mon ambulance vienne me chercher. Mon dispensaire est apparemment bourré d'étudiants blessés. Crânes fendus et jambes cassées. Et quelques blessures par balles.

— Oh !

— Si vous voulez aller chez moi, vous êtes les bienvenus. C'est juste en haut de l'avenue, là-bas.

— Merci, dit Morgan. Mais il faut qu'on essaye de réunir Mrs. Fanshawe et sa famille et d'expédier le tout au Haut-Commissariat. Je crois qu'on va tenter de contourner l'émeute et de se faufiler par la grande porte.

— Eh bien soyez prudent, conseilla Murray. Ces types des forces d'intervention ne sont pas des enfants de chœur.

— On le sera », dit Morgan.

Il y eut un silence.

« Écoutez, reprit Morgan un peu gauchement, si je me suis arrêté c'est que je voulais vous dire : j'ai décidé de donner ma démission demain. Je partirai très bientôt — vous n'avez donc pas à vous en faire pour moi lorsque vous présenterez votre rapport. C'est aussi bien. » Il haussa les épaules. « Vous aviez raison, il vaut mieux faire face. » Il essaya de sourire dans l'obscurité, mais sans grand succès. « Je sens que c'est la chose à faire, voyez-vous. Ce patelin et moi... eh bien en réalité, ça n'a jamais collé. Je crois que, dans un sens, je serai rudement content d'en être débarrassé pour toujours. Alors... » Il ouvrit les bras : « Allez-y carrément avec Adekunlé. Il ne peut plus rien faire... enfin vous comprenez — qui puisse me porter tort. Je l'ai battu au poteau ! Ah ah ! »

Le rire sans gaieté s'éteignit.

« Ne vous inquiétez pas, répondit Murray. Je m'en charge. »

Le silence retomba. Comme un mur. Il y avait soudain tant de choses qu'il aurait voulu exprimer : des idées mal articulées, des notions à peine formulées, des excuses, des explications.

« Un dernier point, dit Morgan. J'allais oublier. J'ai découvert ce soir qu'Adekunlé avait un copain au Conseil qui projetait " d'égarer " les minutes de votre Comité. A votre place, j'en tirerais quelques copies.

— Ce sera fait, dit Murray. Merci beaucoup. Ne vous en faites pas, on ne lui achètera jamais son terrain.

— Formidable, dit Morgan, en tâtant ses poches comme un homme à la recherche d'allumettes. Bien — il hocha la tête — vous êtes sûr qu'on ne peut pas vous déposer quelque part ?

— Non, merci. L'ambulance va arriver d'une minute à l'autre.

— Bon. » Il regarda autour de lui. « Eh bien... » soupira-t-il tout haut. Comment exprimer à Murray ce qu'il ressentait ? « Je voulais simplement vous voir... vous raconter ce qui se passait. » Il fixa Murray mais il faisait trop sombre pour qu'il pût distinguer clairement les traits de son visage. Il tendit sa main que Murray serra brièvement dans la sienne, sèche et froide. Morgan la retint un instant.

« Et bien... je... euh, à bientôt, Alex. Peut-être à la semaine prochaine. Peut-être pourrais-je passer vous voir, avant de partir... Je voulais seulement vous mettre au courant de ce qui se passait.

— Très bien, dit Murray. Merci, Morgan. C'est gentil de votre part. »

Morgan esquissa un geste, marmonna des mots indistincts et fit demi-tour. Dans le ciel, l'orage grondait. Il remonta en voiture, se retourna et vit Murray debout là-bas, et le pâle reflet de sa chemise blanche.

10.

« Qu'allons-nous faire ? demanda Mrs. Fanshawe à la
vue de la rangée de policiers en armes qui les séparaient de
l'entrée principale et du salut. Faute de le savoir, Morgan
garda le silence. Ils étaient tapis derrière un buisson, à
environ cinquante mètres du bloc administratif dont on
eût cru qu'il venait de subir un bombardement. Trois
voitures brûlaient furieusement en projetant des lueurs
orange sur les murailles blanches du théâtre, de la librairie
et des bureaux du Conseil. Toutes les fenêtres visibles
avaient été brisées, et des barricades improvisées avec du
mobilier de bureau bloquaient les voies d'accès. Des
milliers de feuilles de papier voletaient à travers la place et
au pied de la tour de l'horloge. En face, s'ouvrait la route à
double voie qui menait aux grilles de l'entrée principale et
sur laquelle s'avançait à présent, lentement, en direction
des bâtiments occupés, trois rangs serrés de policiers
armés jusqu'aux dents. De l'obscurité montaient les cris,
exclamations et sifflements des étudiants qui, de temps à
autre, s'approchaient assez près des policiers pour les
bombarder de pierres et de tous autres projectiles qui leur
tombaient sous la main. L'air empestait le gaz lacrymogène qui piquait les yeux et donnait des démangeaisons.
Parfois, un policier nerveux lâchait une rafale d'avertissement.

L'ambiance faisait songer à ce calme fatal qui précède la tempête. En guise de prélude dramatique, le tonnerre et les éclairs zébraient l'horizon à l'ouest. Il semblait que le cœur de l'orage s'éloignât de Nkongsamba mais quelques grosses gouttes de pluie vinrent ajouter à leur inconfort.

Après avoir quitté Murray, ils avaient continué sur l'avenue en ralentissant à mesure que le tumulte augmentait. Ils songeaient à revenir en arrière et à chercher la seconde issue mais leur méconnaissance de la route et la perspective de se heurter à des émeutiers frustrés les avaient décidés à abandonner la voiture cabossée, et à essayer de contourner le problème en coupant à travers plusieurs jardins pour atteindre leur présente position, derrière le buisson. Morgan regarda Mrs. Fanshawe. L'ourlet de sa robe rose toute tachée était décousu et les perles de son collier reflétaient les flammes des voitures incendiées. Elle n'avait toujours pas donné de signe de défaillance.

En revanche Morgan, lui, était épuisé : la tension de la conduite avait raidi ou noué en boule chacun de ses muscles. Il se sentait morose et résigné, troublé par sa rencontre avec Murray.

« Morgan, siffla Mrs. Fanshawe, si ces hommes continuent à avancer, ils vont nous tomber droit dessus.

— Oh ! bon dieu ! oui, vous avez raison. Que voulez-vous faire, Chloé ? On retourne à la voiture ? On pourrait peut-être se cacher dans une des maisons.

— Contentons-nous de sortir de cet asile de fous, dit-elle. Si nous coupons encore à travers les jardins — elle montrait les maisons en bordure de la route à double voie — nous pourrons arriver à l'entrée principale.

— Oui, bonne idée », dit-il, la complimentant sur sa présence d'esprit.

Il avait une irrésistible envie de s'allonger et de dormir. Les policiers qui avançaient toujours lancèrent une demi-douzaine de bombes lacrymogènes sur les bâtiments administratifs. Deux d'entre elles explosèrent gracieusement sur la place en donnant naissance à d'épais nuages orange qui se répandirent sur les plates-bandes et les bassins.

« Morgan ! s'écria Mrs. Fanshawe, allons-y, pour l'amour du ciel. »

Il leva les yeux et aperçut la première rangée des policiers à trente mètres devant lui, certains armés de boucliers, de masques à gaz et de longues matraques, d'autres avec des fusils sur l'épaule. Un courant glacé de pure terreur se répandit dans ses veines, il saisit la main de Mrs. Fanshawe et, toujours pliés en deux, ils abandonnèrent l'abri de leur buisson pour se précipiter, à travers un terrain vague, en direction de la haute haie du jardin le plus proche.

Une clameur s'éleva immédiatement parmi les policiers et, du coin de l'oeil, Morgan entrevit un éclair au bout des fusils lorsque le feu se déclencha. Il n'entendit pas le son, mais seulement un bruit de gifles lui frôlant le visage et qu'il enregistra vaguement comme l'effet des balles toutes proches. Il laissa échapper un sanglot, se redressa et tira Mrs. Fanshawe derrière lui. Il entendit le lourd martèlement des bottes des policiers qui décidaient de leur donner la chasse.

« Vite ! hurla-t-il pris de panique. Ils nous poursuivent ! »

La haie se dressait dans le noir. Sans ralentir, il se contenta de baisser la tête, tendit l'avant-bras et fonça. Une branche le frappa en pleine poitrine mais il se dégagea et déboula dans un grand jardin paisible, devant une maison claquemurée et plongée dans le noir. Il y eut d'autres coups de revolver, une réplique sèche : des balles vinrent s'enfoncer dans les troncs d'arbres, fauchant feuilles et brindilles. Ils sont dingues, se dit-il affolé, ils s'en foutent, ils tirent sur n'importe quoi.

« Venez ! » souffla Mrs. Fanshawe, qui avait déjà à

moitié traversé le jardin en trottant maladroitement sur ses élégantes chaussures.

Morgan la suivit, éperonné par les cris des policiers qui se frayaient à coups de matraque un passage dans la haie.

Ils franchirent en courant le jardin suivant, dépassèrent un poulailler qui éclata en caquètements et cocoricos stupéfaits, foncèrent à travers une autre haie, trébuchant sur des racines, tombant dans des trous. Morgan saisit de nouveau Mrs. Fanshawe par la main et la prit en remorque : son cœur battait à grands coups, le sang lui bourdonnait aux oreilles, son costume craquait aux entournures et ses jambes étaient devenues des instruments de torture.

« Stop ! » ahana Mrs. Fanshawe.

Il s'arrêta. Ils s'écroulèrent derrière un arbre, toussant et haletant. Il semblait que plus personne ne les suivît. Il y eut une autre explosion sourde et un ballon de flammes s'éleva dans la nuit au-dessus du bloc administratif. Encore une voiture qui a sauté, se dit Morgan : le réservoir d'essence. Ou bien les forces d'intervention avaient fait appel à l'artillerie. Il n'en aurait pas été surpris.

Lorsqu'ils atteignirent la clôture d'enceinte du campus, la pluie s'était mise à tomber. Pas une averse, rien qu'une bruine ininterrompue. Morgan écarta de son mieux les barbelés mais la volumineuse Mrs. Fanshawe y accrocha quand même cruellement sa robe en passant. Ils grimpèrent à quatre pattes jusqu'à la route. Et ils entrèrent dans ce qui leur parut un autre monde. En face d'eux se trouvait un petit village avec les lumières des lanternes qui éclairaient paisiblement les portes et un néon bleu au-dessus d'une buvette, au bord de la route. Ils s'effondrèrent sur le talus. Mrs. Fanshawe ôta ses chaussures : les deux talons avaient cédé. Au loin derrière eux éclatèrent des cris et des pétarades tandis que la police précipitait son attaque.

« Dieu soit loué, on s'en est sorti ! » dit Morgan.

A cinq cents mètres de là, il apercevait les lumières de l'entrée principale de l'Université. Plusieurs camions et ce qui ressemblait à un blindé stationnaient à l'extérieur.

« Ils nous *tiraient* dessus, non ? se fit confirmer Mrs. Fanshawe d'une voix timide tout en se massant les pieds.

— Je crains que oui », confessa Morgan qui sentit le contre-choc prêt à lui sauter dessus comme une bête sauvage. Il se remit sur ses pieds. Il fallait qu'il continue à bouger.

« On va vous ramener à la Résidence », dit-il, en aidant Mrs. Fanshawe à se relever.

Ils traversèrent en boitillant le macadam tiède jusqu'à la buvette devant laquelle se tenait un jeune homme coiffé d'une casquette de base-ball, le visage bizarrement coloré par le néon bleu qui grésillait au-dessus de sa tête. Une inscription à la devanture annonçait : SISSY'S TOUT VA BIEN BUVOTHÈQUE. Le garçon à la casquette écarquilla les yeux, stupéfait, en voyant surgir de l'obscurité Morgan et Mrs. Fanshawe.

« Ouah ! s'exclama-t-il en se frottant les yeux. Qu'est-ce qui va pas, Jesos Criese ! »

Il secoua la tête. Morgan regarda Mrs. Fanshawe : la déchirure de l'ourlet s'était prolongée jusqu'à la hanche, la robe rose était sale et froissée et sa rencontre avec les barbelés avait eu raison d'un triangle du corsage, exposant ainsi plusieurs centimètres carrés du soutien-gorge en nylon armé. Même les cheveux, habituellement inébranlables, pendaient sur le front en mèches humides et emmêlées. Elle tenait à chaque main une chaussure sans talon. Morgan ne savait que trop bien à quoi il ressemblait lui-même dans sa tenue crasseuse de clown. Gêné, il essaya d'effacer la moustache crayonnée au-dessus de sa lèvre. Quelques visages curieux surgirent des cases de boue derrière la buvette. Un petit garçon arriva en criant

« Oyibo ! » mais le mot mourut sur ses lèvres tandis qu'il contemplait ces Blancs étranges.

« Bonsoir, dit Morgan au jeune homme. Vous y en a avoir voiture dans ce village ici ?

— Vous vouloir voiture ?

— Oui. Moi y en a payer dix livres pour emmener nous à la Commission anglaise.

— Dix livres ?

— Oui.

— Vous y en a donner argent maintenant ?

— Non, dit Morgan fermement. Vous conduire avant moi payer. »

Le garçon abandonna sa buvette pour se rendre dans une des cases où éclata une discussion très animée. Quelques minutes après apparut un vieil homme en tricot de corps et short loqueteux.

« Bonsoir, m'sieu, dit-il. Je m'appelle Pieux. J'ai une voiture. Je peux vous emmener. »

Il les guida dans une allée boueuse et puante où stationnait une vieille Vauxhall Velox noire. Morgan grimpa à l'arrière avec Mrs. Fanshawe : l'intérieur sentait vaguement l'animal comme si on y avait transporté des moutons et des chèvres mais désormais tout lui était égal.

Après plusieurs essais, le moteur asthmatique se mit enfin en marche et ils entamèrent leur voyage en direction de la Commission. De nouveau, Morgan remarqua le calme inhabituel des routes.

« Pourquoi ne voit-on pas de voitures ce soir ? demanda-t-il à leur chauffeur.

— A'mée y en a venu, dit Pieux simplement.

— L'armée ? Que voulez-vous dire ? Pour l'émeute à l'Université ? »

Pieux haussa les épaules :

« Je sais pas. Plein de camions de l'a'mée qui passent ce soir. Plein. »

Morgan se renfonça dans son siège. Il se rappela les

allusions de Robinson et l'avertissement de Vendredi à propos d'un coup. Peut-être la population savait-elle quelque chose qu'ignoraient les politiciens. Tout pouvait arriver ici, il s'en rendait bien compte maintenant.

La Commission était plongée dans l'obscurité. La maison des Fanshawe était fermée et déserte. Une note de Fanshawe disait qu'ils avaient vu Morgan et Mrs. Fanshawe échapper à la populace et qu'ils avaient pu eux-mêmes quitter sains et saufs la maison d'Adekunlé, qu'ils étaient sortis du campus par l'autre porte et, qu'après avoir attendu une heure, ils étaient partis pour la capitale. Les Jones, semblait-il, hébergeraient Mrs. Fanshawe pendant l'absence temporaire des siens.

« Eh bien, dit Morgan, en écoutant les nouvelles, il vaudrait mieux vous emmener chez les Jones. Il semble que tout se soit bien passé. » Il réfléchit : « Vous pourriez rester ici si vous voulez. J'irai vous chercher les domestiques et...

— Non, dit Mrs. Fanshawe en relisant la note. Je n'ai aucune envie de rester seule ici. Mais croyez-vous que je puisse aller d'abord faire un brin de toilette chez vous ? Denzil pourrait venir m'y chercher.

— Certainement, dit Morgan. Très bien. »

Pieux les déposa chez Morgan qui se précipita à l'intérieur pour aller chercher de quoi le payer. Ce n'était certainement pas de l'argent gaspillé. Il regarda sa montre : onze heures et demie. Il avait l'impression d'être en fuite depuis des semaines. Et, se dit-il avec un sourire moqueur, c'était en somme exactement cela. Pieux partit en pétaradant et Morgan demeura un moment seul dans l'allée, sous la pluie légère : une petite pluie, avait dit Isaac. Un instant il crut entendre les bruits secs d'une rafale au loin. Que se passait-il ? Ce soir tout le monde tirait sur tout le monde. Il frissonna. Le tonnerre marmonnait et les éclairs striaient l'horizon au sud-ouest. Il sentit l'odeur renfermée de grenier qu'exhalait la terre humide et écouta le bruit toujours recommencé des chauves-souris, des crapauds et des grillons.

Il retourna dans la maison. Debout au centre du tapis, Mrs. Fanshawe examinait les déchirures de sa robe. Elle eut un petit rire fatigué lorsqu'il entra :

« Mon Dieu, Morgan, de quoi avons-nous l'air ? »

Morgan sourit. Elle avait une allure très bizarre avec ses petits pieds nus, une hanche découverte par la fente de sa robe, ses cheveux en bataille et la moitié de ses dessous exposée : on aurait dit la survivante d'un accident d'avion. Seuls les trois rangs de perles appartenaient encore à la Mrs. Fanshawe du début de la soirée.

« J'ai le sentiment que je dois vous remercier, Morgan, dit-elle.

— Pourquoi donc ?

— Pour tout ce que vous avez fait ce soir. Vous avez été magnifique. »

Morgan fit une courbette :

« Merci, dit-il, puis il ajouta un peu gauche : Vous avez été très bien vous aussi. »

Ces congratulations réciproques les plongèrent dans l'embarras et dans un examen attentif du tapis. Morgan se dirigea vers le bar :

« Voulez-vous un verre ? demanda-t-il. Ou bien préférez-vous d'abord un bain ?

— Oh ! un bain, je crois, dit-elle. Merveilleux ! »

Morgan la conduisit dans sa chambre, le long du corridor. Il lui montra la salle de bains :

« Il y a plein de serviettes, dit-il. Mais j'ai peur de ne pas pouvoir aller jusqu'à une robe neuve !

— Ne vous en faites pas pour cela », assura-t-elle.

Il retourna dans le salon et se servit un whisky. Il s'assit dans un fauteuil et avala une gorgée. Dehors, dans la nuit, la pluie s'écrasait tendrement sur les feuillages avant de s'égoutter dans les rigoles. Il se sentait fatigué. Il savait les problèmes et les récriminations qui l'attendaient : sa démission, la fureur d'Adekunlé, le scandale pour Célia. Il serra les mâchoires au souvenir de la scène, chez elle. Et puis zut ! se dit-il dans un soudain élan de générosité : elle aurait son visa : ça n'avait vraiment aucune importance pour lui. Elle était au désespoir, dans une situation impossible : à sa place il aurait fait comme elle — ou pire. Il verrait à ce qu'elle en obtienne un demain.

Il se leva et se versa un autre whisky. Il se sentait abandonné et démoralisé. Tout ce qu'il avait fait l'avait été en vain, réfléchit-il. Il n'avait même pas pu conserver son boulot. Il entendit le grincement de la porte et Mrs. Fanshawe entra. Elle portait un peignoir de tissu-éponge bleu et tenait sa robe à la main.

« Auriez-vous du fil et une aiguille ? s'enquit-elle innocemment. J'essayerais de raccommoder un peu ces accrocs avant d'appeler Denzil. »

Morgan fouilla dans les tiroirs et découvrit ce qu'elle voulait. Mrs. Fanshawe s'assit et se mit à recoudre sa robe. Morgan trouva cette scène domestique étrangement troublante. Elle lui rappelait de façon gênante ce chaud après-midi chez elle, tandis qu'elle lui essayait sa tenue de Père Noël. Le jour où… Il s'excusa en disant qu'il allait prendre lui-même une douche.

Dans la salle de bains, il se déshabilla et, sous l'eau froide, débarrassa son corps de la sueur et de la poussière. Il se baissa pour ramasser le savon sur la baignoire et le trouva humide et glissant. Tout en le faisant mousser, il se dit qu'il était étrange de penser que quelques instants plus tôt la savonnette avait suivi un cours parallèle sur l'opulente personne de Mrs. Fanshawe. Il remarqua une traînée de talc sur le sol de la salle de bains et quelques cheveux se détachant, très noirs, sur la blancheur de la baignoire. Sans trop savoir pourquoi il ressentit un peu d'appréhension et il lui sembla qu'un nœud se formait dans sa gorge. Mrs. Fanshawe et lui avaient traversé pas mal de choses ensemble ce soir, se dit-il. Ils avaient affronté de graves dangers, on leur avait tiré dessus...

Il passa un pantalon et une chemise propre et revint, pieds nus, dans le salon. Mrs. Fanshawe était assise sur le divan, sa robe raccommodée à côté d'elle. Son visage était démaquillé, ses cheveux noirs, encore humides, coiffés en arrière et dégageant son front blanc.

« Avez-vous déjà téléphoné à Denzil ? demanda Morgan d'un ton de voix inhabituel.

— Non, dit-elle lentement, laissant le silence revenir avant d'ajouter : J'ai décidé que je préférerais rester ici ce soir si vous n'y voyez pas d'inconvénient. »

Oh ! mon Dieu ! se dit Morgan en déboutonnant sa chemise. Non ! Dieu, non ! Qu'était-il en train de faire ? se demanda-t-il, hystérique. Quel jeu jouait-il ? De l'autre côté du lit, Mrs. Fanshawe, les yeux fixés sur Morgan, un étrange et tranquille sourire aux lèvres, dénouait son peignoir. Le regard de Morgan était accroché au sien et il n'eut que vaguement conscience d'un grand corps blanc dans des dessous stricts, ne reçut qu'une brève image brouillée d'un flot de seins blancs dégringolant de leur cuirasse de nylon, ne perçut qu'à peine le mouvement pour ôter la culotte qui révéla momentanément un îlot noir au milieu des plaines crémeuses des hanches, avant qu'elle ne se glisse dans le lit en relevant les draps jusqu'au cou.

Morgan enleva son pantalon. Après lui avoir demandé si elle pouvait rester, elle s'était levée pour s'approcher de lui :

« Examinons un peu cette blessure au front », avait-elle ordonné et il avait docilement baissé la tête pour qu'elle puisse mieux voir, leurs visages à dix centimètres l'un de l'autre. Morgan avait avalé sa salive. Brusquement, ils s'étaient retrouvés s'embrassant, ses lèvres minces pressées contre les siennes, ses mains lui caressant le dos. Et maintenant elle était couchée dans son lit. Il ôta son slip et se glissa sous le drap pour la rejoindre. Elle l'attira vers elle. Il posa en hésitant sa main sur sa hanche, un endroit sans danger. Sa peau était incroyablement douce et tendre au toucher. Elle se rapprocha. Il sentit le bourrelet des seins s'écraser entre eux. Elle lui prit le visage entre ses mains :

« Morgan, dit-elle. On a fait face à trop de choses ensemble ce soir pour ne pas… pour ne pas être l'un avec l'autre maintenant. »

Il hocha la tête sans un mot. Il sentait sa peur et sa surprise laisser place à l'excitation. Il fit courir lentement ses doigts sur les vastes hanches. Il se rappela brusquement que la culotte de Priscilla était dans le tiroir de la table de nuit. Quel monde bizarre, se dit-il, un peu déconcerté, où pouvaient surgir des coïncidences aussi dérisoires !

« Tu te rappelles le jour où tu es venu essayer le costume de Père Noël ? » demanda-t-elle tendrement.

Il hocha de nouveau la tête.

« J'ai pensé à toi depuis ce moment-là, dit-elle. Beaucoup. »

Elle ne croyait tout de même pas qu'il l'avait fait exprès, non ? Il fallait quand même qu'elle lui accorde une technique de séduction un peu plus raffinée que… *ça*. Comme pour le prouver, il enfouit sa tête entre les seins, suçant un des tétons tandis qu'elle lui soupirait son appréciation à l'oreille.

Le téléphone retentit près du lit. Morgan leva la tête :

« Il vaut mieux que je réponde, dit-il. Je vais le prendre dans le salon. C'est peut-être… »

Ils savaient tous deux qui. Il enfila sa robe de chambre et courut dans le corridor :

« Ouais, dit-il en prenant l'appareil.

— Mr. Leafy ?

— Oui, lui-même.

— Premier Secrétaire à la Commission ?

— C'est cela.

« — Ici Inspecteur Gbeho, du Commissariat Central de Nkongsamba.

— Bonsoir Inspecteur. » Morgan noua la ceinture de sa robe de chambre. « Que puis-je faire pour vous ?

— J'ai appelé Mr. Fanshawe à la Commission mais le téléphone ne répondait pas. D'après mes registres, vous êtes l'officiel britannique de Nkongsamba le plus haut en grade, après lui.

— Exact, dit Morgan un peu impatiemment. Que se passe-t-il au juste ?

— Un simple appel de routine, monsieur. Comme chaque fois qu'il y a mort d'homme. Pour information.

— Une mort ?

— D'un sujet britannique. »

Morgan sentit son cœur battre plus vite. Il respira profondément et ferma les yeux, le corps agité d'un tremblement.

« Je vois, dit-il. Qui est-ce ?

— Un homme. Un docteur Murray. Docteur Alexandre Murray. De l'Université... Allô, Mr. Leafy, vous êtes toujours là ?

— Il est mort ?

— Oui, monsieur.

— Comment... Que s'est-il passé ?

— Je crois qu'il transportait des étudiants blessés au dispensaire d'Adémola dans l'ambulance de l'Université. L'ambulance a dérapé et s'est écrasée contre un arbre. A cause de la pluie sur la chaussée. Le docteur Murray a été tué sur le coup.

— Personne d'autre ?

— Non. Quelques blessés légers. Ah ! oui, le chauffeur a une jambe cassée.

— Avez-vous prévenu la famille de Murray ?

— Oui, monsieur.

— Merci d'avoir appelé, Inspecteur. Je reprendrai contact avec vous demain matin. »

Morgan raccrocha doucement le téléphone. Murray était mort. Il s'efforça de l'accepter. C'était dur. Il sortit sur la véranda. Mort. Comme Innocence. Toutes sortes d'idées et d'images envahirent son esprit. Il se couvrit le visage de ses mains.

« Qui était-ce, Morgan ? » appela Mrs. Fanshawe sur le seuil de la chambre. Elle s'était enveloppée dans le drap. « Arthur ?

— Non. La police. Murray est mort. » Il maîtrisa sa voix : « Le docteur Murray.

— Mort ? Le type qu'on a vu ce soir ?

— Oui, c'est lui.

— Que s'est-il passé ?

— Un accident. Dans son ambulance, par-dessus le marché. Quelque chose de foutrement idiot en tout cas.

— Oh !... Tu viens te recoucher ?

— Oui. Une petite minute seulement. »

La pluie continuait à tomber, martelant doucement le toit. Morgan demeura au bord de la véranda à scruter la nuit. L'orage s'éloignait vers la côte. Un rideau d'éclairs scintillait au-dessus de la jungle au sud. Shango était en colère. Morgan songea vaguement qu'il aurait à rendre visite à la famille de Murray, et à cette idée il sentit sa gorge se nouer et les larmes lui venir aux yeux. Pourquoi Murray ? se demanda-t-il avec désespoir. Un si brave type : il n'y en avait pas des masses par ici — Kojo, Vendredi, Murray. Pourquoi pas Dalmire, pourquoi pas Fanshawe ? Pourquoi pas moi ?

« Morgan ! appela Mrs. Fanshawe. Viens, Morgan ! »

Il se retourna pour aller la rejoindre. Adekunlé ne pleurerait pas, lui. Maintenant son terrain était vendu, ou tout comme. Murray n'aurait pas aimé ça du tout, se dit-il. En fait Murray devait compter sur lui pour faire quelque chose à ce sujet. Et peut-être le ferait-il maintenant qu'il n'avait plus rien à perdre. Peut-être. Il y réfléchit. Innocence allait avoir son enterrement. Célia, son visa.

Peut-être Murray méritait-il sa « justice ». Mais que restait-il à Morgan Leafy ? Presque rien, se répondit-il à lui-même. Presque rien. Pas de boulot et pas d'avenir. Mrs. Fanshawe dans la chambre à coucher. Et Hazel. Hazel qui lui avait dit qu'elle ne voulait pas qu'il s'en aille... mais non, il n'était pas certain pour Hazel.

Il poussa la porte battante et prit lentement la direction de sa chambre et de Chloé Fanshawe. Il se demanda ce que Murray penserait de cela. Pas grand-chose, il en était sûr. Mort ou vif, Murray réussissait toujours à faire irruption dans sa vie. Et soudain il n'eut plus très envie de continuer : deux gros corps blancs grommelant et haletant dans une absurde parodie de l'amour.

Il s'arrêta sur le seuil de la chambre. Chloé Fanshawe était étendue sur le lit, appuyée sur un coude. Elle rejeta le drap qu'elle avait entortillé autour de son vaste corps :

« Enfin te voilà, dit-elle. Où étais-tu ?

— Écoutez Chloé, commença Morgan, hésitant, je viens de réfléchir un peu et je ne suis pas très certain... »

Dehors dans le noir la pluie tombait doucement, les crapauds et les grillons chantaient et toutes sortes d'insectes commençaient à déplier leurs ailes en prévision de l'éclaircie. L'émeute était terminée, la place déserte et des lambeaux de fumée montaient en arabesques des voitures calcinées. Ailleurs dans le pays, des unités de l'armée kinjanjaise encerclaient le palais du gouvernement, s'emparaient des stations de radio et de télévision et se mettaient en devoir d'arrêter les hommes politiques les plus en vue. Innocence gisait sur le sol boueux du quartier des domestiques et Murray sur une table de marbre de la morgue d'Adémola. L'orage s'éloignait vers la côte et là-bas, quelque part au-dessus de la jungle silencieuse et trempée, Shango, ce dieu incompréhensible et mystérieux, continuait de gambader gaiement en lançant des éclairs.

IMPRIMERIE BUSSIÈRE À SAINT-AMAND (12-88)
DÉPÔT LÉGAL : JANVIER 1986. No 9043-4 (6809)

Du même auteur

Un Anglais sous les tropiques
Balland, 1984

Comme neige au soleil
Balland, 1985
Seuil, coll. « Points Roman », 1986

La Croix et la Bannière
Balland, 1986

Les Nouvelles Confessions
Seuil, 1988

Collection Points

SÉRIE ROMAN